btb

von Doris Schmid
Mai 2000

Buch
Südwinnersen – das bedeutet Sand und Heide, ein paar Äcker und Wiesen, Ödland und mehr Steine als Brot. So jedenfalls sah es dort aus, als Lene 1903 an einem kalten, nebligen Herbsttag im alten Rauchhaus zur Welt kam, unerwünscht und viel zu spät für Magdalena Cohrs, die sich ihr ganzes Leben lang nur abgerackert hat. Schon mit elf Jahren muß Lene als billige Magd auf dem Hof ihres Bruders schuften, und früh lernt sie zu begreifen: die guten Dinge dieser Welt sind nicht für sie – keine Wärme, kein Honig, kein Schinken. Statt dessen Grütze, Plackerei und Schläge. Als der freundliche Doktor aus der Stadt sie mit ihrem Kind sitzenläßt und das Dorf kein Erbarmen kennt, vergeudet Lene keinen Moment mit Tränen und Selbstmitleid. Sie geht fort in die Fremde: mit ihrem Kind, mit ihrem Mut, ihrer Sehnsucht und den Erinnerungen, die sie eines Tages zurückführen werden.

»Menschen sollen prinzipiell Grenzen überschreiten«, hat Irina Korschunow einmal gesagt. Lenes Geschichte ist der Roman einer solchen Grenzüberschreitung. Es ist die Geschichte einer Frau, die sich aus eigener Kraft aus ihrem sozialen Umfeld befreit und sich doch nicht korrumpieren läßt. Und es ist die Geschichte eines Dorfes in der Heide zu einer Zeit, als es noch keine Maschinen und Subventionen gab, sondern vor allem Armut und Mühsal.

Autorin
Irina Korschunow, geboren und aufgewachsen in Stendal als Tochter einer deutschen Mutter und eines russischen Vaters, zählt zu den renommiertesten deutschen Schriftstellerinnen der Gegenwart. Ihre Bücher wurden in mehr als zehn Sprachen übersetzt und mit zahlreichen Preisen ausgezeichnet. International bekannt ist sie auch als Kinder- und Jugendbuchautorin. Irina Korschunow lebt in der Nähe von München.

Irina Korschunow bei btb
Ebbe und Flut. Roman (72173)
Das Spiegelbild. Roman (72333)

Irina Korschunow

Der Eulenruf

Roman

btb

Umwelthinweis:
Alle bedruckten Materialien dieses Taschenbuches
sind chlorfrei und umweltschonend.

btb Taschenbücher erscheinen im Goldmann Verlag,
einem Unternehmen der Verlagsgruppe Bertelsmann.

1. Auflage
Genehmigte Taschenbuchausgabe Juli 1999
Copyright © 1985 bei Hoffman und Campe Verlag, Hamburg
Umschlaggestaltung: Design Team München
Umschlagmotiv: Isaak Lewitan
KR · Herstellung: Augustin Wiesbeck
Made in Germany
ISBN 3-442-72532-1

Lene brauchte drei Jahre, bis zum Herbst neunzehnhundertdreißig, um ihren Entschluß wahrzumachen und das Dorf zu verlassen. Süderwinnersen, irgendwo in der Heide, acht Höfe, Eichen davor, der Teich mit den Enten, alles weit weg von den Städten, Stunden bis zum nächsten Bahnhof, und ausgerechnet Lene. Niemand hatte ihr beigebracht, Entschlüsse zu fassen, noch weniger, ihnen zu folgen. Sie konnte jeden überholen beim Heuwenden und Roggenaufstellen, und wenn sie Kartoffeln pellte, bewegten sich ihre Finger flink wie Käferfüße. Aber die Grenzen der gewohnten Abläufe zu überschreiten, im Denken und Tun, dazu brauchte sie ihre Zeit.

Wann fängt eine Geschichte an? Wann hört sie auf? Mit dem Glatteis, meinte Lene später, hätte es angefangen, dem Glatteis am Tag ihrer Geburt, das sie ein Zeichen nannte, wie sie überhaupt dazu neigte, alles, was ihr widerfuhr, im nachhinein als Zeichen zu deuten.

»Ohne Glatteis«, pflegte sie zu sagen, »wäre meine Mutter am Leben geblieben und ich nie vom Dorf weggekommen. Der Herr weiß, was er tut. Er schickt den Stern nach Bethlehem und Glatteis nach Süderwinnersen, sein Name sei gelobt.«

Vielleicht hatte sie recht, obwohl Magdalena Cohrs die Sache sicher anders sähe. Aber es ist nicht Magdalenas Geschichte, sondern die ihrer Tochter Lene. Lenes Geschichte, aus der Lisas Geschichte wird, denn Adam zeugte Seth, und Seth zeugte Enos, und Enos zeugte Kenan, und eine Geschichte zeugt die andere, und kein Anfang ist der Anfang, und nach jedem Ende geht es weiter.

Glatteis also am 9. November 1903, ein kalter Herbsttag mit Nebel und Schlappschnee, Wetter zum Jauchen, bevor der Winter kam. Dietrich und Willi Cohrs hatten nach dem Frühstück angefangen, Mist aufzuladen für die Felder draußen am Kamp, und gerade, als die Fuhre den Hof verließ, sprang bei Magdalena Cohrs die Fruchtblase. Sie lief noch schnell in den Stall, um den Kühen frische Streu hinzuwerfen. Doch kurz darauf setzten die Wehen ein, so heftig, daß es ihr die Forke aus der Hand riß.

»Sag Minna Reephenning Bescheid«, wies sie den Knecht an, der in der Diele Häcksel schnitt. Sie schleppte sich zum Brunnen, holte zwei Eimer Wasser herauf und füllte den großen Eisentopf, der über dem Herdfeuer hing. Dann ging sie in die Schlafkammer hinter dem Flett, wo seit mehr als hundert Jahren Kinder gezeugt und geboren wurden, immer in demselben Alkoven, die Frauen wechselten, der Geruch blieb, Rauch, Schweiß, Urin, von Mensch oder Vieh, niemand fragte danach. Sie legte sich hin und wartete. Sie war fünfundvierzig Jahre alt, ihr Leib zerarbeitet und an Geburten gewöhnt.

Es dauerte eine gute Stunde, bis die Hebamme kam, um ihr beizustehen. Das lag an dem Eisregen, der plötzlich vom Himmel fiel und das Kopfsteinpflaster mit Glätte überzog, so daß der Knecht Torsten Schünemann in seiner Dösigkeit neben dem Dorfteich ausrutschte und sich den linken Unterschenkel brach. Nachbarn schleppten ihn zu seiner Butze neben dem Pferdestall, und da zufällig Doktor Kötter aus Salzhausen durchs Dorf fuhr, hielt er an, um das Bein zu schienen. Erst dann erinnerte sich der dösige Torsten wieder an Minna Reephenning, die Hebamme, deretwegen man ihn auf den Weg geschickt hatte. Endlich konnte sie geholt werden.

Dietrich Cohrs hörte schon am Dorfrand, was dem Knecht passiert war. Mit den stinkenden Stiefeln an den Füßen stürzte er zu seiner Frau.

»Rut mit di, du Döskopp!« herrschte Minna Reephenning ihn an, die gerade versuchte, das Kind, bei dem die Herztöne immer schwächer wurden, aus der erschöpften Magdalena herauszupressen. »Siehst du nicht, was hier los ist?«

Aber Dietrich Cohrs sah und hörte nichts in seiner Wut. »Nu mutt de Keerl in't Bett blieven«, schrie er. »Un wer schall de Doktor betolen, wis du mi dat woll seggen?«

Magdalena konnte nicht mehr antworten. Schon seit einigen Jahren hatte sie bei der Arbeit nach Atem ringen müssen, das kam vom Herzen, und auch die Schwangerschaft hatte sie nur mühsam überstanden. Sie bäumte sich auf, als ob sie etwas sagen wollte. Dann sackte sie zurück, stieß einen seltsam gurgelnden Laut aus und starrte mit leeren Augen zur Decke.

»O Herr!« rief Minna Reephenning und faßte gleichzeitig zu, um das Kind in aller Eile aus der Mutter zu holen. Dietrich Cohrs sah es, begriff aber nicht, was geschah, nicht dieses schnelle Ineinander von Tod und Leben. Er stand da und bewegte sich nicht, bis die Hebamme das Kind gewaschen und gewickelt hatte. Dann begann sie an Magdalenas Bett zu beten, und er faltete die Hände und murmelte mit ihr das Vaterunser, die Augen auf der Frau, die er vor Jahren aus Rolfsen ins Haus geholt hatte, so schlank und flink in ihrem Hochzeitsstaat, mit einer Truhe voll Wäsche, sechzig Talern und zwei Äckern als Mitgift, aber nicht nur deshalb hatte er sie genommen. Er dachte an ihr Lachen beim Brauttanz, und später das helle Haar im Dämmer der Schlafkammer, und dann ihr Gesicht, als er sie zum ersten Mal geschlagen hatte, weil ein Milcheimer umgefallen war. Der Druck in seiner Kehle nahm ihm fast den Atem. Aber da war das Gebet zu Ende, und er drehte sich um und ging.

»Herzschwäche«, sagte Dr. Kötter, der nun noch einmal geholt werden mußte, um den Totenschein auszustellen. Der Cohrs hat sie umgebracht, dachte Minna Reephenning, die es nicht verwinden konnte, daß die Frau ihr gestorben war. Sie behielt es jedoch für sich, wie alles, was ihr in den Häusern begegnete. Nur Lene erfuhr etwas von den Ereignissen bei ihrer Geburt, später, als sie selbst eine Hebamme benötigte, in der Zeit ihres größten Elends.

»Hättest mich man dringelassen«, sagte sie, und Minna Reephenning hatte sie angesehen mit ihren schmalen Augen, die inzwischen wie Striche unter den Lidern lagen, und gesagt, daß es nicht ihre Sache gewesen wäre, darüber nachzudenken, ob ein Kind in ein gutes oder schlechtes Leben käme, und überhaupt sei noch nicht aller Tage Abend, warte man ab, Deern.

Minna Reephenning war es im übrigen, die das Neugeborene zwischen zwei Federkissen steckte und fürs erste auf den Nachbarhof brachte, zu Käthe Peters, die genug Milch hatte für zwei Säuglinge. Sie meldete auch die Geburt beim Ortsvorsteher an, mitsamt dem Namen, der ihr nach einigem Überlegen passend schien: Helene.

Dietrich Cohrs hatte sich nicht dazu geäußert. Er weigerte sich, über das Kind zu sprechen, wollte es nicht einmal sehen. Statt dessen ging er zum Holzplatz hinter dem Backhaus und schlug, obwohl ihn wieder seine Magenschmerzen quälten, mit solcher Wucht auf die Buchenkloben ein, daß die Axt ein paarmal tief in den Hackklotz fuhr und sich nur mit Mühe wieder herausziehen ließ.

Zwei Tage blieb er dort. Dann war alles Holz gespalten und geschichtet, und die Nachbarn kamen, um Magdalena zu holen: Heinrich Gerbers, Heinrich Sasse, Jürgen Timm, alles Köthner wie Dietrich Cohrs, außerdem die Anbauern Otto Deekmann und Hermann Dierks, aber auch Christian Beenken, der einzige Halbhöfner im Dorf, sechzig Hektar Land, elf Stück Vieh, vier Pferde, von den Schafen gar nicht zu reden. Langsam trugen sie den Sarg durchs Haus, am Herd vorbei, an den Tieren, zum Dielentor hinaus und zu dem schwarzverhängten Ackerwagen, der die Tote aufnahm für den letzten Weg. Magdalenas Bruder Wilhelm Lührs führte die Pferde. Er war seit der Hochzeit seiner Schwester vor achtundzwanzig Jahren nicht auf dem Hof gewesen. Damals hatte Dietrich Cohrs ihm, weil er die Mitgift von sechzig Talern nicht sofort aufbringen konnte, die beste Kuh als Anzahlung aus dem Stall geholt, dergleichen vergaß man nicht. Aber der Tod forderte Ausnahmen. Neben ihm gingen Dietrich und Willi, hinter dem Wagen die Verwandtschaft und das Dorf, Bauern, Tagelöhner, Gesinde, dann die Leute vom Kirchspiel, ein schwarzer Zug vom Sterbehaus zum Friedhof in Mörwinnersen, dem Kirchhof, wo Pastor Overbeck eine seiner harschen Predigten auf die geduckten Köpfe herabdonnerte, Hiob 1,21, *der*

Herr hat's gegeben, der Herr hat's genommen, der Name des Herrn sei gelobt. Wenig über die Tote, viel dagegen über die Sünde, die des Fleisches im besonderen, ganz im strengen, missionarischen Geist von Ludwig Harms, des Erweckers aus Hermannsburg, dem die Menschen der Gegend in verquälter Frömmigkeit anhingen. Gott weiß warum, bei diesem Leben, mit Sand, Heide und mehr Steinen als Brot. Magdalena Cohrs zum Beispiel, die jetzt dort oben vor SEINEM Thron stand und gewogen wurde, wie Pastor Overbeck zu vermelden wußte: Sie hätte mehr von des Fleisches Last berichten können als von der Lust. Aber vielleicht brauchten sie und ihresgleichen diesen strafenden Herrn, um die Last gefügiger zu ertragen, ohne Milde gegen sich selbst und gegen die, mit denen sie lebten.

Und vergib uns unsere Schuld, murmelten sie und gingen zurück nach Süderwinnersen, wo es Kaffee gab und große Platten Butterkuchen, gebacken von den Nachbarinnen in Magdalénas Gedenken.

Am Tag nach der Beerdigung nahm Dietrich Cohrs seine gewohnte Arbeit wieder auf. Der Frost war vorüber, es konnte gepflügt werden.

Lene hatte er immer noch nicht gesehen. Er wollte dieses Mädchen nicht haben. Sie war zwanzig Jahre zu spät gekommen, und während er das stoppelige Haferfeld umbrach, haderte er weiter mit Magdalena, die in jüngeren Jahren, als sie Kinder herbeischaffen sollte, nur Willi geboren hatte, den einzigen Sohn, und auf einen Hof gehörten Kinder, drei oder vier, schnell hintereinander, Hände zum Zufassen, Gesinde kostete Geld, und was trug der sandige Boden schon ein außer Mühen und Plagen. Magdalena war frühzeitig krumm geworden vor Scham und Rackerei. Heu, Korn, Kartoffeln, Rüben, das Haus, das Vieh, die schweren Milchkannen und Futtereimer, abends noch das Spinnrad, und dann immer wieder der Mann, der glaubte, es zwingen zu können, und außer sich geriet, wenn seine Nächte wieder fruchtlos geblieben waren, während bei den Nachbarinnen sich die Bäuche wölbten. Er war ein grüblerischer Mensch, Gedanken setzten sich in ihm fest wie Widerhaken, und weil er keine andere Erklärung fand für das, was ihm angetan wurde, griff er nach der Strafe. Gott straft mich, flüsterte es in ihm. Ich habe es mit Lust gemacht, nicht nur wegen der Kinder, dafür straft er mich. Enttäuschung und Angst, aber auch der Schnaps, den er in immer größeren Mengen trank, legten sich allmählich auf den Magen, mit Sodbrennen, Übelkeit, Schmerzen. Und ausgerechnet durch dieses Leiden kam zustande, worum er in früheren Jahren vergeblich gerungen hatte: Weil er bei der Feuerwehrübung im Februar nicht mehr so viele Klare vertrug, um bewußtlos ins Bett zu fallen, kroch er nach jahrelanger Pause unter Magdalenas Decke und zeugte die zu späte Tochter – zum ungünstigsten Zeitpunkt, der sich denken ließ.

Willi nämlich trug sich in diesem Winter mit Heiratsgedanken und hatte seine Sache schon ein gutes Stück vorangetrieben. Das Mädchen, Meta Hastedt aus der Mühle in Raven, sollte runde dreitausend Mark bekommen, ein Glücksfall für den Cohrshof. Dreißig Hektar, kaum ein Drittel davon Äcker und Wiesen, alles andere Ödland, von dem man nur Plaggen holen konnte, breite Streifen Heidekraut mit den Polstern aus Wurzeln und Humus, Streu fürs Vieh, Dünger für die Felder, weil das Getreide auf dem schlechten Boden so kurzhalmig wuchs, daß man nicht einmal genug Stroh hatte, was war das schon. Nichts, wovon wohlhabende Töchter träumten.

Aber Willi sah gut aus, groß, breitschultrig, blond, lockig noch dazu, das stammte von Magdalena, auch, daß er tanzen konnte und den Mädchen nicht dauernd auf den Füßen herumtrampelte. Meta Hastedt wollte ihn haben, und obwohl ihr Vater sich noch gegen die Verbindung sträubte, hatten Willi und Dietrich Cohrs bereits eine halbe Nacht am Tisch gesessen, um auszurechnen, was sich mit dreitausend Mark alles herbeischaffen ließ. Mehrere Stück Vieh etwa, ein drittes Pferd, ein neuer Pflug. Und Willi wollte, was sein Vater allerdings überflüssig fand, das Haus modernisieren, das mit dem schwarzen Fachwerk schon über hundert Jahre dastand, seit 1788, wie man in dem Querbalken über dem Eichentor lesen konnte, dazu der Spruch WER GOTT VERTRAUT HAT WOHL GEBAUT IM HIMMEL WIE AUF ERDEN und die Namen derer, die es errichtet hatten, JOHANN HEINRICH COHRS, ANNA CATHRINE COHRS, GEB. TEWES. Auch das Dach stammte von damals, tief heruntergezogen, mit Stroh gedeckt, unter dem immer noch Mensch und Tier gemeinsam lebten, früher sogar ohne trennende Wand geschlafen hatten, wie Dietrich Cohrs aus eigener Erinnerung zu berichten wußte. Erst von seinen Eltern waren die beiden Kammern mit den Schlafbutzen und die Altenteilerstube angebaut worden, und ob das Neue unbedingt das Bessere sei, sagte er, darüber ließe sich streiten. Was wohl, wenn eine Kuh vorzeitig ans Kalben käme, mitten in der Nacht? Und keiner höre es durch die verrammelten Türen?

Den Tag jedenfalls verbrachte man weiterhin in einem Raum: vorn die lehmgestampfte Diele mit Kuh- und Pferdeställen an den Seiten und genug Platz für die vollgeladenen Erntewagen, damit die Garben zur Speicherluke hinaufgereicht werden konnten. Und dann gleich, nur der steinerne Fußboden wies auf den Übergang hin, das Flett mit den Fenstern und den Seitentüren, mit Herd und Tisch, mit dem Bord an der Wand für Teller, Löffel und Gabeln, mit der Waschbalje, der Bank für die Wassereimer, mit der Butze für den Knecht und dem Verschlag, in dem Melkeimer, Milchkannen, Rahmsatten und Butterfaß standen. »Det oole Rookhuus«, nannte Willi Cohrs es abfällig, weil, auch das wie eh und je, der Rauch ungehindert seinen Weg ziehen konnte vom Herd zur Decke, an den Würsten, Speckseiten, Schinken vorbei, die dort zum Räuchern hingen, und schließlich durchs Uhlenloch oben am Giebel ins Freie, zu Misthaufen, Schweinestall, Scheune und Backhaus und den fünf alten Eichen.

Es hätte seine Vorteile, erklärte Dietrich Cohrs: Getreide und Balken würden trocken gehalten, Fliegen und Käfer vertrieben, weder Schwamm noch Schädling nisteten sich ein. »Dat weer för dien Urgrootvadder goot un för dien Grootvadder un för mi«, sagte er. »Dat schall woll ok för di recht sin.«

Willi hatte kein Ohr für solche Beharrlichkeiten. Er träumte von einer Wand zwischen Flett und Diele und von einem Schornstein, wie in Christian Beenkens Haus. Kein Stallgeruch in den Kleidern, keine roten Augen und rußigen Gesichter mehr von dem ewigen Rauch. Verwegene Wünsche. Und Kunstdünger kaufen, Chilesalpeter, dieses Wundermittel, das die Erträge ins geradezu Abenteuerliche steigern sollte, zehn Zentner Roggen auf den Morgen, behauptete Christian Beenken, der schon über sechzig Prozent seines Besitzes fruchtbar gemacht hatte und Kartoffeln erntete, wo vor kurzem noch Ödland gewesen war. Aber Chilesalpeter kostete Geld, zuviel Geld für Dietrich Cohrs und seinesgleichen. Der Hof war von Generation zu Generation weiter verarmt, weil alles Bargeld wegfloß als Abfindung für die Geschwister des jeweiligen Bauern, die der Hof brauchte und die ihn gleichzeitig aussaugten. Es reichte nie, bei aller Rackerei, selbst wenn man, weil die Pferde bei der Arbeit gebraucht wurden, die Gänse zu Fuß auf den Lüneburger Markt trug, um ein paar Groschen mehr als vom Händler zu bekommen, morgens fort, abends zurück, es reichte nicht, wie denn auch, Saatgut, Geräte, Steuern, eins kam zum anderen, Hypotheken mußten her und dann wieder die Zinsen. Wegen ein paar Tausendern Bankschulden hatten sie im Herbst Dittmers vom Hof gejagt, Johann Heinrich Dittmers, gestern noch Bauer, heute Bettelmann. Dieser endlose Kreislauf von Kindern und Not. Willi schien ihn endlich zu durchbrechen, der einzige Sohn, Dietrich Cohrs Unglück, das plötzlich nach Glück aussah. »Gott weet, wat he deiht«, hatte er zu Magdalena gesagt. »He nimmt un he givt.« Jetzt nahm er wieder. Meta Hastedts Sinn, oder der ihres Vaters, stand nicht nach einer Schwägerin in der Wiege, die später ihren Teil verlangen würde. Keine Hochzeit, kein drittes Pferd, kein Schornstein im Rauchhaus. Und Gelächter im ganzen Kirchspiel.

Willi, gedemütigt und enttäuscht, wäre beinahe mit Fäusten auf seinen Vater losgegangen. Dietrich Cohrs hätte sich nicht einmal wehren können. Im Juli war er fünfzig geworden und begann, wie viele in dieser kargen Gegend, bereits zusammenzuschrumpfen. Dann noch der Magen. Er spuckte wieder Blut, auch daran gab er Magdalena die Schuld. Sie lag unter der Erde, aber das änderte nichts.

»Du bist schuld«, schrie er beim Pflügen, schlug auf das Pferd ein und krümmte sich dabei vor Magenschmerzen.

Als er bei Anbruch der Dunkelheit nach Hause kam, wartete Minna Reephenning im Flett, Minna Reephenning, die Lene das Leben gerettet, ihr die erste Nahrung verschafft, den Namen gegeben hatte und auch weiter die Fäden zog, zum Guten, zum Schlechten, wer kann das sagen. Ohne sie, soviel jedenfalls steht fest, hätte es weder Lene noch Lisa gegeben, ihr Handeln und Unterlassen, dieses Gewebe aus Menschen, Dingen, Ereignissen, diese Geschichten, aus denen Geschichte wird. Wußte sie etwa von ihrer Regie? Wahrscheinlich nicht. Wer denkt schon daran, daß er die Puppen tanzen läßt. Obwohl die Leute behaupteten, Minna Reephenning wisse mehr als du und ich.

Sie saß am Tisch und sah Dietrich Cohrs entgegen, der Blick schmal und scharf unter den schweren Lidern, die sich mit zunehmendem Alter immer tiefer senkten und dem Gesicht etwas Verschlafenes gaben, ein seltsamer Kontrast zu ihren raschen Bewegungen. Sie war an die Vierzig, schon grau, wirkte aber immer noch zierlich in ihrem schwarzen Kleid mit dem engen Mieder und dem weißen Kragen. Die Leute wunderten sich darüber. Sie waren es gewohnt, daß Frauen in die Breite gingen oder allen Saft verloren wie die Pflaumen, die sie für den Winter dörrten. Minnas Mutter, so erzählte man, sei auch anders gewesen, hitzig und hintersinnig, die Elsbeth vom Schäfer Reephenning, die plötzlich aus dem Dorf verschwunden war, niemand wußte mit wem, Zigeuner oder Pollack vermutlich, von dem Minna das fremdländische Aussehen geerbt haben mußte, bräunliche Haut, dunkle Augen, ein breites, flaches Gesicht. Alte Geschichten übrigens, wer fragte noch danach. Sie war vor fünfzehn Jahren etwa in die leere Kate ihres Großvaters gezogen, schwarzhaarig damals und ein Ärgernis für die Männer, die Witze über sie rissen, weil sie keinen heranließ, »de Minna is ünnenrüm wiss gar keen Fru, de hett keen Loch«, und dergleichen mehr. Aber dieser Dummschnack beruhigte sich bald. Sie besaß ein Zeugnis der Hebammenschule in Celle und einen Einspänner, mit dem sie durch die Dörfer fuhr, und jedes Kind, das sie holte, in Süder-, Wester- und Mörwinnersen, brachte ihr mehr Respekt. Auch der Abstand, auf den sie nach wie vor hielt, obwohl sie von den Körperlichkeiten im Kirchspiel mit der Zeit mehr erfuhr als jeder andere. Man vertraute ihr, weil sie sorgfältig und sauber arbeitete, keine wie die alte Grabertsche früher, der Mütter und Kinder unter den Händen weggestorben waren. Sie verstand es, ein Kind im Leib zu drehen, immer wieder, bis es schließlich die Mutter verlassen konnte, wußte, wie man Blutungen stillte, Risse vernähte, eiternde Brüste zum Heilen brachte, und wenn sie bei einer Gebärenden saß, ihr den Schweiß von der Stirn wischte und in monotonem Singsang auf sie einredete, so ertrugen sich die Schmerzen leichter.

Aber nicht nur in den Leiden der Frauen, auch bei Husten, Gliederreißen, offenen Beinen, grindiger Haut, Beschwerden im Gedärm kannte sie sich aus, besser als Dr. Kötter, sagten viele, sicher auch, weil ihre Tees, Kräuterabsude und Salben billiger waren als die teure Medizin. In besonderen Fällen wußte sie auch noch ein anderes Mittel einzusetzen, über das man im Dorf nicht sprach, höchstens kurz und hinter verschlossener Tür. »Geh zu Minna Reephenning, die kann böten.« Sie tat es widerstrebend, nur, wenn sonst nichts mehr half, bei nässenden Flechten etwa oder einer Gürtelrose, die das Leben abzuschnüren drohte. Nacht mußte es sein und Neumond, wenn sie sich über den befallenen Körperteil beugte, seltsame Zeichen machte, Unverständliches murmelte, niemand wußte was, aber es half. Für diesen Dienst durfte man ihr weder Geld noch Geschenke anbieten, nur Schweigen wurde gefordert. Sonst jedoch verlangte sie ihren Lohn, Speck, Eier, Mehl, Hafer für das Pferd und einen Teil in bar. Da ließ sie nicht mit sich handeln, verweigerte mehrmals sogar die Hilfe bei der nächsten Geburt, bis die alte Rechnung beglichen war. »Ich eß gern Schmalz zur Grütze«, sagte sie, wenn ihr Habgier vorgeworfen wurde. Das verstand man im Dorf.

Auch Dietrich Cohrs hatte schon Rat bei ihr gesucht, widerwillig, weil der Magen keine Ruhe geben wollte. Minna Reephenning hatte, nach langen Blicken auf seine Zunge, die Hände, die Augen, einen Tee gemischt, der bitter schmeckte und ihm Ekel verursachte. Damals war sein Gesicht graugelb gewesen. Jetzt, als er vom Pflügen kam, ging die Farbe eher ins Bläuliche, aber das lag nicht an dem kalten Wind.

»N'abend«, murmelte er mürrisch, nachdem er die Ackerstiefel mit Holzpantinen vertauscht, einen Schluck Wasser aus dem Eimer genommen und sich zu Minna Reephenning an den Tisch gesetzt hatte. Das Feuer war heruntergebrannt, in der Glut stand auf einem Dreifuß der Grützetopf. Torsten Schünemann, das gebrochene Bein jetzt im Gipsverband und eine Krücke unter dem Arm, goß Milch über die Grütze, stellte den Topf auf den Tisch und holte zwei Löffel vom Bord. Er legte neue Scheite in die Glut, dann setzte auch er sich hin und fing an zu essen. Niemand sprach. Das kratzende Geräusch der Löffel, das Schnauben und Scharren der Tiere, das knackende Spiel der Flammen mit den Buchenscheiten, sonst war es still.

Minna Reephenning wartete, bis Torsten aufstand, seinen Löffel ins Bord zurücksteckte und zu den Ställen ging. Als sein humpelnder Schritt vom Wiehern der beiden Pferde aufgenommen wurde, wandte sie sich an Dietrich Cohrs.

»Wo ist Willi?«

Er zuckte mit den Schultern, und sie versuchte, ihm ins Gesicht zu sehen.

»Gelbe Augen«, sagte sie. »Gelb wie 'n Pferdeapfel. Hast du den Tee getrunken?«

Er drehte den Kopf weg und aß weiter. Seine Hand umschloß den Löffel, eine Arbeitspranke, von Adern und erdigen Schrinnen durchzogen, und die Haut bläulich wie das Gesicht.

Damals, bei ihrer Ankunft im Dorf, hatte Minna Reephenning ihn als einen der ersten getroffen, diesen starken Mann, braun und wetterfest vorn auf seinem Heuwagen, unangreifbar, konnte man meinen. Jetzt war das Gesicht eingefallen, voller Schatten und Furchen, und die gebogene Nase lauerte wie ein Vogelschnabel zwischen den grauen Bartstoppeln.

»Nützt auch nichts mehr, der Tee«, sagte sie.

Er warf den Löffel hin. Milch spritzte über den Tisch. »Bist du deswegen gekommen? Üm mi dat to vertelln?«

»Ich will mit dir über Lene reden«, sagte sie.

Er stieß den Teller weg, starrte auf seine Hände.

»Dietrich Cohrs«, sagte Minna Reephenning, »das Kind gehört hier auf den Hof. Käthe Peters kann es nicht behalten, die hat selbst drei Kinder, und die Milch wird auch weniger. Wer soll für den Wurm sorgen?«

Er zuckte wieder mit den Schultern, und sie sagte, es müsse eine Magd ins Haus, und wenn er keine Magd bezahlen wolle, dann eben eine Frau.

Er hob den Kopf, zum ersten Mal, seit sie miteinander sprachen.

»Soll ich wieder heiraten?« fragte er drohend. »Dich vielleicht?«

Minna Reephennings Augen wurden für einen Moment zwei schmale Schlitze. Sie stand auf, ging zur Bank neben dem Herd, nahm einen Lappen und wischte die Milch vom Tisch.

»Dumme Rede«, sagte sie. »Du hast keine Zeit mehr für dumme Reden. Sprich mit Willi, er soll Greta Manners nehmen.«

Damit stand der Name im Raum, Greta Manners, die älteste Tochter von Uwe Manners, der in einer ehemaligen Häuslingskate am Dorfrand wohnte und, weil er mit seinen paar Morgen Ackerland nicht leben und nicht sterben konnte, auf Tagelohn ging, im Sommer bei den Bauern, zur Winterzeit im Forst und vor Weihnachten, wenn die Schweine abgestochen wurden, auch noch als Hausschlachter. Greta zog seit dem Tod der Mutter ihre fünf jüngeren Geschwister auf, mit guter Hand, wie man im Kirchspiel wußte, so daß Minna Reephennings Vorschlag nicht von ungefähr kam. »Greta Manners«, sagte sie, »die versteht was von der Wirtschaft. Der wird nichts zuviel, auf dem eigenen Hof schon gar nicht, da kriegt Willi was Tüchtiges und der Wurm eine Mutter, und ansehnlich ist sie auch. Lieber eine Schlichte, als eine mit Hochmut im Herzen.«

Dietrich Cohrs hörte schon nicht mehr zu. Er schrie, sie solle sich vom Hof scheren, Tagelöhner und die Mutter 'ne Schlesische. Aber Minna Reephenning blieb.

»Schaffe Ordnung, bevor du geholt wirst«, herrschte sie ihn an. »Wie willst du vor dem Herrn bestehen? Du hast ein Kind in die Welt gesetzt mit besoffenem Kopf, jetzt sorge für sein Weiterkommen. Oder soll Er dich in die untersten Örter schicken?«

Sie beugte sich so weit vor, daß Dietrich Cohrs ihrem Blick nicht mehr ausweichen konnte. Sein Gesicht war noch fahler geworden, er griff nach der Tischkante, um sich festzuhalten.

»Willi nimmt Greta Manners nicht«, murmelte er.

»Doch«, sagte sie. »Wenn du ihm den Hof überschreibst.«

Er starrte sie an.

»Besser mit warmen Händen geben als mit kalten«, sagte sie.

Und so geschah es: Die Erde auf Magdalenas Grab hatte sich noch nicht gesenkt, da wurde schon die Heirat zwischen ihrem Sohn und Greta Manners vereinbart, ohne großen Widerstand von seiten Dietrich Cohrs, seiner Magenschmerzen wegen und der Angst vor den untersten Örtern und auch, weil die Lebenskraft in ihm schon zerbrach. Willi dagegen, der, abgesehen von den Locken und der Leichtfüßigkeit beim Tanzen, äußerlich wie innerlich seinem Vater nachgeriet, die gleiche Größe, die gleiche Nase, der gleiche Jähzorn, ließ sich schwerer überzeugen. In seinem Grimm über die Zumutung, Meta Hastedt gegen eine wie Greta Manners einzutauschen zu sollen, verstieg er sich sogar dazu, Minna Reephenning eine Hexe zu nennen.

»Alte Hexe!« schrie er. »Du gehörst auf den Holzstoß, da gehörst du hin.«

Minna wartete, bis er sich ausgetobt hatte. Dann erinnerte sie ihn daran, daß von einem Tausch wohl nicht die Rede sein könne. Was Meta Hastedt beträfe, daar har een Uhl seeten, und eine andere mit Geld? Sie wisse keine, allenfalls die bleichsüchtige Gertrud Drews, die kaum genug Kraft für einen Wassereimer habe und ohnmächtig umfiele beim Heuen, und ob er so etwas haben wolle.

»Kopp glatt un Foot glatt, dat is de beste Bruutschatt«, sagte sie, was bedeutete, daß Verstand und Gesundheit immer noch die erstrebenswerteste Mitgift wären. Worauf die Übergabe des Hofes ins Gespräch gebracht wurde, leise, mit gesenkter Stimme, raunend geradezu, als wolle sie jeden Moment ins Beten verfallen.

»Selbständig wirtschaften, Willi. Und keiner redet dir rein. Bist doch 'n fixen Jung, nicht wie dein Vater mit seinem altmodischen Kram, am liebsten noch der Dreschflegel, und andere fahren schon mit Maschinen auf den Acker. Willst du warten, bis du alt und grau bist und selber schon 'n Altenteiler?«

Verführerische Reden für einen Bauernsohn knapp über zwanzig, ungedeckt wie falsche Wechsel in der Realität von Süderwinnersen, wo man kaum den Lohndrescher, der jedes Jahr ins Dorf kam, bezahlen konnte, erst recht keine Düngerstreu-, Sä- und Erntemaschinen, die, noch von Pferden gezogen, nur auf den Feldern der Güter und großen Höfe zu sehen waren. Nicht einmal Christian Beenken besaß dergleichen. Dennoch, die Worte krochen in Willi hinein, dorthin, wo seine Wünsche warteten. »Herr auf dem Hof, Willi«, raunte Minna Reephenning, und woher sollte er wissen, daß sie in den Augen seines Vaters schon den Tod gesehen hatte, er also betrogen wurde und irregeführt von ihr und von seinen Wünschen. Greta Manners? Warum nicht Greta Manners.

Es dauerte nicht mehr lange, bis er die Vorteile dieser schnellen Eheschließung zu erkennen meinte, zumal Greta in der Tat ansehnlich war und auch gegen die Familie sich wenig einwenden ließ. Ein ehrbarer und fleißiger Mensch, Uwe Manners, Bauernsohn, aber acht Geschwister auf dem Hof, da mußte einer zusehen, wie er durchkam. Kein Anlaß also, auf dem hohen Roß zu sitzen. Hochmut kommt vor dem Fall.

Willi Cohrs nickte, eher nachdenklich noch als zustimmend. Sie saßen in Minna Reephennings Stube an einem runden Tisch, hin und her ging die Pendüle der Wanduhr, die Petroleumlampe gab grünliches Licht, auf dem Ofen summte der Wasserkessel. Kein Rauch, kein Stallgeruch, keine Kuh, die an der Kette riß.

Möchte ich auch haben, solche Stube, dachte Willi Cohrs und fand es trotzdem nicht ganz in Ordnung, daß hier über sein Leben entschieden werden sollte.

»Stimmt ja alles«, sagte er. »Bloß, was geht dich das eigentlich an?«

»Wegen dem Wurm«, sagte sie, und auch diese Worte blieben in ihm hängen und begannen zu dröhnen, als die Rechnung nicht aufging, die Wechsel nicht eingelöst wurden, seine Wünsche weiter warten mußten.

Minna Reephenning, de seggt de Lüüd geern, wo dat langgeiht, hieß es im Dorf.

Willi zögerte noch. Dann stimmte er zu.

Blieb Greta Manners.

Minna Reephenning machte ihren Besuch an einem Sonntag, abends nach dem Melken, als die Familie beim Essen war. Greta, frisch gewaschen und im blauen Feiertagskleid, strich Musbrote für die Kinder. Neben ihr saß Martin Hasse, Sivers Knecht, der, wie man wußte, ein Auge auf sie geworfen hatte.

»Kann ich reinkommen?« fragte Minna Reephenning, während sie die Tür hinter sich zuzog, langsam, um etwas von dem Rauch hinauszulassen, der zum Schneiden dick in der kleinen Kate hing.

Uwe Manners blickte mißtrauisch über den Rand seiner Kaffeetasse und murmelte »wi brukt keen Hebammsch«, in der Meinung, sie wolle die drei Mark eintreiben, die er ihr noch schuldete, obwohl das jüngste Kind inzwischen schon zur Schule ging.

Sie sagte, daß sie mit ihm reden wolle, mit ihm und Greta.

»Wat hest du mit mien Deern to doon?« fragte er drohend.

»Nichts zum Nachteil«, sagte sie und wartete.

Er aß zu Ende, schickte dann die Kinder weg, und auch Martin Hasse stand auf und ging.

»Komm nachher wieder«, rief Greta ihm nach mit tiefer, ruhiger Stimme, die zu ihren Bewegungen paßte, wie sie Torf aufs Herdfeuer legte, Wasser nachfüllte, den Tisch abwischte. Nicht zu hastig, nicht zu langsam, jemand, der zehn Stunden stetig hinter der Sense hergehen konnte, um Roggen zu binden, immer im gleichen Schritt. Ihr Kleid war sauber und glatt, auch die Schürze, man sah, daß sie auf sich hielt. Sie hatte blondes Haar, am Hinterkopf zum Knoten gesteckt, ein helles Gesicht voller Sommersprossen, eine große Brust und breite Hüften, dafür aber die Taille so schmal, daß Willi mit seinen großen Händen sie vermutlich umspannen konnte, beinahe jedenfalls.

»Das wird ihm gefallen«, dachte Minna Reephenning und kam zur Sache.

Ein langes Gespräch, bis in die Nacht hinein, nur einmal unterbrochen durch Martin Hasses Rückkehr, der, kaum daß er die Tür geöffnet hatte, von Uwe Manners in barschem Ton wieder hinausgewiesen wurde. Er warf einen fragenden Blick zu Greta. Sie wandte sich ab, doch als er gegangen war, schlug sie die Hände vors Gesicht, zum Ärger ihres Vaters.

»Ganz in Ehren mit den beiden«, beeilte er sich zu versichern, und Minna Reephenning sagte, nu laat man, Deern, tritt sich alles breit, in zehn Jahren ist es ein und dasselbe, der oder der, Zuckerlecken bei keinem, nur, daß du die eigenen Kartoffeln aus der Erde holst und nicht die von andern Leuten.

Das war es.

Die Übergabe des Hofes geschah bald danach beim Notar in Lüneburg, wo man nicht nur Dietrich Cohrs' Rechte als zukünftiger Altenteiler verbriefte – Kammer und Essen im Haus bis zu seinem Tod, reine Wäsche für Leib und Bett, ärztliche Hilfe, Medizin und Pflege in kranken Tagen sowie fünfzehn Mark vierteljährlich –, sondern auch Lenes Belange. Sie wurden von einem amtlich bestellten Pfleger wahrgenommen, der nach Prüfung der Besitzstände des Hofes für sie Wohnrecht und Versorgung auf Lebenszeit aushandelte und, im Falle von Heirat oder Wegzug, achthundert Reichsmark bar, zuzüglich zwei Morgen Ackerland und einer Truhe Leinen.

»Da's mien Ruin!« schrie Willi, und ob man von Erde, Heide oder Strohdach vielleicht was abreißen könne.

»Bitte hier unterschreiben, Herr Cohrs«, sagte der Notar ungerührt, und Willi setzte seinen Namen unter das Dokument, zähneknirschend und mit dem Gefühl, betrogen worden zu sein.

Einige Wochen später, im Januar, fand die Hochzeit statt, ohne Prunk und Feier, Magdalenas wegen, was die Braut zwar hinnahm, aber ihr Leben lang nicht verwinden konnte. Dietrich Cohrs räumte die Schlafkammer und bezog die Altenteilerstube mit dem eisernen Ofen und dem Lehnstuhl, in dem er seinen Vater hatte dahinsiechen sehen, keine fünf Jahre war das her. Über dem Bett hing ein Bild, von seiner Mutter einst beim Missionsfest in Hermannsburg erworben: goldene Kirchtürme, goldene Wolken, eine goldene Sonne darin und der Spruch:

Seele, so bedenke doch,
Gott der Helfer lebet noch.

Wegen der Feuerkieke, die als Fußwärmer vor dem Lehnstuhl stand, war es anfangs zu einem Zwischenfall gekommen. Sie enthielt noch die nicht ganz ausgeglühte Holzkohle vom letzten Gebrauch, und Dietrich Cohrs hatte ihr einen so wütenden Tritt versetzt, daß Greta am Fuß getroffen wurde, woraufhin sie ihn, den ehemaligen Bauern, ohne jeden Respekt einen Döskopp nannte. Von diesem Tag an verließ er seine Stube kaum noch, anfangs vor Scham, dann, weil die Krankheit ihn überwältigte. Als er kurz nach Lenes erstem Geburtstag starb, blieb nichts von ihm in ihrer Erinnerung. Sie sprach nur von der Mutter, immer wieder die fehlende Mutter, bis zum Ende. »Ich bin ohne Mutter aufgewachsen«, sagte sie, Trauer in der Stimme. Das hieß: ohne Wärme.

Ob man es Greta Cohrs, geborene Manners, verübeln darf? Innere Abläufe lassen sich nicht arrangieren wie äußere. Sie hatte genommen, was sich ihr bot, den Hof und den Mann, war auch bereit, dafür zu zahlen, mit ihrer Kraft, ihren Tagen und Nächten. Ein Handel wie üblich, Greta hat Glück gehabt, sagten die Leute. Es ging um Habe und Auskommen, um einen Platz zum Leben und Sterben, wer redete schon von Liebe. Man las keine Romane in Süderwinnersen, auch Greta Manners nicht, sonst hätte sie womöglich doch den Knecht Martin Hasse genommen, der genausoviel besaß wie sie, nämlich nichts, und von nichts kommt nichts, kein Haus, kein Bett, kein Herd zum Grützekochen. Das wußte sie mit dem Kopf, wenn sie nachts bei Willi Cohrs lag, aber der Kopf war nicht alles, und irgend etwas in ihr wollte nicht still sein. Sie konnte es nicht benennen, woher auch. Dort, wo sie aufgewachsen war, ließ man Gefühle namenlos wuchern und hielt sich an Tatsächliches. Lene hieß es im Fall von Greta Cohrs, das Kind, dem sie ihr sogenanntes Glück verdankte, fremdes Fleisch und Blut, das schrie, die Arbeit störte, den Schlaf, gefüttert sein wollte und saubergehalten. Was geht mich der Balg an, dachte Greta, während sie das Nötige tat, ohne zu wissen, daß ihr Zorn etwas anderes meinte als dieses Bündel in der Wiege.

Keine Mutter also für Lene. Kein weicher Schoß, keine Hand, die sich schützend zwischen sie und Willi Cohrs schob. Sie kuschelte mit den Katzen, um Wärme zu spüren, denn wer hält es aus ohne die warme Haut eines anderen, und wußte, noch bevor sie es in Worte fassen konnte, daß sie lästig war im Haus, nicht zugehörig wie Gretas Kinder, zwei Söhne, die schnell hintereinander geboren wurden, Heinrich und Uwe, und nach einigen Jahren noch die kleine Margret. Lene, ein zusätzlicher Esser, ein Mund mehr zu stopfen.

Auch das sollte man Greta Cohrs nicht zu sehr anlasten. Nahrung heranschaffen, Nahrung verteidigen, viel mehr war nicht in ihre Dumpfheit gedrungen, und was hatten sie schon: Buchweizengrütze, in Wasser gekocht, abgesahnte Milch darüber, allenfalls sonntags braune Butter, Kartoffeln mit Stippe, Kartoffeln gebraten, Erbsensuppe, Bohnensuppe auf ledernem Pökelfleisch und zum Brot vielleicht ein Stück Speck, dünn Schmalz oder Mus oder gar nichts. Ins Volle ging es nur zur Schlachtezeit, um Weihnachten herum. Fettglänzendes Stickfleisch, Leber- und Grützwurst, Schwarzsauer, aus Pfoten, Ohren, Schwarten und Blut zusammengerührt, Sülze, sogar Braten an den Feiertagen. Diese kurzen Wochen Fettlebe. Und dann wieder das lange karge Jahr, unterbrochen nur von Ostern, Pfingsten, Erntedank, wenn große Bleche Zuckerkuchen aus dem Backhaus kamen und eine von den Mettwürsten angeschnitten wurde, die im Flett an der Decke hingen und eigentlich, wie der Schinken, die Gänse und Enten, die Hühner, die Eier, der Honig, die Butter, für die Händler aus Lüneburg und Hamburg bestimmt waren, diese Halunken, die mit ihren Pferdewagen angefahren kamen und immer zu wenig zahlten. Doch was ließ sich tun dagegen hier hinten in der Heide, Bargeld, sie brauchten Bargeld.

Der Schinken, hatte Lene gehört, sollte auf der Zunge zergehen. Sie konnte sich nichts darunter vorstellen, und einmal, beim Mittagessen, sagte sie: »Ich möcht ja man gern wissen, wie Schinken schmeckt.«

Willi Cohrs wollte gerade eine Kartoffel aufspießen. Er unterbrach die Bewegung und sah seine Schwester an, dieser Blick, den er immer bekam, wenn er sie wahrnahm. Dann ließ er die Hand mit der Gabel nach vorn schnellen, in Lenes Richtung, und sagte: »Wat wist du weeten? Woans Schinken smeckt? Drukst du nich to weeten, kriggst in dien Leven keen Schinken int Muul.« Sie vergaß es nie, bis zu ihrem letzten Tag: Willi, Greta, Torsten Schünemann, die Kinder, alle an dem großen Tisch, Kartoffeln vor jedem Platz, in der

Mitte die Pfanne, und sie ziehen die Kartoffeln durch die braune Stippe, ganz kurz, nicht die Gabel drehen, das darf nur der Bauer, und Lene stellt ihre Frage in die Stille und bekommt ihre Antwort und begreift, was sie schon gewußt hat, aufgenommen durch die Poren seit ihrem ersten Atemzug: Die guten Dinge dieser Welt sind nicht für mich.

Sie fing an zu weinen, und Willi Cohrs, der es als Mangel an Demut deutete, schlug sie dafür. Lene war schon zehn, sie wuchs heran, der Tag, an dem sie ihren Anteil verlangen konnte, rückte näher. Kein Schinken, versuchte er ihr einzubrennen, ohne zu bedenken, daß auch Demut noch Mut enthält, nicht nur wörtlich genommen. Zerstörter Mut in Lenes Fall, doch man weiß, daß auch Asche fruchtbar werden kann. Phönix zum Beispiel.

Kein Schinken also, Schläge statt dessen. Lene nimmt es hin, ißt weiter, steht auf, zerdrückt Kartoffeln in der Pfanne, vermengt sie mit den Stipperesten, die noch an dem gußeisernen Boden kleben, gießt etwas Milch über den Brei und bringt ihn dem Hund draußen an der Kette. Sie wischt Tisch und Pfanne sauber, die Kartoffelpellen kommen in den Schweineeimer, die Gabeln ins Wandbord, tägliche Verrichtungen, wie sie ihr nach und nach zugefallen sind. Die Zeit der nutzlosen Kinderspiele ist vorbei, auch auf den Acker schickt man sie schon, Steine sammeln, stundenlang, denn an den Steinen zerbricht der Pflug, und bei der Kartoffelernte rutscht sie über die Erde mit wunden Knien. Abends im warmen Bett brennen sie und jucken und verjagen den Schlaf, und Lene hört, wie die Eule ums Haus ruft, schuhu schuhul, wat seggt de Uhl. Nicht mehr lange, dann wird der Stall hinzukommen, melken kann sie bereits, eine Kuh jeden Morgen, bevor sie sich auf den Schulweg nach Mörwinnersen macht, vier Kilometer hin, vier Kilometer zurück. Nur für die schwere Forke sind die Arme noch zu dünn, doch das ändert sich, muß sich ändern, wenn Willi Cohrs und seine Nachbarn im August 1914 von ihren Buchweizenfeldern auf das Feld der Ehre transportiert werden, ein Wort, dessen Bedeutung die Leute in Süderwinnersen ebensowenig verstanden wie das, was geschah.

Aber noch wußten sie nichts vom Krieg vor ihrer Tür. Es war Mai, neunzehnhundertdreizehn erst, ein heißes, trockenes Frühjahr. Getreide und Kartoffeln wollten nicht wachsen, das Gras auf den Weiden verdorrte, was bedeuteten dagegen Flottennovellen, Balkankrise, Bündnispolitik und ein großmäuliger Wilhelm II. in seinem preußischen Berlin, weit weg vom Braunschweig-Lüneburg-Hannoverschen, auf das sich ihr Patriotismus beschränkte. Allenfalls die bevorstehende Eheschließung der Kaisertochter Viktoria Luise mit dem Welfenherzog Ernst August konnte ihre Aufmerksamkeit vom Alltäglichen ablenken.

Christian Beenken, einziger Bezieher der Lüneburger Zeitung im Dorf, ließ seine Exemplare mit Berichten von den Hochzeitsvorbereitungen von Haus zu Haus gehen, auch Fotografien dabei. Samt und Seide, Orden und Diademe, eine Wirklichkeit so weit weg wie die Sterne. Möglich, daß es diese Bilder waren mitsamt der Schilderung eines Festmenüs, die Lene zu ihrer träumerischen Bemerkung über den Schinken hingerissen hatten. Träume brauchen Bilder.

Der lächelnde Prinz und das Kind aus Süderwinnersen. Lebensläufe, die sich berühren für einen Moment.

Lene mußte die Gänse hüten an diesem Nachmittag, nicht weit vom Dorf, wo der Anger in Heide überging. Zwölf Gänse mit ihren Gösseln und dem zischenden Ganter. Sie hatte Wasser und einen Trog mitgenommen, weil der Bach ausgetrocknet war. »Gänsewein«, sagte sie zu Gretas jüngstem Kind, das sie ebenfalls hütete, »de Göös brukt Wien, lütt Margret, jüst as 'ne Prinzessin.«

Gänsewein. Sie hatte das Wort bei Minna Reephenning gehört, die sie manchmal zu sich hereinholte, an Winterabenden, falls nicht gerade eine Geburt ins Haus stand, und ihr dies und das erzählte. Von Elfen, Feen und verstoßenen Königstöchtern. Von den Irrlichtern im Moor, von Geistern über und unter der Erde, von Verstorbenen, die ihrer Sünden wegen keine Ruhe fanden. Und daß sie eine Mutter gehabt hatte, Magdalena, zierlich und hübsch zu ihrer Zeit und ohne Bosheit. »Siehst ihr ähnlich, Deern, die Haare, der Mund, laß man Willi kujonieren, geht alles vorbei, kommt Zeit, kommt Rat.«

Auch ein vergilbtes Hochzeitsbild hatte sie ihr gezeigt, die Braut noch mit Tracht und Krone geschmückt, nicht Magdalena, aber doch ein Bild für Lenes Träume, wenn sie allein war, ohne Greta und Willi im Nacken und ihre beiden Söhne Heinrich und Uwe, die von Anfang an begriffen hatten, daß man nach dieser Schwestertante treten durfte. Die kleine Margret dagegen störte sie nicht, ein stilles Kind, das stundenlang auf einem Fleck hocken konnte, mit wiegendem Oberkörper, und keine Antwort gab, nichts in sich hineinließ, nichts hinaus, aber weich war und warm, wenn Lene sie auf den Schoß nahm und manchmal auch mit ins Heu zum Kuscheln, ein Mensch statt der Katzen. »Die Gänse brauchen Wein, just wie 'ne Prinzessin«, sagte Lene und hätte es ebensogut der Birke mitteilen können, in deren Schatten sie saß.

Es war wieder ein heißer Tag, kein Regen in Sicht, der heißeste Mai seit Menschengedenken, behauptete der alte Imker Harm Lüders, dessen Aussagen man allerdings nicht für bare Münze nehmen durfte, weil er immer mehr dazu neigte, die Erfahrungen seines langen Lebens durcheinanderzubringen. Aber möglicherweise irrte er sich diesmal nicht. Das kupferfarbene Heidekraut flimmerte unter der Sonne, als wolle es in Flammen ausbrechen, und der Porst knisterte vor Dürre. Es war still, obwohl die Gänse vor sich hinschnatterten, still trotz Kuckuck, Brachvogel und Kiebitz und der murmelnden Moorfrösche hinter dem Kuschelwald. Stille und Bewegungslosigkeit, Lene empfand es so, vielleicht, weil sich alle Signale an dem gläsernen Hitzeschild brachen. Sie ging mit den Augen über die Sandschlieren, über die klagenden Wacholderarme und das Auf und Ab der Hügel und dachte schaudernd an den Totengrund, der dort hinten, wo die Umrisse des Wilseder Berges vom Dunst verschluckt wurden, sein sollte. Genau wußte sie es nicht, wußte kaum etwas von jenseits ihrer Abgeschlossenheit. Man machte keine Ausflüge in Süderwinnersen, schon gar nicht in die Heide. Man lebte mit ihr recht und schlecht, nahm, was sie zu geben hatte, Torf, Plaggen, Honig, ließ Schnucken, Ziegen und Gänse auf ihr weiden, nannte sie Ödland. Daß sie schön sei, sagte allenfalls Lehrer Isselhoff in der Naturlehrestunde, unsere schöne Heimat, aber reden ließ sich viel, wenn der Tag lang war, und Lene saß wegen der Gänse hier, damit sie fressen konnten in Frieden und fett werden für den Markt in Lüneburg. Der Totengrund, dachte sie und stellte sich einen schwarzen Acker vor, der sich öffnete Schlag zwölf, um Unsägliches freizugeben, ein bleiches Geflatter von Knochenarmen und Sterbehemden über der Heide bis zum Morgengrauen. Geh nicht über die Heide bei Nacht. Geh nicht zum Totengrund.

Sechzig Jahre später bekam sie ihn endlich zu sehen, eine Attraktion nun im Naturschutzgebiet, diesem Rest Heide, den man übriggelassen hatte zwischen Mais- und Kartoffelfeldern, Kieferplantagen, Wohnsiedlungen, Ferienparks, Truppenübungsplätzen, Deponien. Fruchtbares Land rund um Süderwinnersen, gedüngt, gespritzt, arrondiert, asphaltiert, betoniert, sechzig Kühe statt sechs in den Ställen, Willi hätte im Mercedes fahren können, wenn er noch lebte. Lene stand auf der Aussichtsplattform, die man errichtet hatte für den Fremdenverkehr, umdrängt von Touristen, von deutschen, englischen, japanischen Lauten, und so blickte sie hinunter in die Tiefe des Totengrunds mit seinen Findlingen aus Urgestein, dem schwarzen Wacholder, dem sanften Fluß der Heideblüten. Die rote Heide ihrer Kindheit. Sie mußte sich abwenden, um nicht zu weinen vor Trauer, weil sie erst jetzt, ohne Stille, ohne Rufe von Kuckuck und Brachvogel, nur fremde Stimmen und das Klicken der Auslöser im Ohr, ihre Schönheit erkannte.

Ob sie sich vielleicht an den Nachmittag mit den Gänsen erinnerte, diesen einen unter vielen? An das Schaudern in der Hitze? Sie hatte versucht, sich aus ihrer Furcht fortzuträumen, in irgend etwas Weiches, Warmes, Tröstliches hinein, Magdalena mit der Krone, die Prinzessin mit dem Diadem, etwas, das nach Milch und Honig schmeckte, vielleicht auch nach Schinken, woher sonst sollte sie die Bilder für ihre Träume nehmen. Als das Geschrei der Gänse sie zurückholte, stieg ein Bussard über ihr in die Luft. Zwei von den Gösseln waren verschwunden. Strafe fürs Träumen.

»Ich habe im Dunkeln gesessen«, pflegte Lene zu sagen, wenn sie von ihrer Kindheit sprach. »Wie in einer Kammer ohne Fenster. Aber zum Glück ist ja Gott gekommen mit seinem Licht!« – Reden, bei denen ihre Tochter Lisa sich wand vor Unbehagen und eine Zeitlang, vor allem während der Pubertät mit ihren Reizbarkeiten, kaum noch Freunde ins Haus ließ, aus Angst, der liebe Gott würde wieder herhalten müssen. Selbst später, als er für ihre Mutter nur noch als Erinnerung existierte, konnte sie nicht ohne dieses Gefühl von Peinlichkeit daran denken. Wie auch, mit ihren Erfahrungen. Kein Willi Cohrs und nicht die Last der Demut, kein Rauchhaus in Süderwinnersen, ein helles Zimmer statt dessen, van Goghs Sonnenblumen über dem Bett, im Regal die französische Grammatik und *Die deutsche Kunst im Wandel der Zeiten*, Hochglanzpapier. Sie wußte, wie Schinken schmeckt, und hatte Bilder für ihre Träume. Wie sollte sie Lene verstehen, die sich Gott oder das, was man dort, wo sie aufwuchs, Gott nannte, holen mußte, um nicht zu ersticken in ihrer Enge.

Es geschah unmittelbar nach dem Verlust der Gössel und den Schlägen dafür, von Greta diesmal und mit einem Kälberstrick, gerechte Schläge, wie Lene einsah, sie hatte es gelernt, Schläge gerecht zu finden, selbst dann, wenn sie ihre Sünden nicht benennen konnte. Diese letzte jedoch lag auf der Hand, und vor dem Einschlafen gelobte sie Besserung, im Gebet, das sie pflichtgemäß ableistete, nicht aus Bedürfnis, sondern aus Furcht vor Unterlassung. Gott hatte noch keine Gestalt für sie angenommen, obwohl sein Name allgegenwärtig war, in der Schule, in der Kirche, auf dem Querbalken über dem Tor und dem goldenen Bild vom Missionsfest, beim Dank vor den Mahlzeiten, in Sprüchen, Flüchen, Strafandrohungen. »Behüte und beschütze mich und bewahre mich vor Sündhaftigkeit«, betete sie, »und ich will keinen unnützen Kram mehr denken, und wenn mir unnützer Kram in den Kopf kommt, will ich aufstehen und die Gänse zählen, damit ich den Bussard höre und er keine Gössel mehr wegholen kann und ich keine Prügel mehr kriegen muß. Amen.«

Aber sie brauchte sich nicht ins Zählen der Gänse zu retten, hätte es auch nicht durchgehalten, trotz Angst und Gelöbnis, wer kann schon vom Zählen leben. Denn nun kam Gott, am nächsten Morgen bereits, und zwar aus dem Munde des Lehrers Isselhoff, so verwunderlich das scheinen mag.

Lehrer Isselhoff war groß und außerordentlich dürr, obwohl er bei Hochzeiten, Beerdigungen und ähnlichen Anlässen als mächtiger Esser gefürchtet war. »He fritt för dree bi anner Lüüd«, ging die Rede, »as 'n Schüündöscher, un to Huus tellt he de Köörns vun de Grütt.«

Er unterrichtete schon seit mehr als vierzig Jahren an der Schule von Mörwinnersen, einer von der alten Lehrergeneration, deren Dienste anfangs noch mit Brot, Butter, Eiern und Speck abgegolten werden mußten, und bis auf die Greise hatte jeder im Kirchspiel seinen Stock zu spüren bekommen. Diesen, ein dauerhaftes, von ihm mit Stolz gehütetes Requisit, das heute samt einer zerschundenen Schulbank und dem Katheder zur Freude der Touristen im Heimatmuseum von Mörwinnersen zu besichtigen ist, ließ er mit Vorliebe auf die inneren Handflächen zischen, wobei jedes Zurückzucken die Maßnahme verlängerte, was von den Opfern zwar beklagt, nach der Schulentlassung jedoch durchweg gutgeheißen wurde. Kinner mit een Willen kriegt wat up de Billen. Einer der ihren also, keiner mit Flausen im Kopf wie der junge Bruns in Raven, von dem erzählt wurde, daß er von der Gemeinde ständig neue Landkarten, Bücher und Geräte verlangte, als letztes sogar eine Geige, und zu allem Überfluß auch noch für den Bau eines zweiten Klassenzimmers Stimmung zu machen versuchte, wozu, fragte man sich, de Kinner, de wart noch so kloog, dat se keen Forkensteel mehr anfaten könnt.

Lehrer Isselhoff dagegen hielt es mit dem Gewohnten, eine Schulstube für alle, die Anfänger links, die Größeren auf der rechten Seite, und von neumodischem Zeug wie Naturlehre oder Geschichte nur das Nötigste, falls der Schulrat aus Lüneburg zur Visitation auftauchen sollte. Als Veteran von 70/71 bevorzugte er bei den Knaben die schnellen, starken, die zupacken, gegebenenfalls auch zuschlagen konnten, und nur, was die Mädchen betraf, leistete er sich einige unübliche Ideen. Von ihnen forderte er nämlich besonderen Eifer im Rechnen und Schreiben, denn der Papierkram, so seine Theorie, würde immer mehr werden, und ihre Männer hätten später genug anderes um die Ohren, die wären froh, wenn sie sich nicht auch noch darum kümmern müßten, das sollten man die Fruunslüüt machen. Weswegen es ihm nicht recht war, wenn auch die Mädchen in der Erntezeit mit aufs Feld gingen statt zur Schule. Aber andererseits hatte er selbst ein paar Morgen Land zu bewirtschaften, seinen Misthaufen vor der Tür, eine Kuh, Schafe, Ziegen und die Sau im Stall und wußte, daß man nicht zuviel verlangen durfte.

Lene befand sich ganz am Ende seiner Wertschätzung, eine Duckmäusersche, keine Courage, ließ sich auf dem Schulweg und in der Pause herumschubsen, und nie die Rede frank und frei, wie es sich schickte für eine Heidjerin, die Kinder wußten schon, warum sie so eine kujonierten, ut di ward nix, Lene, dat ist een armen Keerl, die di mol kriegen deiht.

Er fiel ins Platt bei solchen Sprüchen, während sonst nur hochdeutsch gesprochen werden durfte in der Schule, schwierig für alle, für Lene noch schwieriger, weil die anderen lachten, sobald sie den Mund öffnete. Dann fing sie an zu stammeln, verstummte schließlich und mußte die Hände hinhalten für Lehrer Isselhoffs Stock.

Daß ausgerechnet er zum Sprachrohr Gottes wurde, mochte als zusätzliches Wunder gelten. Allerdings, wer sonst? Er unterrichtete Religion, von ihm kamen Geschichten, Psalmen, Choralverse. Und wenn sich Wasser aus Felsen schlagen ließ – so Lene –, warum nicht

Gottes Glanz aus Lehrer Isselhoff? Wieder ein Satz, bei dem Lisa später zusammenzuckte, denn sie wußte einiges über Psychologie und konnte Wunder deuten. Dennoch, es kam.

Ein Tag so heiß wie der vorige, die Fenster sind weit geöffnet, Pirole, Rotkehlchen, Amseln singen in den Eichen rund ums Schulhaus, Lehrer Isselhoffs Ziegen wandern über den Hof. Er schickt Jochen Meier hinaus, damit sie in den Stall zurückgescheucht werden, dann schlägt er das Gesangbuch auf und sagt: »Nächste Woche ist Pfingsten, da wollen wir den Herrn mit einem Lied preisen, das lese ich euch jetzt vor, die ersten fünf Verse, und wer sie bis übermorgen nicht gelernt hat, der kann was erleben.«

Er nahm seine Brille, fing an, »die güldne Sonne«, las er, »voll Freud und Wonne«, las weiter Vers für Vers, und Lene hörte schon nicht mehr zu, denn am Ende der ersten Strophe, während Lehrer Isselhoffs Stimme »aber nun stehe ich, bin munter und fröhlich, schaue den Himmel mit meinem Gesicht« verkündete, hatte sich der Himmel tatsächlich aufgetan, goldene Kirchtürme, goldene Wolken, die Sonne darin, es war das Stubenbild vom Missionsfest, jeden Tag gesehen und nicht gesehen und jetzt lebendig für sie, Seele, so bedenke doch, Gott der Helfer lebet noch.

Niemand merkte etwas davon. Im Gegenteil, nach Beendigung seines Vortrages sagte Lehrer Isselhoff, Lene Cohrs solle gefälligst aufpassen statt noch schafsgesichtiger als sonst zu plieren. Schuldbewußt senkte sie den Kopf und nahm staunend wahr, daß das Glücksgefühl blieb.

Am übernächsten Tag verblüffte sie alle durch eine fehlerlose Wiedergabe nicht nur der ersten fünf, sondern sämtlicher zwölf Choralverse, mit klarer Stimme, ohne Stammeln und Stocken, wofür Lehrer Isselhoff sie lobte. Die Kinder jedoch nahmen es ihr übel, denn als Folge dieses Exzesses mußten sie sich die restlichen sieben Verse ebenfalls einverleiben. Was Lene kann, könnt ihr auch. Das zahlten sie ihr heim.

Es traf sie nicht, das Glücksgefühl war stärker, und ob Lisas Behauptung stimmt, daß sie sich durch diese Gottesgeschichte in immer größere Isolation begeben habe, der Nutzen vom Schaden also mehr als aufgehoben worden sei, bleibt unbeweisbar. Wer kann schon sagen, wie ihr Leben ohne das Maiwunder verlaufen wäre. Möglich, daß sie nie die Kraft aufgebracht hätte, eine bessere Wirklichkeit für sich und das Kind zu suchen. Obwohl das Licht, das sie sich geholt hatte, sehr schnell begann, seine Schatten zu werfen. Man besteht nicht nur aus Seele, sagte Lisa.

Jedenfalls, der Himmel hatte sich aufgetan, einmal nur, und was Lene blieb, war der Abglanz dieses Augenblicks und die Suche nach ihm in der Bibel und im Gesangbuch, um ihre Träume zu füttern. *Wohl dem, der nicht wandelt im Rat der Gottlosen, noch tritt auf den Weg der Sünder, noch sitzt, da die Spötter sitzen,* las und lernte sie und sah den Eßtisch im Flett, und Lene, die letzte, der nichts zustand, erhob sich und schritt davon, denn: *Der ist wie ein Baum, gepflanzt an den Wasserbächen, der seine Frucht bringt zu seiner Zeit,* und sie stand in einem Garten, niemand kannte ihn außer ihr, pflanzte, jätete, erntete, und die Bäume warfen ihre Früchte für sie ins Gras. Der 1. Psalm. Und kein Gössel verschwand dabei. »Gott hat aufgepaßt«, behauptete Lene.

Das Dorf sah anfangs verwundert, dann mißbilligend dem frommen Treiben zu. Zwar lebte man in der Furcht des Herrn, aber auch das hatte seinen festgefügten Stellenwert in den Abläufen, und niemand begriff, warum Lene Cohrs plötzlich mit Gesangbuch und Bibel zum Gänsehüten ging und sonntags, statt an den Vergnügen Gleichaltriger teilzunehmen, Choräle auswendig lernte, Psalmen und Abfolge der großen und kleinen Propheten. Aber die Gleichaltrigen, die sie schon vorher beiseite geschoben hatten, wollten sie jetzt erst recht nicht haben. »De weet dat beeter as uns Paster«, höhnten sie, wenn Lene in der Schule das halbe Buch Mose zu zitieren imstande war oder später, beim Konfirmationsunterricht, das Glaubensbekenntnis samt Auslegungen erstens zweitens drittens in einem solchen Tempo herunterspulte, als ginge es ums Heueinfahren vor dem nächsten Gewitter, und sogar Pastor Overbeck mißtrauisch wurde und sich veranlaßt sah, vor der Hoffart des Geistes zu warnen.

Willi Cohrs tippte sich ebenfalls an die Stirn, wagte jedoch nicht, da Heikles im Spiele war, mit Gewalt einzugreifen, schon gar nicht, als er bei Kriegsbeginn eingezogen wurde und in den Gräben von Verdun vor dem Zorn Gottes zitterte. Greta mit ihrem Sinn fürs Praktische sah sogar Vorteile für die Zukunft, nämlich daß, falls diese Übertreibungen von Dauer sein sollten, sowohl Lenes Arbeitskraft als auch ihr Anteil dem Hof erhalten bleiben würden. Denn welcher vernünftige Bursche hätte wohl Spaß an einer Betschwester? »De wüllt doch nich de Bibel studeern bi Nacht in de Butz«, sagte sie zu Willi, als er 1916 auf Urlaub kam und Lene mit ihren dreizehn Jahren bereits unentbehrlich war in der Wirtschaft, anstellig, fleißig, flink, bescheiden, ganz und gar ohne Ansprüche. Demütig. Auch eines von den Wörtern, die Lisa haßte.

Lisa. Schon wieder Lisa. Sie drängt sich nach vorn, mit Recht. Noch dauert es mehr als ein Jahrzehnt, bis Lenes Geschichte sich mit ihrer vereint. Aber die Weichen werden bereits gestellt.

Daß Lisa geboren wurde, lag an dem langen schönen Herbst des Jahres 1926 mit seinem Übermaß an Sonne nach dem verregneten August. Es lag an den Pilzen, die bis in den Oktober hinein aus dem Boden schossen, Birkenpilze vor allem mit ihren grauweißen Kappen. Es lag an Lenes Einsamkeit und ihrer Sehnsucht nach Wärme, die Gott allein offenbar nicht mehr stillen konnte. Und natürlich lag es auch an Hubertus Teich und seiner ganz speziellen Situation.

Hubertus Teich, Dr. phil. Teich aus Hamburg, war zum ersten Mal an einem Julisonntag des Jahres 1913 nach Süderwinnersen gekommen, per Automobil, von dessen Existenz man in der Gegend bisher nur gerüchteweise etwas vernommen, manchmal auch undeutliche Abbildungen in der Zeitung gesehen hatte, mit Kaiser und Kaiserin auf den Sitzen zum Beispiel. Der leibhaftige Anblick löste eine Sensation aus, die alles, was laufen konnte, auf den Dorfplatz trieb, und, obwohl sich weit und breit kein Telefon befand, über das Kirchspiel hinwegschwappte, so daß gegen Abend, als der Besucher in einer mächtigen Staubwolke wieder davonbrauste, Bewohner auch aus den anderen Ortschaften hinter ihm herstarrten.

Zuvor hatte er sich überaus leutselig verhalten, den Männern bei aufgeklappter Motorhaube erklärt, wieso dieses sich scheinbar von selbst fortbewegende Fahrzeug, ein Wanderer Puppchen, über mehr Pferdekräfte verfügte als im ganzen Ort vorhanden waren, ihnen die Treibstoffbehälter auf den Trittbrettern gezeigt, mittels Trichter den Tank gefüllt und die Anlasserkurbel betätigt. Einige Unbewegte waren sogar zu ihm eingestiegen, für eine Spritztour nach Mörwinnersen und zurück, acht Kilometer, die in rund fünfzehn Minuten bewältigt wurden. Kurz, ein Auftritt von großer Vehemenz, genau das Gegenteil von dem, was Hubertus Teich im Sinn gehabt hatte. Vielmehr war er in die Heide gekommen, um Ruhe zu finden, ein Vorhaben, dem er dann noch am selben Nachmittag näher rückte. Bei einem Gang durchs Dorf nämlich entdeckte er eine von Beenkens Häuslingskaten, unmittelbar hinter dem Cohrshof auf einer kleinen Anhöhe gelegen. Sie stand leer, Christian Beenken zeigte sich verkaufsbereit, und der Handel wurde perfekt.

Warum?

Um die Frage zu beantworten, wird ein Ortswechsel nötig, aus der Abgeschlossenheit von Lenes Kindheitsräumen in die Welt, deren Fühler sie mit Hubertus Teichs Ankunft zum ersten Mal streifen. Noch nimmt sie kaum etwas davon wahr. Viel eher fühlt das Dorf sich beunruhigt, aufgewühlt geradezu, so, als habe für einen Moment die Zeit gezittert vor künftigen Ereignissen. Ein nicht in Worte zu fassendes, nur spürbares Wissen, daß dieser Fremde ein Vorreiter sein könnte, mit Veränderungen im Gefolge, die Traditionen überholen, gewohnte Abläufe und Strukturen zerbrechen, dem Dorf ein neues Gesicht geben werden. Was für eines? Ob das Neue unbedingt das Bessere sei, daran hatte bereits Dietrich Cohrs gezweifelt, und manche von den Älteren schüttelten die Köpfe und meinten, ein lebendiges Pferd, da ginge nichts drüber. Aber Willi Cohrs fing schon an, von einem Wanderer Puppchen zu träumen.

Hubertus Teich ahnte nichts von den Turbulenzen, die er verursachte, nur weil er, nach Ruhe suchend, links von der Hauptstraße abbog statt rechts und auf einen Sandweg geriet, an dessen Ende Süderwinnersen lag. »Es sah alles so friedlich aus«, lautete seine Antwort, wenn man wissen wollte, was ihn bewogen habe, ausgerechnet dieses gottverlassene Nest als Bleibe zu wählen. Und vielleicht betörte ihn wirklich die Mittagsstille über den Strohdächern, der leise Wind, der durch die Eichen strich, der Dorfteich, auf dem Enten schaukelten, ein Bilderbuchblatt seiner Kindheit. Vielleicht gab es aber auch so nüchterne Gründe wie den Sand, Massen von Sand, der ihm bei der Fahrt allmählich Ohren, Nasenlöcher und Poren verstopfte, von den Augen gar nicht zu reden, trotz der mächtigen Autobrille. Endlich Kopfsteinpflaster, Häuser, ein Dorf. Er bremste und blieb. Nicht ständig. Doch an jedem Sonnabend, manchmal schon freitags, hörte man sein Automobil über die Straße rattern. Der Doktor kommt, hieß es dann. Dr. Hubertus Teich, erster Städter mit einer Zweitwohnung in diesem Teil der Heide.

Noch einmal: warum?

Das fragte man sich auch in Süderwinnersen, als der Maurer Hans Prescher aus Reppenstedt mit seiner Mannschaft anrückte, um die verlotterte Kate bewohnbar zu machen, einen Schornstein hochzog, Ställe und Butzen herausriß, neue Wände setzte, die Böden mit Holzdielen versah sowie einen Anbau errichtete, dessen eine Hälfte als Garage für den Wanderer Puppchen, die andere als Badestube dienen sollte. Auch eine Wasserleitung wurde installiert, vom Brunnen zu Küche und Bad, der absolute Höhepunkt.

Wieder liefen die Leute zusammen, diesmal, um die Badewanne mit den Löwenfüßen zu bestaunen, die blanken Messinghähne, den Ausguß in der Küche, Dinge, die es in den Städten schon überall geben sollte, und sie rätselten, was einen Menschen wohl dazu brächte, für sich ganz allein solchem Luxus zu frönen. Noch dazu hier, wo, wie jeder behauptete, der einmal die Nase nach draußen gesteckt hatte, der Hund verfroren sei.

Sie erfuhren nie den Grund, keiner, auch Lene nicht, obwohl man meinen sollte, sie hätte ein Recht darauf besessen. Doch Hubertus Teich schwieg, ließ sich auf keine neugierigen Gespräche ein, gab allenfalls die vage Erklärung, als Wissenschaftler ginge er hier seinen Studien nach, eine Auskunft, die dadurch untermauert wurde, daß er stundenlang mit der Botanisiertrommel die Heide durchstreifte, in einer Leinenjacke oder im Lodenmantel, je nach Wetterlage, und noch spätabends, beim Licht einer grünen Petroleumlampe, ordnend und schreibend am Stubentisch beobachtet werden konnte.

»Un wat is los mit de Fru?« erkundigte sich schließlich Greta, bei der er, als die Kate im August endlich fertig war, Milch kaufte, Butter, Eier und was er sonst noch brauchte. »Worüm kümmt de Fru nich mit her?«

»Sie ist leidend«, sagte er ernst und abweisend, worunter Greta sich kaum etwas vorzustellen vermochte. Auch Lene nicht, die daneben stand. Während sie ihm in die Kate folgte, einen Korb voll Kartoffeln in der einen Hand, die Milchkanne in der anderen, versuchte sie, das Wort zu entschlüsseln, Leiden. Leid. Eine Frau, die Leid trug. Welches Leid? Trauer? Siechtum? Sie wagte nicht, nach der Bedeutung des Wortes zu fragen, und erfuhr nie, wie nahe ihre Überlegung an das herangekommen war, was sein ererbtes Hamburger Haus verbarg, die weiße Villa am Harvestehuder Weg, mit ihren vier Türmen, den Säulen am Portal und dem Blick auf das gegenüberliegende Alsterufer, wo nachts die Fenster des Hotels Atlantik glitzerten.

Dieses Haus, sichtbares Zeichen von Tüchtigkeit, Fleiß und Erfolg, stammte aus der Zeit von Konsul Claus Arnold Teich, Hubertus Teichs Vater, der alte Teich, wie man ihn allgemein nannte, obwohl er erst fünfundfünfzig gewesen war bei seinem Tod. Er hatte aus dem Handelshaus der Familie, zu dem auch einige Segelschiffe gehörten, im Lauf von dreißig Jahren eine Reederei mit rund 15 000

Tonnage Schiffsraum gemacht, die Teichlinie, TL in der Flagge, und war durch den Transport von Weizen und Häuten aus Argentinien, von Kupfer aus Peru, Zinn und Zink aus Bolivien und dem begehrten Chilesalpeter, aber auch durch die Passage von Auswanderern, die von einem besseren Leben in Südamerika träumten, zu einem selbst für hanseatische Verhältnisse beträchtlichen Wohlstand gekommen. Wenn er mittags die Harmonie-Gesellschaft betrat, betrachteten ihn die Reeder, Makler und Kaufleute, die dort nach englischem Vorbild zu frühstücken, Informationen auszutauschen, Geschäfte einzufädeln pflegten, mit Respekt, Neugier und Mißtrauen, was ihm genügte, auf Wohlwollen war er nicht aus. Er repräsentierte, wie es von ihm erwartet werden konnte, folgte sonst aber dem Motto, Geld verdiene man nicht, um es auszugeben, sondern um es zu behalten. Ein strenger und haushälterischer Mann, der seine Grundsätze mit Gewalt den beiden Söhnen zu vermitteln suchte. Das Verbot, sie wochentags an Fleisch und Wurst, überhaupt an den Freuden des Tisches teilhaben zu lassen, korrigierte Joachim, der ältere, durch immer neue Einbrüche in die Speisekammern. Hubertus fehlte dazu der Mut, was ihm zwar den Genuß von Schinken, Sauerfleisch und Spickaal vorenthielt, kollektive Strafen aber nicht ersparte. Konsul Teich vollzog sie stets mit einem langen hölzernen Kochlöffel, den die Mädchen sonst zum Rühren von Pflaumenmus gebrauchten, weil, so meinte er, es um dieses Ding nicht schade sei. Die Brüder, die sich äußerlich fast wie Zwillinge glichen, beide immer die größten unter Gleichaltrigen, blond und blauäugig, wie es sich gehörte für Hamburger, aber mit ausgeprägten Backenknochen und Nasen, die an der Spitze eine Spur nach oben zeigten, reagierten dabei unterschiedlich wie sonst auch: Joachim erschwerte durch lautes Geschrei, Strampeln und Zappeln seinem Vater die Prozedur so sehr, daß sie meistens vorzeitig abgebrochen wurde. Hubertus hingegen ließ sie in schweigender Verzweiflung über sich ergehen bis zum bitteren Ende. Erst danach wühlte er den Kopf in die Kissen. Aber das konnte den Konsul nicht mehr irritieren.

Viel später, wenn Hubertus sich in seine Kindheit zurückdachte, sah er den Vater am Tisch sitzen zwischen den Anrichten und Büfetts des dunkel getäfelten Eßzimmers, doppelt so groß, wie er in Wirklichkeit gewesen war, und doppelt vorhanden, auch noch als Porträt an der Wand, zweimal dieser Blick, der jeden Fleck, jede Verfehlung wahrnahm. Und daneben das Bild seiner Mutter, die Dame in blauer Spitze, kaum noch Erinnerung, eigentlich nur ein Name auf dem Friedhof. Er bezweifelte, daß sie die Härte ihres Mannes hätte mildern können, der im übrigen seine Überzeugung, tüchtige Prügel machten einen tüchtigen Kerl, allein durch seinen ältesten Sohn bestätigt fand. Joachim hielt, abgesehen von Bilanzen, nicht viel vom geschriebenen Wort. Er ruderte lieber im Regattaverein, hatte das Johanneum nur bis zur Mittleren Reife besucht und sich nach seiner Dienstzeit als Einjähriger mit Eifer im väterlichen Kontor am Rödingsmarkt betätigt, so daß es ihm nach dem plötzlichen Tod des Konsuls im Jahre 1900 gelang, die Reederei sicher durch die verschiedenen Friedens- und Kriegszeiten zu lotsen, nicht zuletzt wegen seines jovialen Humors, der ihm beim Frühstück in der Harmonie-Gesellschaft manchen nützlichen Wink einbrachte. Der weniger robuste Hubertus stand auch hierbei wieder abseits, profitierte diesmal aber als stiller Teilhaber von der brüderlichen Tüchtigkeit und konnte sich ohne Sorgen um den lästigen Broterwerb seiner Liebhaberei, der Botanik, hingeben.

Joachim, der Entscheidungen lieber allein traf, fand das Arrangement befriedigend. Dem Konsul dagegen wäre es ganz gewiß gegen den Strich gegangen. Allerdings hatte er nie viel von seinem jüngeren Sohn erwartet, diesem Weichling ohne Sinn fürs Praktisch-Geschäftliche, immer nur mit krummem Rücken hinter den Büchern, und daher angeordnet, daß er in Kiel Jura studieren solle, wobei den Wünschen des Betroffenen keinerlei Bedeutung beigemessen wurde, nicht einmal von Hubertus selbst. Es kam ihm verwegen vor, als er nach dem Tode seines Vaters Entschlüsse gegen dessen Willen fassen durfte. Nur zögernd und unter Ängsten, die ihn bis in die

Träume verfolgten, wagte er es, die ungeliebten Paragraphen gegen das Studium der Botanik einzutauschen, und gelangte auf diese Weise sogar zu Amt und Ehren. Nach einer Habilitationsschrift nämlich über *Die Anatomie des Lippenblütlerblattes in ihrer Abhängigkeit von Klima und Standort* – »wen interessiert denn so was?« wunderte sich Joachim – erhielt er, dreißig Jahre alt, von der Kieler Universität die Venia legendi und wurde als Privatdozent ins Vorlesungsverzeichnis aufgenommen, was zwar kaum etwas einbrachte, ihn aber die hängenden Schultern straffen ließ. Nicht ganz freilich. Der Konsul drohte selbst nach achtjähriger Abwesenheit noch in jeder Ecke des alten Hauses, das Hubertus nicht loszulassen schien. Auch während des Studiums war er dort wohnen geblieben, mit einem Zimmer in Kiel für Notfälle, und hatte, als der längst verehelichte Joachim in ein modernes Haus am Alsterufer zog, die Villa am Harvestehuder Weg auf sein Erbteil genommen, ein Jahr vor der eigenen Heirat, die sich als so ungeeignet erweisen sollte, den Schatten zu vertreiben.

»Wat is los mit de Fru?« hatte Greta wissen wollen und eine verschleiernde Antwort bekommen. Leidend, das besagte weder etwas über den Charakter noch über die Dauer dieses Leidens. Um es für Heideohren verständlich zu machen, wären Kraßheiten erforderlich gewesen, »die hat es im Kopf«, »unklug«, vielleicht auch kurz und bündig »verrückt«. So jedenfalls hätten Greta oder Lene sich ausgedrückt, handfest, ohne Kenntnis von Neurose, Depression, Manie, medizinische Definitionen, hinter denen Hubertus Teich sich verschanzte, und selbst dies nur in Gedanken. Für das Leiden seiner Frau Editha, geborene von Rogge, gab es keine Öffentlichkeit der Worte, ganz gleich welcher Art.

Greta und Lene in Süderwinnersen hätten auch das nicht verstanden, diese Abschottung des Natürlichen. Manches geriet, manches nicht, es lag in der Natur, die Gutes gab, dann wieder weniger Gutes, und wenn ein Mensch davon betroffen war, so nannte man es beim Namen und versteckte es nicht. In jedem Dorf saß einer nutzlos vor dem Haus, zuckend, sabbernd, bramarbasierend, von steinerner Stille, in besseren Fällen auch freundlich in die Hände patschend. Heute geschah es dieser, morgen jener Familie, das war dann Hensches Marie oder de oole Hinnerk von Lüdemanns Hof, man grüßte sie, redete ein paar Worte, sie bekamen ihr Essen und ihre Tritte, und beim Begräbnis gingen alle mit, wie es sich ziemte, wenn ein Nachbar starb. »Gott hat es geschickt«, pflegte Pastor Overbeck zu sagen, in dem Sinne nahm man es hin. Und falls die kleine Margret Cohrs so eine werden sollte, lütt Margret, Gretas und Willis Jüngste mit ihrem echolosen Gesicht, kein Lachen darin, kein Weinen, keine Frage, keine Antwort – wenn es ihr also bestimmt war, daß sie ein Leben lang zu den Unklugen gehören sollte, der Hof und das Dorf würden sie tragen, öffentlich, ohne Scham.

Wobei Hubertus Teich freilich zugute gehalten werden muß, daß er für die Frau in seinem Haus keinen Gott verantwortlich machen konnte, sondern die Hinterhältigkeit seiner Schwiegermutter, der verwitweten Ministerialrätin von Rogge, als deren Opfer er sich fühlte – alles zusammen im übrigen ein Teil auch von Lenes Geschichte, Fäden, die sie selbst nie fand, die man aber nicht heraushalten darf bei der Frage nach dem Warum und Wieso. Ein Spinngewebe, diese Geschichte, Faden hängt an Faden, kreuz und quer, zerreiße einen, und das Netz zittert, und die Geschichte ist nicht mehr zu fassen.

Editha von Rogge also, das Mädchen, in das Hubertus Teich sich verliebt hatte, Hals über Kopf. Unter Ausschaltung des Verstandes, würde jemand sagen, der wie sein Bruder Joachim an fixe Worte glaubt.

Ort der Handlung: die Insel Sylt in Jahre 1909, bereits damals gepriesen als Königin der Nordsee, keimfreie Luft, herrlicher Strand, völlig geruchlos, keinerlei Anschwemmungen, Herrenbad, Damenbad. Laut Prospekt ein Platz von internationalem Rang, an dem es sich großstädtisch-ungeniert und nach eigenem Geschmack leben ließ, allerdings, so die Einschränkung, innerhalb der vom guten Ton gesetzten Grenzen. Zu dem Familienbad, das vor einigen Jahren, zögernd und von kirchlichem Protest begleitet, eröffnet worden war, hatten Herren ohne Anhang keinen Zutritt.

Hubertus Teich war im Hotel Miramar abgestiegen, dem modernen Haus an der Hohen Kante von Westerland, wo die elegante Welt, ungeachtet aller technischen Fortschritte und neuen Ideen, immer noch das alte Salonstück aufführte, Aktionäre des Kaiserreichs ganz unter sich, während andernorts, in längst nicht mehr keimfreier Luft, zu Wochenlöhnen kaum höher als der Preis von einem Paar Ballhandschuhen aus Glacé, die Waffen für den nächsten Untergang produziert wurden. Fünf Jahre Frist bis zum Krieg. Ob es die Gäste des Miramar beunruhigte, bei der Table d'hôte, bei Sonne und Brandung, bei Polonaise und Quadrille? Diesen oder jenen vielleicht, sicher nicht zu viele, sicher nicht zu sehr. Untergänge hatte es immer wieder gegeben, auch immer Plätze in den Archen, eine jede Kugel, die trifft ja nicht, und der Krieg, meinte man, sei der Vater aller Dinge.

Hubertus Teich war mit dem Schiff »Kaiser« gekommen, ungern nur, die fünfstündige Seereise, überhaupt Veränderungen widerstrebten ihm. Aber der Arzt hatte Meeresluft angeraten, als Entspannung nach der Habilitation, auch einer hartnäckigen Bronchitis wegen. Er wollte einen Monat bleiben. Es wurden zwei, Juli, August.

Die ersten Wochen verrannen eintönig, Tage wie aus Blei, mit Gedanken, die, ziellos geworden, immer wieder ins Leere fielen. Er hatte die letzten Jahre in fast völliger Abgeschlossenheit verbracht, allein im Haus, zwischen Büchern und Pflanzen, und der Ferientrubel im Hotel ließ ihn noch mehr verstummen. Gäste aus allen Himmelsrichtungen, Familien, Paare, alleinstehende Herren, von Müttern mit heiratsfähigen Töchtern ins Schlepptau genommen – es kam Hubertus vor, als sei er der einzige Einsame inmitten dieser lachenden, flirtenden, tanzenden, liebenden Gesellschaft. Dennoch wehrte er jeden Versuch, sich seiner zu bemächtigen, ängstlich ab. Er ging am Strand entlang, Richtung Rantum oder Wenningstedt, streifte durch die Dünen, verbrachte sinnlose graue Stunden im Strandkorb, obwohl Wasser und Sand glitzerten.

Seine Zimmer, Schlafzimmer und ein kleiner Salon, lagen im zweiten Stock mit Blick zum Meer, aber die Brandung, anschwellend, abschwellend, ein endloses obszönes Atemholen, war kein Trost. Besonders abends nicht, wenn er, das Gemüt vom Wein eher verdunkelt, am Fenster stand und, während die Nacht sich auf die Wellen legte, fragte, wie es nun weitergehen sollte nach Dissertation und Habilitation. Diese Qualen bei der Verteidigung seiner Thesen, vor sich die Rabenschar der Professoren, kaum ein Satz, den er zu Ende bringen konnte ohne Schwitzen, Stammeln, Hustenreiz, und jetzt Privatdozent, jemand, von dem man Antworten erwartete, Entscheidungen, Schritte auf der Karriereleiter, nein, dachte er, nie wieder, und hatte längst beschlossen, für seine Vorlesungen Themen zu wählen, die in ihrer Abseitigkeit keinen Hund hinter dem Ofen hervorlocken, also vermutlich ausfallen würden, und dann wieder nur das Haus, die Bücher, die Pflanzen, was soll werden, dachte er und fand keinen Schlaf, war es das Meer, war es die Einsamkeit, er konnte es nicht auseinanderhalten.

Nach so einem Tag, mit so einer Nacht vor sich, traf er Editha, Editha von Rogge, wie er sogleich in Erfahrung brachte, Fräulein von Rogge aus Berlin. Er war ihr schon am Nachmittag begegnet, in Begleitung eines koffertragenden Hoteldieners. Doch erst am Abend sah er sie wirklich. Sie trat in die Halle, als er dort vom Diner kommend, noch einmal die Zeitungen durchblättern wollte, blieb zögernd an der Tür stehen, eine weiße Gestalt voller Volants, schritt dann gemessen, fast zu gemessen für ihre Jugend, wenn auch nicht für Hubertus, zu einem der muschelförmigen Sessel und ließ sich nieder.

Die Halle, Palmen und Oleander, geraffter Samt, mildes Licht von Seidenschirmen, an den Wänden das rotgrüngoldene Pompeji mit Atriumhöfen, Säulen und Frauen, die, Krüge auf den stolzen Häuptern, ihre Blicke zum Vesuv richteten, dem Schicksalsberg. Hubertus Teich hatte in den fast drei Wochen kaum etwas von dem Hotel wahrgenommen, nicht einmal den berühmten Kronleuchter im Speisesaal oder die Tapeten mit den Jugendstiltulpen. Doch jetzt wurde das Haus zum Rahmen für sie, die ihm gegenüber saß, perlenhaft zart im grauen Samt des Sessels, dunkle Locken über der Stirn und das Gesicht mit dem ein wenig lächelnden Mund von solcher Ruhe, als sei es in dieser Form gegossen für immer und ewig.

So jedenfalls ließ er sich seine Gedanken überschlagen, vom Pfeil Amors getroffen, wie Frau von Rogge, die jetzt hereinrauschte, sogleich registrierte, allerdings noch nicht wußte, ob davon weitere Kenntnis zu nehmen sei. Vorerst eilte sie mit den Worten »da bist du ja, liebste Editha« auf die junge Dame zu, die ihrerseits, ohne daß sich die Züge veränderten, »ja, Mama« sagte, mit der Betonung auf der letzten Silbe.

Mehr hörte Hubertus nicht, denn ausgerechnet in diesem Moment bat ihn der Page in die Telefonkabine, wo am anderen Ende der Leitung sein Bruder Joachim ihm mitteilte, die Fernsprechanschlüsse in der Straße wären tagsüber defekt gewesen und er wolle ausprobieren, ob das Malheur auch wirklich behoben sei. »Wie geht es dir?« fragte er, worauf Hubertus enthusiastisch »hervorragend, ganz ausgezeichnet!« brüllte, so laut, als müsse er mittels Stimmkraft die Distanz von Westerland bis Hamburg überwinden.

Bei seiner Rückkehr in die Halle fand er die Sessel leer, erfuhr jedoch vom Portier, wer die neuangekommenen Damen waren. Editha von Rogge. Ein Name, der in dieser Nacht die Brandung übertönte.

Seltsam, er merkte nichts. Weder am nächsten Morgen, als er sie auf der Strandpromenade zum zweiten Mal sah, diesmal in einem Kleid aus weißem, besticktem Voile, das Gesicht unter dem breitkrempigen Hut schön und unbewegt, noch bei der Table d'hôte, wo sie ihm gegenüber saß, ein Schachzug bereits der Ministerialrätin.

Wieder entzückte ihn die Aura von Ruhe, die Editha, so nannte er sie schon in Gedanken, umgab. Sie aß schweigend, die Augen dem Teller zugewandt. Keine raschen Blicke unter halbgesenkten Lidern, keine Wortbälle und Lachkaskaden, keine lockende Hand, die so tat, als wolle sie nur eine Haarsträhne aus der Stirn wischen, diese koketten Spiele junger Mädchen, vor denen er hilflos zurückwich, weil er nie gewagt hatte, seinen Part dabei zu übernehmen, weder die Eröffnung noch den Schluß, auch hierin anders als Joachim, der bedenkenlos zu den Frauen vorgedrungen war. Anfangs die Hausmädchen, dann diese oder jene »Person« aus Fabrik oder Laden und schließlich Eva, einzige Tochter von Kühne, Kühne und Co., zum Heiraten, ein nettes Mädchen mit Vermögen und ohne Flausen, das alle Voraussetzungen für eine vernünftige Hamburger Ehe bot.

»Verdammt noch mal«, hatte er gesagt, als Hubertus jeden Versuch, ihm ebenfalls eine »Person« zu verschaffen oder sich wenigstens einmal nach St. Pauli schleppen zu lassen, abwehrte, »willst du es dein Leben lang selber machen? Was ist mit dir los, Mensch, wir stammen doch aus demselben Stall«, und begriff nicht, wie ein einziger Kochlöffel so verschiedene Wirkungen haben konnte.

Also im Grunde doch nicht seltsam, daß Hubertus keine Neigung zeigte, Edithas standbildhafter Ruhe zu mißtrauen, sich vielmehr immer heftiger verliebte in ihre Schönheit, die nichts Bedrohliches für ihn hatte. Schweigend, das zarte Lächeln um den ein wenig geöffneten Mund, spazierte sie schon bald neben ihm die Promenade entlang und lauschte, oder schien zu lauschen, wenn er von seiner Jugend sprach, seiner Familie, seinen Studien, auch über politische und gesellschaftliche Entwicklungen, für die er sich in einer vagen, von der Realität abgehobenen Weise interessierte. Die Sozialdemokraten etwa und ihr Kampf für ein besseres Leben der Arbeiter. »Man muß es verstehen«, sagte er, »es gibt ja nicht nur uns, die Wohlhabenden, Gebildeten, auf der Sonnenseite des Lebens. Da steht ein ganzes Heer im Dunkeln und schreit nach mehr Licht, wenn Sie diesen etwas übertriebenen Ausdruck gestatten wollen. Wahlrecht zum Beispiel, gnädiges Fräulein, freies demokratisches Wahlrecht für alle. Ist Ihnen klar, daß es in Preußen immer noch das Dreiklassenwahlrecht gibt? Ein Mensch hat eine Sehnsucht, steht bei Gerhart Hauptmann, o ja, ich verstehe es.« Dies alles erklärte er mit einer gewissen Emphase, ohne jedoch das Elend, das er beklagte, in irgendwelchen Bezug zu seinen persönlichen Verhältnissen zu bringen, der Summe etwa, die jährlich wie von selbst auf sein Konto bei der Hamburger Commerzbank floß. Auch die Versuche der Frauen, aus ihren Reservaten in die Berufswelt der Männer vorzudringen, bezeichnete er als durchaus wünschenswert, »eine neue Zeit verlangt neue Ideen, Fräulein Editha, rasanter Fortschritt auf allen Gebieten, Industriestädte dort, wo vor einigen Jahrzehnten noch der Meister am Amboß stand, man kann die weibliche Hälfte der Menschheit nicht in der Vergangenheit festnageln«, fand aber gleichzeitig die Studentinnen in ihren Reformkleidern, die neuerdings überall in den Auditorien auftauchten, degoutant, und so etwas in seinen eigenen Vorlesungen, nein, bitte nicht.

Editha war auch hierin seiner Meinung, nickte, sagte »ja, Herr Dr. Teich, nein, Herr Dr. Teich, wie interessant, Herr Dr. Teich«, und er wollte gar nichts anderes hören, jetzt, da er endlich fähig war, zu reden ohne Stammeln, Husten, Schweißausbrüche. Nichts störte ihn mehr, die Menschen nicht, auch nicht die Kurkapelle in der Musikmuschel mit ihren *Nordseewellen*, der *Berliner Luft* und dem *Largo* von Händel. Er hätte sogar getanzt, wenn es Edithas Wunsch gewesen wäre. Aber zum Glück tanzte Editha nicht. Sie habe einmal ein schreckliches Erlebnis gehabt, erfuhr er von Frau von Rogge, als er sich erbot, sie und ihre Tochter zum Sommernachtsfest zu begleiten. Ihr Vater sei während eines Balles vom Herzschlag getroffen worden, seitdem ertrüge sie solche Veranstaltungen nicht mehr. Er äußerte sein Bedauern, betrachtete es aber dennoch als Vorzug, daß sie den stilleren Vergnügungen zugeneigt war, Spaziergängen, Kutschfahrten über die Insel, Nachmittagen im Strandkorb bis zum Abend, wenn die Sonne pastellfarben unterging.

»Die gleichen Farben wie meine Blumen«, sagte Editha einmal.
»Welche Blumen?« wollte er wissen.
»Blumenbilder. Aquarelle. Sie malt doch so wunderhübsch«, erklärte Frau von Rogge, die sich sonst meistens zurückhielt, den Flug der Möwen verfolgte und nur aus den Augenwinkeln beobachtete, was sich da anbahnte, mit Genugtuung, aber auch mit Angst. Sie kannte inzwischen die Verhältnisse von Edithas Verehrer und hoffte zu Gott, daß die passable Phase ihrer Tochter, diese freundliche Ruhe zwischen depressiver Versteinerung und den Erregungen der Manie, lange anhalten möge, ein halbes Jahr wenigstens, und man nicht gezwungen sei, unter einem Vorwand plötzlich abzureisen.
»Kind«, flehte sie, »es ist eine Chance, sei liebenswürdig, er ist reich, nicht von Adel, aber eine erstklassige Hamburger Familie, das ist fast genauso, Hanseaten, Kind, und so ein reizender Mensch, findest du denn nicht, daß er blendend aussieht?« »Ja, Mama«, sagte Editha, und in der Tat schien Hubertus' liebevolle Aufmerksamkeit ihr wohlzutun. Manchmal lachte sie, leise nur, aber immerhin, erzählte von einem Buch, das sie gelesen hatte, äußerte Wünsche, erkundigte sich auch – dies allerdings hatte die Ministerialrätin ihr eingeprägt –, woher sein Interesse an der Botanik rührte.
»Ja, das lag wohl an dem Gärtner in unserem Haus«, sagte er, »ein älterer Mann. Der Park ist reichlich groß, bis zur Alster hinunter, und er kannte jede Pflanze, ganz gleich, ob Blume oder Unkraut, hinter dem bin ich hergelaufen als Junge, bis ich sie auch kannte, und dann wollte ich mehr wissen. Zum Ärger meines Vaters, das muß ich Ihnen gestehen.« Er schwieg. »Pflanzen«, sagte er dann, »ich weiß nicht, ob Sie das seltsam finden, Fräulein Editha, Pflanzen leben für mich. Sie werden geboren, wachsen, blühen und verwelken. Wie Menschen. Aber sie sind nie grausam.«
Sie sah ihn an und lächelte, und er fühlte sich verstanden. Editha, schön und stumm wie eine Pflanze. Das war es wohl. Und so, als er seinen Aufenthalt im Miramar schon um fast drei Wochen überzogen hatte, bat er sie um ihre Hand.

Es geschah nach einem Gespräch mit ihrer Mutter, draußen auf der Dünenterrasse, wo vor den Fenstern des Speisesaals die Strandkörbe standen, Logenplätze für die Gäste, von denen aus man dem Treiben unten am Wasser zusehen konnte, die Herren im Schmuck ihrer Panamas oder Prinz-Heinrich-Mützen, die Damen leicht und hell gekleidet, mit spitzenbesetzten Schirmen zum Schutz gegen Sonnenbräune.

Hubertus Teich, ebenfalls in sommerlichem Mohair, hatte sich nach kurzer Mittagsruhe dorthin begeben, um mit Editha und der Ministerialrätin den Tee einzunehmen. Es war bereits Ende August, nicht zu warm, nicht zu windig, Himmel und Meer fast so blau wie auf den Postkarten, die es beim Fotografen Monck in der Friedrichstraße zu kaufen gab. Er hatte seinen Strandkorb vom Hausdiener an den der Damen heranrücken lassen und versuchte, die Wartezeit mit einem Zeitungsartikel über die projektierten Hamburger Untergrund- und Hochbahnen auszufüllen, wurde aber von einer ehelichen Diskussion in der Nachbarschaft abgelenkt, wo eine Frauenstimme es einen Unfug nannte, Wasserleitungen in die oberen Stockwerke des Herrenhauses legen zu lassen, da es doch entschieden weniger kostspielig sei, die gefüllten Krüge auch weiterhin von Dienstboten nach oben tragen zu lassen, und, als ihr Gesprächspartner Bedenken erhob – »darauf sollte man sich nicht verlassen, meine Liebe, immer mehr Frauen arbeiten in Fabriken und Kontoren, Hunderttausende schon, und die Sozialisten...« –, schrill darum bat, ihr doch bitte nicht den Nachmittag mit diesem widerwärtigen Wort zu verderben.

»Was mag ein Menschenalter später hier sein?« fragte sich Hubertus Teich und versuchte vergebens, in eine so weit entfernte Zukunft vorzudringen. Wie auch, er hätte in die Haut seiner noch nicht gezeugten Tochter Lisa schlüpfen müssen, die siebzig Jahre später ebenfalls im Miramar wohnte, immer noch das Miramar, und davor die See, blau unter blauem Himmel. Wasser und Himmel werden bleiben, dachte Hubertus Teich, und sie hätte ihm etwas erzählen können von ölverklebten Vögeln, die im Morgengrauen an der Sylter Flutkante eingesammelt werden mußten, von verseuchten Meeren, von Wolken, aus denen es Gift regnete. Und daß die Menschen am Strand, nackt und braun jetzt, immer noch so täten, als gäbe es dies alles nicht.

»Mein lieber Herr Dr. Teich«, sagte Frau von Rogge, »warten Sie schon lange?«

Er stand auf, in der Tat gutaussehend, wie sie wieder einmal fand, aristokratisch geradezu mit diesem hohen Wuchs und dem schmalen Kopf, dazu der exzellent gearbeitete Anzug. »Kommt Fräulein Editha nicht zum Tee?« fragte er, und die Unruhe in seiner Stimme bestärkte sie in ihrem Entschluß, der Ungewißheit ein Ende zu machen.

»Sie ruht noch ein wenig«, sagte sie. »Das Kind ist traurig. Unsere Abreise übermorgen...«

»Übermorgen?« rief er.

»Leider.« Sie zupfte an den Falbeln der blaßlila Bluse aus Crêpe de Chine, die wie alles, was sie und Editha trugen, von ihr selbst geschneidert worden war, makellos, nicht zu unterscheiden von den Modellen in »Wiener Mode« und »Les Modes de Paris«. Sie hatte sich diese Fertigkeit nach dem Tod des Ministerialrats angeeignet, um weiterhin in der Gesellschaft bestehen zu können, trotz der geringeren Einkünfte. Reisen wie diese nach Sylt waren längst Vabanquespiele in der Hoffnung, doch noch einen Mann zu finden für Editha und sie so vor dem Ende in einer Anstalt zu bewahren. Die Hinterhältigkeit der Frau von Rogge. Vielleicht sollte man ihr etwas mehr Milde gewähren, als Hubertus Teichs Haß es später zuließ. Es gibt so viele Rechtfertigungen im Verlauf dieser Geschichte, warum Edithas Mutter ausnehmen? Dat Hemd is een neger as de Rock, hieß es in Süderwinnersen.

»Leider«, sagte sie also. »Ich habe eine Nachricht erhalten, die mich zwingt, unseren Aufenthalt hier eine Woche früher abzubrechen. Ob wir wohl etwas Tee bekommen könnten?«

Hubertus winkte dem Kellner, wartete schweigend, bis Tee und Gebäck serviert waren, trank, schwieg immer noch.

»Fahren Sie nach Berlin zurück?« fragte er schließlich. Sie führte die Tasse zum Mund, stach mit der Gabel ein Stückchen Sahnetorte ab und kaute behaglich. »Zunächst. Aber nur für kurze Zeit. Sobald wir Plätze auf einem Dampfer bekommen, werden wir uns nach Amerika einschiffen.«

Er starrte sie an, und Frau von Rogge fuhr fort, daß sich in Washington eine Cousine befände, Mrs. Sanderson, mit einem Diplomaten verheiratet, die ihrem Gatten für ein Jahr nach Europa folgen müsse und sie gebeten habe, in dieser Zeit das Haus zu hüten, dem könne man sich nicht entziehen.

»Es liegt manche Annehmlichkeit darin«, sagte sie. »Allein die Seereise! Ich nehme an, wir werden in Hamburg an Bord gehen. Ob Sie uns dort ein wenig zur Seite stehen könnten?«

Mit distanzierter Liebenswürdigkeit blickte sie zu ihm auf, und wer hätte vermuten sollen, daß es weder einen Mr. noch eine Mrs. Sanderson gab, überhaupt nichts an Verwandtschaft in Washington, folglich auch keine Reise dorthin, sondern alles nur ihrer Phantasie entstammte. Gespinste der Nacht, in der sie, wie so oft, schlaflos neben ihrer Tochter gelegen hatte, ein Taschentuch gegen den Mund gepreßt, um stumm zu bleiben. Editha vierundzwanzig, sie, die Mutter, nahe den Sechzig, wo sollte es hin, wenn auch diese Begegnung wieder ins Leere liefe, sie ertrug es nicht länger, und so wurden die Sandersons geboren, mit Diplomatenstatus, denn ein gewisses Dekorum mußte sein. »Alice Sanderson, Kind«, sagte sie zu Editha, als sie ihr am Morgen die Haare aufsteckte. »Eine geborene Alsleben, wie ich, du erinnerst dich wohl kaum, so lange hat sie nichts von sich hören lassen, und nun dies.«

»Ein ganzes Jahr?« murmelte Hubertus.

»Vermutlich«, sagte Frau von Rogge. »Vielleicht auch länger, wer weiß. Nehmen Sie doch noch etwas von dem Sandkuchen, er ist ausgezeichnet, nicht so süß wie vorgestern.«

Aber Hubertus aß nichts. Er trank seinen Tee, gedankenlos, eine Tasse nach der anderen, bis Editha erschien und man zu einem Spaziergang nach Wenningstedt aufbrach, an der Flutkante entlang, unter anderem auch, weil Frau von Rogge die Möwen füttern wollte. Es war Ebbe, der feuchte Sand trittfest. Editha hatte einen Schal um den Strohhut gebunden, dessen Enden am Kinn flatterten. Der Wind preßte ihr Kleid gegen den Körper, und während Hubertus nach Worten suchte für seine Gefühle, sah er, wie sich unter dem Stoff die zarte Wölbung des Bauches abzeichnete und der Punkt, wo sich die Beine teilten. Das nahm ihm die Sprache.

Auch Editha blieb stumm. Erst, als sie die Kutsche bestiegen, die sie zurück nach Westerland bringen sollte, sah sie ihn an und sagte: »Es tut mir sehr leid, Herr Dr. Teich, daß es nun zu Ende geht«, so, wie ihre Mutter es ihr eingeschärft hatte, und wieder geriet er in Aufruhr.

Die entscheidenden Worte fielen erst später, auf dem Hotelkorridor, mitten im Trubel des abendlichen Hin und Her. Er wollte gerade seine Zimmertür abschließen und in den Speisesaal hinuntergehen, da sah er sie kommen, von rechts, wo die Toiletten lagen. Eigentlich hätte er eine Dame in dieser Situation nicht bemerken dürfen. Doch plötzlich verließ ihn alles, Furcht, Feingefühl, Diskretion. Er eilte auf sie zu, ergriff ihre Hände und fragte, ob sie seine Frau werden wollte.

Editha lächelte sanft wie immer und sagte: »Ja, Herr Dr. Teich.«

Wie konnte dies alles geschehen, fragte sich Hubertus Teich in späteren Jahren wieder und wieder, fand Antworten, verwarf sie, suchte nach neuen, aber was nützte es. Joachim dagegen, in seinem Alsterufer-Behagen, mit einer vernünftigen Hamburger Frau und drei ebenfalls robusten Söhnen, wußte es genau. »Die reine Dußligkeit«, sagte er. »Keine Ahnung von den Menschen. Wie auch. Wenn einer bloß immer in der Ecke sitzt, fällt er natürlich rein bei der nächstbesten Gelegenheit.«

Er hatte über New Yorker Geschäftsfreunde Erkundigungen eingeholt hinsichtlich des Sanderson-Phantoms, leider zu spät, und konnte, da Hubertus weder sich noch die Familie dem Skandal einer Scheidung aussetzen wollte, auch nicht die Härte aufbrachte, Editha hinter den Gittern eines Sanatoriums verschwinden zu lassen, ihm nur noch in brüderlicher Solidarität behilflich sein, die Dinge zu vertuschen. Nicht ohne vorher, wie üblich stellvertretend für Hubertus und unter Verzicht auf jede hanseatische Höflichkeit, der Ministerialrätin die Meinung zu sagen, mit starken Tönen wie Gaunerei und Betrug, und daß er sie, falls es ihr einfallen sollte, sich wieder in Hamburg zu zeigen, persönlich aus der Stadt hinauszujagen gedenke. Eine wohl doch etwas überzogene Androhung, die schon einige Jahre darauf durch Frau von Rogges Tod ihre Gültigkeit verlor, im übrigen vorher von Hubertus mehrmals unterlaufen wurde, weil Editha nach der Mutter rief.

Ein halbes Jahrhundert später kam Lisa zu Hubertus Teich an den Harvestehuder Weg, auf der Suche nach ihrer Identität, wie sie ihm erklärte.

»Identität«, sagte er, »habe ich so etwas besessen?«

Dann begann er über sich und sein Leben zu sprechen, rückhaltlos, ohne Reserven, wie damals auf der Promenade von Sylt, zu dieser fremden Tochter. »Wie konnte das alles geschehen?« fragte er. »Ausgerechnet sie.« Und Lisa verstand beides nicht, weder den Betrug noch daß er es mit dem Betrug ausgehalten hatte.

»Sie haben es geschehen lassen«, sagte sie, nicht imstande, diesem Fremden das Du zu schenken. »Sie haben offenbar alles geschehen lassen, mich ja auch.«

Das war 1959, überall noch Ruinen, Jahre des Aufbruchs. Viel später erst begriff sie, daß jede Zeit und jeder Mensch seine Verstrikkungen hat, und sie dachte mit mehr Milde an den Mann, der ihr Vater war.

Aber das ist eine spätere Geschichte, noch nicht voraussehbar im Sommer 1909, als Hubertus Teich Editha von Rogge heiratete, wenige Wochen nach seinem Antrag, von dem er die Ministerialrätin sogleich unterrichtet hatte.

»O mein lieber Hubertus!« hatte sie unter Tränen ausgerufen, »daß ich Sie Sohn nennen darf!« Exaltierte, aber ehrlich gemeinte Worte, ohne List und Lügereien, zu denen sie sich erst in dem folgenden Gespräch unter vier Augen wieder gezwungen sah.

Es fand nach dem Essen statt, in Hubertus' kleinem Salon, wo man ungestört reden konnte. Sie wolle, sagte Frau von Rogge, aufrichtig sein und, ehe die Verlobung an die Öffentlichkeit käme, ihn wissen lassen, daß Editha mit keiner Mitgift rechnen könne. Sie lebe von der Pension ihres verstorbenen Gatten, mühevoll, jetzt könne er es ja erfahren, und nur unter Opfern wären Tage wie diese auf Sylt...

Hier fiel Hubertus, dem das Bekenntnis unangenehm war, auch der etwas gezierte Zungenschlag, ihr ins Wort. »Liebe gnädige Frau, wollen wir das Thema doch beenden. Meine Verhältnisse sind mehr als bequem, ich liebe Editha, Geld bedeutet mir nichts.«

Sie zweifele nicht an seinem edlen Sinn, sagte sie, schon wieder ein Wort, das ihn peinlich berührte, und für die Aussteuer würde natürlich gesorgt. Sobald sie zurückkämen aus Amerika...

»Amerika? Sie wollen unter diesen Umständen doch nicht etwa eine so lange Reise antreten?« fragte er bestürzt, worauf sie in verschämter Erregung gestand, es geschähe wahrhaftig nicht zum Vergnügen, und bei Gott, sie verschwiege es lieber, aber er habe ein Recht auf die volle Wahrheit, und leider lägen die Dinge so, daß sie das Angebot der Sandersons nicht abschlagen dürfe, es sei mit gewissen finanziellen Vorteilen verbunden, dazu die Einsparung am Lebensunterhalt...

»Ein ganzes Jahr!« rief Hubertus. »Und Editha?«

»Soll ich das Kind etwa ungeschützt zurücklassen?« fragte Frau von Rogge, und er erlaubte sich den Vorschlag, für ihrer beider Unterhalt aufzukommen, zumal er Editha schon jetzt als die Seine betrachtete.

»Verletzen Sie mich nicht!« unterbrach sie ihn, und endlich kam der Vorschlag, auf den sie das Gespräch hinzusteuern versucht hatte: Ob es unter diesen Umständen nicht das beste wäre, die Trauung noch vor ihrer Abreise stattfinden zu lassen.

»Himmel!« rief sie. »So bald? Das Brautkleid! Die Aussteuer!« Nutzlose Einwände. Er beharrte auf seinem Wunsch, gewann ihm immer mehr Geschmack ab, begann zu drängen, bis sie schließlich – »wenn es sein muß« – ihre Zustimmung gab.

Bevor sie den Salon verließ, um ihre Tochter zu holen, drehte sie sich noch einmal um und nahm seine Hände. »Seien Sie gut zu ihr, auch in bitteren Zeiten. Versprechen Sie mir das?« Die Worte kamen leise, ohne Geziertheit und Exaltation, so daß es ihn betroffen machte.

»Versprechen Sie es mir?« wiederholte sie. Er nickte und sagte: »Für gute und für schlechte Tage.«

»Was ist mit dir los, Mann?« staunte sein Bruder, als Hubertus überraschend am Alsterufer auftauchte, ein neuer Mensch, wie es schien, gesprächig und kaum zu bremsen in seiner Unternehmungslust. »Haben sie dir einen Liebestrank eingetrichtert? Wozu der Galopp, wir würden die Dame ja gern mal kennenlernen«, und Eva, seine Frau, die inzwischen drei Söhne großzuziehen hatte und sich mit Ernst und praktischem Verstand in der Wohlfahrtspflege engagierte, wollte wissen, ob sie bei ihrer neuen Schwägerin auf Interesse und Mitgefühl für die Armen rechnen könne.

»Kommt doch nach Berlin«, schlug Hubertus vor. »Ich fahre übermorgen, das Aufgebot muß bestellt werden.«

Aber dazu fehlte Joachim die Zeit, unglückseligerweise, denn seinem nüchternen Blick wäre vermutlich nichts entgangen, weder die Seltsamkeiten der Braut noch die fast panische Besorgtheit, mit der die Ministerialrätin ihre Tochter abschirmte. Sogar Hubertus schien es merkwürdig, daß sie ihn und Editha, wenn er vom Kaiserhof, wo er logierte, zu Rogges in die Kantstraße kam, kaum eine Sekunde aus den Augen ließ. So hingebungsvoll sie sich auf Sylt den

53

Möwen gewidmet hatte, jetzt, nachdem das Ziel erreicht war, verhinderte sie jedes vertraute Wort, von Berührungen gar nicht zu reden.

Hubertus schob es den Konventionen zu, die in Berlin offenbar wieder mehr beachtet werden mußten. Mit der Gewißheit, daß bei dem nächsten Zusammentreffen alle Schranken fallen würden, fuhr er nach Hamburg zurück, um seinerseits Vorbereitungen für die Hochzeit zu treffen. Unter anderem bestellte er bei Wollbrandt ein neues Schlafzimmer, weiß, Vorhänge, Teppiche, Tapeten, Baldachin und Überwurf fraisefarben, außerdem für Edithas Boudoir Möbel im Jugendstil, dessen pflanzenhaft ornamentale Linien, wie er fand, so gut zu ihr paßten. Tagelang suchte er nach den passenden Spiegeln, Vasen, Bildern, Stoffen. Als Tapete wählte er schließlich ein helles Braun mit zarten, gelbverschlungenen Mustern, auch die Bezüge der Stühle und Sessel in diesem Gelb. Und ganz zum Schluß, er glaubte schon, fertig zu sein, entdeckte er eine Garnitur für den Toilettentisch, Bürsten, Kämme, Spiegel aus venezianischem Silber, deren Preis, wäre er dem Konsul noch zu Ohren gekommen, vermutlich zu Hubertus' Enterbung geführt hätte.

Das Schönste. Das Teuerste. Und trotzdem alles umsonst. Hubertus hätte sich den Aufwand sparen können.

Das jedenfalls war Joachims Meinung, so vehement, als stellten diese überflüssigen Ausgaben den Höhepunkt des Fiaskos dar, verständlich bei seiner durch Gewinn- und Verlustrechnungen geprägten Natur, es lag ihm im Blut, nicht zum Schaden für Hubertus, der bequem davon lebte. Auch der Fortgang der Geschichte, wenn man so will. Ohne diesen Geschäftssinn – kommerzielle Phantasie, sollte es ein Festredner anläßlich der Feier von Joachims fünfundsiebzigstem Geburtstag nennen – kein Wanderer Puppchen, keine Fahrten nach Süderwinnersen, was wäre von Lene zu erzählen. Aber dennoch, kaufmännische Erwägungen einmal beiseite: Das Glück, das Hubertus Teich empfand, als er die Geschäfte durchstreifte und in Wollbrandts Kontor seine Bestellung aufgab, Entwürfe, Holz- und

Stoffmuster begutachtete, die Dringlichkeit erklärte, Zusagen für die pünktliche Lieferung herauspreßte, das Glück, dabei an Editha denken zu dürfen. Editha mit ihm in diesen Zimmern, abends, morgens, und danach sie beide, Herr und Frau Dr. Teich, in den Straßen Hamburgs, seiner Stadt, Rathaus und Michel, Jungfernstieg, Wall, Alsterpavillon, Fleete und Twieten und Speicher und der Hafen, wo auch die Schiffe der Reederei lagen, TL auf den Flaggen, Teich-Linie, zum ersten Mal war er stolz darauf – dieses Glück, bedeutet es so wenig? Irgend jemand hätte Hubertus, als er die Überflüssigkeit von Schlafzimmer und Boudoir erkannte, sagen müssen, daß nicht nur Enttäuschungen zählen, sondern auch, was ihnen vorausgeht. Aber Joachim war der einzige, mit dem er darüber sprach.

Die Hochzeit fand einen knappen Monat später statt, in aller Stille sozusagen, selbst die Anzeigen sollten erst nachträglich verschickt werden. Frau von Rogge hatte ihre Gründe, noch größere Turbulenzen von Editha fernzuhalten. Es ließe sich nicht anders arrangieren, beschied sie diejenigen, die Wind von dem Ereignis bekommen hatten und delikate Vermutungen zwar nicht äußerten, aber zweifellos hegten. Wie soll man es schaffen mit den Vorbereitungen, fünf Tage nach der Hochzeit schon müsse sie an Bord der *Auguste Viktoria* gehen, auch das junge Paar wolle verreisen, drei Wochen Reichenhall, sie sei durchaus gegen diese Eile, aber der Bräutigam bestünde darauf, bitte haben Sie Verständnis.

So war nur eine kleine Gesellschaft in der Gedächtniskirche versammelt, Joachim mit seiner Frau Eva und den beiden älteren Söhnen, dazu von Edithas Seite zwei Tanten, Schwestern ihrer Mutter, die eine ebenfalls verwitwet, die andere Insassin des Stifts Tschirnau für unversorgte adlige Damen. Sie hatten Hubertus gerührt in die Arme geschlossen, später aßen sie erstaunliche Mengen, mehr ließ sich nicht sagen nach dem kurzen Zusammensein.

Die Trauung wurde von Pastor Fehse vorgenommen, der Editha schon konfirmiert hatte und in seine Predigt fast beängstigend viele Hinweise auf Krankheit, Not und Trübsal einflocht, Prüfsteine Gottes nannte er dies, an denen die Liebe sich zu wetzen habe. Ein Ärgernis für die Brautmutter, die ihn, in Unkenntnis seiner störrischprotestantischen Natur und dessen, was er für seine Pflicht hielt, eindringlich darum gebeten hatte, nichts Prekäres zu erwähnen. Joachim wunderte sich. Er hatte sich schon mehrfach gewundert, von Anfang an. Die ganze Veranstaltung kam ihm seltsam vor, künstlich und kümmerlich zugleich. Der Mangel an Gästen, die Abgeschlossenheit, eine leere Kirche, keine Gratulanten vor der Tür, und nun noch der Pastor mit seinen Prüfsteinen. Die Braut, weiße Seide, dazu die Spitzen, in denen schon Mutter und Großmutter vor den Altar getreten waren, sicher, die Braut sah reizend aus, erinnerte ihn aber geradezu quälend an eine der flötenden, fiedelnden, trompetenden Figuren auf der großen Jahrmarktsorgel beim Hamburger Dom. Oder war es die Teepuppe aus Venedig, die in Evas Boudoir vor sich hinstarrte? Um den Gedanken loszuwerden, versuchte er, sich seine neue Schwägerin im Bett vorzustellen, was ihm jedoch nicht gelingen wollte, ein schlechtes Zeichen. Aber bitte, dachte er, ich bin's ja nicht, Gott sei Dank, und wünschte Hubertus das Beste, hatte ihm sogar rechtzeitig ein *Diskretes Brevier für den Herrn von Welt* zugesteckt mit den Worten:»Damit du weißt, daß es auch anders geht als bei den Lippenblütlern.« Mehr konnte man nicht tun.

Dennoch schien ihm eine Katastrophe in der Luft zu liegen, auch während des Essens bei Kempinsky, Lachssoufflé, Bouillon mit Sherry, Steinbutt, Rehrücken, alles vorzüglich, ebenso die Mokkacreme, der Käse, das Gebäck. Er brachte den Toast aus, wer sonst sollte es tun, küßte die Braut, drückte Hubertus die Hand und war froh, als er mit den Seinen kurz nach vier wieder zurück nach Hamburg fahren konnte. »Die reinste Beerdigung«, sagte er zu Eva. »Aber mein Bruder war ja schon immer ein komischer Vogel.«

Um diese Zeit hatten Hubertus und Editha ihre Reise bereits angetreten, vorerst nur bis Göttingen, wo in Gebhards Hotel eine Suite auf sie wartete.

Die Ministerialrätin hatte sich mit Tränen von ihnen verabschiedet, Rührung, wie Hubertus annahm. Es lag jedoch hauptsächlich an der Sorge um Edithas Balance, die, so schien es ihr, unter den Aufregungen schon einigen Schaden genommen hatte. Für einen Moment war sie fast bereit gewesen, Hubertus die Wahrheit zu sagen, dann aber ließ sie den Dingen ihren Lauf. Und was die erste Nacht betraf, so lief, Hubertus war sich dessen sicher, alles glücklich. Er hatte sich an Hand von Joachims Brevier soweit informiert, wie die Theorie es zuließ, und brachte trotz Hemmungen und Ängsten seinen Part mit Anstand hinter sich. Als er danach, Editha im Arm, wieder zu sich kam, ließ seine Seligkeit ihn Dinge sagen, die er bisher nie über die Lippen gebracht hatte, wann auch. Sie dagegen blieb stumm, vor, während und nach der Prozedur, was er nicht anders erwartet, auch nicht gewünscht hatte. Ihre Zurückhaltung war es ja, die ihm Mut machte. »Liebst du mich?« fragte er und zweifelte nicht an der Aufrichtigkeit ihrer Antwort: »Ja, Hubertus.«

»Eine Frau liebt ihren Mann«, hatte die Ministerialrätin gesagt bei dem Versuch, ihr die Ehe nahezubringen. »Er wird alles für dich tun und du auch für ihn, das ist deine Pflicht.«

»Ja, Mama.«

»Im übrigen, Kind, wird er sich dir nähern.«

»Ich weiß, Mama.«

»Nein«, sagte sie, »du weißt es nicht. Er wird neben dir liegen, unbekleidet, und es wird etwas geschehen, das allen verheirateten Frauen geschieht, du mußt es hinnehmen.«

»Was, Mama?« fragte sie, und ihre Mutter hatte sich abgewandt und lauter als nötig erklärt, das könne sie ihr unmöglich auseinandersetzen, es sei das Geheimnis der Hochzeitsnacht, das müsse sie selbst erfahren.

Jetzt hatte sie es hingenommen und erfahren, mit welchen Empfindungen auch immer, sie zeigte es nicht. Noch nicht. Noch konnte sie sich in den Grenzen halten, die man um sie gezogen hatte von früh an, bitte benimm dich, frage nicht, tu, was man dir sagt.

Editha von Rogge, ein Mädchen, so schien es, wie viele ihres Standes, hübsch, wohlerzogen, nicht sehr klug, aber ausgestattet mit allen Floskeln für eine gebildete Konversation. Ihr Vater, der Ministerialrat, hatte erst mit fünfundvierzig Jahren, als eine kleine Erbschaft ihm erlaubte, sein Haus standesgemäß zu führen, geheiratet und starb während eines Balles beim Innenminister, wohin er sich pflichtgemäß und trotz Unwohlseins begeben hatte. Editha tanzte gerade Walzer, als es geschah, das Kleid voller Heckenrosen, grüne Ranken im Haar. »Bekomme ich noch einen Tanz?« fragte Leutnant von der Lehe, da holte man sie zu dem toten Vater.

Zehn Monate danach brach die Krankheit aus. Manisch-depressives Irresein nannten es die Ärzte in ihrer Hilflosigkeit. Freud war kaum über Wien hinausgedrungen, Psychopharmaka lagen noch in weiter Ferne, es ließ sich nichts tun. Als Kind war sie lebhaft gewesen, nur schwer zu zähmen, später jedoch eher verschlossen, man wußte nie, was in ihr vorging. Möglich, daß sie nach mehr verlangte, als sie bekam, zu viele Fragen hatte, Wünsche, Ängste hinter dem jungmädchenhaften Schmelz, den man von ihr forderte, höhere Tochter, kein Wort, keine Bewegung außerhalb der Grenzen.

Mit der Krankheit durchbrach sie die Grenzen, stumm oder laut, je nachdem, wohin das gestörte Gleichgewicht der Seele sich neigte. Einige Jahrzehnte später, und vielleicht hätte sie damit leben können. Nachruf auf eine zu früh Geborene.

Es begann am Morgen nach der so vielversprechenden Hochzeitsnacht, als Hubertus Teich wach wurde, weil Edithas Mund auf seinem lag. »Aber Kind«, murmelte er, worauf sie sich an ihn drängte, kichernd und keuchend, so daß er vor Schreck nicht reagieren konnte und mit dem Hinweis auf die baldige Abfahrt nach Reichenhall hastig das Bett verließ.

»O Hubertus«, rief sie lachend und weinend zugleich, er konnte es nicht unterscheiden. Und plötzlich fiel ihr Nachtgewand mit den Biesen, Volants und Spitzen, ohne das er sie jetzt nicht anzusehen gewagt hatte, auf den Boden, nackt stand sie da, ihre Haut, die kleinen Brüste, der Bauch, alles, wonach er sich gesehnt hatte, entwürdigt und entweiht. Er wollte sich in den Ankleideraum retten, aber sie klammerte sich an ihn, flehend und bettelnd, wurde lauter, begann zu keifen, Editha, ein keifendes Marktweib.

Er wußte sich nicht anders zu helfen, als ihr den Mund zuzuhalten, bis sie fast erstickte. Danach wurde sie ruhiger.

Sie kleidete sich an, er ließ das Frühstück aufs Zimmer bringen, und während Editha sich Kirschmarmelade aufs Brötchen strich, sagte sie, daß Kirschmarmelade ihr schon immer am besten geschmeckt habe, dir auch, Hubertus, als Kind waren wir auf einem Gut, dort durfte ich Kirschen pflücken, ach Gott, aufs Land, laß uns aufs Land fahren, Hubertus, magst du das Land, so antworte doch, eigentlich gefallen mir die Berge gar nicht, wir hätten nach Griechenland gehen sollen, warum fragt mich keiner, oder Venedig, Mama hat auf ihrer Hochzeitsreise die Tauben auf dem Markusplatz gefüttert, aber mich fragt ja keiner, warst du schon in London, Hubertus, der Tower, Maria Stuart ist doch wirklich ein interessantes Stück, findest du nicht auch, Hubertus, jetzt antworte endlich, du sollst antworten, Hubertus.

»Ja, Editha«, sagte er, und sie redete weiter, gestikulierte, kokettierte, lamentierte, eine Person, die nicht einmal äußerlich noch jenem Quell der Ruhe glich, als den er sie seinem Bruder gegenüber bezeichnet hatte, um ihren Zauber zu erklären.

An eine Fortsetzung der Reise war nicht zu denken. Noch einen Tag in Göttingen und eine qualvolle Nacht, dann beschloß er, sie nach Hamburg zu bringen, schickte aber vorher der Ministerialrätin ein Telegramm mit der Aufforderung, ebenfalls dorthin zu kommen und alles andere zu verschieben.

Sie traf in ihrer Angst erst eine Woche später ein, Mißbefinden vorschützend. Da hatte Joachim den Schwindel bereits aufgedeckt, sogar einen Brief des Pastors Fehse von der Gedächtniskirche hielt er in der Hand, mit genauen Erklärungen für die seltsame Hochzeitspredigt. Editha stand unter Brom. Sie hatte, nach einigen Tagen verhältnismäßiger Ruhe, plötzlich die Bilder, Spiegel, Vasen ihres

Jugendstilboudoirs zertrümmert, »es gefällt mir nicht, es gefällt mir nicht, warum fragt mich keiner« schreiend, und war vom Arzt in eine Art Halbschlaf versetzt worden. Vielleicht sei es das Gelb der Tapeten und Sesselbezüge, gelb vertrüge sie nicht in diesem Zustand, schluchzte ihre Mutter, bevor Joachim sie hinauswarf. »Es geht vorüber«, rief sie noch in der Tür. »Verlassen Sie das Kind nicht, Hubertus!« Alles in Gegenwart des sprachlosen Mädchens Alma, das schon seit zehn Jahren im Haus diente, dergleichen aber noch nicht erlebt hatte.

Den Gerüchten, die von da an durch Hamburg liefen und über die Küchen in Wohnzimmer und Kontore drangen, wurde bald neuer Gesprächsstoff zugefügt. Die junge Frau Dr. Teich, hieß es, Reederei Teich, sei am Nachmittag mit einer Mietkutsche von Laden zu Laden gefahren, Neuer Jungfernstieg, Große Bleichen, Neuer Wall, man immer längs, und habe drauflos gekauft, ungefähr zwanzig Plaids bei Hartmann, Ballroben bei Hirsch am Reesendamm, gleich sechs Stück, ohne Anprobe, bei Weitz mehrere Meißner Services, mindestens dreißig Paar Handschuhe bei Unger und im Leinenhaus Meissner Bettwäsche wie für ein Hotel. Und zum Schluß auch noch Delikatessen bei Heimerdinger, Schinken, Aale, Enten, Rehrücken, nur immer draufgezeigt und einpacken lassen, sie müsse ja wirklich nicht ganz bei Trost sein.

Joachim kam noch am selben Abend angerannt, so daß er zusehen konnte, wie die ersten Pakete geliefert wurden. Hubertus bezahlte, dann holte man Schwester Martha ins Haus, eine Diakonissin von freundlicher, bestimmter Wesensart und kräftiger Statur. Sie zog mit Editha in die zweite Etage und begleitete sie fortan durch die Stadien der Krankheit, Manie, Depression, Manie. Dazwischen, in den Zeiten der sanften Regungen, der Ruhe und des Lächelns, schickte sie die Patientin zu ihrem Mann in die unteren Räume, dann saß sie ihm am Tisch gegenüber, ja, Hubertus, nein, Hubertus, erzähle mir doch etwas von deiner Arbeit, Hubertus, begleitete ihn, weil Joachim den Gerüchten etwas entgegensetzen wollte, zu dieser oder jener Einladung, empfing sogar Gäste. Die schöne Maske vor dem Zerrbild. Er nahm es hin, sie war seine Frau, wenn auch das weiße Schlafzimmer unberührt dastand wie am ersten Tag, ein Denkmal allenfalls seiner Hoffnungen.

So war der Anfang, so ging es weiter, was soll man noch sagen. Bleiben die Fluchtbewegungen, die Hubertus Teich unternahm, um sich aus dem Dunst von Entsetzen und Trauer in seinem Haus zu retten, mit mehr Energie seltsamerweise, als er jemals aufgebracht hatte in früheren Tagen. Wie einer, der ins Wasser gefallen ist und, obwohl er nicht schwimmen kann, es schafft, oben zu bleiben. Was dich nicht umwirft, macht dich stärker, pflegte Joachim sich auszudrücken, mit einem gewissen brüderlichen Stolz sogar.

Die Dozentur etwa, deren Verpflichtungen er eigentlich hatte ausweichen wollen: Jetzt fuhr er mehrmals in der Woche nach Kiel, und das Interesse, das seine Vorlesungen weckten, ermutigte ihn, sich am Fakultätsleben zu beteiligen, stumm im Hintergrund, der stille Teich, nannte man ihn, doch durchaus mit Respekt, zumal seine Forschungen und Veröffentlichungen über die Lippenblütler in Fachkreisen durchaus Interesse fanden. Auch in Hamburg ließ er sich zu Vorträgen bitten, in der Harmonie-Gesellschaft, beim Kaufmannsclub, selbst im Arbeiterbildungsverein, wo er ernsthaft und allgemeinverständlich über das Thema *Wie es lebt und webt am Deich* referierte, letzteres allerdings zum Unwillen seines Bruders. »Bist du unter die Sozialisten gegangen?« fragte er, und Hubertus erklärte, er halte es für seine Pflicht, gerade Menschen der arbeitenden Klasse geistig zu fördern, nur so würde man sie gegen Schlagworte und Agitationen wappnen. »Dann kannst du ihnen ja auch gleich unsere Reederei geben«, spottete Joachim, ein Gedanke, den die spätere Nichte Lisa zweifellos für gut befunden und gern mit seinen Enkeln und Erben diskutiert hätte.

Aber es geht noch nicht um solche Dinge. Es geht um die Tätigkeit von Hubertus, um die Befriedigung, die sie ihm brachte, kein Glück, das ließ sein Unglück nicht zu, nur Halt für die Schritte von Stunde zu Stunde, von Jahr zu Jahr, bis zu dem Tag, an dem er sich in sein neues Auto setzte und nach Süderwinnersen fuhr.

Der Entschluß zum Kauf des Wanderer Puppchen, 55 PS, Vorläufer jener langen Reihe, an deren Ende Lisa siebzig Jahre später, eingeklemmt im Stau, die toten Bäume am Rand der Autobahn besichtigen konnte, war ein weiterer Schritt von Hubertus Teich, sich ein Leben neben dem Leben einzurichten.

Das Auto, sagte er zu Joachim, der die Nützlichkeit einer solchen Anschaffung bezweifelte, brauche er wegen Kiel. Dauernd hätten die Züge Verspätung, er wolle unabhängig sein. Und außerdem mache es Spaß.

»Spaß?« Joachim sah seine Frau an, und sie schüttelte ebenfalls ungläubig den Kopf. »Es macht Krach und stinkt.«

»Probiert es mal aus«, sagte Hubertus. »Ich kann schon damit umgehen, und wenn man das Steuerrad in der Hand hält und so dahinflitzt, fünfzig oder sechzig Kilometer in der Stunde...«

Er war zum Abendessen an das Alsterufer gekommen, wie an jedem Dienstag, darauf bestanden Joachim und Eva. Es gab Ente, besonders kroß gebraten, Selleriesalat und Rotkohl dazu. Sie hatten ausführlich über Politik geredet, über die hahnebüchenen serbisch-griechischen Ansprüche und ob der Freundschaft zwischen Kaiser und Zar zu trauen sei und wie Frankreich dazu stünde und daß Wilhelms Säbelrasseln doch wohl etwas überhandnähme, man brauche, sagte Joachim, Handelsschiffe auf den Meeren und keine Kanonen, die Kaufleute vertrügen sich schon, wie sollte man sonst etwas verdienen, waren dann auf die Geschäfte der Reederei gekommen, auf die Steuern, auf alles mögliche, nur nichts über die Frau am Harvestehuder Weg, das blieb tabu in Evas Gegenwart. Und nun das Auto.

»Man kommt überall hin damit«, sagte Hubertus. »In die entlegensten Winkel. Zwei Stunden, und du bist mitten in der Heide.«

»Was soll ich in der Heide?« fragte Joachim. »Bin ich ein Schaf?«

Hubertus schnitt ein Stück von der Entenbrust ab, nahm etwas

Rotkohl, kaute, legte dann Messer und Gabel hin.

»Ich möchte mir irgendwo in der Heide ein Haus suchen«, sagte er. »In der Gegend von Lüneburg. Für sonnabends und sonntags, wenn an der Universität nichts zu tun ist.«

»Aha«, murmelte Joachim.

»Es paßt in meine momentanen Überlegungen. Über die Flora in dieser Landschaft ist wenig bekannt, darüber möchte ich arbeiten.«

»Geh in die Nordheide«, schlug Joachim vor.

»Ja«, sagte Eva. »Da haben sich schon ein paar Hamburger etwas für den Sommer hingesetzt. Mein Cousin Paulsen auch. Es soll sehr hübsch sein.«

Hubertus schüttelte den Kopf.

»Weiter weg. Wo kein Hamburger hinkommt. Ganz woanders, versteht ihr?«

Sie verstanden und schwiegen.

»Mit dem Automobil geht das«, sagte er. »Falls die Wege nicht zu sandig sind, das muß man sehen.«

Er griff wieder nach seinem Besteck, aß weiter. »Falls sich am Harvestehuder Weg etwas Außerordentliches ereignen sollte während meiner Abwesenheit, kann Schwester Martha sich doch sicher an euch wenden?«

»Aber klar«, sagte Joachim fröhlich, »man tau«, worauf Hubertus sich dem Rest der Ente widmete. Vier Tage später fand er Süderwinnersen und kaufte Beenkens ehemalige Häuslingskate.

Der August war schon fast zu Ende, als er einziehen konnte, die Heide rot und heiß, jener Tag, an dem Lene ihm die Kartoffeln hinübertrug.

»Stell den Korb auf den Tisch«, sagte er. Aber sie hatte sich bereits für einen besseren Platz entschieden, die Nische zwischen Fenster und Schrank.

»Soll ich welche schälen?« fragte sie in ihrem mühsamen Hochdeutsch, die Lippen ganz schmal, nur ein Durchschlupf.

»Kannst du das schon?«

Sie sah ihn verständnislos an, und ihre hellen, ernsthaften Augen machten ihn verlegen.

»Wie alt bist du denn?«

»Elf im November«, sagte sie. »Ich soll Ihnen helfen. Auch saubermachen.«

»Du? Ich denke, Greta wollte kommen?«

»De har keen Tied«, sagte Lene, verbesserte sich aber sogleich und erklärte, daß Greta keine Zeit hätte, sie es aber bestimmt genauso mache, das müsse er glauben, auch kochen könne sie, ihre Bratkartoffeln, die schmeckten.

Sie sprach hastig und mehr als sonst, aus Angst, daß er sie womöglich wegschicken würde, und sie wollte bleiben, es gefiel ihr, der helle Küchenschrank gefiel ihr, das Zwiebelmustergeschirr hinter den Scheiben, das Wasser aus dem goldenen Hahn, der moderne, gußeiserne Herd, auch die Stube mit den Samtsesseln, dem gedrechselten Schreibtisch, den Büchern, Teppichen, Bildern, Blumentapeten, Perlenschnüren an der Lampe, Sie hatte nicht gewußt, daß es so etwas gab, selbst Minna Reephennings Stube verblaßte dagegen, doch, sie wollte bleiben. Vor allem aber: daß sie es zu sagen wagte ohne Angst, gestraft zu werden für ein Wort zuviel. Vielleicht lag es daran, wie er sprach, diese ruhige, höfliche Stimme eines Herrn vom Harvestehuder Weg, keine Stimme, die heiser vom Rauch, gelernt hatte, sich bei störrischen Gäulen durchzusetzen und bei Schweinen, wenn sie nicht unters Schlachtermesser wollten, die gegen Dresch- und Häckselmaschinen anschreien mußte, gegen den Wind auf dem Acker, die Müdigkeit in den Knochen.

»De Dokter in Beenkens Kaat, de reedt jüst as 'n Fleutenpieper«, hatte Willi Cohrs gehöhnt und damit Gretas Unwillen erregt. Der sei gutmütig, der Dokter, sagte sie, und so rede er auch, was wiederum zu einem von Willis jähen Wutausbrüchen geführt hatte. »Ik bün ook geern gottmödig«, schrie er, »ik har bloots keen Tied fört Fleutenpiepen«, und die Kinder mußten sich in Sicherheit bringen.

Doch, es lag an der Stimme, daß Lene keine Angst hatte vor Hubertus Teich.

»Wollen Sie Speckstippe zu den Kartoffeln?« fragte sie.

»Butter. Kartoffeln und Butter«, sagte er. »So was Feines kriege ich in Hamburg nicht.«

Er sah zu, wie sich unter ihren Fingern die Schalen ringelten. Sie stand sehr gerade, nur den Kopf gesenkt, dieses kleine Mädchen im blauen Kattunkleid, die Beiderwandschürze darüber, an den nackten Füßen Holzpantinen und das Gesicht so aufmerksam, als hingen Wohl und Wehe von jedem ihrer Handgriffe ab. »Du schälst ja richtige Schlangen«, sagte er und spürte beim Näherkommen den Stallgeruch in ihren Kleidern, Stall und Rauch, zwang sich aber, den Widerwillen zu überwinden. »Kennst du Schlangen?«

Lene hob eine der braunen Spiralen hoch.

»Wie bei Adam und Eva«, sagte sie. »Und die Schlange war listiger denn alle Tiere auf dem Felde, die Gott der Herr gemacht hatte, und sprach zu dem Weibe: Ja, sollte Gott gesagt haben, ihr sollt nicht essen von allen Bäumen im Garten?«

»Na, so was«, sagte Hubertus Teich.

»In der Heide gibt's Kreuzottern«, fügte sie hinzu und ging zum Ausguß, um die Kartoffeln zu waschen. Von hinten sah sie noch kindlicher aus, mit dem schmalen Rücken und dem Zopf, und ihm fiel nichts anderes ein als zu fragen, ob sie denn gern zur Schule ginge.

»Muß man wohl«, sagte sie.

»Und jeden Tag nach Mörwinnersen?«

»Muß man wohl«, sagte sie noch einmal. »Mit dem Fahrrad geht's schneller.«

»Hast du ein Fahrrad?«

»Ich?«

Er erschrak, so resigniert klang dieses eine Wort. Ich, wie sollte eine wie ich ein Rad haben, ich habe kein Rad, ich bekomme kein Rad, andere vielleicht, ich nie, es steht mir nicht zu. Ein seltsamer

Kontrast zu dem geraden Rücken und ihrem konzentrierten Gesicht.

Hubertus Teich ging zum Schrank und griff nach dem Lübecker Marzipan, das er als Proviant mitgebracht hatte. Lene hockte jetzt vor dem Herd und starrte auf die verschiedenen Türen und Schübe.

»Dat week ik nu man nich...« murmelte sie und fuhr mit der Hand in den Halsausschnitt, um sich zu kratzen.

»Man kratzt sich nicht, Lene«, sagte er, wie man auch ihn als Kind ermahnt hatte.

»Juckt aber«, sagte sie.

»Trotzdem. Es ist nicht schicklich.«

»Warum nicht?« fragte sie, wartete aber die Antwort nicht ab, sondern schnitt Späne zurecht, krümelte Torf darüber und schob das Gemisch ins Heizloch.

»Du bist tüchtig«, sagte Hubertus Teich, als die Flammen knackten. »Da, probier mal.«

Lene nahm die Praline, roch daran, biß vorsichtig hinein und kaute. Dann lächelte sie zum ersten Mal in seiner Gegenwart. Ein Lächeln, das von den Augen über das Gesicht lief und den ganzen Körper zu erfassen schien, so, als sei es lange aufgespart für diesen Moment.

»Ach, Kind«, sagte er und gab ihr noch ein Konfekt, steckte auch sich eins in den Mund. Sie standen am Herd und aßen, über dem Feuer summte das Kartoffelwasser, so begann es.

Als Lene gehen wollte, hielt er ihr ein Markstück hin.

»Das kriegt Greta«, sagte sie.

Er überlegte, steckte die Mark wieder ein, griff statt dessen nach zwei Fünfzigpfennigstücken und gab ihr eins davon. Das andere ließ er in einen Becher klirren. »Es gehört dir, das machen wir jetzt immer so.«

»Nein!« rief sie und sah erschrocken den blauen Becher mit den weißen Punkten an.

»Greta bekommt genug«, sagte er. »Und das hier« – er klopfte mit dem Zeigefinger gegen den Becher – »geht keinen etwas an. Vergiß es vorläufig.«

Sie vergaß es nicht, verriet aber auch nichts. Das Marzipan verschwieg sie ebenfalls, als habe sie Angst, man könnte es wieder aus ihr herausholen. Nur der kleinen Margret schob sie ein Stückchen zu, lütt Margret, die in ihrer Schweigsamkeit das Geheimnis sicher aufbewahrte, allerdings auch kein Zeichen der Freude von sich gab. »Kriegst vielleicht mal wieder was«, sagte Lene trotzdem und drückte Margret an sich.

Am Abend führte sie ein langes Gespräch mit Gott über Hubertus Teich, wie freundlich er sei und gutmütig, und es wäre doch keine Sünde mit dem Geld. »Mach, daß er immer wieder herkommt«, betete sie zum Schluß, »und daß er nicht doch noch Greta nimmt, ich will auch einen ganz langen Choral lernen.«

Zwei Tage später, bei den Gänsen in der Heide, konnte sie ihr Versprechen einlösen. Weil dem trockenen Frühjahr ein regnerischer Sommer gefolgt war, wählte sie ein Lied, das im Gesangbuch unter der Überschrift *Bei anhaltender Nässe* geführt wurde, *o Gott, der du das Firmament mit Wolken hast bedecket*, und stellte sich mächtige Fluten vor, Sturm, Gewitter, doch der Retter nahte in wehendem Gewand, er sah aus wie Hubertus Teich.

Und Gott, so schien es, wollte ihr wohl, ein Jahr lang wenigstens. Sie hielt die Kate sauber, innen und außen, kein Strohhalm vor dem Eingang, schaffte Feuerung heran und kochte Kartoffeln oder Grütze für Hubertus Teichs einfaches Heideleben, das er allerdings mit Spickaal, geräucherter Gänsebrust, Sauerfleisch, Brathering und anderen Hamburger Delikatessen zu verfeinern wußte, »komm, probier mal«, Momente des Einverständnisses am Küchentisch, in denen Lene, auch das erfuhr niemand, den Geschmack von Schinken kennenlernte, voller Staunen, daß Willis Richtersprüche offenbar keine Endgültigkeit besaßen.

Und was immer Hubertus Teich ihr später antun sollte, in dieser ersten Zeit wurden auch die Keime gelegt für die Kraft, mit der Lene sich, als es soweit war, aus dem Unglück lösen konnte.

Eine Rechtfertigung also für Hubertus Teich? Nein, das nicht. Er gab ihr Butterbrot, Schinken, Freundlichkeit, was wußte er von später. Ein nettes Kind, dachte er, so zutunlich, immer weniger scheu. Und wie sie sich freuen kann. Er begann, sich an ihrer Freude zu freuen, auf ihr Lächeln zu warten, Grund für viele gute Happen, eines Tages sogar für ein Fahrrad, das er im Fond seines Wanderer Puppchen nach Süderwinnersen transportierte.

»Freust du dich?« fragte er enttäuscht, als sie sich nur mit dem Mund bedankte.

»Ja«, sagte sie, weiterhin ohne Lächeln, denn man würde es ihr wegnehmen, Willi, Greta, die beiden Jungen, aber das wußte er nicht, er wußte fast nichts von ihr. Auch nicht, daß seine Gegenwart für sie wichtiger war als das Rad. »Mach, daß er wiederkommt«, betete sie jeden Abend, lernte auch manchen Choral als Gegengabe, doch Gott hörte nicht mehr darauf.

Ein Jahr nur, von August zu August, dann ließ er es zu, daß in Sarajewo der österreichische Thronfolger erschossen wurde und der Krieg begann, die große Veränderung des Gewohnten, keine Fahrten mehr nach Süderwinnersen. Nicht, daß Hubertus Teich an die Front gehen mußte. Man hatte ihn schon als jungen Mann für untauglich befunden, wegen einer damals gerade überstandenen Rippenfellentzündung. Ob die verbliebenen Narben, die zusammen mit angeblich chronischer Bronchitis, Verkrümmungen des Rückgrates und nicht ganz faßbaren Störungen an Herzmuskel und Schilddrüse einen beeindruckenden Katalog an Behinderungen darstellten, dem protektionslosen Willi Cohrs etwas genützt hätten, ist fraglich. Hubertus Teich jedenfalls hielten sie dem Schützengraben fern. Nur von der Botanik wurde er weggeholt, zum Hamburger Wehrersatzamt, wo er in der Uniform eines Gefreiten Schreibdienste zu leisten hatte, eine langweilige, doch letztlich geruhsame Betätigung. Schlafen konnte er am Harvestehuder Weg, seiner Kaserne sozusagen, unter militärischer Einschränkung der Bewegungsfreiheit.

Tagein, tagaus also die Heimkehr zu Editha, Preis für die Sicherheit, und es war ihm in manchen Stunden nicht klar, ob er Joachim, dessen Verbindungen dieses Arrangement ermöglichten, dafür danken sollte. Zufluchten gab es nicht mehr. Der Wanderer Puppchen war, wie andere Automobile auch, sofort beschlagnahmt worden für Kriegsdienste in Frankreich, und Süderwinnersen verschwand wieder in der Ferne, wo es in langen motorlosen Zeiten gelegen hatte. Nur einmal noch gelang es Hubertus Teich, hinzufahren, per Bahn bis Lüneburg, von dort weiter mit einem Kutschwagen, ebenfalls unter Schwierigkeiten, Pferde waren requiriert oder bei der Ernte. Die alte Stute, die ihn in todmüder Ergebenheit über die heißen Sandwege schleppte, blieb alle zehn Meter schnaufend stehen, so daß er schließlich ausstieg und die letzten drei Kilometer zu Fuß zurücklegte. In der Kate packte er Bücher und Papiere ein, auch die Kleidung, die er sich für das Landleben zugelegt hatte, Lodenmantel, Bundhosen, Stiefel, dann ging er zum Cohrshof hinüber.

Es war später Nachmittag, immer noch sehr warm. Unter der Speicherluke stand der vollbeladene Erntewagen, obenauf Lene, die mit einer Forke Hafergarben abstach und zur Luke hochstemmte, wo Heinrich sie abnahm und weiterwarf. Ihr Körper spannte sich vor Anstrengung, und für einen Moment erwog Hubertus Teich ernsthaft, auf den Wagen zu steigen und die Forke zu übernehmen. Doch Hitze und Staub trieben ihn aus der Diele ins Freie. Er setzte sich auf die Bank neben die kleine, sich hin- und herwiegende Margret, und wartete, bis Greta kam, dann auch Lene, beide grau von Schweiß und Schmutz, die Kleider klebrig mit dem scharfen Geruch des langen Arbeitstages.

»War die letzte Fuhre heute«, sagte Greta. »Morgen geht's weiter.«

Sie drückte die Hände gegen den Rücken, um ihn geradezubiegen. Drinnen im Flett trank sie Wasser aus dem Eimer, gab Lene die Kelle und kam mit einem Topf Pellkartoffeln zum Tisch.

»Stickig da oben im Speicher«, sagte sie. »War immer Willis Sache, Garben packen. Sind Sie nicht im Krieg?«

»Noch nicht«, sagte Hubertus Teich, unter Umgehung des Wehrersatzamtes. »Aber hierherkommen kann ich natürlich nicht mehr. Schicken Sie doch Lene hin und wieder in die Kate, Staubwischen und Lüften, sie weiß das schon.«

Er nahm einen Zwanzigmarkschein aus der Brieftasche. »Das reicht wohl fürs erste. Höchstens ein Jahr, länger wird es nicht dauern.«

»Darf's nicht«, sagte Greta aufgebracht. »Wie sollen wir denn mit der Arbeit fertig werden, ohne Männer, ohne Pferde. Wissen Sie das?«

»Nein«, sagte er.

»Willi hat gleich weggemußt, Sense aus der Hand und weg. Und ich sitz da mit dem dösigen Torsten Schünemann, der kann doch nicht mehr, schon siebzig, was soll da noch von kommen, bloß essen.«

Lene stellte eine eiserne Pfanne neben den Topf. Beide begannen, Kartoffeln abzupellen und in die Pfanne zu schnippeln, im gleichen Rhythmus, keine langsamer als die andere. Eine Weile blieb es still, dann warf Greta plötzlich das Messer hin, so heftig, daß es sich in den Tisch kerbte.

»Muß das sein, Krieg? Sie sind doch ein Studierter. Muß das sein?«

Hubertus Teich antwortete nicht. Er und Joachim, der dem Vaterland als Reservehauptmann im Kontor seiner Reederei dienen durfte, hatten lange Diskussionen über die Frage geführt, ob es richtig gewesen sei, Wien in seinem schroffen Verhalten Serbien gegenüber zu unterstützen, Besänftigung, wäre das nicht besser gewesen, hatten Argumente hin und her geschoben, Kaiser und Regierung kritisiert, Fehler verurteilt, mit dem Ergebnis, daß die Katastrophe, nachdem sie sich offenbar nicht hatte verhindern lassen, wohl oder übel zu akzeptieren und zu bestehen sei. Eine Ansicht, die in Hamburg, wo die jungen Männer blumengeschmückt an die Front zogen und man sich bei aller Skepsis patriotischem Jubel nicht immer entziehen konnte, durchaus der allgemeinen Stimmung entsprach. Gretas zornige Augen in dem staubverklebten Gesicht machten ihn verlegen.

»Ich versteh das man nicht«, sagte sie. »Der Kaiser hat sein Schloß, der König von England auch und der in Rußland und alle. Denen geht's doch gut, wozu brauchen die Krieg?«

Das schien ihm nun doch reichlich simpel. Er setzte zu Erklärungen an, Sarajewo zum Beispiel, man habe den österreichischen Thronfolger erschossen, und es gäbe Verträge, an die Deutschland gebunden sei, aber Greta ließ ihn nicht zu Wort kommen. »In Schlössern«, rief sie, »und einen wie Willi, den holen sie vom Feld, und Kinder müssen die Garben hochstemmen. Damit!«

Sie griff nach Lenes rechtem Arm und hielt ihn Hubertus Teich hin, herausfordernd, als träfe ihn die Schuld an dem ganzen Elend. Ein aufgequollener bläulicher Sehnenstrang lief vom Knöchel bis zum Ellenbogen, so ein Kind, dachte er, das geht doch nicht, und fand, daß Greta recht hatte, allen Argumenten zum Trotz. Aber was sollte man tun.

Er strich Lene über den Kopf, sagte, der Krieg sei bald vorbei und nahm sie mit in die Kate, um ihr seine Reste an Mehl und Schmalz zu geben, vor allem ein Marzipanbrot, als Trost, dachte er. Sie stopfte es in den Mund, schweigend, ohne ihn anzusehen, und fing an zu weinen, helle Tränenspuren in der Schmutzschicht.

»Ach Lene«, sagte er und dachte, wie gern er bleiben würde, in diesem Fluchtort, der ein Zuhause geworden war, mit der Kate, mit den Menschen, mit der Heide rundherum, ihrem braunen Frühling, dem roten Sommer, der Farblosigkeit des Winters, und wer sonst weinte um ihn.

»Ach Lene«, wiederholte er, und daß es ganz gewiß nicht lange dauere. Nutzlose Worte. Sie dachte an ihre Gebete und die vielen Choräle, die sie gelernt hatte, und nun wurde er ihr weggenommen. Welche Sünde hatte sie begangen?

Am nächsten Abend, nachdem die letzte Fuhre abgeladen war, holte Lene den Becher mit Geld und brachte ihn Greta.

»Vom Dokter«, sagte sie.

Greta stand am Tisch, die Hände auf die Platte gestützt, weil der Rücken wieder weh tat. Ihre Monatsblutung war seit Wochen überfällig. Am Morgen hatte sie brechen müssen, schwanger womöglich, die Vorstellung versetzte sie in Panik. Sie sah den blauen Becher an, das Silbergeld darin, zählte hastig, neunundvierzig Mal fünfzig Pfennige und ein Dreimarkstück. Zwei Mark mehr als die Zinsen, die zum Quartalsende fällig wurden.

»Wat heet dat, vun 'n Dokter?«

»Hett he för mi spaart«, sagte Lene.

»Gespart?« Gretas tiefe Stimme überschlug sich so schrill, daß zwei Hühner, die im Flett nach Grützekörnern pickten, erschrocken davonrannten. »Ik heff keen Geld för de Bank, un he spaart för di? Bist du beter as anner Lüüd?«

Lene duckte sich, und während Schläge auf sie niedergingen, hakten sich vier Wörter in ihr fest: Es ist nicht gerecht. Erstes Auflehnen gegen die Gewalt, für immer im Gedächtnis wie der Geschmack der Tränen und des schmutzigen Schleims, der ihr aus der Nase lief beim Weinen, saure, salzige, bittere Erinnerung. Es ist nicht gerecht, denkt Lene, ein erstes Mal, ein zweites Mal, so geht es weiter, bis die Gedanken Taten fordern, was für welche, wird sich weisen.

Denn der Herr kennt den Weg des Gerechten, aber der Gottlosen Weg vergeht, auch das stand in dem Psalm, den sie beim Gänsehüten gelernt hatte. Nicht nur zum Träumen.

Erinnerungen. Viele blieben Lene nicht aus dieser ersten Zeit mit Hubertus Teich. »Er war freundlich«, sagte sie, wenn Lisa, auf der Suche nach ihrem Vater, mehr wissen wollte. Das Marzipan, das er ihr gegeben hatte. Der Schinken. Und das Fahrrad, dieses Geschenk ohne Wert. Sie hatte es kaum jemals benutzen dürfen, allenfalls, um Essen aufs Feld zu bringen, sonst gehörte es den beiden Jungen oder auch Willi, der damit in den Krug von Westerwinnersen fuhr, manchmal mitten in der Woche, zu Gretas Zorn. Eines Morgens, als er beim Melken noch nicht zurück war, hatte sie ihn schlafend am Wegrand gefunden, und von dem Rad fehlte der vordere Reifen, nur ein Reifen, sonst nichts. Niemand im Kirchspiel konnte sich erklären warum, Geschichten spannen sich um diese Frage, und obwohl der Schmied von Westerwinnersen Ersatz beschaffen konnte, zeigte Willi sich fortan nur noch ungern mit dem Rad. Aber ohnehin mußte er bald nach Frankreich.

Karge Erinnerungen. Sogar der vergebliche Handel mit Gott, Choräle gegen Hubertus Teich, verschwand unter den Stunden und Tagen des Krieges, und als er wieder nach Süderwinnersen kam, war sein Bild fast zugeschüttet. Das Haus stand noch, die Dokterkate nannten es die Leute, aber Greta hatte Lene nicht mehr hinübergehen lassen. »Der Dokter«, sagte sie, »soll erst mal herkommen und bezahlen. Womöglich lebt er gar nicht mehr. Stirbt sich ja schnell heutzutage.«

Seit Kriegsbeginn gab es überall im Kirchspiel schon Tote, und Angst vor den nächsten hing über den Häusern. Einmal an jedem Tag schien das Dorf zu erstarren, gegen zwölf, der Zeit des Briefträgers Albert Hünnefeld, Veteran von 70/71, mit nur einem Arm, doch rüstig zu Fuß und wieder im Amt, weil die Post keinen Mann entbehren konnte. Wer nicht auf dem Feld war, stand zu dieser Stunde am Dorfteich, schweigend, den Blick am Horizont, bis Albert Hünnefeld sich näherte, die Tasche über dem leeren Ärmel, in einer verbliebenen Hand ein Bündel Briefe, und erst, wenn er sie in der Luft schwenkte, kam wieder Atem und Bewegung in die Gruppe. Kein Umschlag mit militärischem Stempel. Wieder ein gewonnener Tag.

Hing die Hand jedoch herunter, das helle Papier gegen den dunklen Stoff der Hose, sichtbar schon von weitem, wurde es noch stiller, so, als ob auch die Tiere schwiegen, sogar die Vögel in den Bäumen, Nachricht vom Tod, für wen. Man wandte sich ab, um seinem Auge zu entgehen, nicht für mich, ich bin nicht da, aber einer mußte den

Brief nehmen. Heinrich Peters und Hermann Dierks waren gefallen, die Söhne von Heinrich Sasse und Christian Beenken, zwei von Jürgen Timm, auch zwei Brüder von Greta und Martin Hasse, ihre alte Liebe. Willi Cohrs lebte noch. Er war im August 1916 mit einem Schulterdurchschuß, den linken Arm in der Schlinge, auf Urlaub gekommen, außerdem von Rheuma geplagt, das lag an den nassen Schützengräben, und hatte, während das Dorf Buchweizen und Hafer einfuhr, bei schwarzgebranntem Schnaps vor sich hingebrütet, stumm meistens, im Umgang von befremdlicher Milde, oft mit der jüngsten Tochter auf dem Schoß, die im April 1915 geboren worden war.

»De Deern warr ik woll nich wedder to Gesicht kriegen«, sagte Willi und behielt recht damit, denn schon im nächsten Sommer rollte ein Ackerwagen über sie hinweg. Aber so hatte er es nicht gemeint in seiner Angst, die ihn am Abend vor dem Abschied plötzlich in Tränen ausbrechen ließ. »De Höll«, hatte er geschluchzt, »dat is de Höll, wo ik hengah, dar kaam ik nich wedder rut«, und sich an Greta geklammert, sogar an Lene, bis Torsten Schünemann ihm mit den Worten »nu drink man erst mal 'n Sluck, dat ist goot för Cholera« einen ganzen Becher Schnaps eingeflößt hatte. Am Morgen danach war er ohne weitere Worte verschwunden, eine graue Gestalt unter dem Tornister, seinem Grab entgegen, wie alle meinten. Viel Hoffnung hatte man nicht mehr in dieser Zeit der Kämpfe bei Verdun.

Minna Reephenning jedoch, die am Abend kam, um Gretas offene Beine, ein Andenken an die letzte Schwangerschaft, neu zu verbinden, behauptete, er würde überleben.

»So mancher aus der Gegend muß noch ins Gras beißen«, sagte sie. »Aber Willi kommt wieder.«

Woher sie das wüßte, stöhnte Greta, denn der Brei aus Spitzwegerichblättern, den Minna Reephenning auf die eitrigen Löcher strich, brannte. »Das weiß ich«, sagte Minna Reephenning streng, und Greta wagte nicht weiter zu fragen. Im Dorf wurde gemunkelt, daß

Minna Reephenning zu den Spökenkiekerschen gehöre, eine Hellsichtige, der die künftigen Toten nachts auf der Straße begegneten mit dem eigenen Sarg. Gerede, niemand wußte Genaues. Trotzdem faßte Greta wieder Hoffnung, mit Recht, wie sich herausstellen sollte. Aber auch die Prophezeiung, mancher andere müsse noch dran glauben, ging in Erfüllung, Greta wußte, wovon sie sprach, wenn sie das Sterben heutzutage eine schnelle Sache nannte.

Begreiflich also, daß sie gegen die Instandhaltung einer Kate war, von deren Besitzer man nicht wissen konnte, ob er noch am Leben sei und fähig, für die Arbeit zu bezahlen. Spinnen webten um das Haus, Lene vergaß, wie es dahinter aussah. Nein, kaum noch Erinnerungen, als Hubertus Teich schließlich nach Süderwinnersen zurückkehrte.

Er kam Ende 1921, nach fast sieben Jahren Pause, vier davon im Wehrersatzamt, den Rest wieder bei der Botanik. Schon 1919 hatte er seine Tätigkeit an der Kieler Universität neu aufnehmen können, eine Vorlesung zum Thema *Die Pflanzengeographie der Norddeutschen Marsch- oder Geestflora*, dazu ein Seminar, das sich mit den Lippenblütlern, seinem Spezialgebiet, befaßte, vorsichtige Schritte über die Kluft von Frieden zu Frieden, doch das Seil hielt.

Am Fakultätsleben beteiligte er sich ebenfalls, frischte Kontakte zum Ausland auf, alles wie früher, konnte man meinen. Aber es war nicht wie früher. Was er tat, geschah lustlos, ein alter Mann fast, schon grau, mit hängenden Schultern, schleppendem Gang und zwei zu tiefen Falten zwischen Nasenflügeln und Kinn. Der müde Teich, hieß er jetzt bei den Studenten.

»Mal ein bißchen Bewegung, Mann«, versuchte Joachim ihn aufzumuntern, »du bist doch eben erst vierzig. Was macht eigentlich deine Heidevilla?«

Aber Süderwinnersen lag ohne Wanderer Püppchen weiterhin in der Ferne, und an Ersatz ließ sich kaum denken unter den reduzierten Verhältnissen nach dem Krieg.

Allerdings sollte dieser Zustand nicht von Dauer sein, dank Joachim, der nur darauf wartete, den Engländern zu zeigen, daß die Teich-Linie wieder eine Rolle spielte im Südamerikageschäft, obwohl alle Schiffe verlorengegangen waren, einige gleich nach Kriegsbeginn in fremden Häfen, andere, die als Erztransporter zwischen Schweden und Deutschland fuhren, durch die Torpedos feindlicher U-Boote. Den Rest hatten die Siegermächte beschlagnahmt, ebenso wie Werkstätten und Hafenanlagen, Schoner und Leichter.

»Man immer der Reparation in den Rachen«, sagte Joachim mit Erbitterung, aber nicht ohne ein gewisses Händereiben, denn abgesehen davon, daß er vorausblickend genug gewesen war, dem Frieden rechtzeitig zu mißtrauen und, was sich an Geld lockermachen ließ, auf Schweizer Konten zu deponieren, hatte er bereits im Spätherbst 1914, als der Krieg sich in den Gräben festfraß, begonnen, über neutrale Mittelsmänner Werte zu veräußern und dieses Geld ebenfalls in Sicherheit zu bringen, illegal und erfolgreich. Die Schlachten der nächsten Jahre, bei Verdun und an der Somme, auch die Unentschlossenheit der Regierung, die immer größere Macht der Militärs und schließlich noch die Kriegserklärung der USA verstärkten seinen Drang, sich nicht nur auf Kaiser und Vaterland zu verlassen. Hinzu kam die wachsende Unzufriedenheit bei den Sozialdemokraten, die 1914 zwar für die Kriegskredite gestimmt hatten, jetzt aber gegen die Verlängerung der Feindseligkeiten agitierten, mit einer spektakulären Kundgebung Karl Liebknechts in Berlin und Streiks in Munitionsfabriken.

»Sieht ja noch harmlos aus«, sagte er zu Hubertus bei einem der gemeinsamen Abendessen. »Aber warte man ab, nicht mehr lange, dann riechen auch die im Schützengraben, wo es lang geht. Sind doch größtenteils Proleten. Wenn ich einer von denen wäre, wie käme ich eigentlich dazu, für die Mischpoke von Kapitalisten den Kopf hinzuhalten.« Und da er, im Gegensatz zu Hubertus, sehr wohl die Verbindung zwischen theoretischen Erkenntnissen und persönlichen Belangen zu sehen vermochte, brachte er es fertig, noch 1917 ein ganzes, der Teich-Linie gehörendes Dock heimlich nach Schweden zu verkaufen, weit unter Preis leider, aber die deponierten Dollars ermöglichten der Reederei einen neuen Start, trotz Versailler Vertrag und Inflation. Schon 1920 fuhren wieder die ersten Dampfer unter der TL-Flagge nach Südamerika. In schlechten Zeiten, sagte Joachim, müsse man gute Geschäfte machen.

Aufwind also, kein Anlaß mehr für Hubertus Teich, mit dem Kauf eines Automobils länger zu warten. Er wählte eine Benz Limousine mit 50 PS und 90 Kilometern Höchstgeschwindigkeit pro Stunde. Süderwinnersen rückte wieder näher, offenbar aber nicht nahe genug. Er zauderte weiter, obwohl er mehr denn je eine Zuflucht gebraucht hätte, niedergedrückt und müde, wie er sich fühlte. Doch gerade das war der Grund für seine Bewegungslosigkeit, diese Apathie, von der sein Selbsterhaltungstrieb verschluckt worden war, irgendwann im Einerlei des Wehrersatzamtes, mit den leeren Abenden am Harvestehuder Weg nach jedem Tag. Hinzu kam, daß er, wieder im Unterschied zu Joachim, der jeden Moment seiner rührigen Etappenexistenz genoß, beim Schreiben von Einberufungsbefehlen unablässig den Tod vor Augen hatte, in den er andere schickte, was ihn zwar nicht bewog, den sicheren Platz aufzugeben, seine Resignation aber noch verstärkte. Ein Gefühl wie damals auf Sylt, bevor Editha gekommen war, nur noch hoffnungsloser jetzt durch ihre dauernde Gegenwart.

»Guten Abend, Hubertus«, empfing sie ihn, wenn er nach Hause kam in seiner Gefreitenuniform, »war es ein angenehmer Tag, Hubertus?«, und hielt ihm die Stirn hin zum Kuß, wie es sich ziemte für eine Gattin, dazu das Lächeln ihrer guten Phase, die ewig anzuhalten schien dieses Mal, zwei Jahre schon, zwei Jahre und kein Ende. Manchmal, obwohl er sich den Gedanken verbot, wünschte er sie endgültig hinauf in den zweiten Stock, zu Schwester Martha, der Diakonisse, die darauf wartete, daß es mehr für sie zu tun gäbe als ihrem Pflegling beim Auskleiden zu helfen, wenn es Zeit war, schlafen zu gehen. Aber am nächsten Morgen saß sie wieder beim Frühstück, lächelnd, kaum verändert seit der Verlobung in Westerland, ein junges Mädchen, ohne Zeichen von Zeit und Leid. In der Hamburger Gesellschaft schien man geneigt, über den Skandal ihres ersten Auftritts hinwegzugehen, die reizende Frau Dr. Teich begann man sie zu nennen, und vielleicht wäre es ein Ausweg gewesen für Hubertus, Editha ebenfalls wieder reizend zu finden, es noch einmal zu versuchen nach dem jähen Ende ihres Anfangs, warum nicht sogar in dem Schlafzimmer, das vor sich hindämmerte wie am ersten Tag.

Joachim hatte versucht, es ihm anzuraten, herzlich und robust, dreimal schlucken und dann vorwärts mit Hurra oder dergleichen. Aber schon der Gedanke ließ Hubertus schaudern, so, als solle er einen Frosch umarmen, und selbst für den Preis, daß unter der schleimigen Haut die Prinzessin wartete, hätte er es nicht über sich bringen können. Dennoch lehnte er eine Scheidung weiterhin ab, auch sie übrigens ein Vorschlag von Joachim, der in seinem Wunsch nach menschlicheren Verhältnissen für Hubertus mittlerweile zu allem bereit schien und ihm Mangel an Courage vorwarf. »Kein Mumm, Mensch, genau wie damals in der Speisekammer. Und die Prügel kriegst du trotzdem.«

Joachims Stimme wurde, weil er anfing schwerhörig zu werden, immer lauter, was Hubertus an den Konsul erinnerte.

»Laß mich in Ruhe«, sagte er, ebenfalls lauter als sonst, und behielt Editha im Haus. Er hatte ein Versprechen gegeben damals auf Sylt, für gute und schlechte Tage, und Versprechen brach man nicht, ebenfalls eins von den väterlichen Gesetzen, die ihm die Luft nahmen, weil er nicht gelernt hatte, sie den eigenen Bedürfnissen anzupassen.

Möglich aber auch, daß er fürchtete, als geschiedener Mann wieder den Attacken der Frauen ausgesetzt zu sein. Nachts, allein in seinem Bett, liebte er ihre Gaukelbilder schamlos und ohne Angst. Vor der Wirklichkeit aber lief er davon, so, wie es immer gewesen war, denn was brachte es, die Sehnsucht aus dem Käfig zu lassen, Unglück und Schande, sonst nichts. Seine lächerliche Affäre mit Paulina Mochelsen etwa, einer nicht unansehnlichen, rund vierzigjährigen Kriegerwitwe, die im Wehrersatzamt Hilfsarbeiten verrichtete und auf handfeste Weise, ganz ohne Getue, sich wenigstens etwas von den verlorenen Freuden wiederzuholen trachtete. »Bei mir gibt's Bratheringe, Herr Gefreiter, selbst eingelegt, meine Spezialität, reicht für zwei«, bot sie Hubertus eines Abends an, als er sich den Mantel zuknöpfte und ihr rotbackiges Gesicht plötzlich neben seinem im Spiegel hing, hatte auch schon, bevor er ein stammelndes »ich weiß nicht, Frau Mochelsen« hervorbringen konnte, seinen Arm ergriffen, alles in Eile und Selbstverständlichkeit, so daß er sich, wie von einem fliegenden Teppich befördert, erst vor den Bratheringen und dann in ihrem Bett wiederfand. Ein Unternehmen, das schmachvoll enden mußte, trotz oder gerade wegen Paulina Mochelsens gutmütigem Verständnis, »kommt vor, wenn die Männer älter werden, iß man noch 'n Hering«, und ihn schließlich nach St. Pauli getrieben hatte in der vergeblichen Hoffnung, bezahlte Professionalität könne ihn erlösen.

»Laß mich in Ruhe«, schrie er Joachim an, »es ist mein Leben«, so verzweifelt, daß Eva aufstand und den Arm um seine Schultern legen wollte, was er jedoch nicht duldete. Daraufhin wurde die Angelegenheit nicht mehr erwähnt. Editha blieb unter seinem Schutz und er in ihrem, ein Zweikampf, so kam es Hubertus manchmal vor, wenn sie die Mahlzeiten einnahmen zwischen drohenden Anrichten und Büfetts, dort, wo er schon mit seinem Vater gesessen hatte, dieselbe dunkle Täfelung, dieselben Möbel, auch sein Stuhl noch am selben Platz, und gegenüber an der Wand die Augen des Konsuls. Editha würde dem Raum seinen Schrecken nehmen, hatte er gehofft, doch es war nur neuer hinzugekommen, nimm noch, Hubertus, schmeckt es dir, Hubertus, und er nahm und aß, sein Leben verging, eines Tages werde ich tot von diesem Stuhl fallen, dachte er, und sie ist immer noch da

Dann, überraschend für alle, stellte sich die Manie wieder ein, ausgerechnet während der sommerlichen Ruderregatta auf der Alster. Joachims jüngster Sohn nahm mit der Mannschaft des Johanneums daran teil, weshalb die gesamte Familie unter den Kastanien des Uhlenhorster Fährhauses Kaffee trinken und dabei den Endspurt der einundzwanzig Boote verfolgen wollte, ohne Editha allerdings, die keine öffentlichen Veranstaltungen liebte. Eine Woche vor dem Ereignis jedoch verfiel sie auf die Idee, ihren Entschluß umzuwerfen, beschaffte sich sogar noch ein neues Kleid, weiß, mit viel zu tiefem Ausschnitt, roten Plisseeinsätzen im Rock und der Saum so kurz, daß es sich für Hamburger Verhältnisse schon peinlich nennen ließ, auch der weiße Hut mit der übermäßig großen roten Schleife. Die Leute reckten die Hälse bei ihrem Erscheinen. »Na, so was!« murmelte Joachim, worauf Editha in perlendes Gelächter ausbrach und trotz Evas beruhigenden Zuredens mehr und mehr Lebhaftigkeit entwickelte.

Es war ein heißer Tag, der dritte dieser Art, Kaiserwetter, hieß es allenthalben, obwohl der Kaiser längst im bequemen holländischen Exil weilte und ein sozialdemokratischer Präsident seine ehemaligen Untertanen durch die Nachkriegsmisere zu bringen suchte. Kein Wind, keine Wolke, etwas drückend dabei, Kinder und Hunde schienen nervös. Und dann, als drüben beim »Atlantik« die roten Bälle hochgezogen wurden, das Zeichen für alle Boote, die Regattabahn freizumachen, verdüsterte sich plötzlich der Himmel, so schnell, daß niemand wußte, wie es angefangen hatte.

»Was denn nun«, sagte Joachim, »eben war doch noch Sommer«, da brach bereits der Hagelsturm los mit fast eigroßen Geschossen, die das Kaffeegeschirr zertrümmerten, Ziegel vom Dach fegten, tote Vögel von den Bäumen, ein Inferno, in dem Editha zu schreien begann und nicht wieder aufhörte. Als der Hagel sich beruhigt hatte, schrie sie weiter, auch in der Taxe, auch zu Hause, erst Schwester Martha konnte sie zur Ruhe bringen.

Abends ging es wieder besser. Eva und Joachim waren zum Essen geblieben, und Editha bestand darauf, ebenfalls herunterzukommen, beinahe heiter, wie es schien. Es gab Schweinefilet mit Äpfeln und Fadenbohnen, »schön, daß du dich wieder besser fühlst, meine

Liebe«, sagte Eva, »und dieses köstliche Filet, butterweich, könnte ich wohl noch etwas davon haben?«

Editha nickte, immer noch lächelnd. Dann aber, so jäh wie der Himmel am Nachmittag, veränderte sich ihr Gesicht. Statt Eva die Platte zu reichen, schleuderte sie das Fleisch auf den Teppich, schrie, daß es hart sei, stets sei es hart, niemand höre auf ihre Wünsche, wollte sich auch noch der Gemüseschüssel bemächtigen, doch Hubertus und Joachim hielten sie fest, bis Schwester Martha in Aktion trat und Editha zum zweiten Stock hinaufbeförderte, wo sie nur noch als Geräusch vorhanden war.

Schon einige Tage danach fuhr Hubertus Teich in die Heide, und wenn man bedenkt, was alles notwendig war an Zerstörung, um ihn endlich wieder dorthin zu bringen, scheinen Lisas von Anfang an geäußerte Zweifel an den immer wiederkehrenden Worten ihrer Mutter, Gott sei der Urheber des ganzen Komplotts gewesen, berechtigt.

Im übrigen, um es schon jetzt zu sagen, der Tag wird kommen, an dem auch Lenes Himmel sich verdunkelt und der Schlüsselsatz ihres Lebens, *der Herr weiß, was er tut*, seine Geltung verliert. Obwohl Zweifel an dieser neuen Erkenntnis ebenfalls geboten sind. Behaupten läßt sich nichts, nur berichten, Schritt für Schritt, so wie jetzt über die Ankunft Hubertus Teichs in Süderwinnersen, und daß ihn auch noch etwas anderes hinführte als der vage Wunsch, Erinnerungen zu überprüfen. Schon seit Wochen lag die Anfrage einer Hamburger Düngemittelfabrik vor, ob er ein Gutachten verfertigen könne über die Wirkung der kombinierten Düngung beim Wachstum von Futterrüben auf sandigem Boden, an sich kein Thema seines wissenschaftlichen Interesses. Doch nach Edithas Zusammenbruch geriet ihm der Brief wieder in die Hände, und plötzlich schien das Angebot verlockend, auch die Aussicht, zum ersten Mal eine nicht unerhebliche Summe selbst zu verdienen. Die Äcker von Süderwinnersen fielen ihm ein, vielleicht, meinte er, sollte man dem Projekt nachgehen, und Joachim, der es beim Frühstück in der Harmonie-Gesellschaft eingefädelt hatte, dies jedoch verschwieg, reagierte enthusiastisch.

»Das hat Zukunft!« rief er. »Gibt ja nicht bloß Rüben! Roggen, Weizen, Kartoffeln, Hafer, Mann, und soviel Sand in der Gegend! Du wirst noch die Wüste zum Blühen bringen!«

Hubertus Teichs neuerliche Ankunft in Süderwinnersen verlief fast unbemerkt, keinerlei Aufruhr wie bei seinem ersten Besuch, schon deshalb nicht, weil es sich um einen gewöhnlichen Mittwoch handelte und die Leute Wichtigeres zu tun hatten als einen Benz zu bestaunen. Außerdem bedeuteten Automobile nichts Sensationelles mehr. Die beiden Händler aus Hamburg und Lüneburg kamen beide per Opel, um Schinken, Eier, Butter, Geflügel aufzukaufen, zu schlechteren Preisen noch als früher, denn das Geld, mit dem sie heute bezahlten, hatte morgen nur den halben Wert, Inflation, aber die wüßten schon, wie sie ihren Reibach machten, hieß es im Dorf, und auch das war ein Grund, bei Motorengeräusch nicht mehr zusammenzulaufen. Autos, etwas für Halunken und Halsabschneider, Fett schwimmt oben, in Süderwinnersen aber saßen die Dummen, die Dummen im Krieg, die Dummen im Frieden. Erst hatte der Kaiser ihnen die Pferde weggenommen, jetzt holte die Republik das Vieh, weil Reparationen gezahlt werden mußten, immer das gleiche.

»Was kann ich dafür, wenn bei den Franzosen das Land kaputtgeschossen ist«, tobte Willi, als der Gerichtsvollzieher ihm seine beste Kuh aus dem Stall zerrte. »Hab ich den verfluchten Krieg gemacht? Mich haben sie auch kaputtgeschossen, und dann der Rheumatismus, gibt mir einer was? Geh doch zum Kaiser, du Schietkeerl.«

»Sei still«, sagte der Gerichtsvollzieher, »ich habe auch im Graben gelegen.«

»Die sollen dem Kaiser sein Geld wegnehmen«, schrie Willi, »und den verfluchten Gutsherren auf ihren Schlössern. Die Hälfte bloß, dann leben die immer noch in Wollust und Völlerei. Los, geh hin!«

Aber was nützte das Geschrei von Halbhöfnern, Köthnern, Anbauern. Die Kühe kamen nach Frankreich, eine ganze Herde aus dem Kirchspiel, gutes schwarzweißes Niedersachsenvieh, prall und glatt trotz der schlechten Zeiten, das Vieh hatte das Futter bekommen, vom Vieh lebte man, und nun war es weg, weniger Vieh, aber höhere Steuern, und wer nicht zahlen konnte, dem pfändeten sie die Ernte vom Speicher, Reparation, Inflation, am besten, man hängt sich gleich auf, sagte Willi Cohrs im Krug von Westerwinnersen, wo er seinen Schnaps anschreiben lassen mußte. Und die anderen am Tisch, die Sasses, Peters, Beenkens, Deekmanns, Dierks, Lüders, Dierssens nickten und stimmten ihm zu, früher die Dummen, jetzt die Dummen, immer die Dummen. Noch wußte man nichts von der Karriere, die dem sandigen Boden bevorstand.

Kein großer Bahnhof also bei der Ankunft von Hubertus Teich. Unbeachtet, ohne Gruß von irgendwoher, fuhr er über die leere Dorfstraße zu seinem Haus. Die Fenster blickten ihm blind entgegen, der Schlüssel knirschte im Schloß, ein Spinnennetz zerriß, als er die Tür aufstieß. Feuchtigkeit traf ihn, muffige Kühle trotz des warmen Tages. Die Stille hing wie ein Gewicht in der Luft, und er wußte nicht, ob er bleiben oder gehen sollte. Es ist bekannt, was geschah, er blieb.

Die Stille im Dorf. Es gab noch einen weiteren Grund dafür, einen Grund jenseits der Zeit mit ihren Nöten, den Tod nämlich von der kleinen Margret, Greta und Willi Cohrs schweigsamer Tochter, der Lene einst beim Gänsehüten vergeblich Geschichten von Wein und Prinzessinnen zu erzählen versucht hatte. Lütt Margret, stumm geblieben über die Jahre, eine, die hätte sprechen können, aber es verweigerte, auch alles andere, was das Leben ausmachte, Lachen und Weinen, Zuneigung und Abwehr, Spiel und Arbeit, nicht einmal wachsen wollte sie, so daß es fast folgerichtig schien, als sie ihre Wort- und Zeichenlosigkeit mit dem Tod besiegelte. »Ist das beste für die Deern«, sagten die Leute, »kein Grund zum Trauern«, hielten sich aber an das Gebot der Stille, drei Tage, bis der Sarg unter die Erde kam.

Die kleine Margret war früh am Morgen gestorben, vor dem ersten Hahnenschrei, im selben Bett wie ihr Großvater Dietrich

Cohrs. Bis zu der Krankheit hatte sie mit Willi und Greta die Kammer geteilt, wo es neben der zweischläfrigen Butze auch noch eine schmale gab. Aber als nach dem ersten, unbeachteten Schnupfen Fieber und Kopfschmerzen auftraten, als sie zu schreien begann und sich in Krämpfen bäumte, beschloß Greta, das Altenteilerbett aus dem Schuppen zu holen und wieder in der Stube aufzuschlagen, Willi sollte seinen Schlaf haben während der Ernte.

Niemand wußte, ob Margret die Veränderung wahrnahm. Reglos, wenn nicht gerade Krämpfe sie heimsuchten, lag sie zwischen den blauweißkarierten Kissen, das Gesicht rot vom Fieber, die leeren Augen auf der Wand, wo der Spruch hing, der einst zu Lenes Erleuchtung beigetragen hatte: *Seele, so bedenke doch, Gott der Helfer lebet noch.*

Lene und Greta wechselten sich in der Pflege ab, ein ständiges Hasten zwischen Stube, Stall und Feld. Auch Minna Reephenning tat das Ihre, Wadenwickel mit Essigwasser zum Fiebersenken, Misteltee und -salbe gegen die Krämpfe, Kamillenkompressen, Huflattichsaft, wenn auch nur noch zum Lindern, Hilfe gab es nicht mehr. Sie hatte gleich zu Anfang, als sie sah, wie Margret mit verdrehten Augen die Fäuste gegen den Kopf drückte, Schlimmes vermutet, »dat sitt in 'n Brägen, wenn dat man goot geiht«, Gehirnhautentzündung also, und ihr alle zwei Stunden einen Eßlöffel von ihrem Schwedenbitterling eingeflößt, zehn verschiedene Kräuter, Aloe, Kampfer, Manna, Myrrhe, Safran, Sennesblätter, Eberwurz, Rhabarber-, Angelika- und Zitterwurzel, mit Branntwein angesetzt, ein Trank von widerwärtigem Geschmack, aber wunderbarer Wirkung bei Entzündungen aller Art. Nur der kranken Margret half er nicht.

Allerdings hatte Minna Reephenning sofort darauf gedrängt, Dr. Kötter hinzuzuziehen. Dr. Kötter jedoch war für einige Tage verreist. Als er endlich erschien – »nu kann he ok to Huus blieven«, sagte Minna, »helpt allens nix mehr« –, schlug er vor, Margret ins Lüneburger Krankenhaus zu schaffen. Ob sie dort gesund werde, wollte Willi wissen. Dr. Kötter, der nie um eine Sache herumredete, schüttelte den Kopf, und Willi sagte, sterben könne sie auch zu Hause.

In Margrets letzten Stunden saß Lene bei ihr als Ablösung für Greta, die sie um Mitternacht aus dem Bett geholt hatte. Margret, erschöpft von den letzten Krämpfen, lag mit geschlossenen Augen da. »War wieder ein Jammer, wenn der Herr sie doch man erlöst«, sagte Greta, die dieses Kind kummervoll geliebt hatte auf ihre Art, und ging weinend in die Kammer, schlief aber gleich darauf ein. Sie hatte den ganzen Tag Gerste aufgestellt draußen am Kamp, das machte müde.

Auch Lene war schon zweimal bei der Wache eingeschlafen, und weil sie Margret nicht wieder allein lassen wollte, holte sie frisches Wasser aus dem Brunnen, eiskalt, und steckte den Kopf in den Eimer. Dann ging sie wieder zu Margret und setzte sich neben das Bett, rundherum Schweigen, nur die Traumgeräusche der Tiere, Ketten klirrten, auch die Eule rief. Im Halbdunkel des abgeschirmten Lichts sah Lene, wie Margrets fiebertrockene Lippen sich nach innen zogen und die Zunge darüberfuhr, aufgequollen, graugelb belegt, Totenzunge, hatte Minna Reephenning gesagt, und sie tauchte einen Lappen in Kamillentee, um Mund und Gaumen damit zu befeuchten, versuchte auch, ihr schmerzstillende Tropfen einzuflößen und Minna Reephennings Schwedenbitterling, mit Zucker, damit es besser schmeckte. Aber Margret reagierte nicht, und so holte Lene ihr Gesangbuch, das einzige Geschenk zur Konfirmation, *Dem Herrn mußt du vertrauen* auf dem schwarzen Einband und innen die Widmung *Für Helene Cohrs, Schwester und Patenkind, von ihrem Bruder Willi Cohrs, Süderwinnersen.*

Sie schlug den Choral 571 auf, unnötigerweise, denn sie kannte ihn auswendig, *Mitten wir im Leben sind mit dem Tod umfangen* – drei Strophen –, und als sie fertig war, begann sie den 6. Psalm, *Ich bin so müde vom Seufzen; ich schwemme mein Bett die ganze Nacht und netze mit meinen Tränen mein Lager. Meine Gestalt ist verfallen vor Trauer,* konnte aber nicht weitersprechen, weil ihr nun auch die Tränen kamen angesichts der schwindenden Margret, stumme Begleiterin durch die Jahre, schattenhaft und dennoch dazugehörig, der einzige Mensch, der manchmal dicht bei ihr gewesen war, Kuscheln im Heu wie sonst nur mit den Katzen. Sie griff wieder nach dem Gesangbuch, Gebete am Sterbebett, doch was dort geschrieben stand, gefiel ihr nicht, und sie faltete die Hände und sagte: »Lieber Gott, lütt Margret war ein gutes Mädchen, die hat nichts Böses getan, keinem nicht, wie denn, wo sie immer bloß still war, das hast du wohl so gewollt, und jetzt nimm sie zu dir in die Herrlichkeit, und keine Schmerzen mehr, lieber Gott, reicht doch wirklich, keine Schmerzen, bitte, das wär nicht gerecht.«

Gerecht, dieses Wort, das sie bei sich trug als Schutz und Schirm, ihr geheimer Hochmut, *denn der Herr kennt den Weg der Gerechten, aber der Gottlosen Weg vergeht.* »Margret hat's nicht gut gehabt im Leben«, betete Lene. »Laß es sie gut haben im Tod.«

Die Krämpfe kamen noch einmal, gerecht oder nicht, auch die Schreie, aber nur der Hund schlug an, alle anderen schliefen zu fest. Lene hielt Margret im Arm, is ja goot, ist ja man goot, ik bün ja bi di, bis es wieder still wurde.

Sie schläft jetzt wohl, dachte Lene und schlief plötzlich auch, in irgendwelche Farben hinein, die sie aufnahmen und davontrugen. Während Margrets Krankheit hatte sie nicht einmal die Hälfte ihres Schlafes bekommen, nur die Arbeit war die gleiche geblieben, weder Tiere noch Felder fragten nach dem Schlaf des Menschen, und niemand auf dem Cohrshof wurde geschont, Greta nicht mit ihren offenen Beinen, Willi nicht trotz Rheuma und wetterfühligen Schußnarben, Lene am wenigsten, verlangte es auch nicht, sie hatte gelernt, Forderungen zu erfüllen und keine zu stellen. »De ist düchtig, de Deern«, hieß es, wenn sie immer noch, als der Krieg längst vorbei war, vom Plaggenschlagen kam, vom Torfstechen oder Holzmachen, »düchtig as 'n Keerl«, aber wer sich zum Lastesel machen ließ, verdiente es, wie ein Lastesel behandelt zu werden, auch das redete man. Was wußten die Leute von den Grenzen ihrer Demut, Lene, mit den Psalmen Davids im Kopf.

Als sie hochschreckte aus dem Schlaf, dieser Sekunde nur eines Traumbildes, war Margret tot.

Lene stand auf, um Greta und Willi zu wecken. Gemeinsam beteten sie das Vaterunser, dann sagte sie der alten Hogrebe Bescheid, die die Toten wusch. Der Hahn krähte, es dämmerte schon, Zeit zum Melken.

Später, gegen sechs, Margret wartete auf den Sarg, die Bibel unter den gefalteten Händen, daneben Phlox und Goldlack aus dem Garten, ging Lene zum Backhaus hinüber. Der Vorteig war bereits am Abend angesetzt worden, eine Tote oder nicht, man brauchte Brot. Sie legte Glut auf die Backofensteine, Buchenscheite dazu, Buche gab die beste Hitze. Dann schüttete sie Mehl über den Sauerteig, würzte mit Salz und begann zu kneten, zwei Stunden fast, tief über den Trog gebeugt, keuchend vor Anstrengung, bis der Teig so geschmeidig war, wie er sein sollte, und nicht mehr an den Händen klebte. Während er ruhte, bereitete sie das Hefestück vor für den Beerdigungskuchen, formte dann die Brote, bestrich sie mit Wasser und schnitt Kerben ein. Sorgsam, damit es keinen Funkenflug gab, nahm sie die Glut aus dem Ofen, fegte die Aschenreste weg, zuletzt noch mit einem nassen Tuch, das sie um den Besen wickelte, und als die Laibe schließlich auf den heißen Steinen lagen, Brot für einen Monat, sagte sie den Spruch, den sie von Greta gelernt hatte:

> *Dat Broot is nu in 'n Aven;*
> *uns Herrgott de is baven.*
> *All de von dit Broot eten,*
> *schüllt uns Herrgott nich vergeten.*

Es war das erste Mal, daß Lene diese Arbeit allein verrichtete, ohne Greta, die sonst das Brotbacken nicht aus der Hand gab. Aber sie hatte bei der Toten bleiben wollen, sich auch geweigert, mit Willi und den beiden Söhnen Gerste aufzustellen, so sehr sie sonst immer zur Eile drängte, damit das Korn trocken in die Scheune kam. »Bei ihrer Geburt bin ich auch nicht mit rausgegangen«, hatte sie gesagt, »laßt mich in Ruhe.«

Nach zwei Stunden holte Lene das Brot mit dem Schüffel aus dem Ofen, Mittagszeit, Willi und die Söhne kamen nach Hause. Sie aßen Grütze und Milch, dann, Schlag eins, so war es ausgemacht, brachte der Tischler Erich Manners, Gretas Bruder, den Sarg. »Komm, lütt Margret«, sagte Greta, nahm ihre Tochter auf den Arm und legte sie hinein, »nu schlaf man.«

Der Sarg wurde in die Diele gestellt, vor das offene Tor, wo seit eh und je die Särge standen, zwischen Hof, Ställen und Flett, ein Sarg aus Fichtenholz, der billigste, wir brauchen keinen Prunk, hatte Willi gesagt, kein Prunk im Leben, kein Prunk im Tod, verfault sowieso und fressen die Würmer.

Als alles getan war, ging Lene wieder mit aufs Feld. Bei ihrer Rückkehr am Abend sah sie nicht, daß Hubertus Teichs Wagen vor der Tür stand. Es war schon dunkel und in der Kate kein Licht.

Zwei Menschen, die aufeinander zugehen, langsam, wie in einem Zeitlupenbild, kaum merkbar, daß die Entfernung sich aufhebt. Weder Hubertus Teich spürte etwas davon noch Lene, nicht einmal sie, auf die es doch ankommt in dieser Geschichte, denn Hubertus Teich konnte gehen, als aus der Annäherung die Nähe geworden war, Lene aber mußte bleiben und die Folgen auf sich nehmen.

Nein, sagte sie später, nichts.

Kein warnendes Signal also von irgendwoher, aus Quellen jenseits von Wissen und Wollen, Signale, wie Minna Reephenning sie manchmal empfing im nächtlichen Süderwinnersen, obwohl die künftigen Toten nichts zu tun hatten mit ihrem Geschick, viel weniger jedenfalls als Hubertus Teich mit Lenes.

Oder war es ganz anders? Vielleicht, daß doch ein Signal ertönte, der Vorhang ging auf, und sie sah Anfang und Ende, wie es manchmal geschieht im Lidschlag eines Augenblicks, wenn alles zu einem Bild und einem Gedanken gerinnt und du weißt, was zu tun ist, und du tust es, ohne zu wissen, daß du es tust und warum. Gottesfügung, pflegte Lene dergleichen zu nennen, solange ihr Himmel noch offen stand, und Minna Reephenning sagte: »Dar sünd mehr Saken twüschen Himmel un Eerd, as de Minsch sik denken deiht in sinnen Droom.« Aber vielleicht war es auch nichts als Zufall, der die Dinge durcheinanderwarf, und nur Lene, ganz allein Lene, machte daraus das, wofür es so viele Namen gibt.

Hubertus Teich traf sie am Sonnabend wieder, dem Tag nach Margrets Beerdigung.

»Guten Tag«, sagte er. »Ist der Bauer da? Oder die Frau?«

Lene war gerade vom Feld gekommen, um das Mittagessen zu holen, Suppe aus Kartoffeln, Bohnen und Pökelfleisch, für sieben Leute diesmal, zwei Tagelöhner noch außer Greta, Willi, den beiden Söhnen und ihr. Sie stand im Halbdunkel der Herdstelle, über den Kessel gebeugt. Hubertus Teich wußte nicht genau, ob sie ihn überhaupt gehört hatte, und er fühlte dasselbe Unbehagen wie am Tag vorher, als er gleich nach seiner Ankunft mit der Milchkanne durch das offene Dielentor gegangen war und plötzlich den Sarg gesehen hatte, daneben Greta auf einem Melkschemel, ihre umwickelten Beine von sich gestreckt.

»Kommen Sie man rein«, hatte sie gesagt. »Das da ist die lütte Margret, haben Sie doch gekannt.«

Der helle, schmale Sarg, Rittersporn, Rosen, Levkojen darauf, ein paar Hühner liefen herum und pickten nach Körnern. Er murmelte etwas von Beileid und Mitgefühl, hilflose Hamburger Töne, wollte wieder gehen, aber Greta sagte, Milch könne er haben, frisches Brot auch und Butter, nur keine Eier heute, die brauchen wir für Kuchen, wollen ja was essen nach der Beerdigung.

Sie ging in die Milchkammer, und er blieb allein. Während er wartete, flatterte eins der Hühner auf den Sarg. Er wußte nicht, was er tun sollte, das Huhn zu verscheuchen kam ihm ebenso unpassend vor, wie es dort oben zu lassen. Doch Greta schien der Anblick nichts auszumachen.

»Viel Sahne auf der Milch«, sagte sie und gab ihm die Kanne.

»Zeit, daß Sie mal wieder da sind. Wat maakt de Fru?«
Inzwischen saß auch das zweite Huhn auf dem Sarg. »Raus!« schrie Greta, da liefen die Hühner davon, und sie sagte, daß Lene am Sonnabend bei ihm saubermachen könne, aber erst spät, sei ja mitten in der Ernte und Freitag Beerdigung.

Lene. Der Name hatte kaum etwas in ihm wachgerufen, so wenig wie das Dorf und die Kate. Auch die Heide, in die er später geflüchtet war aus der Unwirtlichkeit des Hauses, wies ihn ab. Er lief fast bis zum Wilseder Berg, eine helle Nacht, Mondschein über Hügeln und Waldstreifen, die Eule schrie, Wacholderarme klagten zum Himmel hinauf, was soll ich hier, dachte Hubertus Teich, es ist nicht mein Ort.

Am nächsten Morgen war er nach Hamburg zurückgefahren, eine Flucht vor Muff und Spinnweben, vor dem Sarg und der Beerdigung, vor der eigenen Unschlüssigkeit. Daß er drei Tage später wiederkam, lag an Joachim, der nicht bereit gewesen war, die Rettung seines Bruders durch das Rübenprojekt kampflos aufzugeben und mit Hubertus ein Gespräch führte im Stil des Konsuls über Pflicht und Verantwortung, Privatdozent, was sei das schon, irgendwann müsse ein Mann auch sein Brot verdienen, immer von der Arbeit anderer leben, das ginge doch wohl gegen das Portepee. Worauf er wiederum den Sandboden beschwor, den es fruchtbar zu machen galt, Mann, ist doch was anderes als deine Lippenblütler, bis Hubertus sich bereit gefunden hatte, wenigstens Willi Cohrs Meinung zu dem Experiment einzuholen.

»Guten Tag«, sagte er also zu der Frau am Herd, und ob der Bauer da sei.

Lene schüttelte den Kopf und rührte weiter in der Suppe. Sie hatte Hubertus Teich sofort erkannt, schon von weitem, und als er sprach, bei den ersten Worten seiner ruhigen Stimme, kam die Erinnerung zurück, die Küche mit dem Herd, das blauweiße Zwiebelmuster, und er gibt ihr Marzipan, man kratzt sich nicht, Lene, juckt aber, nein, es ist nicht schicklich.

Sie ließ die linke Hand fallen, mit der sie gerade an ihren Rücken wollte, der voller Gerstengrannen war, trotz des Kittels aus Beiderwand. Nadelscharfe Grannen. Sie durchstachen alles, den dicken Kittel und die Bluse darunter, hakten sich in der Haut fest, noch im Schlaf mußte man sich kratzen.

Ob er heute Eier bekommen könne, fragte Hubertus Teich, ohne ein Zeichen des Wiedererkennens. Sie war siebzehn jetzt, fast von Willis Größe, aber schlank dabei wie einst Magdalena, wovon Hubertus Teich allerdings nichts zu sehen bekam. Dort am Herd, in dem unförmigen dunklen Rock, die Leinenbluse bis zu den Hüften und das Kopftuch tief über die Stirn gezogen, hätte man sie ebensogut für vierzig halten können.

»Sind Sie die Magd?« fragte er.

Lene nahm den Topf vom Feuer. Er sah ihr Gesicht, aber es dauerte immer noch eine Weile, bis auch seine Erinnerung sich meldete.

»Mein Gott, ist das etwa Lene!« rief er. »Du bist ja erwachsen geworden.«

»Soll man wohl«, sagte sie, schon wieder abgewandt, nur mit ihrer Arbeit beschäftigt. Er sah zu, wie sie die Suppe in eine der schweren Milchkannen füllte und den Deckel schloß. Ihre Hände waren braunrot und rissig, blaue Adern liefen darüber.

»Ist dein Arm wieder in Ordnung gekommen?« fragte er. »Die geschwollene Vene damals?«

»Weiß ich nichts von«, sagte sie, holte Eier aus der Kammer, ging dann wieder zum Herd, um die Glut abzudecken, goß noch Wasser in den schmutzigen Topf, griff dann nach der Suppe, alles schnell, mit präzisen Bewegungen. Auch die Holzpantinen an den zerstochenen Füßen klapperten gleichmäßig, als sie die volle Kanne durch die Diele trug, und sie hielt sich so aufrecht wie damals beim Kartoffelschälen an seinem Küchentisch.

»Du hast dich gar nicht sehr verändert«, sagte er, wußte aber wieder nicht, ob sie es gehört hatte.

Auf dem Hof stand das Fahrrad. Lene hängte die Kanne an die

Lenkstange. »Später komm' ich rüber zum Saubermachen«, sagte sie. »Ist übrigens immer noch dasselbe.«

»Was?« fragte er.

Ihr rechter Fuß stand schon auf dem Pedal, da hob sie den Kopf und sah ihn an, mit dem gleichen Lächeln wie bei dem ersten Happen Marzipan damals in der Kate. »Das Rad. Hest du dat vergeten?«

Dann fuhr sie vom Hof, und Hubertus Teich wußte, während er hinter ihr herblickte, daß er endlich wieder dort anknüpfen konnte, wo das Seil vor sieben Jahren gerissen war.

Am Sonntag nach dem Essen ging er zum Hof hinüber, um über das Rübenprojekt zu sprechen, für Süderwinnersen ein neues und unerhörtes Vorhaben, so neu, daß es fast an Willi Cohrs Hartköpfigkeit zu scheitern drohte, der nicht einzusehen vermochte, was das sollte, eih Zehnfachversuch auf seinem Acker, noch dazu unter der Aufsicht eines Stadtmenschen.

»Wenn alles vorbei ist«, erklärte Hubertus Teich geduldig, »gehören die Rüben ja Ihnen. Aber vorher müssen Sie genau meine Anweisungen befolgen.«

»Wat verstihst du denn von de Runkeln?« begehrte Willi auf.

»Hören Sie doch erst mal zu«, sagte Hubertus Teich. »Sie unterteilen den Acker also in zehn gleich große Parzellen, und jede Parzelle bekommt eine andere Düngergabe. Das geht schon mit dem Misten los. Wenn sie das Zeug rausbringen, komme ich mit, und Sie müssen es eimerweise draufschütten, auf jede Parzelle genausoviel, wie ich sage.«

»Ik do de Jüüch nich in 'n Emmer«, sagte Willi, und Hubertus Teich wurde ungeduldig.

»Entweder machen Sie mit oder nicht. Wenn Sie mitmachen wollen, dann müssen Sie sich allerdings nach meinen Anordnungen richten. Also eimerweise. Im Frühjahr kommt dann der Kunstdünger drauf, den teile ich Ihnen ebenfalls zu, für jede Parzelle immer wieder eine andere Mischung aus Thomasmehl, Kalk und Stickstoff.

Es kommt darauf an, Herr Cohrs, unter welchen Bedingungen die besten Rüben gedeihen, das interessiert Sie doch sicher auch, und deshalb muß ich bei der Ernte zugegen sein. Der Ertrag von jeder Parzelle wird genau gewogen, und wenn das getan ist, nehme ich Proben mit für die Untersuchungen, und den Rest können Sie verfüttern. Also keinerlei Verlust für Sie. Haben Sie das verstanden?«

Klar verstehe er das, sagte Willi. Aber er könne es nun mal nicht ertragen, wenn ihm jemand bei der Arbeit auf die Finger sehe, bis Greta mit der Bemerkung, er solle nicht so tüffelig sein, eingriff und wissen wollte, was denn für den Cohrshof bei der ganzen Angelegenheit herausspränge, auch gleich hinzufügte, Geld habe keinen Wert, Inflation, Herr Dokter, wissen Sie ja selber, und nach einigem Hin und Her das Gespräch auf eine Kuh zu lenken verstand, eine gute Kuh, die könnten sie brauchen.

Hubertus Teich, in seiner geschäftlichen Ahnungslosigkeit, ließ sich auf den Handel ein. Die Kuh wurde geliefert, sogar im voraus, und ein schriftlicher Vertrag abgeschlossen, letzteres auf Joachims Drängen, der die Kuh vorschob, hauptsächlich aber seinen Bruder festnageln wollte.

Gewichtige Gründe also für Hubertus Teichs erneute Bindung an Süderwinnersen. Er machte sich, obwohl es noch weit war bis zur nächsten Frühjahrsbestellung, unverzüglich daran, Experimente vorzubereiten. Wieder mußte Hans Prescher aus Reppenstedt kommen, diesmal, um an die Kate einen weiteren Raum anzubauen, der als Laboratorium dienen sollte. Nach und nach wurde die Einrichtung dafür geliefert, Maschinen zum Säubern und Zerkleinern des Versuchsgutes, Vakuumgeräte, Destillierkolben, Analysenwaagen, Zentrifugen, Rauchabzüge. Vor allem aber beschaffte Hubertus Teich sich alles, was es an Wissenswertem gab über Futterrüben und ihren Anbau, damit er während der Wintermonate die erforderlichen Kenntnisse erwerben konnte.

Wie vor dem Krieg erschien er jeden Freitag im Dorf und blieb bis montags. Die Leute gewöhnten sich bald wieder daran, der Dokter mit Lodenmantel und Jägerhut, halbe Nächte am Schreibtisch hinter den hellen Fenstern der Kate, und wie damals stand Lene bereit, um für Feuer, Essen und Ordnung zu sorgen.

Um es gleich zu sagen an dieser Stelle, damit begreiflich wird, warum noch weitere fünf Jahre vergehen mußten bis zur endgültigen Begegnung im Pilzherbst 1926: Nichts in ihm sprach von Wünschen, die mehr wollten, als Gewesenes zu wiederholen. Lene, das Kind von einst, dem er Freude bereitete und dessen Freude ihm wohltat, anderes verlangte er nicht, anderes gab er auch nicht. Gespräche fanden kaum statt, keine Worte hin und her, die sich trafen und zu Gefühlen verwandelten. Wie früher blieb es bei seinen kurzen Fragen und ihren kurzen Antworten, vielleicht, weil Hubertus Teich vom Harvestehuder Weg sich nicht vorstellen konnte, es sei noch mehr in ihr, das sich zu wissen lohne. Und Lene, wo hätte sie anfangen sollen bei soviel Fremdheit gleich dort, wo die Küchenwärme aufhörte.

Hubertus Teich, die Liebe ihrer Kindertage, Freundlichkeit unter den grauen Haaren, Marzipan in der Tasche – nie kam ihr der Gedanke, daß dieser sanfte Mensch, Flötjenpieper nannte ihn Willi Cohrs, ein Mann sein könnte. Mann, das war ein anderes Wort für Gewalt. Willi Cohrs schlug sie immer noch, wenn sein Zorn Auslauf brauchte, und was die beiden Söhne betraf, Heinrich und Uwe, mit denen sie in einer Kammer geschlafen hatte, bis Torsten Schünemann starb und seine Bettstatt frei wurde, so bat sie Gott jeden Abend um Schutz vor ihnen. Sie hatten sie, bevor ihnen die Barthaare wuchsen, verfolgt, wie sie Frösche, Katzen und Vögel verfolgten, ihr später im Backhaus aufgelauert, wo sie sich sonnabends in der Waschbalje gründlich abseifte, und dann jener Nachmittag draußen im Kamp, als sie Lene plötzlich zu Boden warfen und ihr die Beine auseinanderrissen, unter Keuchen und unflätigen Reden, auch die Hosen standen schon offen, und nur ein Tritt in Uwes Unterleib konnte sie retten. Seitdem fürchtete sie sich noch mehr.

Es war ihre erste Begegnung mit dem, wofür es keine öffentlichen Namen gab im Dorf, nur unaussprechbare, die allenfalls im Verborgenen geraunt wurden und, wenn sie anschwollen unter dem Druck von Schnaps oder Gier, manchmal auch im Zorn der Frauen, etwas Gewalttätiges bekamen. So gewalttätig, dachte Lene, wie das sein mußte, das sie bezeichneten. »Jetzt ist es soweit«, hatte Greta sie gewarnt bei ihrer ersten Regelblutung. »Laß keinen Kerl an dich ran, sonst kriegst du ein Kind, dann schlägt Willi dich tot.«

Wie Kinder entstanden, war ihr bekannt von den Tieren, alltäglicher Anblick, wenn der Hahn die Henne besprang oder der Bulle die Kuh, »kiek ornlich hen, Lene«, hatte der Knecht von Beenken einmal gesagt, als sie dreizehn war, »dat du weeßt, woans dat geiht.« Gewalt auch dort, die Katzen schrien, wenn der Kater kam, und sie versteckte sich unter Röcken und Kopftüchern, damit ihr so etwas nicht passierte, auch Gott zuliebe, der Keuschheit forderte und nicht die Lüste des Fleisches. »Behüte mich vor den Lüsten des Fleisches«, betete Lene, Wiederholung von Gehörtem, so, wie sie das Wort Wein benutzt hatte, einst beim Gänsehüten, ohne zu wissen, was Wein ist, wie er schmeckt, welche Träume er geben kann, welche Ekstasen, welche Leere, wenn der Rausch verfliegt. Lüste des Fleisches, Bibelwort von paulinischer Strenge und Fremdheit, nichts, was sie behelligen konnte nachts in ihrem Bett neben dem Pferdestall, wo sie mit einem Hammer schlief, falls Willis Söhne kommen sollten.

De Nonn, hieß es unter den Gleichaltrigen im Dorf, wenn Lene Cohrs am Sonntag, statt sich zu amüsieren, nach wie vor über der Bibel hockte, die sie, wie man fand, allmählich doch auswendig können müsse, was teilweise auch zutraf. Noch im hohen Alter, wenn Lisa oder deren Tochter Jenny für ein Kreuzworträtsel Adams vierten Sohn brauchten, Jakobs achten oder Davids zweiten, konnte sie, ohne nachzudenken, die richtigen Auskünfte abrufen, von dort, wo sie gespeichert lagen seit den Jahren ihrer verzweifelt frommen Abgesondertheit. Und unvergeßlich für alle, die dabei waren, bleibt jener Vorfall aus den Tagen, als neue amerikanische Raketen entlang der Bundesrepublik stationiert werden sollten und Lene, von niemandem beachtet, in der Sofaecke zuhörte, wie Jenny und ihre Freunde über ihre Angst sprachen, über Overkill, Krieg und verbrannte Erde und was man tun solle mit seinem Leben angesichts dieser Bedrohung. Da stand sie plötzlich auf, achtzigjährig, klein und dürr, doch immer noch mit geradem Rücken, so trat sie vor. »Was ist denn, Oma«, fragte Jenny, die Enkelin, und dann brach es noch einmal aus Lene heraus: *Ihre Füße laufen zum Bösen, und sie sind schnell, unschuldig Blut zu vergießen; ihre Gedanken sind Unrecht, ihr Weg ist eitel Verderben und Schaden; sie kennen den Weg des Friedens nicht, und ist kein Recht in ihren Gängen.*

»Ach Oma«, rief Jenny, die sich schämte, wie seinerzeit Lisa sich geschämt hatte über den hemmungslosen Umgang ihrer Mutter mit Gott und der Bibel, und einer der Freunde fragte: »Warum predigen sie das eigentlich nicht von den Kanzeln?«

Lene wandte sich ab und ging zur Tür, langsam und vorsichtig. Die Beine waren nicht mehr fest, und es fiel ihr schwer, sich gerade zu halten. Doch dann drehte sie sich noch einmal um und sagte mit ihrer monotonen, schon etwas plärrigen Greisenstimme: *So spricht der Herr: Siehe, mit meinem Schelten mache ich das Meer trocken und mache die Wasserströme zur Wüste, daß ihre Fische stinken und Durstes sterben. Ich kleide den Himmel mit Dunkel und mache seine Decke gleich einem Sack.*

Jesaja, fünfzigstes Kapitel. Wußte sie noch, wie es gestanden hatte um sie beim Erlernen der düsteren Worte, damals im Dunst des alten Rauchhauses?

Ekklesiogene Neurose, nannte Lisa mit ihrer Sucht, in Wirrsalen der Seele Ordnung zu schaffen durch Rubriken, diese Verkapselung im Religiösen. Eine treffende Bezeichnung vielleicht für die Phase vor dem Pilzherbst 1926, der Lenes Gottesschwärmerei in realere Bezirke leitete, bis sie an jenem Schreckenstag im April 1945 sehen mußte, wohin sie geführt worden war, und Gott, weil sie ihm dies

nicht länger anlasten mochte, aufgab und verlor.
Ich kleide den Himmel mit Dunkel und mache seine Decke gleich einem Sack.
Die Raketen waren nicht der erste Anlaß, daß sie Jesaja zitierte.

Fünf Jahre sind zu überspringen. Lenes Geschichte scheint stillzustehen während dieser Frist, immer das gleiche, Tage wie Wochen, trotz der Veränderungen in Süderwinnersen, die auch sie betreffen, weil es ein Unterschied ist für jeden im Dorf, ob die Kraft, mit der man das Korn eines Sommers drischt, aus den Menschen geholt wird oder aus einer Steckdose. Der elektrische Strom kam 1924 ins Kirchspiel, ein Jahr nach Ende der Inflation, als die Zeiten sich zu bessern schienen. Endlich reelles Geld, eine Mark wieder eine Mark, morgen soviel wert wie heute. Man konnte verkaufen, kaufen, in die Zukunft planen, und Zukunft, das hieß Maschinen.

Maschinen, dieses Wort, mit dem Minna Reephenning einst versucht hatte, Willi Cohrs den Mund wässerig zu machen vor seiner Heirat mit Greta. Jetzt erreichten sie auch Süderwinnersen, dreschen, häckselschneiden, buttern, schroten, alles elektrisch für den, der sie besaß, und die Arbeit, von der Frühjahrsbestellung bis zur Ernte, wurde zum Kinderspiel, wenn man Maschinen und Trecker zusammenspannte. Trecker, das andere Zukunftswort, Schnelligkeit, Wegverkürzung, nicht mehr der langsame Pferdetrott vom Hof bis zu den Äckern im Kamp, eine Stunde hin, eine zurück, auch unter dem Druck der Ernte. Drängt doch immer, Herr Cohrs, Zeit ist Geld, sagten die Vertreter, wenn sie die bunten Prospekte auf den Tisch legten und Greta sie wegschickte mit den Worten, daß sie kein Geld hätten, um sich Zeit zu kaufen.

Maschinen, erreichbar und unerreichbar zugleich. Immer häufiger hörte man sie in den Scheunen rattern oder auf den Feldern, bei Christian Beenken etwa, dem Halbhöfner mit dem vielen Land, gute Äcker, gute Erträge und jetzt auch Maschinen, wo was ist, kommt immer was dazu. Nur für Willi Cohrs und seinesgleichen war der Boden sandig geblieben und das Bargeld knapp, die Händler feilschten um jeden Pfennig, die Steuern stiegen, wie sollte man teilhaben an dem, was die Zeitungen als Aufschwung priesen.

»Den letzten beißen die Hunde«, sagte Willi in wachsender Erbitterung, zu Unrecht eigentlich, denn die Partnerschaft mit Hubertus Teich brachte ihm manchen Vorteil. Nachdem das Rübenexperiment erfolgreich abgeschlossen worden war, hatten sie sich bereits dem Roggen zugewandt, und da auch noch Gerste, Hafer, Buchweizen und Kartoffeln zur Prüfung anstanden, schien ein Ende lange nicht in Sicht.

Aber die Nachbarn wußten, daß Willi Cohrs sich verkalkuliert hatte in seinem Hunger, endlich weiterzukommen, heraus aus dem Dunkel und Dunst des alten Rauchhauses, Wünsche, die sich nicht mehr zügeln ließen, ungeachtet Gretas Warnung, warte ab, kommt Zeit, kommt Rat. Er wollte nicht länger warten, das Warten lag ihm auf dem Magen wie Dietrich Cohrs einst die Enttäuschung. Schon an das Stromnetz hatte er sich trotz der Kosten als einer der ersten anschließen lassen. Und jetzt machte er wieder Schulden, ein wahnwitziger Kredit. »Bitte, Herr Cohrs«, sagten die Herren von der Bank in Lüneburg, »Sie haben ja Werte als Sicherheit«, und so rückte Hans Prescher aus Reppenstedt an, um endlich den Schornstein hochzuziehen, Mensch und Tier durch eine Wand zu trennen und die Hälfte von dem, was so lange den Namen Flett getragen hatte, als Küche herzurichten, mit modernem Herd, Ausguß und Wasserhahn wie bei Hubertus Teich. Aus dem Rest und der ehemaligen Stube entstand ein geräumiges Wohnzimmer, und schließlich wurde auch noch eine Kammer angebaut, künftiges Altenteil, vorerst jedoch für Lene. Sie sei, meinte Greta, schon einundzwanzig und Willis Schwester und könne nicht ihr Leben lang in der Knechtbutze liegen.

Eine eigene Kammer, eine Tür, die sich abschließen ließ. Lenes Profit von Willis Größenwahn. Sie stellte das Bett hinein, in dem zuletzt die kleine Margret gelegen hatte, und auch den alten Stubenschrank, denn Willi beharrte auf einem Büfett, Eiche, dunkel, geschnitzte Weinreben an den Türen und ein Kaffeeservice mit Goldrand hinter den Glasscheiben. Das goldene Missionsbild dagegen, das Greta nicht mehr haben wollte, konnte Lene ebenfalls in ihre Kammer hängen, Seele, so bedenke doch, Gott der Helfer lebt noch.

Da der Kredit nicht ganz erschöpft war, ließ Willi, der bereits eine unbezahlte Dreschmaschine stehen hatte, sich zu Gretas Entsetzen auch noch eine Mähmaschine aufschwatzen, von Pferden zu ziehen, keinen Trecker, das nicht. Dennoch brachte sie ihm kein Glück. Kurz vor der Ernte nämlich warf ein Unwetter fast das ganze Getreide platt auf den Boden, so daß die Maschine nicht faßte und Willi wie gewohnt zur Sense greifen mußte. Er vertröstete sich auf den nächsten Sommer, aber ehe es soweit war, erschien der Gerichtsvollzieher, um die Mäh- und Dreschmaschine zu pfänden, im Auftrag der Bank, weil schon zum zweiten Mal die fälligen Zinsen nicht bezahlt werden konnten.

»Hochmut kommt vor dem Fall«, weinte Greta, als die Maschinen vom Hof geholt wurden, worauf Willi in seinem Zorn einen Stuhl ergriff und an dem neuen eisernen Herd zertrümmerte, auch auf Greta losgehen wollte, die ihn jedoch mit ihrem Blick im Zaum hielt. Letztlich mußte Lene es wieder büßen, wie so oft in dieser Zeit, obwohl Greta sich jetzt manchmal dazwischenstellte, aus Angst, Lene könne eines Tages das gleiche tun wie Uwe, ihr jüngerer Sohn, der seine Sachen genommen und nach Hamburg verschwunden war. Er arbeite am Hafen, hatte er in seinem bisher einzigen Brief geschrieben, als Schauermann, immer noch besser als die Rackerei in Süderwinnersen für nichts und wieder nichts, das solle Heinrich man tun, der kriege ja den Hof. Auch das trug bei zu Willis Verbitterung.

Das Haus war nicht heller geworden, trotz Umbau und elektrischem Licht, das Leben nicht leichter. Ein Mann weniger auf dem Hof, aber noch mehr Arbeit, noch mehr Kargheit angesichts der lauernden Bank, kein geringer Preis, den Lene für die Kammer zahlte.

Abends im Bett, so müde, daß sie über ihrer Zwiesprache mit Gott einzuschlafen drohte, wichen die Wände manchmal zurück, und sie lag in einem endlosen schwarzen Raum, allein, ohne zu wissen, woher und wohin, nichts, nach dem sich fassen ließ, sogar Gott schien in der Leere zu verschwinden, und wenn sie aufwachte aus dem Halbtraum und sich an einen Choral zu klammern suchte, gaben die Worte kein Echo. Sie sehnte sich nach den Katzen ihrer Kindheit, nach der Wärme im Heu. Doch der nächste Tag war gleich wieder da, auch der Sommer nach der Winterpause, Stall, Feld, Essen, Trinken, Schlafen, immer und immer. Sogar Greta dachte, daß es nicht richtig sei, so ein Leben für die Schwester des Bauern, hütete sich aber, es zu sagen.

»Kriegst du eigentlich etwas davon?« hatte Hubertus Teich gefragt, als er Lene das erste Geld für die Arbeit in der Kate aushändigte.

»Ich?«

»Überhaupt keinen Lohn?«

»Ist doch mein Bruder«, sagte sie.

»Aber wenn du Kleidung benötigst, Wäsche, Schuhe?«

»Ich krieg', was ich brauch'«, sagte sie, und er hatte keinen Becher genommen diesmal, sondern eine Zigarrenkiste, und wieder angefangen, jede Woche eine Mark hineinzulegen, manchmal mehr, Weihnachten sogar einen Zwanzigmarkschein.

»Ist nicht richtig«, sagte sie.

»Doch«, sagte Hubertus Teich. »Ich hebe es auf, bis du heiratest.«

»Ich heirate nicht«, sagte Lene.

»Ich heirate nicht«, sagte sie auch zu Minna Reephenning, die sie an einem Dezembersonntag zu sich ins Haus holte, um ihr ein Eheangebot von Albert Augustin zu übermitteln.

»Ik will keen Mann, Minna.«

Minna Reephenning stand am Fenster in ihrem schwarzen Kleid. Es war dunkel draußen, das Licht der Straßenlaterne warf einen glitzernden Streifen auf den Schnee. »Dumme Rede«, sagte sie. »Ist ein freundlicher Mensch. Und fleißig. Da triffst du es nicht schlecht.«

Albert Augustin war Kriegsinvalide, fünf Jahre älter als Lene, mit nur einem Bein. Man hatte ihm das rechte weggeschossen, so weit oben, daß er keine Prothese tragen konnte und über den Krücken schwermütig geworden war, bis der alte Schuster Molke sich erbarmt und ihn in die Lehre genommen hatte. Jetzt reparierte er die Schuhe des Kirchspiels, zur allgemeinen Zufriedenheit, und brauchte eine Frau. Lene Cohrs, sagte Minna Reephenning, die er zu Rate gezogen hatte, doch, Lene Cohrs, die sei richtig, arbeitsam und bescheiden, bißchen zu fromm vielleicht, aber eine, die aufs Tanzen aus sei, könne er ja sowieso nicht gebrauchen, und Willi Cohrs müsse ihr eine Mitgift geben.

»Ik will keen Mann«, wiederholte Lene.

»Warum nicht? Immer einspännig, was soll das? Albert Augustins Mutter ist krank, die stirbt bald, dann habt ihr die Kate, und niemand redet dir rein.«

Lene antwortete nicht.

»Ein guter Mann, Albert Augustin«, sagte Minna. »Keiner wie Willi. Nur ein Bein, aber aufs Bein kommt es nicht an, schon gar nicht für 'n Schuster. Er hat dich auf Liesbeth Manners Hochzeit gesehen, du gefällst ihm.«

»Du bist auch einspännig«, sagte Lene. »Du büst ok alleen.«

Minna Reephenning nahm einen Stuhl und setzte sich Lene gegenüber. Sie war sechzig inzwischen, aber weiterhin schlank und zierlich, kaum verändert seit dem Zusammenprall von Tod und Geburt auf dem Cohrshof, das Haar genauso grau, und schwarz hatte sie auch damals schon getragen. Nur ihre Lider hingen noch schwerer über die Augen.

»Was weißt du, wie einspännig ich war«, sagte sie. »Ist auch was anderes als Hebamme. Und willst du denn dein Leben lang Magd bleiben bei deinem Bruder? Ohne Lohn? Und in Plünnen rumlaufen? As Lumpenjule? Immer mit 'nem Kopftuch, wie im Stall?«

Lene hob die Hand und strich über ihr Sonntagskopftuch, braun, mit weißen Punkten, aus Magdalenas Truhe. Auch ihr Kleid stammte von dort, enges Mieder, weiter Rock, ebenfalls braun, sie hatte es nur kürzer machen müssen, weil niemand mehr lange Kleider trug. Aber Greta kaufte für sich auch nichts Neues.

»Albert Augustin haben deine Locken gefallen«, sagte Minna Reephenning, »daß du Locken hast in der Stirn. Einmal ohne Kopftuch, und schon 'n Mann.«

Sie griff, bevor Lene sich wehren konnte, rasch zu und zog ihr das Tuch von den hellen Haaren.

»Wie deine Mutter. Hatte auch Locken, Magdalena Cohrs, eine hübsche Frau, aber kaputt von der Arbeit. Bei Albert Augustin geht's dir besser, kein Bauer, der die Frau kaputtmacht.«

Lene nahm ihr das Kopftuch aus der Hand, um es sich wieder umzubinden, die übereinandergelegten Dreiecke nach hinten, wo der Haarknoten saß, den sie jeden Morgen aus ihrem dicken Zopf zusammensteckte.

»Ich wär gern Hebamme«, sagte sie. »Wie du. Die Kälber, die hol ich besser raus als Willi und Greta.«

Minna Reephenning schüttelte den Kopf.

»Glaubst du etwa, daß Willi dir die Hebammenschule bezahlt?«

»Ik weet nich«, sagte Lene.

»Und die nehmen auch keine, die bloß bei Lehrer Isselhoff war. Früher mal. Heutzutage mußt du 'ne halbe Studierte sein.«

Sie stellte Tassen zurecht, holte die Kanne vom Ofen, goß Tee ein, Kamillentee, hilfreich im Winter gegen Erkältung. »Krieg deine eigenen Kinder, du wirst 'ne gute Mutter, das sieht man.«

»Oder so was wie du mit den Kräutern«, sagte Lene.

»Das möchte manche.«

Lene senkte den Kopf, hob ihn dann wieder und wandte sich langsam zur Kommode, auf der ein Buch lag, schwarz und groß, aber keine Bibel.

»Dir hat es doch auch mal einer gezeigt, Minna.«

Minna Reephenning schob ihren Stuhl zurück. Ein Schritt zur Kommode, sie öffnete die Schublade, das Buch verschwand, endgültig, ein für allemal, dies ist nichts für dich.

Lene preßte die Hände zusammen. Sie saß aufrecht da, mit geradem Rücken, schweigend.

»Heirate Albert Augustin«, sagte Minna Reephenning. »Nicht richtig, eine Frau ohne Mann. Ich rede mit Willi.«

Aber Willi warf sie hinaus. Ein Krüppel, schrie er, das könne ihr passen, seine Schwester mit einem Krüppel verkuppeln, in eine Kate, und was sie denn kriege für die Kuppelei.

»Willi Cohrs!« sagte Minna Reephenning, den Kopf zurückgelegt und die Augen schmal wie zwei Striche. »Es geht dir nicht um deine Schwester. Es geht dir um eine Magd ohne Lohn und mit Prügel, und die Mitgift willst du auch behalten, darum geht es dir.«

Ihre Stimme hatte die monotone Schärfe, vor der jeder im Dorf zurückwich. Willi jedoch schrie, obwohl Greta ihn am Arm zerrte: »Rut, oole Hex«, und wies mit dem ausgestreckten Zeigefinger zur Tür.

Minna Reephenning, schon die Klinke in der Hand, drehte sich noch einmal um und sagte: »Du wirst es büßen, was du mit Lene machst. Ich seh's dir an, wie du es büßen mußt.«

Willi sprang auf. Aber Minna war schon fort, und Greta hinderte ihn daran, sie zu verfolgen. Statt dessen fiel er über Lene her, »wenn du mit dem Krüppel«, und schlug ihr ins Gesicht, dabei wollte sie den Mann gar nicht haben.

Es ist nicht gerecht, dachte Lene, als sie am Abend ihr Auge kühlte. Es ist nicht gerecht, und Gott wird es ihm zeigen, *Er wird regnen lassen über die Gottlosen Blitze, Feuer und Schwefel und wird ihnen ein Wetter zum Lohn geben.* Der elfte Psalm, sie sah eine schwarze Wolke, darin Gott in seiner Herrlichkeit, und Willi krümmte sich wie ein Wurm.

Immer das gleiche, Tage wie Wochen, Wochen wie Jahre.

Es ist soweit, Herbst 1926, Lenes Tag.

Nicht großer Tag, nicht schlimmer Tag, kein Adjektiv, woher soll man wissen, welches trifft, janusköpfig, wie die Dinge sich zeigen. Vielleicht, daß Lene späterhin Klarheit bekam, aber erst ganz zum Schluß, als das letzte Bild erschien, Tableau ihres Lebens, alles auf seinem Platz, kein Zweifel mehr an gut oder schlecht, richtig oder falsch. Die Stunde der Wahrheit, falls es so etwas gibt.

Aber dennoch, schön soll er sein, dieser Sonntag, Septemberende, Altweibersommer, noch ist die Heide rot, blasser schon, aber rot genug, das Birkenlaub wechselt die Farbe, grün zu gelb, und die Wacholderbüsche neigen sich in dem milden, verschleierten Licht.

Wachswetter für Pilze, es war schon die Rede davon. Greta schmorte sie mit Speck, warf sie in die Suppe oder trocknete Kappen und Stiele, auf Bindfäden gezogen, unter den Dachbalken, zum Widerwillen der Nachbarn, die üble Substanzen für Leber und Niere in ihnen vermuteten.

In Süderwinnersen mied man Pilze seit altersher, de schall de Wörm freeten, dat's nix för mienen Vadder sien Söhn, was Greta nur recht sein konnte, denn der Hamburger Händler nahm ihr immer wieder gern einige Körbe voll ab. Sie hatte von ihrer schlesischen Mutter gelernt, gute von schlechten zu unterscheiden, und ihr Wissen an Lene weitergegeben, die ein Pilzauge besaß und selbst die kleinsten fand, wenn sie noch im Geflecht unter der Erde steckten und sich nur durch das gewölbte Moos oder Risse im Waldboden anzeigten. Der Händler nahm solche besonders gern, zahlte auch mehr dafür, ein guter Grund, daß Lene am Sonntagnachmittag nicht in den Stall mußte. »Die Kühe mach' ich«, hatte Greta gesagt, »bring du man ordentlich was mit.«

Wie spät mag es sein? Nicht zu spät, zwei Uhr vielleicht, der Abend kommt früh im September, und sie soll Zeit haben für das, was geschieht. Nur ihre Körbe müssen noch gefüllt werden, aber es dauert nicht mehr lange, die Pilze sind geschossen in der Nacht, da warten sie, klein und fest, kaum ein Wurm im Fleisch, als hätten sie

Teil an dem Spiel *Zeit für Lene.*

Sie war eine gute halbe Stunde vom Dorf entfernt, in westlicher Richtung, wo es mehr Bäume gab, Birken hauptsächlich, einige Buchen da und dort, auch Eichen, mit Wurzeln tief unten beim Wasser. Eicheln, gut zur Schweinemast. In alten Zeiten, hatte Lehrer Isselhoff erzählt, wären Bauern zu Tode gebracht worden, weil sie ihre Schweine unter die Eichen getrieben hätten, das sei das Recht der Grundherren gewesen, und Recht müsse Recht bleiben, merkt es euch, Kinder, fremdes Gut begehrt man nicht.

Die Körbe waren voll, Pfifferlinge, fettglänzende Steinpilze, gesprenkelte Birkenröhrlinge, ein paar Reizker dazwischen, die getrocknet besondere Würze gaben. Lene ging an einem Waldstück entlang, vielleicht, dachte sie, sollte ich die Pilze zum Hof bringen und wieder zurückkommen, da sah sie Hubertus Teich. Er saß auf einem Baumstamm, halb von ihr abgewandt, die Hände über den Knien gefaltet und den Kopf zurückgelegt. Seltsam, ihn so zu sehen, die vertraute Leinenjacke, aber das Gesicht fremd im Wechsel von Licht und Schatten, aufgelöst beinahe, nichts, was sie formulieren konnte, nur fühlte.

Er hob eine Hand, kratzte sich am Hals, und sie schämte sich ihrer Heimlichkeit.

»Tag, Herr Dokter.«

Er fuhr zusammen, dann sah er sie und lachte.

»Du hast mir einen Schrecken eingejagt.«

»Gibt keine Räuber hier«, sagte sie und trat näher. Es war zum ersten Mal, daß sie ihm an einem Sonntag über den Weg lief ohne die unförmige, verwaschene Arbeitskleidung, auch ohne Stallgeruch, der ihr sonst fast immer anhaftete. In dem dunkelblauen Baumwollkleid aus Magdalenas Truhe, mit anliegendem Oberteil, Rüschen an Schultern und Passe, sah sie schlank und adrett aus. Voriges Jahrhundert, dachte Hubertus Teich, aber so ist sie ja auch, und er sagte, daß sie sich setzen solle, es sei doch genug Platz.

Sie rutschte ans Ende des Stammes, nicht aus Angst vor seiner

Nähe, sondern weil sie glaubte, er habe Anspruch auf Distanz.

»Pilze«, sagte Lene und zeigte auf die Körbe vor ihren Füßen. Er nickte, unsicher wie sie in der fremden Umgebung, ohne die Küche, ihren immer gleichen Raum für immer gleiche Gespräche.

»Ein schöner Tag mal wieder«, sagte er schließlich.

Lene schlug eine Mücke auf ihrem Bein tot und wischte den Blutfleck mit Spucke ab.

»Die beißen, die Biester«, sagte sie. »Ist Moor in der Nähe. Morgen fangen wir mit Kartoffeln an, hoffentlich bleibt's trocken.«

»Eine schwere Arbeit?«

Ihr erstaunter Blick, wie stets, wenn er seltsame Fragen stellte.

»Soll wohl so sein, die Knie, die werden rot vom Rutschen und brennen. Aber Hafer und Roggen ist auch nicht besser.«

»Bist du gern auf dem Land?«

Er sah, daß sie nachdachte.

»Wo sonst«, sagte sie dann.

Ein Hase fegte hinter einem Gebüsch hervor, verharrte mit hochgestellten Ohren und verschwand wieder dort, woher er gekommen war.

»Mümmelmann«, sagte Hubertus Teich. »Schön hier. Schöner als in der Stadt.«

»Viel Pilze dies Jahr«, sagte Lene. »Da hinten haben wir im Krieg mal Plaggen geschlagen, Greta und ich, einen ganzen Tag, das geht in den Rücken. Aber die Heide ist schon wieder nachgewachsen.«

»Die Heide bleibt. Die Heide, die Birken, das Moor«, sagte Hubertus Teich, der, weil er nie Plaggen geschlagen hatte, nur den Zauber der Landschaft sah, nicht die Mühsal für den Menschen, ebensowenig wie er in seiner Realitätsferne zu erkennen vermochte, wohin die Rüben- und Roggenexperimente führen würden, höhere Erträge, weniger Mühsal, keine Plaggen mehr, keine wunden Knie beim Kartoffelklauben, aber die Landschaft zerstört und dahin.

»Grün ist die Heide, die Heide ist grün«, sagte er. »Hast du schon mal was von Hermann Löns gehört?«

»Stimmt gar nicht«, sagte Lene. »Die ist nicht grün.«

»Er hat Bücher über die Heide geschrieben.«

»Über die Heide?« fragte sie ungläubig.

Er sah sie von der Seite an, wie sie dasaß, aufrecht und ruhig, mit breit auseinandergestellten Beinen, schon längst hatte er ihr sagen wollen, daß ein Mädchen so nicht sitzen darf. Nacken und Hinterkopf bildeten einen Bogen über dem Rücken, die Haut unter dem dunklen Kopftuch leuchtete hell, nur die roten, rissigen Hände zeugten von der Arbeit des Erntesommers. Sie fing seinen Blick auf und nahm die Hände vom Schoß. »Dreckig. Sind die Pilze. Ich les keine Bücher, bloß die Bibel. Da steht alles drin.«

»In anderen Büchern steht auch eine Menge.«

»Ich bin kein Stadtmädchen«, sagte Lene und nahm den Daumennagel zwischen die Zähne.

»Woran denkst du?« fragte er.

»Ik weet nich«, sagte sie abweisend, hob gleich darauf aber den Kopf und sah Hubertus Teich an. »Ich hab schon oft gedacht, wie das wohl ist, Ihr Haus, da wär ich gern mal drin, bestimmt schön, lauter Teppiche wie in der Kate, bloß viel mehr und größer, und Sessel aus Samt und Bilder in goldenen Rahmen und Spitzendecken auf dem Tisch und allerlei Kostbarkeiten, so stell ich mir das vor, und Leute kommen zu Besuch, und ein Fest wird gefeiert. Wie bei Ahasveros.«

»Ahasveros?«

»Steht auch in der Bibel«, sagte sie. *Und da er auf seinem königlichen Stuhl saß zu Schloß Susan, machte er bei sich ein Mahl allen Fürsten und Knechten, daß er sehen ließe den herrlichen Reichtum seines Königreiches.*

»Na so was«, sagte Hubertus Teich.

»Buch Esther.« Sie lachte. »Ist wohl doch 'n bißchen zuviel, ein Königreich haben Sie ja nicht.«

»Auch kein Schloß.« Er lachte ebenfalls, jetzt wieder mit dem Gefühl von Gemeinsamkeit, nur anders als bisher, denn zusammen gelacht hatten sie sonst nie.

»So ähnlich stell ich's mir aber vor«, sagte sie. »Und vielleicht stimmt es doch, und Sie sind ein König und kommen heimlich nach Süderwinnersen, und keiner weiß was davon, bloß ich.«

Hubertus Teich hörte plötzlich auf zu lachen. »Du stellst dir etwas Falsches vor«, sagte er und sah den Harvestehuder Weg, das dunkle Eßzimmer, in dem seit einiger Zeit Editha ihm wieder gegenüber saß, ihr leeres Lächeln in dem leeren Haus.

»Ich bin allein, Lene.«

Er sagte es gegen seinen Willen, schnell und heftig. Noch nie hatte sie ihn so gehört. Jahrelang das freundliche Miteinander in der Küche, sie essen, sie trinken, geht es dir gut, schmeckt es dir, freust du dich. Und nun dies, ich bin allein, ein Notsignal von ihm zu ihr. Sie hörte es, nahm es an, erwiderte es, nichts war mehr wie zuvor.

»Ik bün ok alleen«, sagte sie auf Platt, in ihrer Sprache, und sah ihn an, kein Kind mehr, jetzt wußte er es, so wie sie wußte, daß dies der Moment war, das Kopftuch abzunehmen. Niemand hatte es ihr gesagt, aber sie tat es, hob die Hand und zog es weg von Magdalenas Locken, die ihr in die Stirn fielen, obwohl sie die Haare immer fest zurückstrich beim Kämmen.

Zwischen ihnen war immer noch der Abstand, den sie für richtig gehalten hatte beim Hinsetzen. »Komm«, sagte er, »komm, Lene«, und griff nach ihrer Hand, was für eine harte Hand du hast, und so warm, ich hab so lange keine Hand gehalten, es ist nicht schön in meinem Haus, ein Gespensterhaus, aber du bist lebendig, ich habe alles falsch gemacht, komm, hilf mir, ja, Herr Dokter, sag du, ja du, sagte sie und der Waldboden war weich, niemand kam, um sie zu stören bei diesem einen Mal, zieh dein Kleid aus, und sie tat es, wie sie das Kopftuch abgenommen hatte, als wäre sie immer so bei ihm gewesen, ohne Kleid und Leinenhemd aus Magdalenas Truhe, ich habe keine Mutter gehabt, sagte sie, keine Mutter, so allein, und wußte alles, was sie zu tun hatte, als sei auch das ihre Alltäglichkeit. Lene, sagte er, Lene, seine Haut an ihrer, die weiß war und sauber, gründlich gewaschen im Backhaus am Sonnabend, aber auch Stallgeruch hätte er hingenommen um ihrer Wärme willen, in der die Fesseln von ihm abfielen.

Ein einziger Nachmittag, Brennpunkt, in dem sich sammelte, was ihnen zugedacht war an Glück.

Er strich ihr noch einmal die Locken aus dem Gesicht, Lene in ihrem blauen Kattunkleid, ein Bild, einzuprägen für immer, sagte etwas von morgen und daß er nachdenken müsse, ich will dich behalten, Lene, und vielleicht erlahmte seine Kraft schon in diesen letzten Minuten. Sie jedoch glaubte es, als sie zum Hof zurückging mit den Pilzkörben, glaubte es, als sie vor dem Einschlafen Gott um Verzeihung bat und ihm gleichzeitig dankte für das, weswegen er verzeihen sollte, glaubte es auch noch am Morgen beim Anziehen und Kämmen, und auf dem Weg zum Stall glaubte sie es immer noch. Da war Hubertus Teich längst fort.

Sie stand vor der leeren Garage in ihrem unförmigen Rock, die Leinenbluse darüber, Lene, dreiundzwanzig Jahre alt, das Glück des Nachmittags vorbei, es hatte Manna geregnet, jetzt regnete es Asche, *bleibe bei mir, Gott, denn es will Abend werden.* Das Dorf lebte schon, die Tiere riefen, Milchkannen schlugen aneinander, der erste Ackerwagen rollte zum Kamp, alles irgendwo, wo sie nicht war, so mußte es sein, wenn man starb.

Die Zeit steht still in Lenes Trauer, und einmal nur, bevor die Geschichte weitergeht, einmal wenigstens die Frage: Warum kann man ihn nicht bei ihr lassen? Warum ihm nicht Kraft zusprechen, bleibe bei Lene, sie hat dir die Fesseln abgenommen, es war dir wohl in ihrer Wärme, was die Leute auch reden in Süderwimmersen oder Hamburg, bleibe bei ihr.

Ja, ich bleibe, und welche Wendung wäre es in der Geschichte. Der Benz und Lene neben Hubertus Teich, ihrem Dokter, da fahren sie über Kopfsteinpflaster, Sandwege, Landstraßen, fort aus der Heide, in ein neues Leben. Dies ist Lene, Joachim, ich will sie behalten. Daß man die Beine schließt beim Sitzen, es läßt sich lernen, auch das Lesen von Büchern, so wie sie die Psalmen Davids gelernt hat und Esthers Geschichte, gelernt und angewendet zur rechten Zeit. Keine Frau für den Salon, aber eine, mit der es sich wohnen läßt, essen, schlafen, alt werden, und Kraft für zwei.

Illusionen, nicht brauchbar, um Fäden zu spinnen. Ein Mann wie Hubertus Teich, Sohn des Konsuls, Gatte Edithas, Bruder Joachims, bleibt nicht. Er flieht.

Schon nach seiner Rückkehr aus der Heide, als er in der Stube saß, draußen die Dämmerung, begannen die alten Gespenster zu flüstern, und während er den Nachmittag zurückzuholen suchte, schob sich das Bild von früher über die Gegenwart. Kind, Magd, Stallgeruch, Wortlosigkeit. Was habe ich getan, dachte er, ihr Vertrauen mißbraucht, Versprechungen gegeben, ich will dich behalten, welcher Irrwitz. Wie denn, fragte er höhnisch die Nachtgesichter, wo denn? Sie werden mich steinigen in Süderwinnersen. Vielleicht eine Hamburger Wohnung, Fuhlsbüttel, wo man keine Bekannten trifft, aber was nützen Verstecke, es kommt immer ans Licht, deine Pompadour aus dem Stall, würde Joachim sagen.

Nein, es geht nicht, dachte er, man kann nicht mit dem Kopf durch die Wand, und er dachte daran, wie er es einmal versucht hatte, damals auf Sylt, ein Ende mit Schrecken, es war genug.

Er nahm sich vor, morgen mit Lene zu reden, sie würde es verstehen, vernünftig, wie sie war, ist gut, soll wohl so sein. Aber später im Bett kam ihr Gesicht wieder auf ihn zu, ihr Mund, ihre Augen, und er wünschte sich nichts anderes, als sie bei sich zu haben, allen Engeln mit Flammenschwertern zum Trotz. Wenn ich sie jetzt hole, dachte er und stellte sich die Schritte vor, zur Tür, an der Scheune vorbei, ihr Fenster, komm, Lene. Doch dann überwältigte ihn die Angst vor dem Mut, und statt zum Cohrshof lief er zu seinem Benz und fuhr nach Hamburg. Nur ein paar Hunde schlugen an. Sonst merkte niemand, wie er endgültig aus Süderwinnersen verschwand.

Abgesang für Hubertus Teich. Er verläßt das Dorf, er verläßt Lene, er verläßt die Geschichte. Seine Aufgabe ist erfüllt.

Was zu tun blieb, geschah schnell und glatt. Ein Möbelwagen vor der Kate, mehr war nicht nötig. Gleichzeitig erhielt Willi einen Brief, in dem Dr. Teich ihm mitteilte, plötzliche berufliche Veränderungen zwängen ihn, die Experimente in Süderwinnersen abzubrechen, eine Geldsumme zur Entschädigung für eventuell noch entstehende Unkosten sei unterwegs, und Greta wie auch Lene, darum bäte er, sollten sich jede einen Teppich aussuchen, als Dank für die guten Dienste, mit besten Wünschen für die Zukunft. Alles sehr taktvoll, auch der Wahrheit gemäß, denn er hatte einen Ruf als Ordinarius an die Universität Hamburg erhalten, schon im Juli allerdings.

»Doch etwas weit weg, das Nest«, sagte er zu Joachim und Eva beim Abendessen am Dienstag, weiterhin dienstags wie schon vor dem Krieg. »Als Ordinarius werde ich erheblich mehr Verpflichtungen haben, da wäre es zweifellos günstiger, näher an Hamburg heranzurücken. Buchholz vielleicht, der Boden dort unterscheidet sich kaum von dem in Süderwinnersen.«

»Hervorragend!« rief Joachim, der von Jahr zu Jahr lauter sprach. »Ganz hervorragend, was Eva? Aber ich habe es ja immer gewußt. Und das Haus? Findest du einen Käufer?«

»Es eilt nicht«, meinte Hubertus vage. »Immobilien haben noch nie geschadet.«

Das Herz, so sagt man wohl, blutete ihm dabei.

Noch etwas über Hubertus Teich? Nein, nichts.

Was Lene betraf, so hätte der Brief an Willi Cohrs auch ungeschrieben bleiben können. Schon in dem Moment, als sie die leere Garage erblickte, wurde ihr klar, daß sie Hubertus Teich nicht wiedersehen würde, niemals mehr. Eine Erkenntnis voller Hoffnungslosigkeit, die sie aber zugleich vor dem Warten schützte, vor dem Herzklopfen bei jedem Autogeräusch, vor Tagträumen, in denen sie dem Wiedersehen entgegengefiebert und Worte gesucht hätte für diesen Augenblick. Alle Worte, sie wußte es, waren gesagt.

Sie weinte nicht, als sie sich abwandte von der Kate, es blieb ihr auch keine Zeit zum Weinen, die Kühe mußten gemolken werden.

Ruhig und vernünftig, wie Hubertus Teich sie eingeschätzt hatte in seinen Fluchtgedanken, zeigte sie sich dem Tag, der warm und trocken zu werden versprach, Kartoffelwetter. Bevor sie zum Acker hinausfuhr, schlachtete sie noch drei Hennen für den Händler. Ein Griff an den Hals, dann knackte es unter den Federn, keine gute Arbeit, aber auch das mußte getan werden, und Hühner waren zum Schlachten da.

Später auf dem Wagen, mit Willi, Greta und Heinrich, dazu die Tagelöhner Alwin und Anna Deekmann, fielen ohnehin wenig Worte, noch früh am Morgen und auch sonst kein Grund zur Fröhlichkeit. Gretas Beine schmerzten. Sie fürchtete, daß die blauroten Schwellungen wieder platzen könnten auf dem Acker, und was Alwin Deekmann betraf, den Sohn jenes Anbauern Otto Deekmann, der einer von Magdalenas Sargträgern gewesen war, so hatte man ihm erst kürzlich den Hof gepfändet aus ähnlichen Gründen wie Willi damals die Maschinen, und seine Gedanken kreisten nach wie vor um die Frage, ob er sich nicht doch lieber einen Strick nehmen sollte, statt für andere Leute die Kartoffeln auszubuddeln. Niemand kümmerte sich um Lene. Sie hatte das Kopftuch tief über die Stirn gezogen und schwieg, auch auf dem Feld und beim Frühstück um zehn, als es die mitgebrachten Schmalzbrote gab und lauwarmen Malzkaffee. So kannte man sie, still und verschlossen, behende nur in der Arbeit. Genau wie sonst war sie allen anderen voraus von Furche zu Furche, mit Fingern, die flink und immer im gleichen Takt Kartoffeln aus der Erde holten, Erde, Korb, Erde, Korb, just as 'ne Maschien, sagte Anna Deekmann voll Bitterkeit.

Nach dem Abendessen nahm sie, wie stets am Montag, den Schlüssel und ging in die Kate, um aufzuräumen, überflüssigerweise, aber niemand außer ihr wußte es, das war gut. Als sie das Bett zudeckte, weinte sie, nicht sehr, immer noch nicht. Sie wusch das Geschirr ab, fuhr mit dem Lappen flüchtig über Tisch und Herd, dann holte sie die Zigarrenkiste aus dem Küchenschrank. Im Wohnzimmer, weit genug entfernt vom Fenster, setzte sie sich auf den

Teppich, schüttete das Geld aus und begann, die Markstücke übereinander zu schichten, zehn jeweils, achtundzwanzig Türme. Dazu kamen noch drei Mark einzeln, elf Fünfer, fünf Zwanzig- und sechs Zehnmarkscheine, ihre Weihnachts- und Geburtstagsgeschenke, herzlichen Glückwunsch, Lene, freust du dich, ja, Herr Dokter. Vierhundertachtundneunzig Mark alles zusammen, ihr Geld, Lohn für fünf Jahre, kein anderer sollte es bekommen.

Sie legte die Scheine wieder zurück, häufte die Münzen darüber und verbarg die Zigarrenkiste in der Bluse, alles so nüchtern, wie sie die Hühner schlachtete, wenn die Zeit da war. Dann schloß sie die Kate ab, zum letzten Mal.

In ihrer Kammer steckte Lene die Schachtel unter die Matratze, deckte auch noch ein Tuch darüber, und was sie tat, erfüllte sie mit Befriedigung, trotz ihres Kummers. Warum? Sie hätte es nicht sagen können zu dieser Stunde, ohne Pläne, Zukunft, Bedürfnisse. »Kam wohl von Gott«, behauptete sie, wenn Lisa sich wunderte über soviel Nüchternheit mitten in der Verzweiflung. Lisa, die schon in ihr war, als sie, statt zu schluchzen, das Geld zählte und in Sicherheit brachte, obwohl sie nicht wußte, für was und für wen.

Im übrigen blieb ihr noch die Nacht, um zu weinen, aus Sehnsucht und Enttäuschung, aus Scham, Zorn, Schuld, eine Mischung, die nicht zu ertragen ist ohne Tränen. Gut, daß sie endlich weinen konnte, ebensogut aber, daß sie, müde vom Kartoffelsammeln, unter den Tränen einschlief und am nächsten Tag sich wieder müde arbeitete draußen im Kamp. Ein Tag jagte den anderen, keine Zeit, das Herz brechen zu lassen, es war auch alles viel zu schnell gegangen, da und schon wieder vorbei. Was dauerte, war das Gefühl der Sündhaftigkeit. Hermannsburger Geist, Sünde und Strafe. Die Luft in Süderwinnersen war voll davon, und Pastor Overbeck, dem schon am Grab der armen Magdalena nichts anderes eingefallen war, donnerte immer noch den paulinischen Sündenkatalog von der Kanzel, Ehebruch, Hurerei, Unreinigkeit, Unzucht. Und nun hatte sie diese Sünden begangen, allesamt, freiwillig, mit Lust.

Sie hielt den 103. Psalm Davids dagegen, *Barmherzig und gnädig ist der Herr, geduldig und von großer Güte.* Aber Paulus erwies sich als stärker, fand auch reichlich Unterstützung bei David, der nicht nur Gottes Barmherzigkeit, sondern auch seine Strafen für die Frevler besang, mit gleicher Inbrunst, gar nicht zu reden von Hiobs Finsternis: *Gehorchen sie und dienen ihm, so werden sie bei guten Tagen alt werden und mit Lust leben. Gehorchen sie nicht, so werden sie ins Schwert fallen und vergehen in Unverstand.*

»Herr«, betete Lene, bevor sie über Hubertus Teichs Zigarrenkiste mit 498 Mark einschlief, »Herr, vergib mir die Sünde, laß mich nicht ins Schwert fallen«, und es bleibt die Frage, ob sie ihr kurzes Nachmittagsglück auch dann, wenn es zur Dauer geworden wäre, als Sünde verleugnet hätte oder nicht eher Gott dafür gedankt, mit den passenden Psalmen und Rechtfertigungen, weil etwas so Schönes nicht schlecht sein konnte, nur schlecht gemacht werden mußte, weil der Verlust sonst zu bitter war. Fest jedenfalls steht, daß es nicht bei der Verleugnung bleibt. Keine neun Monate, dann wird sie vortreten und ihm dort oben sagen, was sie von der Sache hält.

Seltsam? Vieles ist seltsam in Lenes Beziehungen zu ihrem Gott, mit dem Maiwunder angefangen. Aber schließlich hatte sie sich auf etwas anderes als eine mathematische Gleichung eingelassen, da in der Heide.

Daß Lene schwanger war, merkte nicht sie, sondern Minna Reephenning, die von sich behauptete, es einer Frau schon bald nach der Empfängnis ansehen zu können, ob da etwas im Busche sei, »wiel dat Kind bi de Modder ut de Ogen kieken deiht«. Im Dorf baute man auf diese Augendiagnose. »Minna, kiek mol«, sagte eine Frau, die es wissen wollte, und bisher war Minna Reephenning kaum je ein Irrtum unterlaufen.

Lene war Anfang Dezember zu ihr gekommen, sonntags, wann sonst, und nicht, um sie in den Augen nach einem Kind suchen zu lassen, sondern weil sie seit einiger Zeit mit Übelkeit zu kämpfen hatte, vor allem angesichts von Essen. »Wenn ich's bloß rieche!«

klagte sie. »Und man muß doch essen bei der vielen Arbeit.«

»Muß man wohl«, sagte Minna Reephenning, während sie sich vorbeugte. »Guck mich mal an.« Dann stand sie auf und trat ans Fenster. Dort stand sie gern, sah zur Dorfstraße hinaus, beobachtete, dachte nach. »Das dauert nicht lange«, sagte sie. »Noch vier Wochen, sechs vielleicht, dann schmeckt's dir wieder.«

»Was ist es denn?«

Minna Reephenning drehte sich um, so brüsk, daß Lene zurückzuckte. »Fragst du das wirklich?«

»Ik weet nu man nich«, sagte Lene betroffen. »Was hast du denn?«

»Du kriegst ein Kind«, sagte Minna Reephenning.

Lene öffnete den Mund, wollte etwas sagen, vielleicht auch schreien, konnte es aber nicht, denn ein schwarzer Sack stülpte sich über ihren Kopf, die Beine rutschten ins Bodenlose, und sie wurde ohnmächtig, zum ersten Mal. Wie schweben, dachte sie später. Wenn sterben so ähnlich ist, braucht man keine Angst zu haben.

Als sie wieder zu sich kam, schlugen ihr die Zähne aufeinander. Minna Reephenning führte sie zum Sofa, brachte eine Decke und heißen Tee, »nun trink man«, und die Erinnerung kam zurück.

»Ist nicht wahr, Minna«, flüsterte Lene.

»Wann war dein letztes Blut?«

»Schon lange her. Aber ist doch immer so bei mir im Herbst, nach Kartoffeln und Rüben, hett doch nix to bedüden.«

»Hat was zu bedeuten diesmal«, sagte Minna Reephenning. »Wer ist es?«

Lene schwieg.

»Einer aus dem Dorf? Oder ein Fremder? Besser, du sagst es, dann muß er bezahlen.«

Lene lag auf dem Sofa, weiß, die Lippen zusammengepreßt, »wie eine aus Eis und Schnee«, sagte Minna Reephenning später.

»Hat keinen Zweck, nicht zu reden. Willi wird's schon rauskriegen.«

»Mach's weg«, sagte Lene. »Du kannst das doch. Mach's weg.«

Minna Reephenning holte einen Stuhl und setzte sich neben das Sofa. »Ich bin keine Engelmachersche. Ich hol die Kinder. Ich mach sie nicht weg.«

»Ich will es nicht kriegen«, schrie Lene und bäumte sich auf, als ob sie es herauspressen könne, vorzeitig, ein Klumpen Blut und Haut. »Ich will es nicht!«

Minna Reephenning nahm ihre Hand, »schon gut«, murmelte sie, »schon gut, ist nun mal so, deine Mutter hat auch keiner gefragt, ob sie dich will.«

»Hättest mich man drinlassen sollen bei ihr«, sagte Lene. »Wär' besser gewesen. Und wenn ich dran sterbe, dann hol's bloß nicht raus.«

Schweigend saßen sie da, Minna Reephenning immer noch mit Lenes Hand in ihrer. Draußen fiel der erste Schnee, Sonntagnachmittag, es war still im Haus, still im Dorf.

»Du stirbst nicht dran«, sagte Minna Reephenning, und es sei auch noch nicht aller Tage Abend, und jetzt wolle sie erst mal mit rübergehen zu Willi und Greta, besser gleich heute, dann sei es getan, und nimm's, wie es ist, der Herr wird dir schon weiterhelfen, ausgerechnet sie, die sonst allenfalls mit den untersten Örtern drohte, den Himmel aber weitgehend aus dem Spiel ließ, auch nicht zur Kirche ging. Eine Kräuterhexe, sagten manche, wer weiß, was sie treibt nachts in der Heide.

Lene schob die Decke beiseite und stand auf. »Glaubst ja selber nicht dran, Minna«, sagte sie, »und ich auch nicht mehr. Gott hat mich ins Schwert fallen lassen, ich hab gesündigt, jetzt krieg ich die Strafe, aber war doch bloß ein einziges Mal, und es ist nicht gerecht.«

»Ik slah ehr doot, de Hur«, schrie Willi Cohrs und schleuderte, da nichts anderes zur Hand war, eine seiner Holzpantinen nach Lene, traf jedoch die Tür, so daß ein Streifen von der weißen Farbe abplatzte. »Da bist du auch schuld dran«, sagte Greta jedesmal zu Lene, sobald ihr Blick darauf fiel.

Willi, Greta und Heinrich hatten, als Lene mit Minna Reephenning erschien, beim Kaffeetrinken gesessen, in der neuen Stube, die erst kürzlich durch zwei braune Plüschsessel, einen gekachelten Rauchtisch und eine Standuhr vervollständigt worden war, alles aus der Versteigerung bei Alwin Deekmann, für 'n Appel und 'n Ei. Auf dem Boden lagen die beiden Teppiche von Hubertus Teich, echte Stücke, aber das wußte keiner. »Richtig vornehm haben wir es jetzt«, pflegte Greta zu sagen, wenn sie die Stube betrat, was allerdings nur selten geschah.

Sie hatte die Beine hochgelegt und strickte, ihr Sonntagsvergnügen. Heinrich las in der »Zeitung für den Hannoverschen Landwirt«, während Willi nur dasaß, sich ausruhte und seinen Gedanken nachhing. Die Rüben waren eingefahren, das meiste Getreide gedroschen, keine schlechte Ernte dieses Jahr, trotz des Regens, und die Kartoffeln so dick und reichlich wie noch nie.

»Ordentlich Kunstdünger drauf, dann wächst auch ordentlich was«, sagte er. Greta nickte. Heinrich dagegen las weiter. Er war zweiundzwanzig Jahre inzwischen, noch größer als sein Vater, besonnen und ohne die Torheiten von früher, wenn auch Lene in ihrer Verkapselung es bisher nicht wahrgenommen hatte.

»Ich rede mit dir«, sagte Willi, und Heinrich meinte, man müsse wohl mal über Schweinezucht nachdenken, es würde immer mehr Fleisch gegessen in der Stadt, hätte er gerade gelesen, und Kartoffeln durch die Sau gejagt brächten mehr ein als nur im Sack. »Immer bloß nach dem alten Stremel«, sagte er, »da kommt nichts bei raus.«

Er interessierte sich für moderne Methoden der Bewirtschaftung, zum Ärger Willis, der sein Heil in Dünger und Maschinen sah, nicht in Weisheiten aus Zeitung und Büchern.

Schweinezucht! Ob sie vielleicht ein Rittergut besäßen. Den Buk-kel voll Schulden und Schweinezucht, da könne er bloß lachen, aber noch sei er der Bauer, und Heinrich solle erst mal trocken werden hinter den Ohren und nicht solchen Schiet reden.

Der alte Streit auf dem Hof, wenn die Söhne erwachsen wurden. Und nun Lene. Nicht nur die Schande, auch der Schaden. Geburt bei Erntebeginn, das bedeutete einen Tagelöhner mehr, der bezahlt werden mußte, und ein Kind brauchte Jahre, bis es zu etwas nütze war, und Ansprüche ans Erbe womöglich. Diese Schwester, die ihn schon um die Heirat mit Meta Hastedt gebracht hatte...

»Ich schlag dich tot!« schrie er und wollte auf sie los, aber Minna Reephenning trat mit ausgebreiteten Armen dazwischen.

»Laß die dummen Reden, Willi Cohrs«, sagte sie. »Beschwör nichts. Sagt sich leicht, so was, tut sich auch leicht, aber hinterher Zuchthaus oder einen Kopf kürzer ist kein Spaß.«

»Dich schlag ich auch tot!« schrie Willi.

»Hool dien Muul«, sagte Greta. »Wer ist der Kerl?«

Lene sah auf den Teppich, ihr Teppich von Hubertus Teich, was willst du mit 'nem Teppich in der Kammer, hatte Greta gesagt, und nun lag er hier.

»Wer der Kerl ist«, wiederholte Greta drohend. »Los!«

»Nein«, sagte Lene. Alles hatten sie ihr weggenommen, nie gegeben, immer weggenommen, aber den Namen würden sie nicht kriegen, ebensowenig wie das Geld. Er gehörte ihr, ob gut oder schlecht, Glück oder Sünde, niemand sollte ihn haben.

Zum ersten Mal Widerspruch, nicht nur in Gedanken. »Schlag mich doch tot«, sagte sie und spannte gleichzeitig den Leib vor Angst. Was immer sie hinter sich gelassen hatte an diesem Tag, Prügel taten weh.

Willi setzte sich in Bewegung, drauf und dran, Minna Reephenning zu überrennen, scheiterte diesmal jedoch an Heinrich, der ihn festhielt.

»Laat ehr tofreden, Vadder«, sagte er.

Lene, verwundert, daß ausgerechnet von dieser Seite Hilfe kommen sollte, hob den Kopf. Vater und Sohn standen sich gegenüber, die Blicke ineinander verbohrt, zwei fast gleiche Gesichter, nur durch die Jahre zu unterscheiden. Willi wollte mit dem noch freien Arm zuschlagen, Heinrich aber griff wieder zu und zeigte ihm, daß er trocken war hinter den Ohren, nicht mehr kuschen wollte um jeden Preis und das Recht verlangte auf eigene Ideen.

»Sie hat ihr Leben lang gearbeitet auf dem Hof«, sagte er. »Deine eigene Schwester. Und man schlägt keine Frau mit 'nem Kind.«

Willi starrte ihn an. Dann verließ er die Stube. Die Tür knallte hinter ihm zu, ein Rest von der gelockerten Farbe rieselte zu Boden.

»Da bist du auch dran schuld«, sagte Greta in die Stille hinein.

Aus den Monaten ihrer Schwangerschaft behielt Lene einen Traum, der immer wiederkam: Sie stand auf dem Küchentisch und sollte springen, und während sie sprang, rissen die Dielenbretter auseinander, und ein Abgrund tat sich auf, schwarz, mit loderndem Feuer tief unten, die Hölle, sie wußte, das war die Hölle, aber kein Zurück mehr, die Flammen schlugen über ihr zusammen, ein glühender Atem, der sie zu ersticken drohte, bis sie von ihren eigenen Schreien erwachte, im Hausflur oder auf der Treppe.

»Die Hure«, hatte Willi Cohrs gesagt, »soll ich mit der Hure an einem Tisch sitzen?«

»Die Hure«, wiederholte man im Dorf, überzeugt, daß sie sich das Kind von einem der Landstreicher habe anhängen lassen, die immer noch, obwohl der Krieg schon fast zehn Jahre vorbei war, durchs Land zogen, bettelnd, hausierend, auch stehlend, oder von einem zigeunerischen Scherenschleifer, der zur fraglichen Zeit ebenfalls in der Gegend gewesen sein sollte. Aus dem Kirchspiel, dessen war man sich sicher, kam niemand in Frage. Lene Cohrs, die Betschwester mit ihrem Kopftuch und den Großmutterkleidern. Kein Bursche würde sich an ihr vergreifen, da war sie in ihrer Hitze mit der fremden Bagage hinterm Busch verschwunden, gleich mehrere wahrscheinlich, wenn sie nicht einmal den Namen wußte. Schlimm genug, ein Kind ohne Vater, aber ein Kind auf diese Art, und das bei einer Bauerntochter, da spuckte man aus. Auch Pastor Overbeck schaltete sich ein und hielt die nächste Sonntagspredigt über Hurerei und Unzucht, drohte mit den untersten Örtern und forderte ein Leben in Buße.

»Mutter ist Mutter«, sagte Minna Reephenning, der in dieser Lage auch nichts Besseres einfiel, denn Erbarmen, das wußte sie, war kein geläufiges Wort hierzulande. Man half dem Nachbarn bei Krankheit, mähte sein Feld, nährte sein Kind, holte ihm Holz, brachte ihm Essen, denn jeder konnte einmal auf die gleiche Hilfe angewiesen sein. Aber wer in Not fiel außerhalb der Gemeinschaft, abseits vom Weg, der sollte fallen, da ersteigerte man die Sessel, den Rauchtisch, die Standuhr für 'n Appel und 'n Ei und spuckte aus vor Lene Cohrs.

Der Name Hubertus Teich tauchte seltsamerweise nie auf, zu verquer dieser Gedanke, man erwog ihn nicht einmal, auch Greta nicht, die ihren Kopf zermarterte und beinahe jeden verdächtigte, etwa den Händler aus Lüneburg, einen noch jüngeren Mann mit dem Hang zu leichtfertigen Reden, ließ es aber außer Haus nicht laut werden aus Angst, daß er ihr die Eier und die Butter nicht mehr abnehmen könnte.

»War es der Plambeck?« bohrte sie, als er bei seinem letzten Besuch, wie sie fand, schneller als sonst verschwunden war, ohne die übliche Feilscherei.

Lene antwortete nicht. »Geht doch um Geld«, sagte Greta. »Denk an das Kind.«

»Ich will das Kind nicht«, sagte Lene.

»Dann hättest du dich nicht hinlegen dürfen«, fuhr Greta sie an in ihrem Zorn, obwohl sie sich geweigert hatte, Lene vom Tisch zu entfernen, auch darauf drang, daß sie aß, und ihr später, als die Schwangerschaft beschwerlicher wurde, die leichteren Arbeiten zuwies. »Sich hinlegen kann jede, aber so 'n Balg will was essen.«

Sie wuschen Wäsche bei diesem Gespräch im Backhaus, das neuerdings auch als Waschhaus diente, seitdem der dritte Sohn von Sasse Bäcker gelernt hatte und Brot gegen Mehl eintauschte, ein einträgliches Geschäft offenbar, denn vorn im Haus befand sich bereits ein Laden, wo man auch Kolonialwaren kaufen konnte. Außerdem besaß er einen Planwagen nebst Pferd, mit dem er die umliegenden Ortschaften belieferte.

»War es etwa Kurt Sasse?« fragte Greta, als ihr beim Anblick des Backofens plötzlich einfiel, daß er Lene einmal nach Salzhausen mitgenommen hatte.

Lene stand über dem Waschbrett und versuchte, eins von Willis harten Arbeitshemden sauberzuwalken, schweißnaß am ganzen Körper, aber vielleicht kam es nur vom Dampf, der durch den Raum waberte und bis auf die Haut drang.

»Greta«, sagte sie, »du weißt doch eine Menge. Wie krieg ich's weg?«

»Willst du dich versündigen?« murmelte Greta im Dunst der Kochlauge, aus der sie mit der hölzernen Zange ein Laken fischte und in die Spülbalje klatschen ließ. Sie griff nach den Eimern, um Wasser zu holen. Aber an der Tür blieb sie stehen.

»Manche versündigen sich und springen vom Tisch. Oder abwechselnd in heißem und kaltem Wasser baden. Sich auf Dampf setzen soll auch was nützen, hab ich gehört.«

Sie ging. Als sie wiederkam, in jeder Hand einen gefüllten Eimer, sagte sie: »Morgen sind die Männer weg. Dann helf ich dir. Wenn es nicht zu spät ist.«

Der Sprung vom Tisch, in der Wirklichkeit so schrecklich wie im Traum. Jedesmal, wenn Lene oben stand, nur siebzig Zentimeter hoch, überfiel sie die Angst, daß die Dielenbretter splittern könnten unter ihrem Gewicht, wollte nicht springen, sprang trotzdem und nahm springend vorweg, wie sie einbrach, dem Dunkel entgegen, eine Ewigkeit, diese Sekunde, bis sie wieder Boden unter den Füßen fühlte, aber noch weiterfiel im Alpdruck ihrer Verzweiflung. Elf Sprünge, dann blieb sie schreiend liegen, und Greta, die zuerst ein gebrochenes Bein vermutete, griff schließlich zu einem Topf mit kaltem Wasser, das holte Lene zurück aus der Hölle. Danach weigerte sie sich, ein zwölftes Mal auf den Tisch zu steigen. Es hätte auch nichts genützt, nicht mehr als die Bäder, die Dämpfe, die dunkelbraunen Tropfen, die Minna Reephenning ihr letztlich doch noch gab, aus Erbarmen, wie sie sagte. Das Kind wollte leben.

Lene haßte es dafür. Sie haßte die Fäuste und Füße, die von innen gegen ihren Leib zu trommeln begannen, haßte es, weil es größer wurde und Platz beanspruchte, haßte es als Ursache ihres Elends. »Lieber Gott«, fing sie manchmal an, abends im Bett, wenn der Schlaf nicht kam und die Dunkelheit ins Unendliche wuchs, »hilf mir.« Doch dann fiel ihr ein, daß sie nicht mehr beten wollte zu dem, der ihr dies angetan hatte, und sie lag da ohne Trost und hoffte nur noch, sterben zu können wie Magdalena, aber mit dem Kind.

»So 'ne Mutter hab ich auch noch nicht gesehen«, sagte Greta und übernahm es, die Wiege vom Speicher zu holen, Windeln aus der Truhe, Einschlagtücher und den Stapel Hemden aus dünnstem Leinen, wie man es nur für die Säuglinge gewebt hatte.

Das einzige, was Lene tat: Sie wickelte Hubertus Teichs Zigarrenkiste in ein Handtuch, verschnürte das Päckchen doppelt und dreifach und brachte es zu Minna Reephenning: »Ist Geld drin«, sagte sie, »für das Kind, wenn es übrig bleibt und allein. Wenn wir beide tot sind, kannst du es behalten, bloß gib Heinrich was ab, der war auch mal gut zu mir.«

Das geschah Ende Juni, kurz vor der Geburt, wie Lene annahm. Aber Lisa kam mit Verspätung zur Welt, gerade beim Beginn der Gerstenernte. Lene war allein, als ihr die erste Wehe durch den Leib fuhr. Sie stellte Wasser auf den Herd, genau wie Magdalena vor vierundzwanzig Jahren, nur daß sie sich den Weg zum Brunnen sparen konnte, dafür aber selbst zu Minna Reephenning gehen mußte. Drei Stunden später wurde das Kind geboren, mit den üblichen Schmerzen, mehr nicht.

Minna Reephenning schnitt die Nabelschnur durch.

»Die hat's eilig gehabt«, sagte sie, »'ne fixe Deern.«

Lene lag auf dem Rücken, teilnahmslos, nicht einmal die Augen bewegten sich.

»Ein Mädchen«, sagte Minna Reephenning. »Hast du es gehört?« Sie wusch das Kind und wickelte es ein.

»Nun guck's dir wenigstens mal an«, sagte sie.

Ein einziger Blick nur. Flaum auf dem Kopf, eine winzige Faust, die sich vor den Mund preßte. Ohne es zu wollen, griff Lene danach. Die Faust löste sich, Lene legte einen Finger hinein, und die Finger des Kindes schlossen sich über ihm. Sie spürte den sanften Druck, und etwas in ihr öffnete sich, nahm das Kind auf und hielt es fest, so, wie zuvor der Leib es gehalten hatte gegen ihren Willen. Jetzt aber wollte sie nichts anderes. Dieses Kind, ihr Kind. Sie sah es an und sagte: »Du sollst es einmal besser haben.«

Es dauerte noch drei Jahre, bis Lene Süderwinnersen verließ. Drei Jahre, in denen sie die Gewißheit des Aufbruchs mit sich trug, Minute für Minute, beim Erwachen, beim Einschlafen, in die Träume hinein, verschwommen zuerst, du sollst es besser haben, Gefühle, Farben, dann ein Bild, sie und Lisa auf dem Sandweg, fort vom Dorf, und Willi hinter ihnen her, aber sie gehen weiter, unbeirrbar dem Horizont entgegen. Geträumte Mutproben, aus denen sich allmählich Überlegungen und Pläne schälten. Wir müssen weg, sie wußte es, suchte Ziele, und als der Tag kam, war sie vorbereitet für die Wirklichkeit. Oder kam er, weil sie sich bereit gemacht hatte?

»Der Herr schickt seine Zeichen, wie er will«, nannte Lene es späterhin, mit Gott längst wieder im reinen, schon seit ihr beim Druck von Lisas kleiner Faust klargeworden war, daß sie ihm nur irrtümlicherweise mißtraut hatte. »Hilf mir«, betete sie, nachdem sie wußte, was sie wollte, »gib mir ein Zeichen, wenn es soweit ist, damit ich alles richtig mache. *Herr, ich traue auf dich. Denn du bist mein Fels und meine Burg.*« Und das Zeichen kam, spät zwar, im Herbst 1930 erst, am zweiten Tag der Kartoffelernte, aber sicherlich zum richtigen Zeitpunkt, denn sie folgte ihm ohne Zögern in eine Fremde, von der sie nur wußte, daß es eine Fremde war, sonst nichts. Was sie aufgab, war immerhin ein Dach über dem Kopf, ein Bett, ein Platz am Tisch, nicht viel, gemessen an mehr, aber viel, gemessen an weniger. Lisa allerdings in ihrer Skepsis weigerte sich, an Zeichen und dergleichen zu glauben, weswegen sie auch den Zwischenfall, von dem Lene schließlich zum Aufbruch getrieben wurde, nicht Gott zuschrieb, sondern den ökonomischen Verhältnissen, eine Deutung, die manches für sich hat.

Das Pferd Becko nämlich, das dabei eine Rolle spielte, ein brauner Wallach, Ersatz für die klapprige, an Darmkolik eingegangene Stute, hatte Willi Cohrs nur deshalb gekauft, weil es billig war, nicht viel wert, wie das meiste auf dem Cohrshof. Mangel an Geld, die alte Misere, die neue Misere, schon wieder schlimmer als je zuvor, seitdem der New Yorker Börsenkrach von 1929 das ausgelöst hatte, was sie in der Zeitung Weltwirtschaftskrise nannten.

»Wat hebbt wi mit de Welt to doon«, versuchte Willi zuerst abzuwiegeln, sonnabends im Krug, wo er, wie Greta ihm vorwarf, auch noch den letzten sauren Schweiß durch die Gurgel jagte, »de Welt, de is woanners«, bis ihm die vier Millionen deutschen Arbeitslosen, die kaum noch Brot und Kartoffeln kaufen konnten, von Eiern, Butter, Fleisch nicht zu reden, klarmachten, wie nahe Süderwinnersen und New York beieinanderlagen.

»Die Händler«, klagte Greta, »wollen am liebsten noch 'ne Mark extra von mir, bloß, damit sie das Zeug in ihren Wagen packen. Nicht mal mehr für neue Holzpantinen langt's bei uns, am besten gleich tot und die Würmer.«

Sie führte jetzt oft solche Reden, mitten in der Arbeit manchmal, ohne besonderen Anlaß, wie es schien. Aber es gab einen dauernden, ihren Sohn Uwe, der, von einem Hafenkran erschlagen, im Sarg aus Hamburg zurückgekehrt war und nun neben der kleinen Margret auf dem Friedhof von Mörwinnersen lag. »Und den Hof«, sagte Greta, »nehmen sie uns auch noch weg, wenn es so weitergeht.«

Verfallende Preise allenthalben, nur die Zinsen für Kredite und

Hypotheken blieben stabil. Weil für Milch und Getreide immer weniger gezahlt wurde, kamen Kühe und Äcker unter den Hammer, und manchem gehörte das Haus, in dem er wohnte, schon nicht mehr. Daran seien die Juden schuld, verkündete Jochen Timm, ein Sohn vom Nachbarn, der jeden Sonnabend mit dem Motorrad losfuhr, in brauner SA-Uniform, um den Leuten zu erzählen, daß nur Adolf Hitler die Landwirtschaft retten könnte. Ordentliche Preise, günstige Kredite, billige Düngemittel und Maschinen, und keiner würde mehr vom Hof gejagt werden durch Zinsknechtschaft und die jüdisch-kapitalistischen Blutsauger.

»Ein Bauer, der es besser haben will, wählt Hitler!« rief er unter dem Beifall von vielen, denn welcher Bauer wollte es nicht besser haben. Im Krug von Süderwinnersen war es sogar zu einer Schlägerei gekommen, weil Heinrich Cohrs, der den Sozialdemokraten zuneigte, Jochen Timm einen Lügner und Volksverhetzer genannt und mit dem Zwischenruf »ein Bauer, der wieder Krieg will, wählt auch Hitler« die hoffnungsvolle Eintracht gestört hatte. Der neue Unfrieden im Dorf machte nicht einmal vor Beerdigungen halt. Als Jochen Timm drei Wochen nach diesem Vorkommnis auf seinem Motorrad verunglückte und ein SA-Trupp anmarschierte, um braun und stramm neben dem Sarg Stellung zu beziehen, entfernten Heinrich Cohrs und einige Gleichgesinnte sich aus dem Trauerzug, mit dem laut geäußerten Protest, hier sei wohl eine Parteiversammlung, da hätten sie nichts verloren.

»War nicht richtig«, tadelte Greta, »Tod ist Tod«, und Willi, der gerade vor der Entscheidung stand, ob er den Wallach Becko nehmen sollte oder nicht, erklärte, für ein gutes Pferd würde er jeden wählen, Nazi oder Sozi sei ihm doch egal.

»Kann ich mir denken«, sagte Heinrich. »Gibt immer welche, die ihre Seele verkaufen, und nachher wundern sie sich, wenn der Teufel kommt und kassiert«, worauf wieder Streit zwischen beiden ausbrach, in dessen Verlauf Heinrich seinem Vater schlechtes Wirtschaften vorwarf, und wenn man nicht immer die altmodische Klekkerei betrieben hätte, 'n beten vun düt un 'n beten vun dat, dann stünde der Hof jetzt besser da, und sie könnten sich ein anständiges Pferd kaufen ohne Nazis oder Sozis, und diesen vermurksten Zossen Becko, den solle er sich bloß nicht andrehen lassen, für den sei jeder Groschen zuviel.

»So?« schrie Willi, »das wollen wir ja mal sehen, wer hier der Herr ist.«

Am nächsten Tag, gerade zu Beginn der Kartoffelernte, stand Becko im Stall und wurde der Anlaß von Lenes Aufbruch, er und auch Lisa, die schon damals, so klein sie noch war, sich unbeirrbar zeigte in allem, was ihr wichtig schien.

Becko galt, daher auch der niedrige Preis, als tückisch und schwer zu handhaben, einer von diesen breithintrigen, trägen Gäulen, bei denen man nie genau wußte, woran man war. Willi Cohrs, mit dem Schützengrabenrheuma in Schultern und Armen, hatte kaum seinen Widerstand beim Einspannen brechen können.

Es war am Morgen, kurz vor der Abfahrt zum Kamp, wo Heinrich bereits die Kartoffeln aus der Erde pflügte. Willi suchte Säcke zusammen, Greta strich Schmalzbrote, Lene wollte noch schnell die Schweine füttern. Um Lisa kümmerte sich niemand, und niemand wußte später zu sagen, wie es geschehen war. Sie hatte unter der Eiche gestanden, bewegungslos, das linke Ohrläppchen zwischen Daumen und Zeigefinger, wie immer, wenn sie beobachtete oder nachdachte, ein kleines Mädchen, drei Jahre alt, schwarzer Rock, graue schafwollene Strickjacke, und der Kopf blond und lockig wie der ihrer Mutter und Großmutter. Da stand sie, still und aufmerksam, und plötzlich hockte sie unter Beckos Bauch.

Lene hatte vor Entsetzen die Futtereimer fallen lassen. »Kumm ruut, Deern!« rief sie. »De pedd di doot!«

Aber weder das Jammern ihrer Mutter noch Willis Drohungen konnten Lisa von ihrem Vorhaben ablenken. »Is Lisa ehr Huus«, versuchte sie zu erklären, Lisas Haus, und begann, ohne sich weiter um das Geschrei zu kümmern, aus Steinchen und Hölzern etwas aufzubauen, das offenbar eine Küche sein sollte. In ihr Spiel versunken saß sie da, kochend, backend, Essen verteilend, und Becko schien ihre plappernde Nähe zu behagen. Jedenfalls machte er keine Anstalten, nach Lisa zu treten oder, Lenes größte Angst, sie mit dem Ackerwagen zu überrollen. Nur wenn ein anderer sich heranwagte, keilte er aus, so daß die Kartoffeln noch eine Weile länger draußen bleiben mußten.

Willi Cohrs verdrosch danach zuerst Lisa, dann ihre Mutter, ungestört dieses Mal, und daß Heinrich abwesend war, ordnete Lene ebenfalls den Zeichen zu. »Heinrich«, sagte sie, »hätte es nicht zugelassen, dann wäre alles halb so schlimm gewesen, und halb so schlimm langt nicht.« Aber ohne Heinrich brauchte Willi sich keinen Zwang anzutun, seinem Zorn auf die schlechten Zeiten nicht, auch nicht seiner Verbitterung über ein Leben, das Mühe und Arbeit gewesen war fünfzig Jahre lang und nur Schulden eingebracht hatte, einen kaputten Körper, drei tote Kinder, und der Sohn, der noch blieb, wollte ihm die Zügel aus der Hand nehmen. »Hure«, schrie er, »mit deinem Hurenbalg!« Seine Hände hinterließen blutunterlaufene Stellen auf Lisas kleinem Körper. Unter dem Federbett wimmerte sie vor Schmerzen.

»Heile heile Segen«, murmelte Lene verzweifelt, ihr Gesicht an dem des Kindes, laß es nicht weiter zu, Herr, *Dein grimmiger Zorn ergreife sie. Ihre Wohnung müsse wüst werden, und sei niemand, der in ihren Hütten wohne. Tilge sie aus dem Buch der Lebendigen.*

Sie stand auf, holte Schafstalg zum Einreiben, auch noch ein bißchen Rapshonig, in der Hoffnung, daß Greta es nicht merkte, denn der Eimer stand zum Verkauf bereit. »Heile heile Segen, komm, hab was für dich, schmeckt süß.« Und dies war die Stunde, in der sie beschloß, den Hof und Süderwinnersen zu verlassen. Bald, morgen, übermorgen, bald.

Der Sprung vom Entschluß in die Tat. Schlaflos horchte sie auf den Atem des Kindes, und während um das Haus herum die Eule rief, begann sie noch einmal, den Weg in das, was ein anderes Leben werden sollte, vorauszunehmen, Schritt für Schritt, packen, das Dorf verlassen, das erste Ziel, die Worte, die zu sagen waren. Am nächsten Morgen auf dem Acker ließ sie ihre Hände die gewohnte Arbeit verrichten, kroch die Furchen entlang, wie immer schneller als die anderen, füllte den Korb, brachte ihn zum Wagen, füllte den nächsten, ihre Gedanken jedoch waren unterwegs. Neben ihr baute Lisa einen Turm aus Kartoffeln, immer höher, bis er zusammenfiel. Es war kalt, Nieselregen, die Felder und Heidewellen gingen unter im Nebel, Lisa hustete, ihre feuchte Jacke klebte am Körper, und Lene dachte, daß sie nur aufstehen müsse und die Hand des Kindes nehmen, aufstehen und gehen. Aber es blieb noch etwas zu klären.

Abends, das Haus war still, schlich sie in den Flur. Aus Heinrichs Kammer drang Licht, wie meistens, wenn die anderen schliefen und er noch las bis in die Nacht hinein, obwohl sie früh um fünf schon vorbei war, ein ständiger Ärger für Greta, der Stromverbrauch, die Radfahrten zur Lüneburger Bibliothek, er solle man lieber heiraten, mit einer Frau neben sich gäb's Besseres zu tun als immer nur schwarze Buchstaben.

»Ich muß mit dir reden, Heinrich«, sagte Lene.

Sie ging vor ihm her in die Küche, legte einen Scheit auf die Herdglut und zündete die Lampe an, Petroleum, aus Sparsamkeit.

Was denn los sei, fragte Heinrich, mitten in der Nacht.

Lene stand noch einmal auf, um die Blechkanne mit dem Rest Malzkaffee zu holen.

»Neulich«, sagte sie, »als Greta wieder vom Heiraten anfangen wollte, da hast du gesagt, du brauchst keine Frau, Lene kann mal für mich wirtschaften.«

Sie goß die Tassen voll, horchte, draußen rührte sich etwas, Katzen vielleicht. »Heirate doch, Heinrich, wär' besser für dich.«

»Warum?«

»Weil ich nicht für dich wirtschaften kann«, sagte Lene. »Ich will weg von hier, und wenn du das deinem Vater erzählst, schlägt er mich tot.«

»Weg?« Zum ersten Mal während ihres Gesprächs sah er sie an.
»Du?«

»Wegen Lisa«, sagte sie und wollte ihm gern alles erklären, daß sie es Lisa versprochen hätte, und was es bedeutete, ein besseres Leben, keine Prügel und eine ordentliche Schule, es gäbe nichts Besseres für den Menschen als lernen, das habe er selbst gesagt zu Greta, und Lisa sollte lernen, lernen und Bücher lesen und etwas werden, nicht bloß Magd ohne Recht und Gerechtigkeit, nicht bloß Stall und Acker und jeden Abend müde zum Umfallen.

Ist doch kein Leben, wollte sie sagen, kein Leben trotz Gott und der Bibel, und Lisa soll leben, jetzt, nicht erst, wenn sie tot ist. Aber wo die Worte finden, so selten, wie sie und Heinrich miteinander geredet hatten, und immer nur über die Arbeit, als ob es nichts gäbe außer der Arbeit und man nackt wäre ohne sie. »Seit Lisa da ist, will ich weg«, war alles, was sie schließlich sagte. »Und nun tu ich's. Darum sollst du heiraten. Ein Bauer braucht 'ne Bäuerin.

Heinrich lehnte sich zurück, die Arme verschränkt, und Lene sah, wie sauber seine Hände gebürstet waren, ohne schwarze Rillen und Nagelränder. Er wusch sich jeden Abend gründlich, nicht nur sonnabends, wie es üblich war im Dorf, zog sich auch die verschwitzten Sachen aus, bloß das Fell veraasen, schimpfte Greta, wenn er heißes Wasser vom Herd ins Backhaus trug, kriegst noch deine Strafe für die Hoffart.

»Gibt doch genug Mädchen«, sagte Lene.

»So?« sagte Heinrich. »Und wenn eine, wie ich sie will, nicht auf den Hof paßt? Weil sie die Arbeit nicht gewohnt ist und das Leben hier? Weißt du vielleicht, was man da macht?«

Lene schüttelte den Kopf.

»Du hast es gut«, sagte er. »Du gehst. Aber ich, kann ich gehen, den Hof liegenlassen und gehen? Was soll ich denn anfangen ohne Hof? Mich erschlagen lassen in der Stadt wie mein Bruder? Nichts gelernt als ackern und die Mistforke halten, was soll man da machen?«

»Darum will ich weg«, sagte Lene, »Lisa...«, und er fiel ihr ins Wort und fragte, wie sie sich das denn vorstelle, wohin überhaupt, Arbeitslosigkeit überall, und auf der Straße verhungern oder noch was Schlimmeres, da solle sie man lieber hierbleiben, er würde schon aufpassen auf Lisa und sie, und könnten ja auch mal besser werden, die Zeiten.

»Ich schaffe es«, sagte Lene, aber kein Wort von dem Geld unter ihrer Matratze, auch nichts von dem Plan, den sie sich zurechtgelegt hatte. »Ich schaffe es, Heinrich, und ist nicht mehr dran zu rütteln.«

Heinrich gab seinem Stuhl einen Stoß. »Hättest es nicht schlecht gehabt bei mir. Aber war wohl ein Irrtum. Nimm di nix vör, denn sleiht di nix fehl.« Er stand vor ihr in seiner Manchesterhose und der braunen Joppe, sauber und rasiert, einer, der vielleicht wirklich alles anders machen wollte. Lene dachte daran, wie er zwischen sie und Willi getreten war, und empfand Scham, daß sie ihn jetzt im Stich ließ, auch wieder Angst vor der Fremde, warum reden wir nicht richtig miteinander, dachte sie.

Er drehte sich um und ging zur Tür.

»Heinrich!« rief sie.

»Ist noch was?« fragte er.

»Such dir eine Frau«, sagte sie. »Gibt doch bestimmt eine, die paßt, und Gott wird dir helfen.«

»Hör bloß damit auf«, sagte er. »Sieh dich um in der Welt, dann weißt du Bescheid, was dein Gott alles macht.«

Er verließ die Küche, ohne sie anzusehen, und Lene lag wach im Bett, hörte, wie die Eule rief, immer wieder der Eulenruf, und wußte nicht mehr, ob es richtig war oder falsch, was sie tun wollte. Sie fragte Gott um Rat, erhielt aber keine Auskunft, und auch die Psalmen halfen ihr nicht weiter.

Die Entscheidung kam von Minna Reephenning.

»Heinrich hat sein Leben und du deins«, sagte sie. »Du bist nicht auf der Welt, damit er Bücher lesen kann. Wenn du gehen willst, dann geh.«

Es war Sonntag, Atempause in der Kartoffelernte. Ein kalter Oktoberwind fegte gegen das Fenster und ließ die Mullgardinen zittern, aber in Minna Reephennings Stube war es warm. Eine bauchige Teekanne auf dem Tisch, letzte Astern daneben, hin und her ging die Pendüle der Wanduhr, nur diese Stube, dachte Lene, sonst nichts in Süderwinnersen, nach dem sie sich zurücksehnen würde.

»Ich bringe dir ein paar Sachen zum Aufbewahren«, sagte sie.

»Schick sie mir, wenn ich weiß, wo ich bleibe.«

»Wieviel Geld hast du?«

»498 Mark.«

»Und deinen Anteil am Hof. Willi muß dich auszahlen.«

»Wovon?« fragte Lene. »Neulich haben sie schon 'ne Kuh abgeholt. Der Hof geht kaputt, wenn ich auch noch was will.«

Minna Reephenning lachte. Es war das Lachen, vor dem die Leute im Kirchspiel sich fürchteten. »Zu viele Bedenken. Mit Bedenken kommt man nicht durch die Welt.«

»Ist nicht bloß Willi«, sagte Lene. »Und es wäre nicht gerecht.«

Minna Reephenning lachte noch einmal.

»Kein Bett, kein Tisch, kein Stuhl, kein Teller. Wer war gerecht zu dir? Bleib lieber da mit deinen Bedenken.«

Lisa hockte vor dem Sofa und spielte mit kleinen roten Steinklötzen. Hin und wieder hustete sie, der Herbsthusten von Süderwinnersen, ein Kind mußte damit fertigwerden, wenn nicht, bekam es Lungenentzündung und starb.

»Ich kann arbeiten«, sagte Lene.

»Gibt kaum Arbeit in der Stadt.«

»Weiß ich«, sagte Lene, die Hände so fest ineinandergeklammert, daß die Fingerkuppen sich verfärbten. »Und heute nacht hat die Eule wieder gerufen.«

Sie zögerte. Dann nahm sie die Hände auseinander und sah Minna Reephenning an. »Aber ich hol mir noch mehr Geld.«

»Ist das so?« Minna Reephennings Augen mit den schweren Lidern wurden schmaler. »Vom Dokter?«

Stille im Raum. Stillstand. Nur die Pendüle sprach von der Zeit, und die Steinklötzchen klickten. Ein endloser Moment, bis Lisas kleine Stimme dazwischen kam.

»Dat's mien Swienstall, Modder.«

»Ja, dien Swienstall«, sagte Lene. »Woher weißt du das, Minna?«

»Die Deern«, sagte Minna Reephenning. »Die sieht aus wie er. Die gleichen Augen. Und drumherum. Und wie sie einen anpliert und den Kopf hält.«

»Lieber Gott«, flüsterte Lene.

»Merkt sonst keiner im Dorf«, sagte Minna Reephenning, »für die ist sie 'ne Zigeunersche, weil's doch ein Zigeuner gemacht haben soll mit dir.«

»War bloß einmal mit dem Dokter«, sagte Lene. »Ein einziges Mal, dann ist er weg.«

»Keine Gewalt?« sagte Minna Reephenning.

»Nein«, sagte Lene. »Keine Gewalt. Und ich geh hin und zeige ihm Lisa, dann sorgt er für sie. Ist ein anständiger Mensch, der Dokter, wenn er auch wegläuft.« Sie schwieg. »Und Gott hilft mir.«

»Gott oder die Menschen.« Minna Reephenning stellte sich ans Fenster, schob die Gardine beiseite, sah auf die Straße. »Ich habe auch mal nicht gewußt, wohin mit einem Kind im Bauch und allein. Da hat mich eine Frau aufgelesen, die war Hebamme, bei der konnte ich wohnen und essen und das Kind in Ruhe kriegen. Gott oder die Menschen.«

Minna Reephenning am Fenster, eine schmale, schwarze Gestalt mit grauen Haaren, nie, dachte Lene, würde sie es vergessen.

»Das Kind war tot, der Mann auch, habe ich vorher gewußt und kein Kind mehr gewollt und keinen Mann und bin Hebamme geworden. Fremde Kinder holen, das paßt besser für eine wie mich.«

Sie kam wieder an den Tisch. »Du bist keine Spökenkiekersche, Lene Cohrs, du hast Kraft, ich sehe es dir an, du kommst durch. Laß die Eule rufen.«

»Minna«, sagte Lene und streckte die Hand aus. Dann legte sie den Kopf auf den Tisch und weinte, bis Lisa sich an sie drängte. Und nun war alles getan, und sie konnte gehen.

Jeden Morgen um zehn Uhr herum hielt das Postauto auf seiner Fahrt nach Lüneburg vor Sasses Laden, Bäckerei und Kolonialwaren, in dem sich gleichzeitig die Poststelle befand. Kurt Sasse oder seine Frau brachten heraus, was an Briefen und Paketen anlag, nicht viel, wie auch, und wer mitfahren wollte, konnte einsteigen, solange noch einer von den fünf Sitzen frei war.

Lene hatte das Ende der Kartoffelernte abgewartet für ihren Aufbruch, teilweise aus Pflichtgefühl, vor allem aber, weil am Sonntag in Gretas zahlreicher Verwandtschaft wieder Hochzeit gefeiert werden sollte, eine Gelegenheit also, das Gepäck fortzuschaffen.

»Ich komme sowieso nicht mit«, sagte sie am Sonnabend, als über die Stallarbeit während des Festtages verhandelt wurde. »Lisa hustet schon wieder, und ein Kleid habe ich auch nicht.«

Ob sie nackt gewesen sei bis heute, wollte Willi wissen, und neuerdings in Samt und Seide gehen wolle, und Heinrich warf ihr einen Blick zu, vor dem sie die Augen niederschlug.

Am Sonntag fuhren Willi, Heinrich und Greta schon früh vom Hof, die Männer in ihren dunklen Hochzeits- und Beerdigungsanzügen, Greta in dem guten Schwarzen, das rundherum spannte, obwohl Ella Sniedersch – eigentlich hieß sie Doose, war jedoch nur unter ihrem Handwerksnamen bekannt – an der Vorder- und Rückseite je einen breiten Streifen eingesetzt hatte, mit Samtlitzen über den Nähten.

Lene blickte hinter dem Wagen her. »Bist du noch da, wenn wir wiederkommen?« hatte Heinrich gefragt, mit verkniffenem Gesicht, aber so leise, daß niemand sonst es hören konnte, und sie hatte genickt, »ja, aber morgen nicht mehr«, um der Ehrlichkeit willen ihm gegenüber. Sie sah, wie der Kutschwagen die Dorfstraße entlangfuhr, ein offener Viersitzer, schon seit Dietrich Cohrs Kindertagen in

Gebrauch. Bald, meinte Willi, würde er wohl auseinanderfallen, hoffentlich gäbe es dann endlich bessere Zeiten und Autos für alle, nicht nur für die Händler und Christian Beenken.

Lene war an jedem zweiten Sonntag in dem Wagen zur Kirche gefahren, abwechselnd mit Greta, ob Sonne, Regen oder Schnee, für die Kirche wurde angespannt. Jetzt sah sie zum letzten Mal, wie er um die Ecke bog, lauter letzte Bilder, doch sie taten nicht weh.

Auf dem Speicher stand der große Reisekorb. Niemand wußte, seit wann und wozu, schon Magdalena hatte die Zwiebeln darin aufbewahrt. Lene schüttete sie in einen Sack, trug den Korb in ihre Kammer und begann, ihn vollzupacken, ohne Skrupel, die Tochter des Hofes, die fortging und sich nahm, was sie brauchte, leinene Handtücher und Laken, noch von ihrer Mutter und Großmutter gewebt, und neben Magdalenas Kleidern auch Dinge, die ursprünglich in die Truhe gehört hatten, jetzt aber bei Greta lagen, das große Umschlagtuch und die Festtagstracht aus schwerem schwarzem Stoff, Silberknöpfe am Mieder und Ärmeljacke, helle Brusttücher und Schürzen, dazu eine Mütze mit bestickten Bändern.

Lisa griff nach dem Filigranschloß an dem Samtgürtel. »Wat is dat, Modder?«

»Hat deiner Großmutter gehört«, sagte Lene. »Das nehmen wir mit, als Andenken.«

»Andenken?« fragte Lisa. »Wat is dat?«

»Ein Ding«, sagte Lene, »bei dem man an etwas denkt. Man nimmt es in die Hand, und auf einmal kommt was von früher zurück. Damit man es nicht vergißt. Das tut zu meinem Gedächtnis, hat der Herr Jesus gesagt, verstehst du aber erst später.«

Sie legte das Hermannsburger Bild oben in den Korb, Seele, so bedenke doch, Gott der Helfer lebet noch, und lud ihn auf den Handwagen, zusammen mit einer in zwei saubere Säcke verschnürten Rolle, dem Teppich von Hubertus Teich. Alles geschah, wie sie es geprobt hatte in Gedanken Tag und Nacht, jeder Griff eine Wiederholung, kein Zweifel, kein Zaudern. Noch ein grauleinener Mehlsack, den sie mit Brot, Speck, Schmalz, Grütze, Bohnen füllte, ein zweiter für das Nötigste an Kleidung und Wäsche, schließlich der Griff zum Familienbuch, wo Lisas und ihre Papiere lagen, Geburtsurkunden, Impf-, Tauf- und Konfirmationsscheine. Als sie den Wagen über die Straße zog, fürchtete sie die Augen des Dorfes, aber es war Mittagszeit, niemand sah, wie sie in Minna Reephennings Anwesen verschwand, obwohl auch dies nichts mehr geändert hätte. Nur war es besser, daß Willi es nicht erfuhr.

»Gib die Sachen dem Postauto mit, wenn es soweit ist«, sagte Lene, »hier ist das Geld.«

Minna Reephenning schob ihre Hand beiseite.

»Behalte es. Ich hab dich aus deiner Mutter geholt für fünf Mark, nun zahle ich es zurück. Würde Dietrich Cohrs freuen.«

Sie nahm eine Bibel aus der Kommode. Die hat schon dem Schäfer Reephenning gehört, ist sonst keiner da, der sie will. Innen drin liegt ein Zettel mit einer Adresse in Braunschweig, wäre eine Stadt für dich, nicht so groß wie Hamburg und weiter weg von hier als Lüneburg. Du kannst meinen Namen sagen, wenn du hinkommst.«

Das war der Abschied von Minna Reephenning. Aber sie sahen sich wieder, einmal, als Lene Hilfe brauchte, und dann, weil nach ihr gerufen wurde. Später blieb nur noch das Haus, Lenes Haus jetzt laut Testament, eine vielfache Rückzahlung des Lohnes für den Hebammengriff, mit dem Minna Reephenning Magdalenas Tochter dem Tod weggenommen hatte, ihrem Amt gemäß. Möglich, daß ihr Zweifel gekommen waren am Schluß und sie etwas gutmachen wollte. Machte sie es gut? Nicht einmal Minna Reephenning, die erklärtermaßen mehr sah als andere Leute, konnte wissen, ob das, was sie tat, zum Guten führte oder zum Bösen. Die Frage bleibt, vom Anfang der Geschichte bis zu ihrem Ende und über die Geschichte hinaus.

Es dämmerte schon, als Lene fertig war mit ihren Vorbereitungen und in den Stall kam, um die Kühe zu melken. Wieder ein letztes Bild, das trübe Licht auf den gescheckten Leibern, die schweren, mahlenden Kiefer, der weiße Strahl vom Euter in den Eimer. Sie seihte die Milch durch, wusch die Seihtücher, wusch dann im Backhaus sich und das Kind, heiß und gründlich, Haare, Hände, vor allem die Hände, so, wie sie es bei Heinrich gesehen hatte, und ging ins Bett. »Komm, Lisa, beten«, sagte sie und erklärte Gott, was es zu erklären gab, mit eigenen Worten und denen Davids, bis Lisa schlief, der kleine Körper an ihrem. Sie drückte den Mund in die geringelten Haarfäden und wußte, daß alles richtig war.

Am nächsten Morgen wollten Heinrich und Willi zum Pflügen fahren.

»Wiedersehen, Heinrich«, sagte Lene, bevor er die Küche verließ. Heinrich sah sie kurz an, nickte, war schon fort. Sie hörte Becko wiehern, ein Zuruf, der Wagen rollte vom Hof.

»Wir müssen Wäsche einweichen«, sagte Greta, die am Tisch stand und Weißkohl schnitt fürs Mittagessen, nach vorn gebeugt, so daß die Wülste im Rücken sich unter der Bluse abzeichneten. Greta war sechsundvierzig inzwischen, ihr Haar schon grau, der Körper auseinandergeflossen, mit schwer herabhängenden Brüsten, und von der Taille, auf deren Schmalheit Minna Reephenning einmal gesetzt hatte, keine Spur. Kartoffeln, Grütze, Grütze, Kartoffeln, viel von allem und ordentlich Schmalz, daran sparte man nicht mehr, veel helpt ok veel. Die rotblauen Schwellungen an ihren Beinen waren wieder aufgeplatzt, wie immer nach dem Sommer, »sitzen, Frau Cohrs, bei jeder Arbeit, die es zuläßt, sitzen und die Beine hoch«, hatte der Nachfolger des verstorbenen Doktor Kötter angeraten, ein jüngerer Mensch aus Hannover, der an die Macht der Vernunft glaubte und nicht einsehen wollte, daß eine Frau nur an Feiertagen und beim Essen sitzen durfte, auch abends nach getaner Arbeit, nicht aber, wenn sie Kohl schnitt.

»Und die Äpfel sind auch immer noch am Baum«, sagte Greta. »Die haut uns der Wind runter.«

Lene hatte Tassen und Teller beiseite gebracht, goß das Abwaschwasser in den Schweineeimer und stellte ihn vor die Tür.

»Ich kann das nicht mehr machen«, sagte sie.

»Was nicht machen?«

»Gar nichts«, sagte Lene. »Ich gehe gleich mit der Lütten zum Postauto.«

Greta warf den Kopf zurück, den Mund halb offen, die Augen zusammengekniffen.

»Wat wullt du doon?«

»Meine Sachen sind schon weg«, sagte Lene. »In dem großen Korb vom Speicher. Ein bißchen Leinen hab' ich auch eingepackt, ist ja noch von meiner Mutter. Und den Teppich vom Dokter.«

Greta warf das Messer hin und lief zur Stube, so schnell, daß sie einen Stuhl umrannte. »Gib ihn wieder her«, keuchte sie, als sie zurückkam, atemlos vor Zorn und weiß im Gesicht. »Was hast du in meiner Stube zu suchen? Ist Dieberei.«

Lisa fing an zu weinen und klammerte sich an Lenes Hand. Lene nahm sie auf den Arm, »is ja good, mien Lütten«.

»Er gehört mir«, sagte sie zu Greta. »Das weißt du genau, und mir gehört noch mehr, weißt du auch. Will ich jetzt aber alles nicht, wo es schlecht steht auf dem Hof und so wenig bezahlt wird für Korn und Kartoffeln und Milch. Bloß die paar Stücke Leinen und den blauen Topf...«

»De Pott? Büst du dösig?« rief Greta.

»Und Teller, damit wir essen können, und den Teppich hast du dir genommen, und ich nehm ihn mir wieder zurück. Ist mein Recht, Greta.«

Was für Worte in der Küche. Lene duckte sich dabei, sie hatte gelernt, sich an diesem Ort zu ducken, aber dennoch sagte sie es, mit lauter Stimme, Mut, der aus der Demut kam, mein Recht.

Greta griff nach einem Kohlkopf und zerschnitt ihn, vier Hiebe mit dem Messer, vier Teile, Lene ertrug es nicht, wie sie zuschlug.

»Du mußt mich ja wohl für 'n Dummbüdel halten«, sagte sie. »Mit sieben hab' ich schon rangemußt, zwanzig Jahre Arbeit und nie ein neues Kleid, immer die Sachen von meiner Mutter, und betteln, wenn mal ein Strumpf nötig war.«

»Was redest du so wrucksch«, sagte Greta. »Hast alles gekriegt wie wir.«

»Und Weihnachten knapp ein Paar Schuhe, damit ich nicht in Pantinen zur Kirche mußte.«

»Hattest ja deine Bibel«, sagte Greta.

»Ja«, sagte Lene. »Die hab' ich immer noch. Aber reicht jetzt nicht mehr mit Lisa. Man kann nicht bloß drauf warten, daß Gott was tut. Will er auch nicht.«

Greta fegte den geschnittenen Kohl in eine Schüssel, ging zum Ausguß und ließ Wasser darüber laufen. An zwei Stellen ihrer umwickelten Beine war Blut durch die Binden gesickert und der grüne Saft von Minna Reephennings Spitzwegerichbrei, und Lene dachte daran, wie sie zusammen am Bett der kleinen Margret gestanden hatten.

»Ist nun mal so, Greta«, sagte sie.

Greta kam an den Tisch zurück.

»Wo willst du denn hin?«

Lene schwieg.

»Und was macht Willi mit mir?« fragte Greta. »Wenn du plötzlich auf und davon bist? Und die Rüben noch draußen?« Sie griff wieder nach dem Messer. »Schaffen wir doch nicht, die Arbeit, und 'ne Magd, woher denn. Nichts im Schapp und 'ne Magd. Was ist das bloß für ein Leben.«

»Ich hab nichts gekostet«, sagte Lene. »Darum war ich nichts wert. Der Mensch muß was wert sein.«

Greta schlug auf den Kohl ein.

»War ich schlecht zu dir?«

»Schlecht?« Lene sah sie an und sah die Jahre ihrer Kindheit und Not, Kuscheln mit den Katzen, du brauchst nicht zu wissen, wie Schinken schmeckt, spring vom Tisch, Lene, und Greta wandte den Kopf ab. »Hast dein Essen gehabt und dein Bett«, murmelte sie.

»Ja«, sagte Lene, »und kommt so, wie es soll, der Herr weiß, was er tut, und hoffentlich werden deine Beine besser und alles wird besser, das wünsche ich dir.«

In ihrer Kammer zog sie Lisa frisch an und auch sich selbst, saubere Wäsche, das braune Kleid von Magdalena, eine Strickjacke aus Schafwolle, das große Umschlagtuch, jedes Stück gelüftet und ohne Stallgeruch. Was sie am Leib gehabt hatte, warf sie auf den Stuhl, dort sollte es bleiben. Dann ging sie fort, das Kind an der Hand, zwei Leinensäcke über der Schulter, unter dem Hemd einen Beutel mit Geld und Papieren. Kein Kopftuch. Sie ging über den Hof, an den Eichen vorbei, die Dorfstraße entlang zu Sasses Laden. Im Postauto war Platz. Sie stieg ein und verließ Süderwinnersen, ohne sich noch einmal umzusehen.

Hamburg, die erste Station auf ihrem Weg, von dem sie noch nicht wußte, wohin er führte, empfing Lene mit Sturm und Regen.

Das Postauto war erst gegen zwölf in Lüneburg eingetroffen, »wir halten an jeder Milchkanne«, hatte der Fahrer gesagt, »mit einem wie mir, da muß man sich Zeit lassen, junge Frau«. Sein wohlgefälliger Blick auf Lenes Haar bewog sie, das Kopftuch wieder umzubinden, und eine ehemalige Magd von Christian Beenken, auf dem Weg nach Reppenstedt zu einer neuen Stelle, erklärte laut, von wegen junge Frau, die da sei ledig. Vor dem Lüneburger Bahnhof fragte Lene einen Polizisten, ob er wisse, wann der nächste Zug nach Hamburg ginge.

»Gibt einen Fahrplan«, sagte er. »Können Sie nicht lesen?« Und nachdem er sie gemustert hatte, Magdalenas Rock, die Leinensäcke, das Kopftuch, verlangte er ihre Papiere.

»Warum denn?« fragte Lene.

»Papiere. Mal 'n bißchen dalli.«

Sie nestelte ihren Beutel aus der Bluse. Der Polizist wendete hin und her, was sie zu bieten hatte, Geburts- und Taufschein, Lene Cohrs, ledig, ob das ihr Kind sei. »Hoffentlich wissen Sie, wo Sie hinwollen in Hamburg«, sagte er, »rumlungern ist verboten.« Unter seinen wäßrigen Augen spürte sie wieder die gleiche Angst wie in Willis Gegenwart, fürchtete auch für einen Moment, er könnte sie zurückschaffen nach Süderwinnersen. Einige Leute waren stehengeblieben, sie kam sich vor wie am Pranger, was ist denn los mit der, Landstreicherin, sieht man doch, und als der Polizist ihr endlich den Paß gab, griff sie nach Lisas Hand und lief davon, besinnungslos, bis sie zwischen zwei hupenden Autos merkte, daß es die falsche Richtung war, kehrte um, und in der Bahnhofshalle wagte sie nicht, noch einmal danach zu fragen, wie man wohl nach Hamburg käme. Ratlos starrte sie auf den Fahrplan mit seinem Labyrinth aus Zahlen, Zeichen, Buchstaben. Doch dann fand sich jemand, der ihr half.

»Gibt auch solche, Lisa«, sagte Lene, als sie endlich im Zug saßen, »und Gott wird schon dafür sorgen, daß wir heil nach Hamburg kommen. *Befiehl dem Herrn deine Wege und hoffe auf ihn; er wird's wohl machen.* Sag das mal nach: Befiehl dem Herrn...«

Sie sprach hochdeutsch, das hatte sie sich vorgenommen für die Stadt, und leise. Lisas Stimme jedoch klang hell und durchdringend, und die zwei Frauen auf der Holzbank gegenüber, beide aus Hamburg, mit fester Adresse und einem Bett für die Nacht, warfen sich Blicke zu, erklärten Lene aber, wie sie zum Harvestehuder Weg gehen müsse, vom Bahnhof aus rechts halten, über die Lombardsbrücke und wieder rechts, immer am Alsterufer entlang, dann stoße sie drauf. Welche Nummer denn?

»Sieben.«

Das sei gleich am Anfang. Eine vornehme Gegend, was sie dort denn wolle?

»Ich habe was zu beschicken«, sagte Lene.

Oktoberregen in Hamburg. Wind, der ihnen ins Gesicht schlug. Sie zog Lisas Mütze tiefer und steckte die Leinensäcke unter das Schultertuch, damit wenigstens Kleidung und Essen trocken blieben. »Guck mal«, sagte sie und zeigte auf die Alster, »soviel Wasser.«

»Wannehr sünd wi to Huus?« jammerte Lisa, und Lene sagte:

»Zu Hause, Lisadeern, bald«, womit sie zwar nicht das Haus am Harvestehuder Weg meinte, aber doch eine von dort aus vermittelte Bleibe für den Übergang, das würde er tun, der Dokter, freundlich, wie er immer gewesen war, und Lisa Blut von seinem Blut. Der Dokter. Sie dachte das Wort ohne Sentimentalität, nur die Vaterschaft galt noch, nicht der Moment der Zeugung, weit weg diese Stunde in der Heide, zugeschüttet von der Pein hinterher und den Anstrengungen, sich daraus zu befreien. Sie wollte Hilfe, keine Liebe, Liebe, was war das, und am Tor von Nummer sieben, mit dem Blick auf die Villa des Konsuls, weiße Säulen, Söller, Erker, klopfte ihr Herz nur, weil dies alles sich weitaus pompöser darbot als in dem Bild, das sie sich gemacht hatte anhand des Schlosses von König Ahasveros, Buch Esther.

Der Herr Professor sei nicht da, sagte das Dienstmädchen.

»Dokter«, verbesserte Lene. »Ich meine den Dokter. Herrn Doktor Hubertus Teich.«

»Er ist aber schon lange Professor«, sagte das Mädchen, jene Alma, die bereits Edithas Zusammenbruch nach der Hochzeit miterlebt hatte, »und er ist nicht da.«

»Nee doch, dat kann doch nich angahn«, stammelte Lene, und ihre bäuerliche Gestalt mit dem nassen Kopftuch und dem nassen Kind an der Hand erweckten eine Art mütterliches Erbarmen in der alten Alma. Wenn es so wichtig sei, sagte sie zögernd, könnte man vielleicht mal Herrn Joachim aufsuchen, Herrn Reeder Teich, den Bruder vom Herrn Professor, Alsterufer, man eben nach links und dann gleich das dritte Haus hinter der Ecke.

So gelangte Lene zu Joachim und Eva, unter Schwierigkeiten allerdings, denn der Diener weigerte sich, ihre Ankunft auch nur zu melden.

»Die gnädige Frau empfängt nicht.«

»Soll sie ja auch nicht«, sagte Lene. »Soll ja bloß mal mit mir reden.«

Der Diener, einen angewiderten Blick auf dem grauen Leinensack, machte Anstalten, die Tür zu schließen, was Lene jedoch verhinderte, indem sie sich dazwischenschob.

»Das geht um den Dokter!« rief sie verzweifelt, »den Professor, und ich weiß man gar nicht, warum Sie so hochmütig sind, ist doch Sünde, *Und wer der Kleinen einen ärgert, dem wäre es besser, daß ihm ein Mühlstein an seinen Hals gehängt und er ins Meer geworfen würde.*«

Nicht David diesmal, sondern Markus, aber vermessen auf jeden Fall, hier damit anzufangen. Es hätte auch nichts genützt ohne Lisas Weinen, in das sie auf den Punkt genau ausbrach und so schrill, daß der Diener die Contenance verlor.

»Jetzt ist aber Schluß, Dunnerkiel noch mal«, rief er und warf sich gegen Lene, um sie hinauszudrängen.

In diesem Augenblick ging Eva durch die Halle. Sie sah das schreiende Kind, Halluzinationen, dachte sie, so etwas gibt es nicht. Denn dort stand einer ihrer Söhne, egal welcher, es konnte jeder sein im Alter von drei Jahren, auch die Tonlage stimmte, der Flunsch und daß die linke Hand am Ohrläppchen zog.

»Wer sind Sie?« wandte sie sich an Lene und hielt es nach der Antwort für angezeigt, den Diener wegzuschicken und die Besucher vorerst ins Bügelzimmer zu führen. »Cohrs? Den Namen hat Herr Professor Teich manchmal erwähnt. Was wollen Sie denn von ihm?«

»Ich muß mit ihm reden«, sagte Lene und musterte die fremde Frau, die schlank war, grauhaarig, mit Perlen um den Hals und in einem Kleid, wie es in Süderwinnersen, falls jemand so etwas besäße, allenfalls für Hochzeiten Verwendung gefunden hätte.

»Mein Schwager ist verreist«, erklärte Eva. »Können Sie mir nicht sagen, worum es sich handelt?«

»Wann kommt er denn wieder, der Dokter?«

Eva vermied genauere Auskünfte. »Wenn Sie Rat suchen«, sagte sie statt dessen, »oder Hilfe, Sie dürfen uns genauso vertrauen wie ihm.«

Lene nahm Lisa die nasse Mütze ab und wischte ihr mit dem Umschlagtuch über das Gesicht.

»Die Kleine trieft ja förmlich!« rief Eva. »Sie ebenfalls. Ich hole eine Decke, dann können die Sachen auf der Heizung trocknen. Und heißen Tee brauchen Sie auch.«

»Wir haben unser eigenes Zeug«, sagte Lene.

Eva sah zu, wie sie das Kind abtrocknete, fest und sanft, eine gute Frau, dachte sie und ging zu Joachim, um ihn vorzubereiten auf Mutter und Kind. Eine gute Frau, dachte auch Lene. Sie beschloß, ihr zu vertrauen.

Wieder wird eine Weiche gestellt, und was, so fragt man sich, wäre ohne dieses Vertrauen aus Lene geworden, aus Lene und Süderwinnersen, das sie, warum nicht jetzt schon sagen, wohin die Geschichte führt, sechzehn Jahre später vor dem Untergang bewahrte? Man stelle sich vor: Lene läßt sich nicht trocknen und wärmen und abspeisen von Eva, sie wartet auf Hubertus Teich. Da steht sie wieder am Harvestehuder Weg, bleib, sagt er diesmal, denn der Regen hat aufgehört, sie trägt kein Kopftuch mehr, und Lisa sieht ihn an mit seinem Gesicht, bleibt, sagt er, Hamburg ist groß genug für uns drei. Hubertus Teich, der freundliche Mensch im Windschatten seines ererbten Commerzbank-Kontos, wäre sie auch bei ihm jene Frau geworden, die 1945 Süderwinnersen rettete mit einer Tat der Gewalt, weil sie Gewalt nicht mehr ertragen konnte?

Spekulationen. Kaum denkbar, daß er sie zum Bleiben aufgefordert hätte. »Kommt alles, wie es soll«, sagte Lene, und für Süderwinnersen war es sicher ein Glück, ihr Vertrauen.

Joachim, dessen ständig gewachsene Leibesfülle die Ähnlichkeit mit Hubertus so weit verfremdet hatte, daß es Lene nicht mehr irritieren konnte, erwartete sie im Herrenzimmer, und sein ebenso herzliches wie joviales »na, Fräulein Cohrs, dann wollen wir mal sehen, wie wir den Kahn flott kriegen«, milderte ihre Verlorenheit zwischen der Pracht von Ledersesseln, englischen Mahagonischränken und maritimem Messing. Es stand Tee bereit, warme Milch für das Kind, Kuchen, Konfekt, und Lisa, offenbar ermutigt durch die erste Schokolade ihres Lebens, strebte weg von Lenes Schoß, in die Höhlung unter dem Schreibtisch, wo sie ein Gespräch mit dem alten Teddybären begann, den Eva ihr gab.

»Eine nette Deern«, sagte Joachim, noch etwas fassungslos über diese neue Ausgabe sämtlicher kleiner Teichs, ihn selbst und Hubertus eingeschlossen, wie Fotografien auf Evas Sekretär bewiesen, und was sie denn nun eigentlich wolle.

»Der Dokter«, sagte Lene, »der Herr Professor Teich«, zum wievielten Male schon.

»Mein Bruder sitzt momentan drüben bei den Engländern«, erklärte Joachim, »seine Wissenschaft, Fräulein Cohrs, die Rüben, Sie erinnern sich vielleicht, und dort bleibt er auch noch fürs erste«, eine Mitteilung, die keineswegs der Wahrheit entsprach, denn Hubertus Teich hielt sich ganz in der Nähe auf, in Tostedt nämlich, seinem Ersatz für Süderwinnersen. Aber Joachim hatte in aller Eile nach England gegriffen, aus mancherlei Gründen, hauptsächlich jedoch der Sorge wegen, sein Bruder könne angesichts dieses Kindes plötzlich wieder in unkontrollierbare Wallungen geraten, so wie seinerzeit auf Sylt, und es gab schon genug Gerede um das Haus Teich.

»Kann lange dauern, bis er wieder da ist, und ich regele ohnehin alles Geschäftliche für ihn. Nun man raus mit der Sprache.«

Er nickte ihr aufmunternd zu, und Lene, was sollte sie tun, England, wo war England, es regnete draußen und stürmte, kein Dach über dem Kopf, keine Arbeit, und allein das Billett von Lüneburg nach Hamburg hatte zwei Mark neunzig gekostet, Lene also gab Auskunft, präzise, ohne Umschweife. Das Kind sei vom Dokter, er wisse es nur noch nicht, und sie brauche Geld.

»Warum erst jetzt?« Joachims Stimme war noch lauter als vorher, so daß Lene zusammenzuckte und Eva beruhigend eingreifen mußte, ihr Mann sei schwerhörig, daher der anscheinend heftige Ton.

»Weil wir seit heute nicht mehr in Süderwinnersen sind«, sagte Lene, »und weil ich bis jetzt nichts gebraucht habe, und wegen Willi, das ist mein Bruder, der sollte dem Dokter nichts tun.«

»Ach du je«, sagte Joachim. »Und Hubertus, der Doktor, hatte keine Ahnung?«

»Der ist weggefahren gleich hinterher.«

Joachim warf Eva einen Blick zu. »Gleich hinterher?«

Lene errötete. »Ich hab' Pilze gesucht, da sind wir ins Reden gekommen, und dann...« Wie sollte sie erklären, was geschehen war damals am Waldrand.

»Hat mein Bruder«, fragte Joachim gegen seinen Willen, »hat er sie etwa...«

»Nein«, fiel Lene ihm ins Wort. »Ich hab ja nicht gewußt, was es war, aber gewollt habe ich es auch.«

Sie senkte den Kopf, und Eva stand auf und legte den Arm um ihre Schulter. »Wir werden sehen, was sich tun läßt«, sagte sie. »Ein reizendes Ding, die Kleine, das ist doch ein Glück.«

Alles an ihr duftete nach Veilchen, muß Geld kosten, so zu riechen, dachte Lene. Sie wußte zwar nicht, daß sie von dem Preis einer Flasche des Parfüms eine Woche hätte leben können, spürte aber, daß die Frau in diesem Haus unter Glück etwas anderes verstand als jemand aus Süderwinnersen.

»Der Dokter war immer freundlich«, sagte Lene, »hat ja auch genug und kommt nicht in Not, wenn er für Lisa sorgt.«

Sie saß sehr gerade, ohne sich anzulehnen, aufrecht und ernst in Magdalenas braunem Kleid, eine hübsche Person, fand Joachim, hübsch, ehrlich, ordentlich, schade, daß es eine Dorftrudsche ist, wäre goldrichtig sonst für Hubertus. Dieser Trottel, muß er ausgerechnet so einer ein Kind anhängen.

Er ging zum Fenster, dann zum Barometer und klopfte an das Glas. »Schlecht, schlecht. Kräht der Hahn auf dem Mist, ändert sich das Wetter oder bleibt, wie es ist. Regnet immer noch junge Hunde, Hamburg, Fräulein Lene, kein Staat mit dem Wetter. Ich mache Ihnen einen Vorschlag. Meine Frau bringt Sie jetzt nach oben, dort können Sie schlafen mit der Kleinen. Vorher noch etwas Vernünftiges in den Magen, und morgen sehen wir weiter. Einverstanden?«

Lene nickte. »Aber mit dem Dokter muß ich auch noch mal reden. Ist doch sein Kind.«

Die Ausmaße des Herrenzimmers schlugen wieder über ihr zusammen. Sie klammerte sich mit den Augen an das Gemälde über dem Schreibtisch, ein Zweimaster in breitem Goldrahmen, »die Brigg Dorothea Teich«, erklärte Joachim, »das erste Schiff, das für unsere Firma gefahren ist, zweihundert Tonnen, mein Großvater hat es gekauft, und 1865 ist es untergegangen bei Kap Hoorn, mit Mann und Maus. Ja, ja, die christliche Seefahrt.«

Ob sie schlief in dieser Nacht, zum ersten Mal ein fremdes Bett und vor dem Fenster keine Eule, keine Katze, nur der Hamburger Wind? Doch, sie schlief, der Tag war lang gewesen, und während sie neben Lisa lag, den kleinen Körper fest an ihrem, entschied sich unten im Herrenzimmer ihr weiterer Weg.

Wäre es denn nicht das gute Recht von Hubertus, gab Eva zu bedenken, das Kind wenigstens zu sehen, ein so reizendes kleines Mädchen, und die Mutter ordentlich und solide, da sollte man doch die Regelung ihm selbst überlassen. Aber Joachim verwies ihr diese Gedanken, von wegen Recht, es sei nicht einmal sein Recht gewesen, das Kind in die Welt zu setzen, unglaublich, dieser keusche Joseph, schnappt sich ein Bauernmädchen beim Pilzesuchen, könnte seine Tochter sein, und unschuldig wie ein neugeborenes Lamm, das sähe doch ein Blinder mit dem Krückstock.

»Hubertus bleibt aus dem Spiel«, sagte er. »Unbedingt. Sonst gibt es nur neue Kalamitäten. Entweder läßt er wieder alle Flügel hängen, oder aber er behält das Kind samt der Mutter, und was dann? Paßt sie etwa in den Harvestehuder Weg? Na also, jeder an seinem Platz. Für das Kind soll schon gesorgt werden.«

Am nächsten Morgen diktierte er Lene die Bedingungen: Dreißig Mark monatlich an Alimenten bis zu Lisas Volljährigkeit, und das Geld für die verflossenen dreieinhalb Jahre nachträglich, eintausendzweihundertsechzig Mark im ganzen, aufgerundet auf eintausenddreihundert.

»Und davon«, sagte Joachim, »können Sie bei einiger Sparsamkeit mehr als ein Jahr leben.«

»Ist zuviel«, sagte Lene erschrocken.

Joachim lachte. »So was soll man niemals sagen bei Geschäften. Nein, es ist nicht zuviel. Wir möchten, daß Sie das Kind nicht in fremde Hände geben müssen. Deshalb bekommen Sie außerdem noch zweihundert Mark für eine Nähmaschine. Kaufen Sie die unbedingt, Fräulein Lene, lernen Sie nähen, ordentlich nähen, zahlen Sie sogar etwas dafür, es lohnt sich, lohnt sich immer, etwas zu lernen.«

»Ich weiß«, sagte Lene.

»Und dann können Sie Heimarbeit annehmen und bei dem Kind bleiben, so haben wir es uns gedacht, meine Frau und ich.«

»Und der Dokter?« fragte Lene.

»Mein Bruder hat eine kranke Frau und Sorgen genug. Er darf nichts erfahren, das ist die Bedingung, und ich muß auch darauf bestehen, daß Sie Hamburg sofort verlassen. Die Hauptsache ist doch, Sie bekommen das Geld.«

Seine Stimme hatte sich verändert, ein Ton, den sie kannte. Sie sah auf den Boden, Parkett, sternförmiges Muster, blank gebohnert.

»Ich hätte ihm das Kind gern mal gezeigt.«

»Fräulein Lene«, sagte Eva, »es wäre das beste so, für alle, glauben Sie mir.«

Lene schwieg. Sie hatte gelernt, still zu sein vor der Übermacht. Hauptsache das Geld, egal von wem, dennoch nicht egal, wie, *Herr, du weißt meine Schmach, Schande und Scham.*

»Es ist also recht?« fragte Joachim.

»Recht?« Sie hob den Kopf und sah ihm ins Gesicht. »Ist gut, das Geld. Aber recht ist es nicht mit dem Dokter.«

»Ich habe mich geschämt«, sagte Joachim später zu Eva. »Verdammt noch mal, regelrecht geschämt. Dabei hat sie doch eine ganze Menge mehr gekriegt als ihr zusteht.«

Lene setzte ihren Namen unter den Vertrag, ihre Pflichten, Joachims Pflichten, in doppelter Ausfertigung, und sie kam sich vor wie Esau, als er seine Erstgeburt verkaufte für ein Linsengericht.

Danach holte Eva sie noch einmal in das Bügelzimmer, wo ein Koffer stand mit Röcken, Blusen, zwei Kleidern, einem Kostüm sogar, einem Mantel, alles in blau, Evas bevorzugter Farbe. Die Sachen seien ihr etwas zu eng geworden, erklärte sie, aber tadellos in Ordnung.

»Danke«, sagte Lene. Auch das hatte sie nicht gelernt, sich stolz zu zeigen angesichts solcher Vorteile. Aber als Eva sie drängte, gleich eins der Kleider und den Mantel anzuziehen, schüttelte sie stumm den Kopf. Und auch Joachim bekam keine Antwort auf die Frage, wohin sie denn nun eigentlich wolle.

Grußlos stieg sie mit Lisa in das Taxi, das sie zum Bahnhof bringen sollte. In dem Beutel unter ihrem Hemd steckten jetzt neben dem Geld aus Hubertus Teichs Zigarrenkiste auch noch die eintausendfünfhundert Mark von Joachim, in bar, entgegen seinem Vorschlag, es auf ein künftiges Bankkonto zu überweisen. Geld, hatte Greta immer gesagt, Geld nimmt man, wenn man es kriegt.

Der Taxifahrer, von Joachim gerufen und bezahlt, hatte Anweisung, sie bis an den Zug zu begleiten.

»Wo geht's denn überhaupt hin?« fragte er.

»Braunschweig«, sagte Lene.

Sie hätte ebensogut Celle nennen können, Hannover, Berlin, Städte, von denen sie ebenfalls die Namen wußte und sonst nichts. Aber in Minna Reephennings Bibel lag eine Braunschweiger Adresse, das war etwas mehr, verglichen mit dem wenigen. Letztlich kam es auch nicht darauf an.

»Braunschweig?« Der Fahrer fuhr mit dem Finger den Fahrplan entlang. »Eine schöne Stadt. Und gute Wurst«, Worte, die haften blieben für kommende Zeiten. Eine schöne Stadt und gute Wurst, dachte Lene nach der Bombennacht des Oktober 1944, als sie zwischen den Trümmern stand, Zerstörung, Elend, Tod, blutiges Ende der Herrschaft eines Mannes namens Hitler, dem bereits im Jahr von Lenes Ankunft 23 922 Einwohner ihre Stimme gegeben hatten. Nur eine Minderheit, aber genug, daß Stadt und Freistaat Braunschweig mit neun braunen Landtagsabgeordneten und dem nationalsozialistischen Innenminister Klagges die Vorhut bilden konnten beim Marsch ins Dritte Reich und in den Untergang. »Ich habe mich«, schreibt vierzig Jahre später ein prominenter Bürger, des Anblicks der verwüsteten Stadt gedenkend, »auf einen Trümmerstein gesetzt und wohl zum ersten Mal in diesem wahnsinnigen und furchtbaren Krieg bitterlich geweint.«

Er hätte früher weinen sollen, nicht nur er. Vielleicht, daß Braunschweig dann schön geblieben wäre, so schön wie bei Lenes erstem Gang durch die Altstadt mit den auskragenden, geschnitzten Fachwerkhäusern, dem Spiel der verwinkelten Straßen, den sich öffnenden Blicken auf Plätze und Türme.

Braunschweig, die Stadt, der sie sich anheimgab, deren Schicksal das ihre bestimmen sollte, oder, um genauer zu sein, die Menschen darin, die Wegbereiter Hitlers ebenso wie seine Opfer. Ruth Elster zum Beispiel, Weberstraße, an deren Wohnungstür Lene schon am ersten Abend klingelte. Warum gerade dort? Es hätte auch bei einem anderen Zimmervermieter sein können, jemand, der den Gast schlafen ließ und wieder gehen, genug Leute gaben ihre Stuben her in diesen Notzeiten. Aber der Herr im Verkehrsverein hatte Lene, die eine billige Übernachtung suchte, in die Weberstraße geschickt, zu Elster.

Ruth Elster, als Jüdin geboren, als Jüdin gestorben, es soll ihrer gedacht werden, der Rolle wegen, die sie in dieser Geschichte spielt, aber auch, weil man eine wie sie, um mit Lene zu sprechen, nicht vergessen darf.

Sie stammte aus Hannover und war die einzige Tochter des mit seinen Eltern aus Galizien eingewanderten Kürschners und Pelzhändlers Leo Katzberg, eines reich gewordenen und fromm gebliebenen Mannes. Sein Geschäft lag in der eleganten Georgstraße, seine Villa an der Eilenriede, innerlich jedoch hing er dem Glauben und den Gesetzen der Väter an, mit Strenge und Ausschließlichkeit, die er auch von der Tochter forderte. Aber Ruth, jung, unerfahren und zu viele Romane im Kopf, wie sie später beklagte, verliebte sich in einen Goi, den ukrainischen Kriegsgefangenen Stepan Sorokin, Sanitätsgefreiter aus Kiew, der im Haus Katzberg Gartenarbeiten zu verrichten hatte und sie mit dem melancholischen Blau seiner schräggestellten Augen und blumigen Reden – schöne schwarze Rose oder dergleichen – betörte, zumal er nach der fachgerechten Behandlung eines verbrühten Dienstmädchenarms behauptete, Medizinstudent zu sein.

Daß es sich bei ihm nur um einen Friseur handelte, kam erst nach Kriegsende heraus, als Ruth bereits, vom väterlichen Fluch begleitet, schon mit ihm in Braunschweig zusammenlebte, vom Erlös ihrer Schmuckstücke und vorerst ohne Trauschein, bis Stepan oder Stefan, wie er sich nun nannte, die erforderlichen Heiratspapiere beibringen konnte, gerade noch rechtzeitig zur Geburt des Sohnes Michael.

Stefan Sorokin machte sich persönlich auf den Weg, um in Hannover die Ankunft des Kindes zu melden, einschließlich seiner Bereitschaft, es beschneiden und jüdisch erziehen zu lassen, eine vergebliche Reise, wie Ruth vorher gewußt, sich jedoch nicht zu sagen getraut hatte. Herr Katzberg hatte nach ihrem Fehltritt sieben Tage Trauer gesessen, von Sabbath zu Sabbath, und Kaddisch gesprochen für die verlorene Tochter, das Totengebet, es gab kein Zurück mehr. Stefan Sorokin wurde aus dem Haus gewiesen ohne Aussicht auf nur einen Pfennig von der Mitgift, um deretwillen er, wie sich herausstellen sollte, die ganze Heirat in Szene gesetzt hatte. Schlimmer noch: Als Ruths Vater 1928 starb, ergab sich, daß Haus und Vermögen schon längst als Schenkung an die jüdische Gemeinde gegangen waren, bis auf einen kümmerlichen Rest, kaum genug, um die Schulden zu bezahlen, die sie für die Wohnungseinrichtung gemacht hatten.

Damit kam auch das Ende von Ruths Schonzeit. Keine Rede

mehr von schwarzer Rose. Sorokin, in seiner Enttäuschung, auch weiterhin mit Rasiermesser, Pinsel und Schere durchs Leben gehen zu müssen, nannte seine Frau jetzt jüdische Hexe, sich selbst ihr Opfer, und schade, daß man nicht in der Ukraine sei, wo man solche wie sie bei Pogromen in den Brunnen geworfen hätte. Dies alles in fast fehlerfreiem Deutsch, wie er sich überhaupt mit großem Geschick um Anpassung bemühte und nach Herrn Katzbergs Tod nicht nur seinen Sohn evangelisch taufen ließ, sondern gleich auch selbst von der russisch-orthodoxen Kirche zur protestantischen übertrat. Außerhalb des Hauses galt er als liebenswürdiger Mensch, jemand, der Kunden in den Laden zöge, sagte sein Chef am Bohlweg, mit dessen Hilfe er bereits 1929 die deutsche Staatsangehörigkeit erwarb und seinen Namen in Elster abändern ließ, der Übersetzung von Sorokin. Allseits beliebt, auch beim Tanztee im Kaffeehaus Zum Stern, wo er sonntags eine flotte Sohle aufs Parkett zu legen verstand, brachte er Lohn- und Trinkgelder, auch den Rest von Ruths Schmuck, größtenteils für seine privaten Bedürfnisse durch, so daß Ruth nachts die Stube vermieten mußte, um an etwas Geld zu kommen.

Leo Katzbergs Tochter also, eine kleine, zierliche Person, dunkelhaarig, dunkeläugig, mit der Stefan Elster sich nur ungern auf der Straße zeigte, weil man bei ihr seiner Meinung nach das Jüdische schon von weitem rieche, öffnete die Tür, als Lene klingelte.

»Wir sollen hier schlafen«, sagte Lene, schwer atmend nach der Schlepperei bis zur Weberstraße, Kattreppeln entlang, Hutfiltern, Kohlmarkt, Radeklint, seltsame Namen, seltsam auch die Krümmungen und Verästelungen der Altstadt, dazu die vielen Menschen in den Straßen, obwohl es schon dunkelte, und dann noch Lisa, die sich nach der fast vierstündigen Bahnfahrt nicht einmal mehr von ihrem Teddy trösten lassen wollte. Sie waren bereits am Eiermarkt gewesen, Dr. Sagebiel, der Name auf Minna Reephennings Zettel. Aber Dr. Sagebiel gab es nicht mehr, verstorben, teilte die Frau an der Tür Lene mit und schickte sie zur Zimmervermittlung beim Verkehrsverein Hinter Liebfrauen, wo man ihr schließlich die Eltersche Adresse gegeben hatte, auch die Empfehlung, mit der Straßenbahn zu fahren, Linie fünf, zwanzig Pfennig, da ging sie lieber zu Fuß.

Ruth Elster, nachdem sie gesehen hatte, daß Frau und Kind sauber waren, gewaschen und gekämmt, man wußte ja nie, was einem ins Haus kam, führte sie in die Stube. Ein kleiner Raum, Tisch, Stühle, ein schmales Büfett, das Bettzeug auf der Chaiselongue.

»Reicht das für Sie beide?«

»Wir stellen den Stuhl davor«, sagte Lene. »Eine Mark, stimmt doch?«

»Einsdreißig. Weil das Kind dabei ist.«

Lene antwortete nicht, und Ruth Elster sagte, sie würde auch noch Malzkaffee dazugeben, gratis, und eine Tasse Milch für die Kleine koste nur fünf Pfennig.

»Ja, Milch«, sagte Lene, »Lisa muß sich aufwärmen.«

Sie ging zum Ofen und legte eine Hand auf die Kacheln. »Es ist nicht geheizt«, sagte Ruth Elster. »Heizen kostet...«

Sie schwieg. Dann sagte sie: »Kommen Sie doch mit zu mir rüber. Mein Mann ist nicht da, nur der Junge.«

In der Küche war es warm, Wasser kochte auf dem Herd, ein tröstliches Geräusch. »Jüst as to Huus«, rief Lisa, lief zu dem Jungen, der mit einem Schreibheft am Tisch saß und hielt ihm ihren Teddy hin.

»Das ist Michael«, sagte Frau Elster. »Setzen Sie sich doch, Frau...?«

»Cohrs«, sagte Lene. »Und ich bin keine Frau.«

»Aber die Kleine gehört Ihnen?«

»Natürlich«, sagte Lene.

Ruth Elster goß Milch in einen Topf, stellte Teller und Tassen zurecht und die Kaffeekanne.

»Würde es Ihnen etwas ausmachen«, fragte sie, ohne Lene anzusehen, »mir das Geld jetzt schon zu geben? Im voraus?«

»Wenn das so Brauch ist.«

»Nein, eigentlich nicht. Aber Michael könnte dann noch schnell zum Kaufmann gehen.«

Sie errötete, sagte aber im nachhinein, es sei ihr kaum peinlich gewesen, Lene um das Geld zu bitten, jedenfalls längst nicht so sehr wie bei anderen.

Lene fingerte in ihrer Rocktasche, zögerte, legte dann eine Mark fünfzig hin, »weil ich ja noch Kaffee kriege«, und als sie Schmalzbrote strich, gab sie auch dem Jungen eins davon und der Frau. »Aus Süderwinnersen. Da waren wir bis jetzt, und nun sind wir hier.«

Süderwinnersen. Ein Wort, das keine Geltung mehr haben durfte.

»Warum sind Sie weggegangen?« fragte Ruth Elster, bekam aber keine Antwort.

Der Junge verließ die Küche. Lisa lief hinter ihm her.

»Er sieht Ihnen ähnlich«, sagte Lene. »Genauso dunkel.«

»Finden Sie?« Ruth Elster wartete eine Weile, bevor sie weitersprach. »Es wäre besser für ihn, wenn er nach meinem Mann geriete.«

»Warum?« fragte Lene.

»Muß ja nicht jeder sehen, daß er eine jüdische Mutter hat, noch dazu, wo wir jetzt alle evangelisch geworden sind.«

»Ach!« sagte Lene. »Jüdin? Haben Sie auch einen Vornamen aus der Bibel?«

»Ruth.«

»Ein schöner Name«, sagte Lene. *Wo du hingehst, da will ich auch hingehen; wo du bleibst, da bleibe ich auch. Dein Volk ist mein Volk, und dein Gott ist mein Gott.*

Ruth Elster sah sie neugierig an. »Wie genau Sie das wissen!«

»Hat mir immer besonders gut gefallen, das Buch Ruth, weil sie auf dem Feld gearbeitet hat, genau wie ich.«

»So?« sagte Ruth Elster. »Es gibt aber auch andere Geschichten in der Bibel. Von Mord und Totschlag und Rache. Haben Sie die nicht gelesen? Was Christus will, ist mir lieber.«

Sie stand auf und begann den Tisch abzuräumen.

»Aber Jüdin bleibe ich natürlich trotzdem.«

Auch an diesen Satz erinnerte Lene sich, als die Zeit dafür gekommen war.

Es war noch dunkel, als Lene am nächsten Morgen aufwachte. Eine Männerstimme schrie über den Flur, der Junge begann zu schluchzen, die Wohnungstür fiel ins Schloß.

Nach einer Weile ging sie in die Küche. Zwischen dem Frühstücksgeschirr lagen die Scherben einer Tasse. Frau Elster saß am Tisch, das Gesicht verweint, und Lene wollte sich wieder zur Tür wenden. Doch dann sagte sie: »So war das bei mir auch. Darum bin ich weg.«

Ruth Elster goß warmes Wasser in eine Schüssel. »Wenn es Ihnen recht ist, können Sie sich gleich hier waschen, ich räume solange im Schlafzimmer auf.« Sie trug die Schüssel zum Ständer und legte ein Handtuch daneben. »Weg? Wie denn? Wenn man nichts hat und nichts kann. Wie machen Sie das denn?«

»Ein bißchen was hab ich«, sagte Lene, womit sie nur den Beutel unter ihrem Hemd meinte, nicht ihre Kraft und Beharrlichkeit, gleichzeitig aber spürte, daß der anderen beides fehlte, eine, die wehrlos war und wehrlos bleiben würde, und wenn man ihr helfen konnte, dann allenfalls für den Augenblick. Ein merkwürdiges Gefühl, neu und unerprobt, diese Mischung aus Mitleid und Stärke. Ich, Lene Cohrs, immer die schwächste bisher, und jetzt gibt es eine, die braucht meine Hilfe. Im Flur stünde eine Nähmaschine, sagte sie. Ob Frau Elster nähen könne?

»Weißnähen, das habe ich gelernt als junges Mädchen. Aber das nützt mir nichts, weil ich Rückenschmerzen bekomme nach kurzer Zeit.«

»Sie sollen es mir ja auch nur zeigen«, sagte Lene. »Wie das so geht. Und ich bezahle es. Doch, das will ich. Wenn ich was lerne, kann es auch was kosten.« Sie lächelte Frau Elster an. »Und dann sehen wir uns öfter mal.«

Bevor Lene sich auf die Suche nach einem möblierten Zimmer machte – möbliert, hatte Ruth Elster geraten, sonst sind Sie Ihr Geld im Handumdrehen los –, nahm sie aus Evas Koffer ein blaues Wollkleid, Revers und Gürtel weiß abgesetzt, den Mantel dazu, eine blaue Kappe. Sogar an eine Handtasche hatte man gedacht am Alsterufer, aus Umsicht, aus schlechtem Gewissen, es blieb sich gleich. Lenes äußere Verwandlung ging, im Gegensatz zu der inneren, in einer knappen halben Stunde vor sich, begleitet von Ruth Elsters Bügeleisen. »Sie sind jetzt nicht mehr auf dem Land, und bei so guten Sachen stört jede Falte. Nur alles ein bißchen zu weit, aber das läßt sich ja ändern, und ein paar hübsche Schuhe und andere Strümpfe müssen Sie sich auch noch anschaffen.«

»Bloß nicht noch mehr«, sagte Lene und empfand beim Blick in den Spiegel eine Art Scham, sowohl vor der Person dort im Glas als auch vor der, die nicht nur Magdalenas Kleid abgelegt hatte, sondern eine ganze Vergangenheit.

»Sie werden sich schnell daran gewöhnen«, sagte Frau Elster. »Was meinen Sie, woran der Mensch sich gewöhnen kann.«

Dann trat Lene aus dem Haus und fiel unversehens in die Schönheit eines Bildes: das geschwungene Band der Weberstraße mit den Giebeln, Erkern, Schnitzereien und an ihrer Mündung die Türme von Sankt Andreas, der große, der kleine, hineinwachsend in einen blauen Herbsthimmel. Zusammenklang von Holz, Stein, Farben, Luft, was waren Traumbilder gegen diese Wirklichkeit. Lene nahm ihre Tochter, um deretwillen sie den Weg hierher gewagt hatte, auf den Arm und sagte: »Das ist schon, Lisa, das dürfen wir nicht vergessen. *Licht ist dein Kleid, du breitetest aus den Himmel wie einen Teppich.* Hörst du, Lisa? Nie vergessen.«

Vergaß sie es? Vergaß sie es nicht? Es geschah soviel in der Zeit, die kam, jeder Tag ein Alltag mit alltäglichen Wegen, vorbei an immer alltäglicher werdenden Häusern, Plätzen, Türmen. Aber nach der Bombennacht, beim Anblick der zerstörten Andreaskirche, fiel ihr dieser Augenblick wieder ein. *Licht ist dein Kleid.*

Der Peitschenknall eines Kutschers zerriß ihr Glücksgefühl, nun treten Sie möl basate, junge Frau, oder höben Sie kane Ohren. Gleichzeitig schlug es halb elf, sie mußte ein Zimmer finden, vor allem auch ihr Geld in Sicherheit bringen und das Konto einrichten für die Zahlungen von Hubertus Teichs Bruder. In der blankgeputzten Sparkasse am Ägidienmarkt verschlug es ihr die Sprache. »Wo einer aus Hamburg Geld hinschicken kann für mich, aber ich muß es dann auch kriegen«, stammelte sie unter den amüsierten Blicken des Schalterjünglings, der ihr langsam und geduldig vorbuchstabierte, was sie zu tun habe. »Na also, geht doch ganz gut«, sagte er, als sie mit den großen, schrägen Buchstaben Lehrer Isselhoffs ihre Unterschrift leistete. Sie stand da, gebrandmarkt durch die Unwissenheit, ausgeschlossen vom geschäftigen Treiben der anderen, und auf dem Weg zur Braunschweigischen Landeszeitung – Hutfiltern, hatte Frau Elster gesagt, da hängen die Anzeigenseiten im Schaufenster –, fühlte sie sich fremd und allein zwischen den Häusern. Mö, Zi. nur a. He., las sie hilflos, schö. Zi. Küben., und wünschte sich zurück nach Süderwinnersen, dem Ort, dessen Sprache sie verstand, wenigstens das.

»Suchen Sie 'ne Stube?« fragte eine alte Frau neben ihr. »Kommen Sie man mit, Ritterstraße, nicht weit.«

Sie roch nach Muff und Urin, genau wie das Haus. Vermodertes Fachwerk, eine Treppe ohne Geländer, in der Kammer bröckelnde Wände, ein ehemals weiß gestrichener Tisch, statt des Fensters nur die Luke zum Flur und über dem Bett ein Bild, der Kopf Kaiser Wilhelms, von Engeln umrahmt, die ein Spruchband flattern ließen, Heil dir im Siegerkranz.

»Nur 'n Fünfer im Monat«, sagte die Frau. »Und Herrenbesuch ist nicht. Oder haben Sie was Festes?«

Irgendwo schlug eine Tür zu, es schien, als ob die Wände zitterten, und die trostlose Glühbirne an der Decke warf pendelnde Schatten.

»Oder ist es Ihnen nicht fein genug?« Die Frau fuhr mit der Hand an Lenes Mantelrevers und rieb den Stoff zwischen Daumen und Zeigefinger. »Gute Sachen, aber geschenkt, sieht man doch. Und in die Küche laß ich Sie auch.«

Lene schüttelte den Kopf. Sie nahm Lisa auf den Arm und rannte davon, aus der Kammer, aus dem Haus, auf die Straße und weiter bis zur Ecke.

»So was nicht, Lisadeern«, keuchte sie. »Dafür sind wir nicht weg von Süderwinnersen, und der Herr wird uns schon das Richtige schicken.«

»Ja«, sagte die kleine Lisa mit dem Teddy im Arm. »Der Herr, der Herr«, höhnte später die ältere, »der Herr besorgt Lene Cohrs eine Wohnung.« Was Lene jedoch lange Zeit nicht beirren konnte, denn warum, so hielt sie dagegen, bin ich ausgerechnet zu Bollwage reingegangen? An zwei Bäckereien vorbei und dann zu Bollwage?

Dort nämlich, bei Bollwage in der Leonhardtstraße, während sie eine Hefeschnecke für Lisa kaufte, mit Rosinen und dick Zuckerguß, entdeckte sie den weißen Briefbogen an der Tür: Möbliertes Zimmer, preisgünstig, Küchenbenutzung, an kräftige, freundliche Frau zu vermieten.

Auf einmal habe ich Glück, schrieb Lene an Minna Reephenning.

Sie saß in der Stube, die sie am Tag zuvor bezogen hatte, ein Tisch, blaue Vorhänge, der Bettüberwurf, die Polsterstühle und das Sofa blauweiß gestreift, und vor den Fenstern das bunte Herbstlaub des Domfriedhofs. »Auf dem Sofa kann das Kind schlafen«, hatte Frau Blanckenburg, die Vermieterin, gesagt und Federkissen vom Boden geholt, aber Lisa war zu Lene gekrochen, so schnell ließen sich Gewohnheiten nicht ändern.

Der erste Brief ihres Lebens, mühseliges Suchen nach hochdeutschen Wörtern, Verbformen, Sätzen, bevor sie fremd und abstandschaffend zu Tinte gerinnen konnten auf dem karierten Schreibpapier.

Liebe Minna! Nun bin ich in Braunschweig. Der Doktor von deinem Zettel ist tot. Ich wohne bei Leuten, die heißen Blanckenburg, ein Schulrektor, aber nun nicht mehr, siebenundsechzig Jahre und zu alt. Die Frau hat offene Beine. Ein freundlicher Mensch, er auch und die Stube wie für eine Königin, da hat die Tochter drin geschlafen, die ist weg, und bloß neun Mark im Monat. In Hamburg war nur der Bruder da, sollte wohl so sein und ebensogut. Reicht nun zum Leben, ich lerne auch nähen. Auf einmal habe ich Glück, der Herr ist mein Hirte, auf Gott will ich hoffen und mich nicht fürchten. Lisa hat ein Tier von Stoff, heißt Tätti, der muß mit ihr im Bett schlafen. Liebe Minna, schicke meine Sachen an Herrn Mittelschulrektor i. R. Paul Blanckenburg, Braunschweig, Gerstäckerstraße 16. Braucht keiner wissen in Süderwinnersen, bloß du, und ist ein Jammer, du bist so weit weg. Liebe Minna! Wie hast du den Spizwäckrich gemacht für Gretas Beine? Schicke mir auch eine Flasche Sweetbitterling, kann ja mal Krankheit kommen oder schreibe, welche Kräuter dafür sind. Es grüßt und wünscht gute Gesundheit Lene Cohrs. Ist gut, was ich gemacht habe, Lisa lernt jetzt richtig sprechen für die Stadt, hat Greta Prügel gekriegt, weil ich weg bin? Das will ich nicht.

Beim Adressieren des Briefes kam ihr zum ersten Mal der Gedanke, daß Minna ein Fräulein war. Fräulein Minna Reephenning.

Lene brachte es nicht über sich und schrieb statt dessen »an die Hebammsch«, einer der wenigen Fehler, die ihr unterliefen, weil sie im Bewußtsein ihrer Mängel fast jedes Wort anhand der Bibel überprüft hatte, »Königin« etwa bei Esther, »freundlich« im 107. Psalm, und dabei mit wachsender Genugtuung feststellen konnte, wieviel ihr durch die Dauerlektüre unmerklich an Kenntnissen zugefallen war, ein weltlicher Nutzen, den sie dem frommen Buch hoch anrechnete. Nur bei Abseitigkeiten wie Spitzwegerich, Schwedenbitterling und Teddy half es ihr nicht weiter.

Was die Hebammsch betraf, so entdeckte Paul Blanckenburg, den

Lene um eine Briefmarke bat, noch rechtzeitig den Fehler, so daß einzig die Verschwendung eines Briefkuverts zu Buche schlug.

»Nicht Hebammsch, Hebamme«, sagte er und erhob sich von dem grünen Plüschsofa, auf dem er Lisa die Max-und-Moritz-Bilder gezeigt und erste Ansätze zum Vorlesen gemacht hatte. In seiner kindlich gebliebenen Lehrerschrift malte er Lene die Buchstaben vor, ein kleiner, runder Herr mit schneeweißen, sorgfältig gestutztem Spitzbart und goldenem Kneifer, hinter dem die Augen sein auf strenge Würde bedachtes Gehabe freundlich und etwas wehmütig korrigierten, weswegen es ihm nie gelungen war, bei Schülern Furcht zu erregen. »Heb-amme, kommt von heben, und nächstes Mal fragen Sie mich ruhig vorher.«

»Außerdem«, ergänzte seine Frau, »freut mein Mann sich, wenn er mal wieder jemandem etwas beibringen darf«, wofür er sie mit Stirnrunzeln strafte. Es ärgerte ihn, wenn sie die offizielle Version, er genieße den Ruhestand, durch solche Indiskretion zu unterlaufen suchte.

»Dabei war er todunglücklich, der arme Mensch«, sagte sie zu Lene, als ihre freundschaftlichen Beziehungen sich gefestigt hatten. »Mit Leib und Seele Lehrer und plötzlich auf dem Sofa, und jeden Morgen sieht er die Kinder zur Schule rennen und darf nicht mit, bloß immer die trostlosen Spaziergänge. Gott sei Dank, daß er jetzt Lisa hat.«

Sie schnitten Nudeln bei diesem Gespräch, deren Teig Wilhelmine Blanckenburg eigenhändig walkte, hauchdünn ausrollte und dann zum Trocknen über einen quer durch die Küche gespannten Strick zu hängen pflegte. Sie war eine leidenschaftliche Köchin, aus Halle an der Saale stammend, genau wie ihr Mann, und die eheliche Verbundenheit zwischen ihnen beruhte vornehmlich auf der gemeinsamen Eßlust. Wenig, aber keineswegs zu wenig, wenn man bedenkt, daß er seinerzeit eigentlich ihrer Schwester Felicitas zugetan war, Wilhelmine dagegen seinem Bruder versprochen, beide also nur, weil dieser Bräutigam an Tuberkulose starb und Felicitas eine bessere Partie vorzog, zueinander gefunden hatten, kurzerhand sozusagen, denn als Lehrer brauchte er endlich eine Frau, und Wilhelmine, die, abgesehen von klarer Haut und glänzenden braunen Augen, über keine sonderlichen Reize verfügte, wurde auch älter. Eine fast vierzigjährige Vernunftehe im Windschatten der gesicherten Existenz, erwärmt von gegenseitiger Fürsorge und dem Wissen, daß man ohne einander im Leeren hinge, vor allem, seitdem die Kinder immer weiter abrückten.

Wilhelmine hatte vier zur Welt gebracht, zwei davon, schon früh an Diphtherie gestorben, zählten nicht mehr, und mit der inzwischen zweiunddreißigjährigen Hilde war kein Auskommen gewesen. Sie lebte jetzt als Studienrätin im entfernten Stettin, zur stillen Erleichterung Wilhelmines, die sich vor ihrer Zunge fürchtete. Claus, der Jüngste, achtundzwanzig, war nach seiner Studienzeit in Braunschweig und einer aufsehenerregenden Doktorarbeit über *Das Tragische in den frühen Dramen Gerhart Hauptmanns unter besonderer Berücksichtigung sozialer Aspekte* Assistent am Germanistischen Seminar in Göttingen geworden, wo er jetzt seine Habilitation vorbereitete und, um den Hungerlohn aufzubessern, Kolumnen für linksgerichtete Zeitungen schrieb. Man sagte ihm eine glänzende Karriere voraus, und eigentlich hätte er der Stolz der Eltern sein können. Aber auch bei ihm gab es einen Haken, die sozialdemokratische Partei nämlich, der er schon seit Schülerzeiten angehörte. Er hatte den Sozialistischen Studentenbund an der Braunschweiger Hochschule organisiert, viele Artikel für den »Volksfreund« geschrieben und wurde wegen seiner Überzeugungskraft und Ausstrahlung von den örtlichen Nazis mit besonderem Haß verfolgt, was Paul Blanckenburg beinahe verstehen konnte. Wenn Claus mit einem Paket schmutziger Wäsche nach Hause kam, jedesmal entschlossen, Frieden zu schließen, lag er auch schon wieder im Streit mit dem konservativen und unverbrüchlich kaisertreuen Vater, der es für seine Pflicht hielt, den Sohn auf den rechten Weg zurückzubringen. Danach hing Düsternis zwischen Paul und Wilhelmine, tagelang, die sich nur allmählich, bei einer gut gewürzten Hammelkeule etwa mit grünen Klößen und Rotkohl, hinterher noch echte sächsische Hefeplinsen nebst dazugehörigem Stachelbeerkompott, aufzulösen begann.

»Ihr jagt das ganze Geld durch den Bauch«, sagte Hilde mißbilligend, wenn sie, erfreulicherweise nur selten, auftauchte.

Paul und Wilhelmine Blanckenburg, doch, es konnte Glück genannt werden, daß Lene über die Bäckerei Bollwage an sie geriet. Glück allerdings mit Vorbehalt, aber vielleicht sollte man nicht bei jedem Anfang schon an das Ende denken.

»Da hängt ein Zettel«, sagte Lene zu der Frau hinter der Theke. »Wegen einem Zimmer.«

»Ja, ein Zettel.« Frau Bollwage musterte, während sie Streuselkuchen zerschnitt, den zu weiten Mantel, die dicksohligen Schnürschuhe, die Wollstrümpfe, den aufgesteckten blonden Zopf im Nakken. Sie war eine erfahrene Person, weshalb Wilhelmine Blanckenburg lieber ihr die Zimmervermittlung übertragen hatte, anstatt zu annoncieren.

»Ich brauch fix eine Stube«, sagte Lene. »Bezahlen kann ich, und kräftig bin ich auch.«

Kräftig, eine kräftige junge Frau. Es gab spezielle Gründe für diese Forderung, Wilhelmine Blanckenburgs Angst nämlich vor nächtlichen Überfällen in der Wohnung, wobei sie nicht nur an Einbrecher dachte. Zu dritt fühle man sich sicherer, hatte sie Frau Bollwage erklärt, ihr Mann immerhin schon gegen siebzig, und Hildchens Zimmer stünde leer, und vielleicht brächte ein jüngerer Mensch auch wieder etwas Leben ins Haus. Doch bitte, nur eine Frau, Männer befaßten sich mit Politik, und mir nichts dir nichts stünde ein Rollkommando vor der Tür. Auch dies ein Hinweis auf Claus und die Drohungen seiner politischen Feinde.

Frau Bollwage sah Lisa an und sagte, daß von einem Kind nichts auf dem Zettel stünde.

Lene nickte, und dann, ohne nachzudenken, blindlings geradezu in ihrer Sorge, wieder vor dem Anzeigenaushang im Hutfiltern stehen zu müssen, rief sie: »Aber so'n Kind braucht doch auch 'ne Bleibe!«

Ein Hilferuf nicht ins Leere, vor allem wegen Lisa, die mit Hingabe an ihrer Zuckerschnecke nagte. Kriegt wohl nicht oft so was Gutes, die Kleine, dachte Frau Bollwage mitleidig und fragte nach dem Woher und Wohin. Eine ehrliche Person, befand sie schließlich, sauber und anständig gekleidet, kräftig sowieso, vom Lande, Bauerntochter, und überhaupt, warum sollte man sich ein schlechtes Gewissen machen für andere Leute.

»Kann ja nicht schaden, wenn ich Ihnen die Adresse gebe«, sagte sie. »Gerstäckerstraße 16, erster Stock. Aber es sind bessere Herrschaften, und wird wohl nichts werden mit dem Kind, der Herr Rektor ist sehr empfindlich und penibel.« Letzteres waren Wilhelmine Blanckenburgs eigene Worte, die sich manchmal bei Frau Bollwage den Ärger wegredete über ihren Mann und seine Versuche, hausherrliche Befehlsansprüche bis in die Küche hinein auszudehnen.

Im übrigen war er strikt gegen die Untervermietung gewesen, das fehle noch, fremde Leute im Haus, ständiges Getrampel und Türenklappen, und wenn man aufs Klosett müsse, säße dort schon einer.

Als Lene klingelte, blieb es zunächst still. Nur aus der Wohnung gegenüber kam ein kleiner Junge, etwas älter als Lisa, angelaufen.

»Wollen Sie zu Tante Blanckenburg?«

Lene nickte.

»Die ist zum Einkaufen«, sagte der Junge. »Und ich heiße Horst Reinicke.« Er hielt Lene die Hand hin, und im selben Augenblick öffnete Paul Blanckenburg die Tür.

»Tag. Was gibt es denn?« fragte er mürrisch, in der Annahme, sie wolle ihm etwas verkaufen. Fast jeder Fremde an der Tür wollte das in diesen Jammerzeiten.

»Wegen der Stube«, sagte Lene.

»Stube?« Er begriff nicht gleich, wehrte dann aber ab, ein Irrtum, hier würde keine Stube vermietet, wirklich nicht.

Klein und rund stand er da mit dem weißen Haar, dem weißen

Bart, »wirklich nicht«, sagte er noch einmal, im Begriff, die Tür zu schließen, als sein Blick auf Lisa fiel, die ihn, zwei Finger am Ohrläppchen, ernst und aufmerksam ansah. »Na, du«, sagte er zögernd. Da begann sie zu strahlen und streckte ihm Evas Teddy entgegen: »Schenk ik di!«

Die Geste genügte, das kleine, lachende Gesicht, so wie ihr offenbar der Kneifer mit den Augen dahinter, vielleicht auch irgend etwas in seiner Stimme genügt hatten für diese Zuneigung auf den ersten Blick.

»Ja, dann kommen Sie nur herein«, sagte er zu Lene. »Meine Frau ist nicht da, Sie müssen etwas warten.«

Ein quadratisches Entree, wo Lenes Mantel auf den Bügel gehängt wurde, ein Flur mit Türen, ein hohes Zimmer, blumige Stuckgirlanden, grüner Plüsch, Vertiko, Sekretär, eine Vitrine mit Nippes, Bücherrücken, Bilder in goldenen Rahmen, Kristall am Kronleuchter, Kakteen, sogar eine Palme. Lisa, die Hand des alten Mannes umklammernd, blieb auf der Schwelle stehen und sah zu ihm auf. »Sünd wi nu in 'n Himmel?« fragte sie, was er verneinte. »Das hier ist unsere Wohnstube. Wohn-stu-be, Kindchen.«

»Hat man immer bloß Platt geredet, die Deern«, entschuldigte sich Lene. »Hochdeutsch muß sie erst lernen.«

»Das machen wir schon«, sagte er.

Bei Wilhelmines Rückkehr saß er am Klavier, Lisa auf dem Schoß, und führte ihren rechten Zeigefinger über die Tonleiter.

»Sie heißt Lisa«, erklärte er ohne jede Verlegenheit, »und ihre Mutter Fräulein Cohrs. Sie will Hildes Zimmer nehmen.«

»Ach Gott!« rief seine Frau. »Fräulein?«

»Das Kindchen kann ja nichts dafür«, sagte er. »Zeig ihr die Stube.«

Als erstes fiel Lenes Blick auf die Bäume, dann auf den breiten Schrank, gemasert, poliert, mit blanken Schlössern, eine blaue Seidenquaste am Griff. Sie machte ein paar zögernde Schritte, blieb dann stehen.

163

»Ist zu vornehm für uns. Kann ich wohl nicht bezahlen«, sagte sie und drehte den Kopf zu der Frau, von deren Lächeln sie noch nicht wußte, ob es Wohlwollen bedeutete, denn Wilhelmine Blanckenburgs fülliges Gesicht, in dem Backen und Doppelkinn zusammenflossen, verriet nicht viel. Nur ihre braunen, glänzenden Augen machten Lene Mut. Sie war beleibter als ihr Mann, auch größer und trug ein schwarzes Vorkriegskleid, fast knöchellang, mit weißen Spitzen an Ausschnitt und Ärmeln. Gute Stücke, fand sie, müsse man auftragen, und außerdem verbargen lange Röcke ihre Beine.

Ob das Fräulein denn irgendwo arbeite?

Lene begann hastig ihre Verhältnisse darzulegen, sogar das Sparbuch zog sie aus der Tasche, und die Miete könne sie im voraus bezahlen. Sie wagte nicht, nach dem Preis zu fragen, und hätte der Frau gern etwas Zusätzliches angeboten, falls die Miete zu hoch sein sollte, Gegenleistungen, um bleiben zu dürfen mit Lisa. Dieses Zimmer für Lisa.

»Kräftig, das bin ich wohl«, sagte sie.

»So?« murmelte Wilhelmine Blanckenburg, während sie ihren Rock zurechtzog. Aber Lene hatte die Wickel unter den schwarzen Strümpfen bereits gesehen.

»Haben Sie kranke Beine?« erkundigte sie sich so interessiert, wie es dort, wo sie herkam, körperlichen Leiden zustand.

»Etwas offen hin und wieder.«

»Bei Greta auch«, sagte Lene. »Die Frau von meinem Bruder. Die hat Spitzwegerichbrei draufgetan, das hilft.«

»Spitzwegerichbrei?«

»Von Minna Reephenning, ist die Hebamme bei uns im Dorf und 'n halber Doktor.«

Plötzlich fing sie an zu weinen.

»Ach Gott, Fräulein, was ist denn los?« rief Wilhelmine Blanckenburg.

»Ik weet nich«, schluchzte Lene. »Is man blots Süderwinnersen, un nu bün ik all hier, is ja goot, aver 'n Minsch...« Sie versuchte sich zu fassen und brachte den Satz hochdeutsch zu Ende: »Der Mensch muß doch wo hingehören.«

Wilhelmine Blanckenburg gab ihr ein Taschentuch, schon gut, wird ja alles gut, sanftes Zureden wie bei einem Kind, bis Lene ruhig wurde und nur noch das Taschentuch zwischen den Fingern zerknüllte.

»Entschuldigen Sie man«, sagte sie. »Tu ich sonst nicht, so was. War wohl bloß, weil der Herr Musik gemacht hat mit der Deern, und das Zimmer ist auch so schön, aber wohl zu teuer, und nun gehen wir wieder.«

»Es kostet nur neun Mark im Monat«, sagte Wilhelmine Blanckenburg halb gegen ihren Willen. Diese junge Frau, warum eigentlich nicht, ehrlich und ohne Arg, das sah man doch, eine, in deren Nähe es sich ruhig schlafen ließ, und irgendwo mußten sie und das Kind ja wirklich bleiben.

Mit den gleichen Worten versuchte sie auch ihrem Mann, den sie auf den Flur herausgeholt hatte, die niedrige Miete schmackhaft zu machen, überflüssigerweise.

»Soll die Kleine etwa in irgendeiner Bude aufwachsen?« sagte er nur und ging ins Wohnzimmer zurück, wo Lisa auf dem Sofa saß und an einer silbernen Taschenuhr horchte.

Es war also geregelt. Lene konnte die Leinensäcke und Evas Koffer bei Ruth Elster abholen, ihre Sachen einräumen und den gestreiften Überwurf vom Bett nehmen. Die dritte Nacht in der Fremde, aber diesmal ohne Angst vor dem nächsten Morgen.

Am Tag darauf brachte Lene den Brief an Minna Reephenning zum Bahnpostkasten und ging dann mit Lisa in den Bürgerpark. Beim Schwanenteich setzte sie sich auf eine Bank, zum ersten Mal in ihrem Leben müßig am hellen Nachmittag. Lisa baute einen Turm aus Steinen, so wie vor einer Woche den aus Kartoffeln. Die Sonne war kühl, fast November, in Süderwinnersen fing jetzt die Rübenernte an, bald würde Greta wieder Gänse schlachten, die Hälse um den langen Kochlöffel wickeln, ein Ruck, schon geschehen, das hatte sie von ihrer Mutter gelernt. Holz mußte gemacht werden, Plaggenschlagen noch vor dem Januarfrost, und die Kühe, jeden Morgen die Kühe. Einen Moment glaubte Lene, ihren Dunst im Gesicht zu spüren, weiche Euter zwischen den Händen, die Wärme und den Geruch des Stalles, »weißt du noch, Lisa, die Kühe?«

»Fahren wir wieder hin?« fragte Lisa.

»Willst du das?«

Lisa schüttelte den Kopf.

»Ich auch nicht. Alles nicht mehr unsere Sache, wir sind weg.«

Sie stellte sich ans Ufer, um die Schwäne anzulocken. Eine Frau kam von der anderen Seite mit ihren Kindern, blaue Mäntel, blaue Mützen neben Lisas unförmiger Jacke aus Schafwolle.

»Kriegst du auch mal, so'n Mantel«, sagte Lene.

Auf dem Heimweg dann die Schaufenster des Bohlweges, schon erleuchtet in der Dämmerung, Kleider, Schuhe, Porzellan, eine Puppe mit dunklen Hängezöpfen.

»Dat's mien«, sagte Lisa.

»Das ist meins«, verbesserte Lene. »Mußt richtig sprechen, Lisadeern, und viel lernen, besser als andere, dann kannst du dir später kaufen, was du willst.«

»De Popp ok?« fragte Lisa.

Bald darauf zog sie Paul Blanckenburg vor den Spielzeugladen.

»Das ist meins«, sagte sie, und er schenkte ihr die Puppe zu Weihnachten.

Nach vier Tagen kam Minna Reephennings Antwort auf den Brief.

Liebe Lene! Kurt Sasse hat heute die Sachen mit nach Lüneburg genommen. Ich schicke hiermit den Frachtbrief, frage auf dem Bahnhof nach. Habe eine Flasche Schwedenbitterling reingelegt, reicht lange. Spitzwegerichblätter zerdrücken, einige Tropfen Leinöl dazu, dick auf Wunde legen, jeden Tag frisch. Muß aber Mai bis Juni gepflückt werden, zu spät jetzt. Ich schicke Tinktur, tut auch seine Dienste.

Im Dorf sagen sie, du bist mit den Zigeunern weg, dumme Rede, hört wieder auf, kümmert dich auch nicht mehr. Greta hat Prügel gekriegt von Willi Cohrs, du weißt ja, aber ist so im Leben, einer muß es immer büßen. Du hast es lange genug gebüßt, nun habe die Stärke, jeder ist seines Glückes Schmied. Ob wir uns noch einmal wiedersehen? Herzliche Grüße aus Süderwinnersen, und es soll dir gut ergehen in der Fremde. Deine getreue Minna Reephenning.

Der Korb und die Teppichrolle brauchten eine Woche von Lüneburg bis Braunschweig. Lene hängte das Hermannsburger Missionsbild über das Bett und legte den Teppich von Hubertus Teich mitten ins Zimmer. Sieht hübsch aus, dachte sie, hübsch, Lenes neues Wort, alles sollte hübsch sein. Sie deckte jetzt auch den Tisch immer so sorgfältig, wie sie es bei Wilhelmine Blanckenburg gesehen hatte: ein Leinentuch aus Süderwinnersen und darauf das neue Geschirr von Karstadt, weiß mit rosa Streublumen, eigentlich zu teuer. Aber Lisa sollte es lernen.

Doch es galt schon nicht mehr allein Lisa, es galt auch für sie, das hübsche Zimmer, der hübsche Tisch, nur, daß sie es noch nicht wagte, solchen Luxus ohne Alibi zu genießen, mit Willis Schinkenverdikt im Ohr und Pastor Overbecks Sündenkatalog. Hoffart. Hochmut kommt vor dem Fall. Ist Sünde, dachte sie mit schlechtem Gewissen beim Kauf von einem Paar Sonntagsstrümpfen aus Mako, und wenn sie sich ein Stück Braunschweiger Mettwurst leistete, die sie besonders gern aß, mußten Lisas Bedürfnisse herhalten – braucht kräftiges Essen, das Kind. Sünde, dieser Alarmruf bei jedem Verstoß gegen die Gesetze von Süderwinnersen. Noch als alte Frau folgte sie dem Ritual. »Ist Sünde«, sagte sie beim zweiten Stück vom Braten, aber lächelnd jetzt und kein Zögern mehr. Mut gegen Demut, ein schwieriger Weg.

Allmähliches Einleben in die Stadt, sich anpassen in Kleidung, Sprache, Bewegungen, Ansprüchen. Jeder Tag brachte neue Veränderungen für Lene. Zu dem Missionsbild und dem Teppich, dem

Schrank mit ihren Sachen – immer noch hing der Rauch in Magdalenas Leinen – kam die Nähmaschine. Es war ein preisgünstiges, nur wenig gebrauchtes Modell Marke Pfaff, tadellos in Schuß, wie Ruth Elster feststellte, die Lene beim Kauf beraten hatte und nun begann, sie im Nähen zu unterrichten, die Anfangsgründe zuerst, einfädeln, spulen, gerade Nähte ziehen, jeden Morgen, während Paul Blanckenburg mit Lisa spazieren ging. Am Nachmittag übte sie dann zu Hause weiter, Säume, Kappnähte, stundenlang über die Maschine gebeugt, geduldig, schnell, präzise wie früher bei der Arbeit auf dem Acker, noch im Schlaf hörte sie die Nadel über den Stoff rattern.

»Sie haben so geschickte Hände«, sagte Ruth Elster, »wie fix du lernst«, schon bald darauf, nachdem sie und Lene, wenn der Unterricht beendet war, bei Malzkaffee und Speckbroten aus Süderwinnersen allmählich die Scheu überwunden hatten, über sich selbst zu sprechen.

Was Stefan Elster betraf, den ehemaligen Sorokin und Möchtegerndeutschen, so hatte Lene ihn noch nicht zu Gesicht bekommen. Als sie ihn schließlich kennenlernte, konnte sie Ruths Wohnung danach nicht mehr betreten, so daß die Nähstunden in die Gerstäckerstraße verlegt werden mußten.

Ruth hatte zu dieser Zeit ohnehin ständig verweinte Augen, weil ihr Mann neuerdings zur SA gestoßen war, Braunhemd, Stiefel, Sturmriemen, und es nun auch ablehnte, sich mit seinem Sohn, dem Judenbengel, wie er ihn nannte, öffentlich zu zeigen. »Wie soll ein Kind so etwas aushalten«, sagte sie. »Kaddish. Mein Vater und sein Kaddish. Manchmal kommt es mir vor, als sei ich wirklich tot.«

»Geh weg von dem Kerl. Komm zu mir«, sagte Lene, und noch während sie sprach, erschrak sie vor dem Angebot, mien Grütt is nich sien Grütt, hieß es in Süderwinnersen, jeder muß für sich selber sorgen. »Bei Blanckenburgs ist Platz«, fügte sie trotzdem hinzu. »Vielleicht geben sie dir ein Zimmer, dann machen wir was zusammen.«

»Was?«

Lene sah zu Boden. »Ik weet nich.«

»Siehst du«, sagte Ruth Elster. »Und ich gehe auch nicht weg. Einmal habe ich gegen das Gesetz verstoßen, das reicht.«

»Ist doch nicht mehr dein Gesetz!«

»So?« sagte Ruth Elster.

Und dann, Lene übte gerade die Doppelsteppnaht zum Anfertigen von Bettwäsche, stand Stefan Elster plötzlich vor ihr. »Du hast mir mein Frühstück nicht mitgegeben, Schlampe«, schrie er schon draußen auf dem Flur, wurde aber bei Lenes Anblick zum lächelnden Charmeur. »Warum immer bloß vormittags, reizende Dame«, ein hübscher Mann mit seinen schrägen Augen, den Hut überm Ohr, und Lene, in einer jähen Welle von Angst und Haß, so, als sei ein verkleideter Willi Cohrs aufgetaucht aus der Tiefe, wußte sich nicht anders zu helfen als davonzulaufen.

Begegnung mit der Gewalt, diese erste Erfahrung ihrer Kindheit, eingebrannte, allgegenwärtige Erinnerung, wie das Herz zu hämmern beginnt, der Leib sich spannt und die Hose feucht wird zwischen den Beinen, und dann die Hilflosigkeit und der Zorn. Erinnerungen wie schlafende Hunde, laßt sie ruhen.

Aber die Zeit wandert weiter, dem Januar 1933 entgegen, kein Davonlaufen mehr vor der Gewalt, da steht sie an jeder Ecke, unmaskiert und sichtbar für alle, und nur wenige, die den Anblick nicht ertragen. Lene zum Beispiel mit ihren Erinnerungen. Nachzudenken über Lenes Geschichte, heißt auch nachzudenken über Gewalt.

Noch bleibt die Frist von zwei Jahren, eine Insel, die Gerstäckerstraße, kaum erreichbar von außen. Auf Bett und Brot kommt es an, hatte Lene in Süderwinnersen gelernt, wo man den Staat erst dann zur Kenntnis nahm, wenn etwas davon in Frage stand, und ihr Bett und Brot waren vorerst gesichert. Was gingen sie die langen Reihen vor den Stempelstellen an, die Arbeitslosen, die schon begannen, sich für Hitlers Fackelzüge zu formieren, die Kämpfe zwischen Reaktion und Revolution, der Verfall der Republik.

»Nein, Großvater, mit dem Kaiser hab' ich nichts zu kriegen, der hat sich um uns auch nicht gekümmert in seiner Hoffart«, erklärte Lene Paul Blanckenburg, wenn er ihr die Monarchie ans Herz legen wollte, während sie seinem Sohn Claus, der versuchte, sie für die SPD zu gewinnen, eine Kombination des neunten und zehnten Gebots vorhielt: *Du sollst nicht begehren deines Nächsten Haus, Weib, Knecht, Magd, Vieh oder alles, was sein ist.*

»Haben Sie nie daran gedacht, daß der Mann, der das aufgeschrieben hat, eine Menge Häuser, Äcker, Ochsen und Esel besessen haben muß?« fragte Claus Blanckenburg.

»Ist von Gott«, wies sie ihn zurecht, was ihn wieder einmal über die törichte Naivität seufzen ließ, mit der die arbeitende Klasse sich selbst im Wege stand.

»Liebes Lenchen, wenn es tatsächlich einen Gott geben sollte, meinen Sie wirklich, daß er Texte für das bürgerliche Gesetzbuch verfassen würde?«

Großvater. Liebes Lenchen. Doch, es stimmt, sie waren bereits der Familie einverleibt zu dieser Zeit, auch Lene, sie allerdings später als Lisa, die gleich am Tag nach ihrer Ankunft auf Paul Blanckenburgs Frage, ob sie Lust zu einem Spaziergang hätte, mit »ja, Grootvadder«, geantwortet hatte. Grootvadder, Grootmodder, Anreden, die in Süderwinnersen jedem grauhaarigen Altenteiler zustanden, Paul Blanckenburg jedoch fast zu Tränen rührten. »Sie hat uns angenommen«, sagte er zu Wilhelmine, sorgte dann aber unverzüglich für den Gebrauch der hochdeutschen Version, wie er überhaupt mit Hingabe daran arbeitete, »das Kindchen zu zivilisieren«, und seine Frau ermunterte, auch auf Lene einzuwirken. Ihr breitbeiniges Sitzen etwa, das müsse man ihr sagen. Und daß sie mit Messer und Gabel gen Himmel zeigte, eine Unsitte, die ihn beim gemeinsamen Essen einer Martinsgans irritiert hatte. Auch die ständige Verwendung von Akkusativ statt Dativ ginge einem ja durch und durch. *Ich hole Sie das gleich* – entsetzlich. Nicht ihre Schuld, im Platt gäbe es den Dativ gar nicht, nur wer frage danach in der Stadt.

Vorerst jedoch konnte Lene, langsam im Entwickeln von Gefühlen, ihren Akkusativ behalten. Es dauerte eine Weile, bis sie ihre Zurückhaltung aufgab, schwierige Wochen voller Zwiespalt. Wenn Lisa mitten in einer Geschichte, die sie ihr beim Nähen erzählte, die Hochzeit von Kanaan etwa oder die Speisung der Fünftausend, plötzlich zu Paul Blanckenburg lief, kämpfte in Lene Eifersucht mit der Dankbarkeit für alles, was ihrer Tochter drüben im Wohnzimmer zwischen Plüsch, Nippes und Bücherrücken ganz von allein zufiel. Schon flossen mühelos hochdeutsche Sätze aus Lisas Mund, auch Max und Moritz' erster und zweiter Streich, unbezahlbare Vorteile, dachte Lene trotz ihrer Bedenken, ob Psalmen der Seele nicht zuträglicher wären.

Im übrigen lösten sich ihre Verklemmungen bald, am ersten Dezembermittwoch nämlich, jenem Tag, an dem Wilhelmine Blanckenburg, wie es schon in Halle Tradition gewesen war, ihre Stollen zu backen pflegte, neun große Christstollen nach altüberliefertem sächsischem Familienrezept:

> 15 Pfund Mehl
> 1½ Pfund Hefe
> 3 Pfund Zucker
> 3 Pfund Butter
> 3 Pfund Rindertalg
> 6 Pfund Sultaninen
> 2 Pfund Zitronat
> 3 Pfund süße Mandeln
> ¾ Pfund bittere Mandeln
> ⅜ Liter Milch, in welcher tags zuvor
> Vanilleschoten gekocht werden sollten
> 15 Eßlöffel Rum
> das Abgeriebene dreier Zitronen
> Muskat, Salz

1 ½ Pfund Butter zum späteren Bestreichen
reichlich Puderzucker, um die Stollen darin einzuhüllen.

Die Zutaten hatte sie schon am Dienstag aus der Speisekammer geholt und neben den Herd gestellt, wo genügend Glut für nächtliche Wärme sorgte, und als Lene morgens in die Küche kam, quoll bereits das Hefestück in der mächtigen hölzernen Backmulde.

»Wat nu?« murmelte sie und zog den süßlichen Gärungsgeruch in die Nase, mit geschlossenen Augen, denn es roch wie an Zuckerkuchentagen im Backhaus von Süderwinnersen.

»Stollen«, sagte Wilhelmine Blanckenburg, die, eine bemehlte Schürze vor dem Bauch, Mandeln durch die Mühle drehte.

»Stollen?«

»Kennen Sie keine Stollen?«

»Hat 'n Pferd an den Hufen«, sagte Lene, und, nachdem Wilhelmine ihr unter Hinweis auf die schmelzenden Fettmassen, den Sultaninen-, Mandel- und Zuckerberg den Charakter dieses Gebäcks erklärt hatte: »Neun Stück, ist das nicht ein bißchen viel?«

Wilhelmine schüttelte den Kopf. »Einen kriegt Hilde, einen Claus, einen meine Schwester Felicitas, einen sollen Sie haben, und der Rest muß bis Ostern reichen, das ist so Brauch.«

Lene sah die Wanne voll Mehl an. »Nicht leicht, den Teig kneten.«

»Kann ich auch nicht mehr heutzutage. Früher ja. Jetzt bereite ich nur alles vor, den Rest macht Bollwage.«

»Kostet Geld, was?«

»Ach Gott ja, umsonst ist der Tod«, sagte Wilhelmine etwas schmerzlich, denn da sie und ihr Mann, was Essen und Trinken anbelangte, über ihre Verhältnisse lebten, mußte an allen anderen Ecken und Enden gespart werden, ein Grund auch, daß es für Dienstboten nie gereicht hatte, bis auf die Frau, die an einem Tag im Monat unten im vernebelten Keller Wäsche kochte, bürstete und auswrang.

Lene nahm Lisas Milch vom Herd, verließ die Küche und kam gleich darauf mit ihrer großen Beiderwandschürze zurück.

»Dann fang ich mal mit dem Teig an«, sagte sie, »Frau Elster hat heute sowieso keine Zeit.«

»Das kann ich doch nicht verlangen«, rief Wilhelmine, aber Lene prüfte schon das Hefestück, siebte Mehl darüber, verteilte Fett und Zucker am Rand, die gleichen Griffe wie in ihrem früheren Leben, nur ohne Zwang jetzt, nicht du mußt, sondern ich will. Mehl und Hefe begannen sich zu mischen, langsam verschwanden Fett und Zucker, und Wilhelmine Blanckenburg, die Zitronat schnitt, im Sitzen, denn Minna Reephennings Spitzwegerichsaft hatte ihren Beinen bisher noch nicht geholfen, seufzte dankbar.

»Ach Gott, Fräulein Cohrs, wie Sie da rangehen!«

Lene richtete sich auf, strich die Haare zurück und wickelte sich ein Küchentuch um den Kopf. »Nennen Sie mich man ruhig Lene, das bin ich so gewöhnt«, sagte sie dann.

»Gern, Lenchen.« Wilhelmine schob die Zitronatwürfel vom Tisch in die Schüssel. »Und Arme haben Sie! Genau wie ich früher. Hilde war ja für so etwas nicht zu haben. Meine Schwester Felicitas ist ihre Patin, die wollte auch nie in die Küche, Mädchen geraten nach der Patentante, heißt es.«

Und während sie die Schale von den Zitronen abrieb, begann sie, die Geschichte ihrer Verlobung zum besten zu geben, nicht ohne Genugtuung, denn der flatterhaften, inzwischen längst verwitweten Felicitas ginge es kümmerlich seit der Inflation, und was Paul beträfe, ein Segen, daß er ihre Schwester nicht bekommen habe, so gern, wie der Mann äße.

Sie legte die Reibe hin und sah Lene an, das von den Spuren ihrer Kochkünste gezeichnete Gesicht nachdenklich, vielleicht auch traurig. »Meine Schwester war immer die hübschere, aber nun ist sowieso alles egal und vorbei.«

Zwei Stunden kneten, walken, schlagen, bis der Teig, von warmen Tüchern geschützt, zu Bollwage in die Backstube wandern konnte, wo Lene es sich nicht nehmen ließ, die neun Laibe zu formen und sie auch am Abend wieder abzuholen.

Die Krönung des Unternehmens kam am nächsten Morgen, als die fertigen Stollen, weiß gepudert, duftend nach Butter, Zucker, Mandelkern, in die Bodenkammer gebracht wurden, wo eine Truhe, die während des Sommers zur Lagerung von Bettzeug diente, sie aufnahm.

»Weihnachten sind sie gerade richtig«, sagte Wilhelmine Blanckenburg so andächtig wie Greta bei ihrem Spruch, wenn das Brot im Ofen lag, und strich über den gewölbten Truhendeckel. Dann schlang sie die Arme um Lene. »Und Sie müssen uns jetzt ebenfalls Großvater und Großmutter nennen, sonst kommt das Kind noch ganz durcheinander.«

Weihnachten 1930. Lene war am späten Nachmittag mit Lisa im Dom gewesen, ein Erlebnis, hatten Blanckenburgs gesagt, das müsse man sich einmal ansehen. Aber die Halle voller Glanz und Gloria schien Lene keine Zuflucht zu sein für das Jesuskind, auch nicht für sie, mit den fremden Mauern, den fremden Gesichtern, der Predigt, von der sie kaum ein Wort verstand. Das gleiche wie in der Magnikirche, wohin sie sonntags ging, Pflichtbesuche, ihre Gespräche mit Gott fanden an anderen Orten statt.

Als sie zurückkamen, öffnete Wilhelmine die Tür zum Wohnzimmer. »Natürlich feiern wir zusammen«, hatte sie schon eine Woche vorher gesagt, »ohne Lisa macht mein Mann es sowieso nicht«, und dort, zwischen den beiden Fenstern und fast bis zur Decke hinauf, glitzerte nun der Tannenbaum, goldene Girlanden im Grün, silberne Engel, Glocken, Sterne, Glasvögel mit wippenden Federschwänzen, Nüsse, Äpfel, Schokoladenkringel und über allem Kerzenschein, den Paul Blanckenburg nicht aus den Augen ließ, um notfalls nach zwei unter Decken verborgenen Wassereimern greifen zu können. Er saß am Klavier, »Stille Nacht, Heilige Nacht«, und sang dazu mit seiner nach wie vor kräftigen Lehrerstimme, von

Claus und Wilhelmine unterstützt, während Lene beinahe stumm den Mund bewegte. In Süderwinnersen hatten sie nur in der Kirche gesungen, »O du fröhliche«, »Es ist ein Ros entsprungen«, »Tochter Zion, freue dich«, zum Abschluß auch »Stille Nacht«, ein dünner Chor zwischen den roten Backsteinwänden, keine großen Sänger, die Heidjer, jeder genierte sich auch vor dem anderen, die Stimme zu erheben. Danach brannten in der Stube die Kerzen, es gab Mettwurst, frische Leberwurst und Sülze, in den letzten Jahren sogar helle Mürbeteigplätzchen zum Punsch, Gesang jedoch nicht.

Claus Blanckenburg bemerkte Lenes Verlegenheit, kniff ein Auge zu und lachte. Schon am Vormittag, während sie die Tanne aus dem Keller in den ersten Stock trugen, hatte er ihr erklärt, daß er von diesem bürgerlichen Zirkus selbstverständlich nichts halte, nur seiner Mutter zuliebe mitmache, und manches sei ja auch ganz hübsch. »Hübsch verlogen«, fügte er hinzu, und es kam ihr wie Verrat vor, daß sie die lästerlichen Worte widerspruchslos hingenommen hatte, Haussohn, der er war, Doktor dazu und noch fremd. Doch jetzt, angesichts seines komplizenhaften Zwinkerns, faßte sie ihren Mut zusammen und sagte, als Paul Blanckenburg nach einem donnerndfeierlichen Schlußakkord das Klavier zuklappte, ob sie die Weihnachtsgeschichte vorlesen könne.

Es begab sich aber zu der Zeit, daß ein Gebot von dem Kaiser Augustus ausging, langsames, vorsichtiges Hochdeutsch, mit dem Bodensatz von Platt darunter. Lene war vor den Baum getreten, da stand sie in Eva Teichs blauem Kleid, den aufgesteckten Zopf im Nacken, immer noch die derben Schuhe an den Füßen. *Denn sie hatten sonst keinen Raum in der Herberge,* las sie, sah Lisa an, Lisa in dem neuen roten Bleyleklecid, das sie ihr nach langem Zögern gekauft hatte für dieses Fest, so viel Geld für ein Kleid, aber nun saß Lisa da, die Puppe auf dem Schoß, warm, satt, hübsch und keine Schläge mehr, *Ehre sei Gott in der Höhe und Friede auf Erden und den Menschen ein Wohlgefallen.*

Einen Moment blieb es still.

»Das haben Sie schön gemacht«, sagte Claus Blanckenburg.

Weihnachten in der Fremde, die aufhörte, fremd zu sein. Schon beginnt das Sammeln von neuen Erinnerungen: der verschneite Bürgerpark am ersten Feiertag, der Gang durch die Stadt in ihrem Lichterschmuck, Altstadtmarkt, die Türme der Martinskirche, Eulenspiegelbrunnen, die glitzernden Schaufenster, der Burglöwe mit seiner Decke aus Schnee. Es war an diesem Nachmittag, daß Lene sich auf etwas bedenkliche Weise dazu verstieg, den Stern von Bethlehem und das Glatteis von Süderwinnersen über einen Kamm zu scheren. »Der Herr weiß, was er tut, Lisadeern, auch wenn wir es nicht immer verstehen.«

Als sie von dem Spaziergang zurückkamen, wartete der kleine Horst Reinicke von gegenüber auf Lisa. Er hatte eine Schaffnerausrüstung bekommen, und Lene sah zu, wie die Kinder auf dem Sofa nach Amerika reisten, Amika, sagte Lisa, obwohl Horst Reinicke ihr beim Verkauf der Fahrkarte das Wort mehrmals vorsprach. »Modder, du auch!« rief sie hochdeutsch, nur das gewohnte Modder war geblieben, blieb auch in Zukunft, und Lene, während sie mit ihrer Tochter die Spielreise machte, fühlte sich einer Welt zugeteilt, die es eigentlich nicht gab. Jüst as in Droom, dachte sie.

Durch die Wohnung zog schon der Geruch von Wilhelmines berühmten Hefeklößen, die es zum Abendbrot geben sollte, mit brauner Butter und Heidelbeerkompott. Kein Festtagsmahl unbedingt, aber das Leibgericht von Claus, das es immer gab, wenn er kam. Auch Lene und Lisa sollten mitessen, und Lene fiel der Tag im November ein, an dem Claus unverhofft erschienen und Wilhelmines Jammerruf, »Cläuschen, du, und ich habe gar keine Hefeklöße«, zu ihr ins Zimmer gedrungen war. Bald darauf hatte er ihr einen Besuch abgestattet.

»Guten Tag, ich bin Claus, Sie wissen ja, der Hefekloßsohn, darf ich mich setzen?«

Er saß bereits, ohne eine Antwort abzuwarten, und sah Lene neugierig an, mit den braunen Augen Wilhelmines in dem schmalen Gesicht.

»Ich muß Sie unbedingt besichtigen, Sie sind nämlich ein Weltwunder.«

»Wat denn?« murmelte Lene, unsicher, wie man jemandem, der solche Reden von sich gab, zu begegnen habe.

»Ohne Dativ und mit Kind«, sagte er. »Und trotzdem hat der Herr Vater Sie reingelassen?«

Lene wurde rot. Sie beugte sich über ihren Schrägstreifen und arbeitete weiter.

»Habe ich Sie etwa beleidigt?« Er lehnte sich, die langen Beine übereinandergeschlagen, im Stuhl zurück und versuchte, Schuldbewußtsein zu mimen, lachte ihr aber dabei ins Gesicht, so lange, bis sie ebenfalls lachte.

»War nicht wegen mir, daß Ihr Vater uns genommen hat«, sagte Lene, »war wegen Lisa.« Dann schob sie den Stoff beiseite und fragte: »Was haben Sie gesagt? David? Ohne David?«

»Dativ.«

»Was ist das?«

Er erklärte es ihr, gab Beispiele, ließ sie auch selbst einige suchen, so daß sie, als Paul Blanckenburg nach Weihnachten ihre sprachliche Erziehung in Angriff nahm, bereits einiges wußte.

»Hätte Lehrer Isselhoff uns man auch beibringen sollen, so was«, sagte Lene, worauf Claus ihr klarzumachen versuchte, wie wichtig den Sozialdemokraten der Kampf gegen die ländliche Schulmisere sei.

»Stellen Sie sich mal Ihre Tochter vor. Wenn es der wieder genauso ginge wie Ihnen.«

»Darum bin ich weg.«

»Können aber nicht alle weg. Es muß etwas geändert werden, an Ort und Stelle.«

Er lächelte sie an. »Man muß es wollen. Und daran glauben. Das ist wichtig.«

Lene sah auf seine Hände, helle Haut, saubere Nägel. Sie lächelte nicht mehr. »Waren Sie schon mal auf dem Dorf? Da müssen Gerste und Roggen rechtzeitig rein und die Kartoffeln raus, und das ist wichtig.«

»Komisch«, sagte er. »Für Ihr eigenes Leben haben Sie soviel verändert, aber reden tun Sie wie ein Reaktionär. Man müßte Sie wohl mal politisch schulen, wie?«

»Was ist das?« fragte sie.

Beim Abendessen am ersten Feiertag saß Lene Claus gegenüber, und angesichts der Kloßmengen, die er verschwinden ließ, wunderte sie sich über seine Dürre. In der Statur schlüge Claus zum Glück ihrem Vater nach, sagte Wilhelmine mit Genugtuung, während es Paul Blanckenburg deutlich irritierte, wenn er den Kopf zurücklegen mußte, um seinen hochgewachsenen Sohn durch den Kneifer anfunkeln zu können, ohne Wirkung im übrigen, wie schon bei seinen ‚Schülern.

»Iß noch, Cläuschen«, drängte Wilhelmine. »Wer weiß, wann du wiederkommst.«

Er nahm sich zwei weitere Klöße, teilte den lockeren Teig mit der Gabel auseinander, ließ braune Butter in die Risse laufen und Heidelbeersoße.

»Warum lachen Sie, Lene?«

»So 'n Klönschnack«, sagte sie. »Wat een fixen Kerl is, de kann dree Mahltieden een up de anner setten. Verstehen Sie das?«

»Chinesisch«, sagte er.

»Ein fixer Karl kann drei Mahlzeiten auf einmal reinfahren oder so ähnlich.«

»Bin ich doch auch, ein fixer Kerl«, sagte er. »Etwa nicht?«

»Soll wohl so sein, Herr...«

»Lene!« rief er.

»Ja doch«, sagte sie, schaffte es aber noch nicht, ihn ebenfalls beim Vornamen zu nennen, »ich sage Lene wie meine Eltern und Sie Claus«, Doktor und künftiger Professor, der er war, eine Art Hubertus Teich also, mit dessen Würde er allerdings kaum etwas gemein hatte, lang und schlaksig, nur einen Pullover über dem Hemd, und das Mundwerk, klagte sein Vater, so schnodderig, daß man sich frage, wie er jemals vernünftige Kollegs halten wolle. Ein Vorurteil, weil Paul Blanckenburg es bisher nicht fertiggebracht hatte, irgendwelche SPD-Veranstaltungen zu besuchen, bei denen Claus durchaus fesselnd und geschliffen zu reden verstand. Und da er die Lektüre seiner linken Zeitungsartikel genauso verweigerte, blieben ihm nur die wissenschaftlichen Arbeiten als Trost, Aufsätze in Zeitschriften, die von der Fachwelt geschätzt wurden, obwohl nationalistisch gesonnene Kollegen den Verfasser bereits als »der rote Blanckenburg« auf der Liste führten.

»Wenn er erst mal die Habilitation hinter sich hat«, sagte Paul Blanckenburg zu Wilhelmine, »bekommt er sicher bald eine Professur, und dann geben die Flausen sich ganz von allein.«

An diesen sogenannten Flausen entzündete sich auch, kaum daß die Hefeklöße gegessen waren, wieder der alte Streit.

»Meine Partei...« sagte Claus.

»Deine Partei!« unterbrach ihn sein Vater, »hat die etwa den Fortschritt gepachtet? Der Kaiser würde jetzt auch manches in einem anderen Licht sehen.«

»Dein Kaiser«, sagte Claus, »hat mit Klauen und Zähnen das Drei-Klassen-Wahlrecht verteidigt.«

Paul Blanckenburg schlug auf den Tisch, daß die Löffel in der leeren Schüssel klirrten. »Es ist auch dein Kaiser! Dein Kaiser und dein Vaterland!«

»Ach Gott, zankt euch doch nicht schon wieder«, jammerte Wilhelmine, und Lisa, zwei Finger am Ohrläppchen, verzog das Gesicht.

»Vaterland.« Claus sprach die drei Silben aus, als wolle er sie zerbeißen und auf den Boden spucken. »Das Wort haben die Nazis beschlagnahmt. Ich kann es nicht mehr hören.«

Dann sei er wohl endgültig unter die vaterlandslosen Gesellen gegangen, entgegnete sein Vater mit Schärfe, worauf Lisa zu weinen begann, gerade noch rechtzeitig vor der Katastrophe.

»Schon gut, Kindchen.« Paul Blanckenburg nahm sein großes weißes Taschentuch und wischte ihr die Tränen ab. »Schon gut.« Lisa kroch auf Lenes Schoß, und Claus sagte: »Ich will keinen Streit, Vater, ehre du deinen Kaiser, von mir aus, meiner ist es wirklich nicht. Nur eins, es kommen schlimme Zeiten, und was das Vaterland betrifft – sieh zu, daß du nicht mit den falschen Leuten in dasselbe Horn bläst. Ich möchte nämlich gern weiter hier zu Hause Mutters Hefeklöße essen.«

»Hefeklöße!« Paul Blanckenburg bemühte sich, seinen Protest sanft klingen zu lassen. »Als ob das die Hauptsache wäre.«

»Ist 'ne Menge, Großvater«, sagte Lene unvermittelt in die Stille hinein und senkte, als die anderen sie ansahen, den Kopf.

Am nächsten Morgen kam Claus Blanckenburg in Lenes Zimmer, um sich zu verabschieden.

»War doch ein herzerfrischendes Fest. O du fröhlicher Familienkrach, was will man mehr.«

Er lehnte am Türrahmen, beide Hände in den Taschen.

»Wollen Sie wirklich Professor werden?« fragte Lene.

»Sehe ich nicht so aus?«

Sie schüttelte den Kopf.

»Falls ich mal so aussehen sollte«, sagte er, »geben Sie mir bitte Bescheid. Dann hänge ich mich auf.«

Wenn Lene an dieses Weihnachtsfest dachte, später, nachdem geschehen war, was offenbar hatte geschehen sollen, sah sie wie in einem Brennpunkt diese drei Menschen versammelt, Ruth Elster, Claus Blanckenburg, den kleinen Horst Reinicke, künftige Opfer der Gewalt, stille Teilhaber an ihrer Tat. Alfred Wittkopp, demnächst ihr Mann, fehlt noch, bald wird er auftauchen, kein Opfer allerdings, sondern Täter wie Willi Cohrs und Stefan Elster. Nur der letzte, der Namenlose, läßt sich Zeit.

Alfred Wittkopp, nun ist er genannt worden, nach langem Zögern und mit Unbehagen, obwohl das Wort Täter fast zu schwer wiegt für jemanden wie ihn, einer von den Stillen im Lande, schweigende Mehrheit, sagte Lisa später, guter Bürger hieß es damals wohl. Der gute Bürger Alfred Wittkopp, anständig, fleißig, pflichtgetreu, sorgender Ehemann und Vater, und Täter nur aus Angst, er könne selbst zum Opfer werden in den letzten Monaten des Krieges. Soll man ihm und seinesgleichen vorwerfen, daß sie keine Helden waren? Nicht mehr darüber reden, meinen manche. Aber Alfred Wittkopp läßt sich nicht verschweigen in Lenes Geschichte. Schade nur, daß Lene ausgerechnet ihn nehmen mußte oder nahm, weil sie einen Vater brauchte für Lisa, und außer Alfred Wittkopp kam niemand in Betracht, schon gar nicht der, den sie gern gehabt hätte.

Wen?

Wieder ein Zögern, den Namen einzugestehen, Claus Blanckenburg nämlich, der Hefekloßsohn. Ein aberwitziger Gedanke, Lene wußte es selbst. Doch was konnte sie dafür, daß Claus nicht aufhören wollte, sich, wenn sie an der Maschine saß, in ihre Tagträume einzuschleichen mit seinem schlaksigen Charme und seiner Art, Dinge zu sagen, derer sie sich bei nüchterner Überlegung schämte. Vergeblich bemühte sie alle ihre Mittel dagegen, Choralverse, Psalmen, die kleinen und großen Propheten.

Niemand erfuhr etwas davon, nicht Ruth Elster, schon gar nicht Claus, es sei denn, daß er es in Lenes Augen sah, vielleicht sogar gern sah. Sie hatte ihm gefallen, von Anfang an, das war offensichtlich. Zwar versuchte er, sein Interesse der etwas besorgten Wilhelmine gegenüber mit sozialen und politischen Motiven zu begründen, ein Mädchen von ganz unten, das sich durchbeißt, beispielhaft geradezu, doch zweifellos spielten auch noch andere Sympathien eine Rolle. Jedenfalls, kaum traf er, was alle zwei bis drei Wochen geschah, mit seiner schmutzigen Wäsche zu Hause ein, stand er schon bei ihr im Zimmer. Na, Lene, wie geht's? Gut? Kann es doch gar nicht, so viel Nähen für so wenig Geld, seien Sie unzufrieden, Unzufriedenheit ist die Mutter der Veränderung. Begrüßungen dieser Art etwa, von denen er schnell zu ernsthaften Gesprächen wechselte, so, als sei sie seinesgleichen, was nicht ihm, jedoch Lene auffiel.

Es dauerte eine Weile, bis sie den Mut fand, ihre Argumente gegen seine zu setzen, Bibel kontra Politik, mit Geschick und wachsender Beredsamkeit. Manches von dem, was er vorbrachte, leuchtete ihr ein. Aber so leicht gab sie nicht klein bei.

»Alles weltlicher Kram, Claus«, sagte sie einmal, als sie nicht weiterwußte. »Werden Sie schon noch merken, wo das hinführt. Wenn ich mich auf weltlichen Kram verlassen hätte, wäre ich heute bei der Gerste.«

»Und jetzt nähen Sie zehn Hosen am Tag für einen Schandlohn. Ist das viel besser?«

»Doch, ist besser«, sagte sie »Und für einen Sozi wissen Sie eigentlich wenig. Haben Sie schon mal Gerste aufgestellt?«

Er schüttelte den Kopf.

»Dann gehen Sie mal als Knecht nach Süderwinnersen. Damit Sie wissen, wovon Sie reden.«

Ein Gespräch aus dem ersten Braunschweiger Sommer, freundschaftlich und unbefangen. Tagträume lagen noch fern, so besetzt, wie Lenes Gefühle waren von den Anstrengungen des Einlebens, auch vom Heimweh seltsamerweise, morgens besonders, wenn sie am Fenster stand und meinte, irgendwann müßten die Friedhofsbäume gegenüber sich auflösen in Heide, Wacholder, Kuschelwald, der Frühdunst darüber, Rufe von Brachvogel und Kiebitz, und am Horizont der Wilseder Berg, sonst nichts.

»Ich wär' so gern mal wieder in Süderwinnersen, nicht auf dem Hof, nur bei dir und draußen im Kamp, war ja nicht alles schlecht«, schrieb sie an Minna Reephenning in der Hoffnung auf Antwort, die auch kam. »Liebe Lene, sieht manches besser aus, wenn man weg ist, bleibt aber alles wie vorher, auch Willi Cohrs und Gretas Beine, und Heinrich will eine aus der Stadt heiraten, ist jung und heißt Adelheid. Ich habe jetzt Telefon, Nummer 27, Amt Mörwinnersen, muß sein als Hebamme. Bin nun bald siebzig, wer weiß, wie lange noch. Liebe Lene, denke an morgen, gestern ist vorbei und Nähen leichter als Kartoffeln«, wahre Worte, Lene hielt sie nicht nur Claus Blanckenburg vor, sondern auch sich selbst beim eintönigen Rattern der Maschine, zwei Nähte an den Beinlingen, eine am Gesäß, der Schlitz, die Taschen, der Bund, fertig. Zehn Hosen am Tag. Jeden Mittwoch ging sie in die Kleiderfabrik Rohde, Bertramstraße, Hinterhof, um ihre sechzig Stück abzuliefern und ein neues Paket mit zugeschnittenen Teilen in Empfang zu nehmen, Arbeit, die ihr Wilhelmine Blanckenburg vermittelt hatte, über die Bäckermeisterin Bollwage, bei der Frau Fabrikant Rohde ebenfalls Brot und Brötchen bezog. Fester Verdienst, das war ein Glücksfall heutzutage. Die Frauen der Arbeitslosen standen Schlange danach, trotz der jämmerlichen Bezahlung, dreißig Pfennig pro Stück, Claus hatte recht, wenn er von Schandlohn sprach. Doch das wollte Lene noch nicht wahrhaben. Sie kam auf runde achtzehn Mark in der Woche, dazu das Monatliche aus Hamburg, genug zum Leben, und das Sparbuch mit den restlichen Tausendfünfhundert konnte im Kasten bleiben.

Außerdem brauchte sie nur fünfzig Minuten für jede Hose, nicht sechzig, wie es, knapp genug, der Lohnberechnung zugrunde lag, acht Stunden am Tag statt zehn. Der Rücken schmerzte danach, aber keine Arbeit war ein Ringelreihen, und die Arbeit, die sie jetzt tat, gehörte ihr, ihre Arbeit, ihr Geld, ihre Zeit vor allem. Zeit für Lisa, Zeit für Sonntagsausflüge mit Ruth Elster und den Kindern in den Pawelschen Forst oder zum Waldfrieden, Zeit sogar, um Wilhelmine Blanckenburg zu helfen, beim Treppenputzen oder Teppichklopfen. Zeit zum Verschenken, vor allem daran mußte sie sich gewöhnen.

Der Winter, der Sommer, noch ein Winter, nie zuvor waren Wochen und Monate so schnell vergangen. Auch das Heimweh ließ nach. Stare und Drosseln sangen drüben in den Bäumen, sie hatte die Jahreszeiten im Geäst gesehen und wollte es nicht mehr verwandeln in Heide und Wilseder Berg. Fremdes begann alltäglich zu werden, Gewöhnung nistete sich ein, fast dreitausend Hosen schon, Nähte, die wie von selber liefen, und wenn sie abends die fertigen Stücke sortierte, zählte nicht mehr die getane Arbeit, sondern nur noch das Geld. Genug zum Leben und doch nicht genug. Sie war neunundzwanzig und hatte gewagt, Neuland zu betreten. Lisa und Gott reichten nicht mehr, kein Wunder, daß sie sich in Claus Blanckenburg verliebte.

Es passierte bald nach Pfingsten, zur gleichen Zeit fast, in der Lene auch auf Alfred Wittkopp traf. Er war der Sohn eines verstorbenen Kollegen von Paul, und Wilhelmine Blanckenburg hatte ihn gemeinsam mit Lene zum Sonntagskaffee eingeladen, in kupplerischer Absicht, was sie jedoch vorerst verschwieg, weil Paul jedes Unternehmen, das Lisa von ihm zu entfernen drohte, torpedierte. Dennoch war Wilhelmine entschlossen, den Faden weiterzuspinnen, zum Wohle aller Beteiligten: Lene sollte endlich einen Mann bekommen, Lisa einen Vater und Alfred Wittkopp eine Frau, die für ihn sorgte.

»So ein schönes Haus im Ölschlägern«, erzählte Wilhelmine beim Kaffeekochen. »Fachwerk, Lenchen, alt natürlich, doch tadellos gehalten, direkt ein Schmuckstück. Und nun hat der arme Junge auch noch die Mutter verloren und sitzt ganz allein da, man muß sich wirklich um ihn kümmern, so wie wir mit den Eltern gestanden haben, und Schüler von meinem Mann war er auch.«

Warum er denn keine Frau habe, fragte Lene und erfuhr, daß er geschieden sei nach kurzer Ehe, schuldlos natürlich, ein Flittchen, die Person. Und jetzt, das wisse sie noch von seiner Mutter, fürchte er sich vor einer neuen Heirat, zu schade, so ein netter Mensch, gutmütig und solide, kaum älter als Lene, und sicher würde er ihr gefallen.

Aber Lene konnte nach dem ersten Nachmittag keine Auskunft darüber geben, ob Alfred Wittkopp, mittelgroß, mittelblond, weder dünn noch dick, farblos bis in die Augen, ihr gefiel oder nicht. Vermutlich hätte sie ihn am nächsten Tag auf der Straße kaum wiedererkannt, so wie auch das, was er in seinem breiten Braunschweigisch von sich gab, an ihr vorüberflog, ohnehin nicht viel, kein gesprächiger Mensch, Alfred Wittkopp. Er war – zum Lehrer hätte es nicht gereicht, behauptete Paul Blanckenburg – Buchhalter bei Büssing geworden und im Moment arbeitslos wie die meisten, zum Glück aber leidlich abgesichert dank seiner Mutter, die etwas auf die hohe Kante hatte legen können. Im übrigen, versicherte er, sei er keineswegs traurig über eine kurze Zwangspause, da er als begeisterter Anhänger des Schießsports – seine Stimme bekam Wärme, als er davon sprach – nun endlich einmal Muße zum Training habe. »Pistolen!« sagte er. »Ane Spezialabtalung vom Schützenveran. Kan Kinderspiel, das können Sie mir glauben. Konzentration, ane sichere Hand und Konzentration, ohne diese baden Agenschaften...« Der Satz verlief im Leeren, die meisten anderen auch, ein Merkmal seiner Sprechweise und, sagte Paul Blanckenburg später, der beste Beweis dafür, daß der Mann sich immer noch nicht konzentrieren könne, genausowenig wie früher in der Schule, womit er ihm Unrecht tat, zumindest im Hinblick auf die Pistolen.

»Ist er nicht nett?« wollte Wilhelmine am nächsten Morgen wissen.

»Wer?« fragte Lene und bemerkte plötzlich den gespannten Ausdruck in Wilhelmines Augen. »Ach, der Wittkopp. Ich weiß nicht, Großmutter, wirklich nicht.« Und vielleicht ging sie nur deshalb so über ihn hinweg, weil die Gespräche mit Claus ihr gezeigt hatten, daß es noch etwas anderes gab als das, was man ihr zuschanzen wollte.

Claus Blanckenburg erschien drei Tage später, wieder einer der kurzen, unverhofften Besuche wie häufig während des letzten Jahres, in dem, wie Paul Blanckenburg erbittert und besorgt feststellte, die Partei sein Beruf zu werden schien. Die verworrene politische Lage in der Republik spitzte sich mehr und mehr zu. Eine wachsende Zahl sich untereinander befehdender Splitterparteien, die immer brutaleren Konfrontationen zwischen rechts und links und vor allem die Weigerung des konservativen Bürgertums, mit den Sozialdemokraten zusammenzuarbeiten, ließen keine regierungsfähigen Mehrheiten zustande kommen. Gleich nach der Wahl im Juli 1932 wurden Neuwahlen für den November ausgeschrieben, davor hatte schon die Wahl zum Reichspräsidenten wiederholt werden müssen, Dauerwahlkampf also, der Claus in ständiger Bewegung hielt und seiner Mutter den Schlaf nahm, besonders, seitdem sie aus der Zeitung erfahren hatte, daß es bei den politischen Auseinandersetzungen allein im laufenden Jahr bereits mehr als hundert Tote gegeben hatte.

Diesmal kam er von einer Parteiversammlung in Celle und mußte nicht nur auf Hefeklöße verzichten, sondern auch auf seine Eltern. Es lag an Felicitas, Wilhelmines Schwester, die am Pfingstmontag überraschend – das sieht ihr ähnlich, hatte Wilhelmine geschluchzt – gestorben war. Paul Blanckenburg hatte sich vergeblich bemüht, Claus zu erreichen, wohl auf Parteitour, meinte er, immer, wenn man ihn brauche, sei er auf Parteitour, da müsse Felicitas leider ohne ihn beerdigt werden.

»Sie wird es überstehen«, sagte Claus, und Lene runzelte die Stirn. »Keine Sache für Witze.«

»War kein Witz, Lenchen.«

»Und Lenchen heiße ich auch nicht. Langt schon bei Ihrer Mutter.«

»Nun seien Sie mal nicht so kratzbürstig«, sagte er. »Was ist denn los?«

Sie zuckte mit den Schultern. Schließlich konnte sie ihm nicht sagen, daß sie ihn sich gerade neben Alfred Wittkopp vorgestellt hatte, ein Vergleich, der sie zornig machte.

Claus öffnete die Küchentür, wahrscheinlich zog es ihn in die Speisekammer. »Hat der alte Herr das Kindchen mit zur Beerdigung genommen?«

»Lisa spielt drüben mit Horst Reinicke«, sagte Lene, und ob sie ihm ein paar Kartoffeln in die Pfanne schneiden solle.

Er winkte ab, und sie ging wieder in ihr Zimmer. Aber gleich darauf kam Claus hinterher, klopfte, setzte sich an den Tisch, die Beine wie üblich übereinandergeschlagen.

»Ich mochte meine Tante nicht. Muß ich jetzt um sie trauern?«

Lene hatte sich am Morgen neue Arbeit von der Fabrik geholt. Sie begann, das Paket auszupacken und die zugeschnittenen Hosenteile auf dem Fußboden zu ordnen.

»Geht nicht um den Toten«, sagte sie. »Geht um den Tod. Den ehrt man.«

Er beugte sich vor und sah sie an, und Lene fragte: »Was gucken Sie denn so?«

»Weil Sie manchmal gute Sachen sagen. Müßte man sich direkt notieren.«

Die Sonne schien auf ihr Haar, es war frisch gewaschen und ringelte sich über Stirn und Schläfen, nicht zu bändigen von dem Wasser, mit dem sie es morgens nach hinten kämmte.

»Hübsch sehen Sie aus«, sagte er.

Lene hob erschrocken den Kopf. »So was dürfen Sie nicht sagen.«

»Warum nicht?«

Sie schwieg und setzte sich an die Maschine. Er sah zu, wie sie zwei Stoffteile aufeinanderlegte und unter die Nadel schob.

»Müssen Sie jetzt unbedingt arbeiten?«

»Ist mein Brot«, sagte sie und begann schon zu treten. Er schob den Stuhl zurück. »Na dann. Ich habe wohl einen schlechten Tag heute. Schönen Gruß an Paul und Wilhelmine.«

»Nein!« rief sie.

»Also wollen Sie mich nun behalten oder loswerden?«

»Bleiben Sie man.« Lene riß den Faden ab. »Bloß...«

»Was bloß?«

»Nichts. Ich kann ja morgen eine Stunde länger nähen.«

Sie setzte sich zu ihm an den Tisch, aufrecht, nur den Kopf etwas vorgebeugt, immer noch die gleiche Haltung wie damals in der Kate beim Kartoffelschälen.

»Ich würde gern mal wissen, was Sie denken«, sagte er. »Immer so ernst. Und jedes Wort hat Gewicht.«

»Bei Ihnen nicht?« Ihre Stimme klang unsicher, denn es war neu, daß Claus und sie über so etwas wie Gedanken sprachen.

»Ich?« Er lachte. »Nicht immer. Das wissen Sie doch.«

»Ist was anderes bei Witzen«, sagte sie. »Aber Ihre Partei, wenn Sie von der reden?«

»Ja, dann schon.«

»Und wo nicht?«

»Ach, Lene«, sagte er. »Sie verstehen überhaupt nichts. Ist ja auch gut, bleiben Sie, wie Sie sind.«

»Hat sich vieles geändert«, sagte sie.

Er zögerte. »Sind Sie denn glücklich, so wie Sie leben?«

»Glücklich?« Sie horchte dem Wort nach. Glück, was ist das. Du brauchst nicht zu wissen, wie Schinken schmeckt. Jetzt wußte sie es. War sie glücklich?

»Lisa geht es gut«, sagte sie.

»Ich rede nicht von Lisa.«

»Ich habe es auch gut. Und Glück, das ist eigentlich gar kein richtiges Wort. Steht nur in Romanen.«

»Nicht nur«, sagte er, aber was wußte Claus Blanckenburg, der bereit war, seine Zeit, sogar seine Existenz einzusetzen für die Unterdrückten im Lande, von Lenes Kindheit im Rauchhaus, von dem Pilzherbst, den Sprüngen vom Tisch, den mühsamen Schritten in eine andere Wirklichkeit. »Ihre Näherei, das Kind, meine Eltern... Soll das so bleiben, immer allein?«

»Ich bin nicht allein.«

»Verstehen Sie wirklich nicht, was ich meine?«

Lene senkte den Kopf. »Ist kein Spielkram.« Dann fing sie an zu lachen. »Und Ihre Mutter jammert mir dauernd vor, daß Sie so allein sind. Der arme Claus, keine Frau, immer nur die Freundinnen.«

»Freundinnen brauchen nicht soviel Zeit.«

»Ist eben bloß Spielkram für Sie«, sagte Lene. »Und Gott will das nicht.« Sie suchte nach einem passenden Psalm, fand aber keinen, nur wieder Paulus und die Sünde.

»Sind Sie ganz sicher?« Ihre Sprüche begannen ihn zu ärgern, Bigotterie, dachte er, denn auch von dem Maiwunder wußte er nichts und daß Lene sich Gott geholt hatte, um zu überleben. Er musterte sie, den Kopf zur Seite gelegt, die Augen halb geschlossen, sein spezieller Blick für Frauen, oft erprobt, nur bei ihr bisher noch nicht. »Ich glaube, darüber müßte man sich mal mit Ihnen unterhalten, über den Spielkram.«

Sie wurde rot und wandte sich ab. Ihre Hände zerrten an einem Stoffrest, breite, verarbeitete Hände, zerstochen vom Nähen der dreitausend Hosen, und Claus schämte sich, daß er so mit ihr geredet hatte.

»Ich mag Sie, Lene«, sagte er, griff nach der einen Hand und strich über die harten Adern, und ich habe großen Respekt vor Ihnen, sogar, wenn Sie mit Ihrem lieben Gott anfangen. Und wenn ich manchmal etwas Falsches sage, dann bloß, weil ich eine wie Sie noch nie getroffen habe und immer noch nicht so genau weiß, was man da sagen darf und was nicht.«

Sie saß bewegungslos auf ihrem Stuhl, wie eine mißtrauische Katze, dachte Claus.

»Und was den Spielkram angeht«, sagte er, »ich habe keine Frau, weil ich glaube, daß Krieg kommt in Deutschland, Bürgerkrieg. Ist ja jetzt schon Mord und Totschlag auf den Straßen. Die Nazis lassen nicht nach, die wollen an die Macht, mit Gewalt, wenn es nicht anders geht, und Leute wie mein Vater, die trauen denen auch noch, weil Hitler so schön an ihrer deutsch-nationalen Brust kitzelt. In solchen Zeiten sollte einer von meiner Sorte lieber allein bleiben. Aber erzählen Sie das nicht meiner Mutter.«

Ihre Hand wurde weicher, und er ließ sie los.

»Ich freue mich immer, wenn wir zusammen reden können«, sagte er. »Sie auch?«

»Ik weet nich.«

»Doch«, sagte er. »Sie auch. Und wir haben ja hoffentlich noch ein bißchen Zeit, damit weiterzumachen.«

Seitdem wartete sie, horchte auf die Wohnungstür, auf Schritte im Flur, lief ans Fenster, weil sie glaubte, jetzt müsse er die Straße entlangkommen, und was nützte es, wenn er schließlich dastand, diese schnellen Besuche, hallo, Lene, und gleich wieder weiter, Uelzen, Holzminden, Harzburg, Hildesheim, Lüneburg, Gandersheim, Goslar. Reisender in SPD, nannte es Paul Blanckenburg.

»Das ist jetzt wichtiger als das Tragische bei Gerhart Hauptmann«, sagte Claus, als sie endlich einmal wieder zusammen an dem ovalen Tisch saßen, Oktober bereits, vor dem Fenster drehten sich die welken Blätter. »Wenn Hitler gewinnt, müßte ich die Habilitation sowieso in den Schornstein schreiben, dann ist alles vorbei. Könnt ihr das nicht begreifen und euer Kreuz an der richtigen Stelle machen?«

Paul Blanckenburg, um Fassung bemüht, nahm seine Serviette ab und steckte sie anders herum in den Kragen. »Du befindest dich bei deinen Eltern und nicht auf einer Parteiversammlung. Alles vorbei. Nimm gefälligst Rücksicht auf deine Mutter.«

»Hast du Hitlers Buch gelesen?«

»So ein Zeug lese ich nicht.«

»Das ist es eben«, sagte Claus. »Vornehm geht die Welt zugrunde. Lies es, dann weißt du...«

»Nun streitet euch doch nicht schon wieder«, jammerte Wilhelmine, und Paul Blanckenburg trommelte mit dem Messer gegen den Tellerrand. »Angst vor Herrn Hitler! Die bürgerlichen Kräfte in Deutschland haben schon einmal gezeigt, wie man mit wildgewordenen Volkstribunen fertig wird. Und jetzt will ich meine Ruhe haben.«

Aus Zeitmangel gab es keine Hefeklöße, sondern Kartoffelsuppe und dann Quarkkeulchen, von Lene gebraten, ohne deren Hilfe selbst dieses einfache Essen nicht fertiggeworden wäre bei dem hektischen Kommen und Gehen.

Claus, mit einem Pflaster quer über der Stirn und blauverschwollenem Auge, aß wenig und lustlos, auch das Kauen schien ihm Mühe zu bereiten. Er sei in der Bibliothek gegen ein Regal gefallen, behauptete er, aber vermutlich stammten die Verletzungen von einer Saalschlacht mit der SA.

»Wenn Hitler gewinnt«, sagte Paul Blanckenburg, dem die Quarkkeulchen diesmal auch keine Freude machten, »dann wirst du dich wohl oder übel umstellen müssen. Man kann nicht mit dem Kopf durch die Wand, und ich denke, wir haben eine Demokratie. Volkes Wille, mein Sohn.«

»Demokratie bei den Nazis?« Claus schob seinen Teller beiseite und stand auf. »Wo die SA jeden, der nicht Heil schreit, zusammenknüppeln darf, mit freundlicher Genehmigung des Herrn Innenminister? Wir sind auf dem Weg zum Schlägerstaat. Demokratie!«

Dann lief er aus dem Zimmer, es sei ja doch zwecklos, sagte er zu Lene, als er sich von ihr verabschiedete, und er habe keine Lust mehr, sich auch noch zu Hause den Mund fusselig zu reden. »Aber Ihre Stimme bekommen wir doch?«

»Wegen Ihnen«, sagte Lene.

»Egal weswegen. Eines Tages werde ich Ihnen schon klarmachen, worum es geht. Im Winter. Da habe ich wieder mehr Zeit.«

»Beeil dich, Cläuschen, du wolltest doch noch ein paar Gläser Marmelade einpacken«, rief Wilhelmine, der neuerdings immer etwas einfiel, um ihn aus Lenes Zimmer zu holen.

»Wir mussen sie wohl mal wieder zur Beerdigung schicken«, sagte er, mit dem alten Lachen zwischen Pflaster und Bluterguß. »Ich weiß, darüber macht man keine Witze, Lenchen, aber ich lern's schon noch.«

Er strich ihr kurz über das Haar, dann war er fort, und tagelang, beim Nähen des Hosenkontingents der Woche, grübelte sie darüber nach, was die Geste wohl bedeuten mochte. Wie bei einer Schwester? Oder Mitleid vielleicht? Ja, Mitleid, dachte sie, bei einem wie

Claus, so weit über ihr, konnte es bloß Mitleid sein. Aber dann war wieder seine Stimme in ihrem Ohr, und die sagte etwas ganz anderes.

Müßig, dieses Warten, müßig der Wunsch, daß die Zeit vergehen sollte. Und auch Wilhelmine hätte sich ihre Sorgen sparen können.

»Lene hat etwas in den Augen, wenn sie Claus ansieht«, sagte sie zu ihrem Mann. »Und auch der Junge springt dauernd um sie herum. Was soll denn davon kommen?«

»Na, was wohl?« Paul Blanckenburg zeigte sich nicht bereit, ihre Bedenken zu teilen. »Wäre es ein Unglück? Besser als so ein Mannweib von der Partei. Sie ist ein anständiger Mensch, gutherzig, vernünftig und ganz außerordentlich bildbar, das kann ich ja wohl beurteilen. Wie ein Schwamm, alles nimmt sie auf, allein diese sprachlichen Fortschritte. Wenn es darauf ankommt, wird sie auch eine brauchbare Professorenfrau.«

»Aber ich bitte dich!« rief Wilhelmine, »es würde seine Karriere ruinieren, nur Dorfschule und das Kind«, ganz ungeeignete Argumente für den sonst so konservativen Paul. »Lieber ein uneheliches Kind wie Lisa als so manchen Balg ehrsamer Eltern«, erklärte er mit Entschiedenheit, und diese albernen Vorurteile wünsche er von seiner Frau nicht mehr zu hören, was in ihr den Verdacht weckte, er wolle durch eine Verbindung zwischen Claus und Lene seine Großvaterstellung legalisieren. Wilhelmine bedauerte jetzt noch mehr, daß Alfred Wittkopp Lene kaum wahrzunehmen schien, wenn er zum Kaffee kam. Eigentlich kein Wunder, dachte sie, bei den Erfahrungen, und der Munterste war er ja auch vorher nicht, und vielleicht sollte man ihn etwas anschieben.

Doch ein Eingreifen erwies sich als überflüssig. Alfred Wittkopp wurde anderweitig in Gang gebracht, durch Lene selbst, obwohl ohne jede Absicht.

Den Anlaß dazu lieferte Lisa, mit der Lene an einem Spätnachmittag den Ölschlägern entlanghastete, auf dem Heimweg vom Wäschegeschäft Langerfeld, das beste seiner Art in Braunschweig, *was gut gefällt und lange hält, kauft alle Welt bei Langerfeld.* Lene war gleich losgegangen, als sie, leider erst nach dem Mittagessen, in der Zeitung gelesen hatte, daß man dort Heimnäherinnen suche für Aussteuerwaren. Kopfkissen, Bezüge, Tischdecken, eine Abwechslung nach den ewigen Hosennähten, hoffte sie, und vielleicht könnte Ruth Elster, deren Mann sich mit einem blonden Fräulein von der Theaterkasse zusammengetan hatte und kaum noch in der Weberstraße auftauchte, dann einen Teil ihres Kontingents von der Kleiderfabrik übernehmen. Wenn Ruth auch Rückenschmerzen bekam vom Nähen, der Mensch mußte leben.

Das Haus Langerfeld lag im Sack, nur wenige Schritte vom Burgplatz entfernt. Lene war noch nie in einem so vornehmen Laden gewesen, die Schaufenster, der Eingang, die hochmütigen Gesichter der Verkäuferinnen, fast wäre sie wieder umgekehrt. An der Tür hatte ein Herr sie in Empfang genommen, Lisa eine bunte Karte zum Ausmalen in die Hand gedrückt und nach den Wünschen der Dame gefragt, dann jedoch, als er hörte, worum es sich handelte, erklärt, da hätte sie früher aufstehen müssen, und der Personaleingang sei übrigens auf der Rückseite. Sogar die Karte wollte er wieder an sich bringen, aber das ließ Lisa nicht zu. Sie brach in Geschrei aus, und Lene rannte mit ihr davon. Zum Trost für beide hatten sie danach lange vor dem Spielzeugladen Lüders gestanden, Ecke Höhe und Hagenbrücke, wo im Schaufenster eine elektrische Eisenbahn ihre Runden über Berg und Tal zog, waren auch noch zur Burg gegangen, und dann sagte Lisa: »Modder, ich muß mal.«

»Wir sind bald zu Hause«, sagte Lene.

»Ich muß aber gleich«, jammerte Lisa.

Sie liefen die Karrenführerstraße und Ölschläger entlang, Lisa fing schon an zu weinen, da sah Lene Alfred Wittkopp, der gerade seine Haustür aufschloß.

»Aber selbstverständlich, Fräulein Cohrs«, sagte er und führte sie durch die Küche zum Klosett.

Rettung im letzten Augenblick. Lene war, als sie mit Lisa wieder zu Alfred Wittkopp zurückkam, immer noch atemlos von dem Dauerlauf, aber auch von dem Zustand der Küche, ein Tohuwabohu aus schmutzigen Tellern, Tassen, Töpfen, der Herd und der Ausguß verkrustet, das Linoleum auf dem Fußboden von Abfällen übersät.

»Gucken Sie bloß nicht so genau hin«, sagte er. »Was soll man machen als Mann. Gut, daß meine Mutter das nicht erleben muß, die war immer so eigen.«

Schicksalsergebene Worte, und Lene nickte mitleidig. Frauenarbeit, so ein Abwasch, nichts für Männer, jeder kannte seine Grenzen. Wenn in Süderwinnersen eine Frau erkrankte und keine Magd da war, blieb die Küche liegen, bis sie wieder aufstand oder starb. Allenfalls, daß eine Nachbarin aushalf, aber der Mann rührte kein Geschirr an.

»Und nur deswegen ist es zu der Heirat gekommen«, erzählte Lisa später und faßte sich an den Kopf dabei, mit Recht, wenn man bedenkt, daß ohne dieses Dogma Lene gegangen wäre, schulterzukkend, schönen Dank, Herr Wittkopp, und mit Ihrem Kram müssen Sie allein fertigwerden. Sie wäre gegangen, aus seinem Haus, aus seinem Leben, einen anderen Weg.

Aber nein, sie fühlte Erbarmen mit seiner Hilflosigkeit, krempelte schon die Ärmel hoch, setzte den Kessel aufs Gas, suchte nach einer hinterlassenen Schürze der Mutter, weichte die angebrannten Töpfe ein, hatte, bevor das Wasser kochte, bereits den Boden gefegt, und als Alfred Wittkopp sich wieder aus der Stube herauswagte, glänzte die Küche ihm entgegen wie in früheren Jahren.

»Fräulein Lene«, sagte er, »Sie sind ein Engel«, eine Bezeichnung, die ihr gegen den Strich ging. »Und so schnell! Darf ich Sie einmal mitnehmen zum Schießen?«

»Schießen?« Lene schüttelte den Kopf. »Damit habe ich überhaupt nichts im Sinn.« Denn woher sollte sie wissen, daß er einen höheren Gunstbeweis nicht zu vergeben hatte.

Am nächsten Sonntag erschien Alfred Wittkopp mit einem Asternstrauß zum Kaffeetrinken, außerdem die Haare frisch geschnitten und in deutlich aufgeräumter Stimmung. Sogar zu erzählen wußte er diesmal mehr als sonst, vom siebzigsten Geburtstag einer Tante in Bad Gandersheim, der Onkel, Oberinspektor am Landratsamt, sei leider verstorben, und nun habe seine zweiundvierzigjährige Cousine Hertha ein Verhältnis mit einem verheirateten Taxichauffeur, den bringe sie sogar mit nach Hause, und die Tante könne nichts dagegen machen.

»Aber ane razende Stadt, Bad Gandersham, Fräulein Lene«, sagte er und lud sie, bevor er ging, zur Weihnachtsfeier der Schützen ein, am ersten Advent, doch Lene meinte, sie hätte wohl keine Zeit.

»Augen wie ein Märzkater«, behauptete Wilhelmine abends beim Aufräumen. »Was haben Sie eigentlich gegen ihn?«

»Ich weiß nicht, Großmutter«, sagte Lene. »Und wir brauchen auch nicht mehr darüber zu reden. Er will mich ja gar nicht.«

»Wenn Sie ein bißchen nett sind, will er Sie bestimmt«, sagte Wilhelmine, die es sogar auf sich genommen hatte, Alfred Wittkopp ein Stück zu begleiten, nur um ihm zu erzählen, daß Lene Bauerntochter sei, wohl auch eine Mitgift bekomme, und ein Mädchen in ihrer Lage, das wäre bescheiden, dankbar und treu.

»Wäre es denn nicht schön, Lenchen, ein eigenes Heim? Und Lisa könnte seinen Namen annehmen und bekäme einen Vater.«

Da saß er, der Keil, direkt auf Lenes Empfindlichkeit. Lisa, fünf Jahre alt, mit Lenes hellen Ringelhaaren und den ausgeprägten Bakkenknochen von Hubertus Teich, dazu die Zierlichkeit ihrer Großmutter Magdalena, wie eine Feder, dachte Paul Blanckenburg stolz, wenn sie bei den Spaziergängen im Park zum Entzücken aller alten Damen vor ihm hertanzte. Intelligent außerdem, wißbegierig, auch musikalisch, auf dem Klavier brachte sie schon kleine Stücke zustande. Aber von den Kindern im Haus durfte nur Horst Reinicke mit ihr spielen, und die Mädchen im dritten Stock hatten ihr auf der Straße nachgerufen, daß sie unehrlich sei.

»Ich habe überhaupt nicht gelogen, Modder«, weinte sie. Sie weinte leicht, und Lene hatte nicht den Mut gefunden, ihr zu erklären, daß es unehelich hieß und was dieses Wort bedeutete. Obwohl Lisa wußte, daß sie keinen Vater besaß, nicht einmal einen toten wie Horst Reinicke, der im übrigen bereits einen neuen bekommen hatte.

»Kann ich nicht auch einen Vater kriegen?« fragte sie. »Kann der liebe Gott uns keinen schicken?«

Einen Vater für Lisa. Aber nicht Alfred Wittkopp. Noch nicht.

»Wenigstens zur Weihnachtsfeier sollten Sie mal mitgehen«, bohrte Wilhelmine. »Warum mögen Sie ihn denn nicht?«

»Er ist nicht stark«, sagte Lene, und Wilhelmine warf das Geschirrtuch hin vor Ärger. »Stark! Braucht ein Mann etwa Muskeln wie ein Preisringer? Paul ist sogar kleiner als ich, und doch hat er mich sicher durchs Leben geführt. Und Claus mit seiner Dürre, der...« Sie preßte die Lippen aufeinander und begann, die Teelöffel in die Schublade zu legen.

»Ich meine keine Muskeln«, sagte Lene. »Und Claus, der ist stark.«

Die Löffel klapperten, Wilhelmine machte die Schublade zu. Sie nahm eine leere Schüssel, trug sie vom Tisch zum Schrank und wieder zurück, sinnlose Schritte.

»Claus darf Ihnen nicht so gut gefallen, Lenchen.«

Stille. Und dann, weil darüber nicht hinweggegangen werden konnte, sagte Lene: »Weiß ich, Großmutter, und da brauchen wir auch nicht drüber zu reden.«

In der Nacht hörte sie die Turmuhr der Johanniskirche schlagen, Stunde um Stunde, neben sich immer noch das Kind, aber wohl nicht mehr lange. Lisa schien jeden Tag zu wachsen, bald mußte sie zur Schule gehen, Name des Vaters, ich habe keinen Vater, unehelich, und alle recken die Köpfe, da steht sie und weint, das habe ich nicht gewollt, Lisadeern, du solltest es doch besser haben, was muß ich tun, du weißt den Weg, Gott, hilf mir, ich warte, *denn der Herr ist meine Zuversicht, es wird mir kein Übel begegnen.*

Worauf wartete sie? Claus darf ihr nicht gefallen. Glaubte Lene, daß wieder ein Gebot aufgehoben würde, weil es nicht gelten konnte für eine wie sie, unter so besonderer Obhut? Hoffart, pflegte Pastor Overbeck diese grenzenlosen Gewißheiten zu nennen, sein Lieblingswort gleich nach der Sünde.

Es schneite früh in diesem Jahr und heftig, zuviel für die Bäume auf dem Domfriedhof, manchmal krachte es, dann war wieder ein Ast heruntergebrochen. Zu Weihnachten kam Claus, fuhr aber schon am ersten Feiertag, kaum war die gefüllte Gans gegessen, nach Göttingen zurück, diesmal, weil seine Habilitationsarbeit fertig werden mußte, die er trotz aller Belastungen beinahe zum Abschluß gebracht hatte.

»Ich bin gar kein Mensch mehr«, sagte er zu Lene zwischen Tür und Angel. »Aber wenigstens haben die Nationalsozialisten jetzt vierunddreißig Sitze weniger im Reichstag. Im März und April sind Semesterferien, dann komme ich für ein paar Wochen und lasse mich aufpäppeln, und Sie klappen Ihre Nähmaschine zu, und wir füttern die Schwäne im Bürgerpark. Wäre das was?«

»Nimm di nix vör, dann geiht di nix fehl«, sagte Lene. Sie stand am Fenster und sah hinter ihm her, wie er mit seinen Eltern zum Bahnhof ging, links Paul, rechts Wilhelmine, Weihnachten schon wieder vorbei, auch das Jahr fast, noch eine Woche, und das nächste war da. Neunzehnhundertdreiunddreißig. Es begann still, ohne Kanonenschläge und Raketen, die Leute hatten kein Geld, um Sterne vom Himmel regnen zu lassen. Niemand ahnte, daß mit ihm der Anfang vom Ende kam.

Am 22. Januar machte Alfred Wittkopp Lene seinen Antrag, zwischen Magnikirche und Gerstäckerstraße, denn sie hatte ihm nie Gelegenheit gegeben, die Werbung unter romantischeren Umständen vorzubringen. Er legte auch wenig Wert auf Romantik. Seine erste Frau hatte ihn an einem Nachtigallenabend in der Buchhorst verführt, das reichte. Diesmal ging es ihm um eine vernünftige Absprache, keine Rede von übermäßiger Verliebtheit oder gar Märzkateraugen, als er am Sonntagmorgen vor der Kirche wartete.

»Ich hab's sehr eilig, Herr Wittkopp«, sagte Lene, ohne einen Augenblick stehenzubleiben, so daß er neben ihr herlaufen mußte.

»Das kenne ich schon, Fräulein Lene. Und ich nehme es Ihnen auch nicht übel. Im Gegenteil, Ihre Zurückhaltung ist...«

Bei dem Tempo, das sie einschlug, näherten sie sich bereits dem Museum.

»Rennen Sie doch nicht so.« Alfred Wittkopp griff nach ihrem Arm. »Ich will Sie doch bloß fragen, ob Sie mich...«

»Ich habe nämlich Rindfleisch auf dem Feuer«, fiel Lene ihm ins Wort, und jetzt hielt er sie fest, entschlossen, die Sache zur Sprache zu bringen. Er hatte sich seinen Spruch genau zurechtgelegt, daß sie ihm gefiele mit ihren Locken, und auch weil sie schlicht sei und bescheiden und tüchtig, so etwas wünschte er sich nach dem ganzen Pech. Aber in der Hast vergaß er alles, bis auf die nackte, unverbrämte Frage, ob sie ihn heiraten wolle.

»Sie brauchen nicht gleich zu antworten«, sagte er. »Und auch keine schönen Worte zu machen, davon habe ich...«

Etwas atemlos stand er vor ihr, in dem schwarzen Mantel mit Samtkragen, vom Vater noch, erst kürzlich hatte er erzählt, daß seine frühere Frau drauf und dran gewesen wäre, ihn wegzugeben, aber so ein gutes Stück, sogar Hamsterfutter, das ging doch nicht. Nein, wirklich nicht, Lene fand es auch. Sie trug ebenfalls noch Magdalenas Sachen im Haus, und trotzdem, der Mantel störte sie.

»Schöne Worte will ich gar nicht«, sagte Alfred Wittkopp. »Ich bin nämlich gern mit Ihnen zusammen, und daß ich eine Frau brauche, haben Sie ja neulich gesehen, und vielleicht sind Sie auch froh, wenn Sie unterkommen mit der Kleinen, für die kann ich dann sorgen.«

Ein Geschäftsangebot, nichts Neues, nur daß Lene der Sinn nicht nach dem Geschäft stand.

»Ach, Herr Wittkopp«, sagte sie, »mit dem Abwaschen, da machen Sie sich man keine Gedanken, ich komme auch so mal vorbei und räume auf«, Worte, die ihn mehr rührten, als er wahrhaben wollte.

»Das ist es ja gerade«, sagte er. »Weil Sie so sind. Meinen Sie nicht, daß wir...«

Er sah sie an, lächelte, wurde rot, und sein Gesicht verlor etwas von der glatten Farblosigkeit. »Es eilt nicht, und Arbeit müßte ich wohl auch erst haben. Aber Büssing stellt mich wieder ein, sowie die Lage besser ist, und...« Er suchte nach dem Ende des Satzes. »Sie sollen mir ja nicht um den Hals fallen«, sagte er dann. »So einer bin ich sowieso nicht, das ist mir klar.«

Plötzlich tat er ihr leid mit seinem schwarzen Mantel, sie brachte es nicht fertig, nur nein zu sagen, und möglich, daß auch andere Stimmen mitsprachen, die aus dem Rauchhaus, man ging nicht leichtfertig um mit vorteilhaften Angeboten.

»Ich weiß nicht, ob ich überhaupt heiraten will«, sagte sie trotzdem.

»Nur mal drüber nachdenken.«

»Dauert aber lange.«

»Wie lange?«

Sie sah auf ihre Schuhe, immer noch die alten, weil Schnee lag und die neuen zu schade waren bei so einem Wetter. Was hatte sie gegen seinen Mantel?

»Sommer vielleicht. Und hoffen Sie man lieber nicht drauf.« Aber es stand schon fest, daß sie ihn nehmen würde.

Am Nachmittag ging Lene mit Ruth Elster in den Bürgerpark. Die Sonne schien, der Schwanenteich war voller Schlittschuhläufer, Lisa rannte gleich aufs Eis.

»Mach doch auch mit, Michael«, sagte Lene, denn sie wollte Ruth von dem Antrag erzählen.

Michael entfernte sich nur zögernd, er habe Angst, sagte Ruth, weil er in der Schule gehänselt würde wegen seines jüdischen Aussehens, auch verprügelt in letzter Zeit, drei Jungen wären dort, die hetzten die übrigen auf, Söhne von Nazis, und der Rektor wage nicht, etwas dagegen zu unternehmen.

Sie blieb stehen und blickte auf ihren Sohn, der wie sein Großvater Leo Katzberg aussah. Warum nicht wie sein Vater, dachte Lene, lieber Gott, warum nicht.

»Ich habe meinem Mann die Scheidung angeboten«, sagte Ruth. »Aber das kostet noch zuviel. Er will warten, bis Hitler an der Macht ist, dann kann man eine jüdische Frau wahrscheinlich einfach zum Teufel jagen, die ist dann vogelfrei.«

Sie sprach mit unbewegter Stimme, so, als wäre das alles nicht ihre Sache, und Lenes Mund wurde trocken bei dem Gedanken an Stefan Elster.

»Vogelfrei«, wiederholte Ruth. »Vielleicht dürfen sie in der Schule Michael dann totschlagen.«

»Sei still«, sagte Lene. »So etwas gibt es nicht. Das läßt Gott nicht zu. Wenn so etwas passiert, dann...«

»Was dann?«

»Er würde einen Aschenregen schicken. Oder die Sintflut.«

Michael und Lisa kamen zurück, und sie gingen weiter, Sonne und Schnee, sonntägliche Menschen rundherum, die Kinder auf dem Eis kreischten vor Vergnügen.

»Das hätte Gott dann wohl schon längst tun müssen«, sagte Ruth.

»Hat er ja auch«, sagte Lene.

»Früher mal«, sagte Ruth. »Aber was nützt uns das heute?«

Eine Woche später, am Montag, dem 30. Januar 1933, feierten die Braunschweiger Nationalsozialisten mit einem großen Fackelzug den Sieg Adolf Hitlers.

Eine Insel, die Gerstäckerstraße, hatte Lene geglaubt und nur um Claus Blanckenburgs willen ihre Stimme abgegeben, so, als seien Wahlergebnisse für sie selbst ohne Belang. Erst allmählich begann sie zu begreifen, daß Politik eines jeden Menschen Privatsache ist und welche Folgen die Übertragung von Macht für den einzelnen haben kann. Claus Blanckenburg brachte es ihr bei und Ruth Elster, dann der Krieg, der die Männer und Söhne aus der Nachbarschaft zu Buchstaben in schwarzumränderten Anzeigen machte, die Häuser zu Trümmerhaufen, die Bewohner zu Toten oder Obdachlosen. Und schließlich kam der Tag, an dem sich die Entscheidung von 1933 auch als Entscheidung über ihr eigenes Leben erwies.

Was meine Mutter Gott genannt hat, war eigentlich Politik, sagte Lisa, immer auf der Suche nach Theorien.

Daß Hitler Reichskanzler geworden war, erfuhr Lene von Frau Reinicke, als sie den kleinen Horst, der mit Lisa »Mensch ärgere dich nicht« spielte, abholen wollte.

»Vorhin ist es durchs Radio gekommen«, sagte sie und zerrte ihren Sohn vom Stuhl, »und mein Mann meint, das heißt Krieg.«

Pengpeng, machte Horst, den Zeigefinger an einem imaginären Abzug, und seine Mutter sagte: »Still, Junge, sei froh, wenn du nie einen Schuß zu hören bekommst«, Worte, an die Lene sich zwölf Jahre später erinnerte, in Verzweiflung, Trauer und Zorn.

Paul Blanckenburg hatte die Nachricht von Hitlers Ernennung ebenfalls im Radio gehört, zeigte sich jedoch in keiner Weise beunruhigt. »Der Mann hat manche Fähigkeiten«, erklärte er seiner Frau und Lene. »Ein politisches Talent, da kann Claus sagen, was er will, und vielleicht gelingt es ihm, die Arbeitslosen von der Straße zu schaffen. Deutschland braucht eine starke Hand, auch gegen die Kommunisten, sonst sind wir über kurz oder lang eine russische Provinz. Und daß er nicht über die Stränge schlägt, dafür sorgen schon die bürgerlichen Minister im Kabinett.«

»Und was passiert mit Claus?« warf Wilhelmine zaghaft ein. »Claus kann jetzt endlich mal an sein berufliches Fortkommen denken.«

»Und wenn sie ihm etwas antun?«

Aber solche Reden verwies Paul ihr entschieden. Hitler sei nicht die SA. Als Regierungschef mit Frack und Orden könne er sich Krawalle nicht mehr leisten, da müsse er die Burschen schon zur Ordnung rufen.

»Im großen und ganzen eine vernünftige Entscheidung«, befand er und wiederholte diese Meinung auch vor seinem Sohn, so daß es zu einer lauten, alle Wände durchdringenden Auseinandersetzung kam, in welcher Claus ihn einen deutschnationalen Dummkopf nannte, der nicht kapiere, daß die Großindustriellen hinter Hitlers Ernennung stünden, aus Angst um ihre Pfründe, und vielleicht witterten sie schon das Geschäft mit dem nächsten Krieg, und wer da noch von einer vernünftigen Entscheidung fasele, der hätte schwarzweißrote Grütze im Kopf.

»Raus!« schrie Paul Blanckenburg, Wilhelmine weinte, und Claus suchte tatsächlich seine Sachen zusammen. Dann jedoch, schon an der Wohnungstür, machte er kehrt, im gleichen Moment, als auch Paul aus dem Wohnzimmer kam.

»Ich entschuldige mich für den Dummkopf und die schwarzweißrote Grütze«, sagte Claus. »Und eigentlich paßt es mir nicht, daß Hitler uns nun auch noch auseinanderbringen soll.«

»Hitler?« sein Vater ließ den Kneifer funkeln. »Ganz so ist es wohl nicht. Aber deine Mutter hat schon Hefeklöße angesetzt, es wäre ihr sicher lieber, wenn du bliebest.«

Friede kehrte ins Haus zurück, und mittags gab es die Hefeklöße, um deren endgültige Zubereitung sich allerdings Lene kümmern mußte, weil Wilhelmine mit Herzbeklemmungen auf dem Sofa lag.

Claus hatte den Hausarzt geholt, Dr. Brandes aus der Leonhardstraße, ein etwas pompöser Herr mit weißer Mähne, der Lene zu ignorieren pflegte, sich jedoch, als er den Grund von Wilhelmines Mißbefinden erfuhr, überraschend auf die Seite von Claus schlug. »Ein Wolf im Schafspelz, dieser Hitler. Ich kann durchaus nicht als Anhänger der Sozialdemokraten gelten, bester Rektor, doch lieber als die braune Mischpoke ist mir diese Partei allemal.«

»Das ist Balsam auf meine Wunden«, sagte Claus. »Mindestens so gut wie die Salbe damals, als ich in den Stacheldraht gefallen bin, wenn Sie sich noch daran erinnern«, und Dr. Brandes nickte.

»Sehr wohl, sehr wohl. Sie waren ein außerordentlich wilder Knabe, lieber Claus, begreiflich, daß Ihr Vater zur Unruhe neigt, und bei Ihrer verehrten Frau Mutter sollten Sie auf Schonung bedacht sein, auch das Herz wird nicht jünger.«

Aber für Wilhelmines Schonung sorgte zwar Lene, die ihr inzwischen so viel im Haus half, daß Paul Blanckenburg sich seit Jahresanfang weigerte, Miete von ihr anzunehmen. Claus dagegen legte den Arm um seine Mutter und fragte, ob sie denn wolle, daß er seine Freunde im Stich ließe und die Achtung vor sich selbst verlöre.

»Ja, Cläuschen«, sagte sie, »es wäre mir lieber«, doch auch das nützte nichts. Die Wahl am 5. März, sagte er, sei noch einmal eine Gelegenheit, Hitler loszuwerden, da könne er nicht hinterm Ofen sitzen bleiben.

Der Wahlkampf fiel in die letzten Wochen des Semesters. Claus hatte sich von der Universität beurlauben lassen und wohnte, weil Braunschweig günstiger für seine Reisen lag, in der Gerstäckerstraße, war aber dauernd unterwegs, und Wilhelmine, wenn sie schlaflos dalag, schlich jede Stunde zu seiner Tür, in der Hoffnung, er sei längst zurückgekommen, heil und gesund.

Ende Februar hatte in Berlin der Reichstag gebrannt, die Kommunisten, hämmerte es aus dem Radio, seien schuld, und Claus blieb einige Tage verschwunden. Erst in der Nacht zum 2. März hörte Lene ihn wieder nach Hause kommen.

Wilhelmine schien zu schlafen, und so stand sie auf und ging ins Wohnzimmer.

Er saß am Tisch, die Arme aufgestützt, das Kinn in den Händen. »Ach Sie, Lene«, sagte er. »Ich dachte schon meine Mutter.«

»Die ist die halbe Nacht rumgegeistert«, sagte Lene.

»Geht doch nicht so weiter.«

»Soll es auch nicht. Jetzt ist Schluß.«

Etwas in seiner Stimme alarmierte sie. »Am fünften ist doch erst die Wahl, denke ich?«

Er schwieg, und sie ging in die Küche, machte ein Tablett zurecht mit Tee und belegten Broten und stellte es vor ihn hin. Er aß alles auf, hastig und gedankenlos, zu müde offenbar, um noch zu registrieren, was er tat.

»Eigentlich wollten wir im März die Schwäne füttern«, sagte Lene.

Claus hob den Kopf und lachte, aber nur kurz. »Großer Himmel, die Schwäne. Meinen Sie, das war ein Spaß für mich, dieses ganze Jahr? Es ist weiß Gott bequemer, auf dem Hintern zu sitzen und schöne Geschichten über Goethe und Schiller zu erzählen. Aber irgendwer muß die Dreckarbeit ja machen.«

»Warum immer gerade Sie?« fragte Lene.

»Würde ich auch gern wissen. Steckt wohl drin. Der eine schreibt Gedichte, der andere spielt Klavier, und ich...« Er trank einen Schluck Tee, schob die Tasse beiseite und stand auf. »Das mit dem Reichstagsbrand gibt uns den Rest. Wer immer den angesteckt hat, etwas Besseres konnte den Nazis nicht passieren. Jetzt blasen sie zur Kommunistenhatz, die KPD-Abgeordneten werden verhaftet, und wir allein sind zu wenige. Hier in Braunschweig haben sie auch gleich noch sämtliche SPD-Versammlungen verboten, drei Tage vor der Wahl. Aus, Lene, vorbei.«

Er lehnte am Tisch, blaß und übernächtigt, mit herunterhängenden Armen, und sie sagte, so dürfe er nicht reden. »Nein, so nicht, das wird auch wieder anders, *der Herr hilft den Gerechten, er ist ihre Stärke in der Not*«, obwohl sie wußte, daß Davids Worte nicht die richtigen waren für ihn.

Sie ging an den Tisch und nahm das Tablett, und für einen Moment legte Claus den Arm um sie. »Ihr Wort in Gottes Ohr, Lene«, sagte er, »und wir werden schon noch die Schwäne füttern.« Dann ging er in sein Zimmer am Ende des Flurs. Lene hörte, wie er die Tür leise zuzog, und dachte, sie hätte ihm folgen sollen, es wäre richtig gewesen, aber so etwas tat man nicht.

Am Tag der Wahl, die Leute hatten Hitler gewollt, nun bekamen sie ihn endgültig, fuhr Claus nach Göttingen zurück, um bis zu Wilhelmines Geburtstag am 29. März seine Habilitationsarbeit weiterzubringen.

»Jetzt habe ich ja Zeit für Gerhart Hauptmann«, sagte er. »Noch ein Kapitel, dann bin ich fertig und kann das Manuskript in den Ofen stecken«, ein Pessimismus, von dem sein Vater nichts wissen wollte. Alles ginge seinen normalen Gang, Claus habe nichts Verbotenes getan, schließlich sei man in Deutschland und nicht bei den Hottentotten.

Er glaubte daran, viele wie er glaubten daran, und Lene war froh, es zu hören. Im übrigen konnte auch sie keine Veränderung bemerken, nicht einmal eine Ächtung der Juden, die sowohl Claus als auch Stefan Elster, jeder auf seine Weise, vorausgesagt hatten. Am 11. März waren zwar bei den jüdischen Kaufhäusern am Kohlmarkt die Schaufenster eingeschlagen worden, aber das, hieß es, ginge auf das Konto des Mobs, die Partei hatte es sogar öffentlich verurteilt, und danach herrschte wieder Ruhe. Niemand hinderte Lene daran, Schmierseife und Stahlspäne für den Frühjahrsputz im Kaufhaus Frank zu besorgen und bei Hamburger und Littauer einen bunten Sommerstoff. Sie wollte ihn mit Ruth Elsters Hilfe zuschneiden, bei der es ebenfalls aussah wie immer, so schlecht wie immer, etwas schlechter vielleicht, weil Stefan Elster mit Sack und Pack, auch den Wohnzimmermöbeln, zu der Dame von der Theaterkasse gezogen war und die Miete für die Weberstraße nicht mehr bezahlen wollte. Aber er war schon immer ein Schuft gewesen, sogar die paar Mark, die Ruth mit dem Nähen von Knopflöchern verdiente, hatte er versucht an sich zu bringen, und das, meinte Lene, sei nun wenigstens vorbei. »Ich lasse mir von jetzt an ein Dutzend Hosen pro Tag von der Fabrik geben«, sagte sie, »davon bekommst du zwei, dann hast du die Miete.«

Alles halb so schlimm, wie es schien, und als am 24. März über den Deutschlandsender die Nachricht kam, daß die Mehrheit im Reichstag für ein Ermächtigungsgesetz gestimmt hatte, konnten weder Lene noch Paul Blanckenburg, obwohl er ihr erklärte, was ein

Ermächtigungsgesetz bedeutete, die Folgen absehen, nämlich das totalitäre Regierungssystem Adolf Hitlers und seiner Partei. Aber nicht mehr lange, und sie bekamen ihre Lektion.

Es geschah am Abend von Wilhelmines Geburtstag, dem fünfundsechzigsten, der ein Fest werden sollte, sogar Hilde hatte sich angesagt. Claus war schon am Nachmittag eingetroffen, mit seiner fertigen Arbeit. Paul Blanckenburg öffnete eine Flasche Wein, um dieses Ereignis zu feiern, etwas Schöneres hättest du mir nicht schenken können, Cläuschen, sagte Wilhelmine und streichelte das Manuskript. Lene wartete auf eine von seinen schnodderigen Redensarten, ein Lachen wenigstens. Aber nichts davon, auch kein Zeichen der Erleichterung, schweigsam leerte er sein Glas.

Gegen zehn klingelte es, und Wihelmine, die eine verfrühte Ankunft Hildes vermutete, ging selbst zur Tür. Gleich darauf trampelten Stiefel über den Flur, fünf Männer in SA-Uniformen, Hakenkreuze an braunen Ärmeln, komm her, du Schwein, und über das Gesicht von Claus lief Blut. Paul Blanckenburg sprang auf, wurde jedoch festgehalten, ebenso Wilhelmine, die schreiend ins Zimmer stürzte, dann waren sie fort, auch Claus, Sekunden nur das Ganze, meinte Lene später, kaum faßbar, so schnell.

Sie hatte gerade Teller für Gebäck aus dem Vertiko genommen, und so stand sie immer noch da, die buntbemalten Teller in der Hand, starr vom Hals bis zu den Füßen, mach dich hart, dann spürst du den Schmerz nicht so sehr, stand oder schwebte auch, keine Wände mehr, nur leere Luft, und irgendwo Wilhelmines Schluchzen, die Wände kamen zurück, ihre Finger lösten sich, die Teller fielen zu Boden, vier Meißner Teller, Wilhelmine hatte sie zur Hochzeit bekommen und gehütet ein Leben lang, und Lene trat sie in Stücke und drehte die Schuhsohlen über dem knirschenden Porzellan, aber es waren andere, die da lagen, ich zertrete euch, ausgelöscht sollt ihr sein aus dem Buch der Lebendigen, *Gott wird den Kopf seiner Feinde zerschmettern, den Haarschädel derer, die da fortfahren in ihrer Sünde,* und dann mußte sie sich übergeben, auf den Wohnzimmertisch, ihr Haß und ihre Wut brauchten einen Ausweg.

Zwanzig Minuten später begleitete sie Paul Blanckenburg zum Polizeirevier in der Münzstraße, wo er Meldung machen wollte von dem Überfall auf seinen Sohn, denn, so sagte er zu Wilhelmine, man lebe nicht unter Gangstern, und alles werde sich aufklären. Aber der diensthabende Beamte ließ ihn kaum zu Wort kommen, verbat sich auch barsch das Wort Überfall, SA und SS seien zur Hilfspolizei ernannt worden, eine völlig legale Verhaftung also, es werde Gründe geben dafür, und bitte keine Unterstellungen.

»Ist das der neue Staat, den Hitler versprochen hat?« schrie Paul Blanckenburg, und ein älterer Polizist drängte ihn aus dem Wachraum.

»Vielleicht kennen Sie mich nicht mehr«, sagte er. »Ich war vor Jahren mal Ihr Schüler, und wenn ich Ihnen einen Rat geben darf, halten Sie den Mund, sonst geht es Ihnen wie Ihrem Sohn, die machen nämlich vor nichts halt, auch nicht vor weißen Haaren, und ich wünschte, ich hätte mit der ganzen Schweinerei nichts zu tun.«

Lene mußte Paul Blanckenburg, der sonst sogar den Stock mit dem silbernen Knauf, Wilhelmines Geschenk zum Siebzigsten, verschmähte, während des ganzen Weges stützen. Schweigend gingen sie durch das milchige Licht der Gaslaternen, vorbei an den Fachwerkhäusern, an der vertrauten Silhouette der Magnikirche, und vielleicht, dachte Lene, war es hier wie in Minna Reephennings Gespenstergeschichten, daß der Boden sich öffnete und Spukgestalten freigab, Geister des Bösen, mit Menschengesichtern, damit man sie nicht erkenne.

In der Gerstäckerstraße sah sie die Koffer von Hilde, der Studienrätin mit der spitzen Zunge. Lene hatte Weihnachten vor einem Jahr ihre Bekanntschaft gemacht und beschloß, ins Bett zu gehen, wurde jedoch von Wilhelmine alarmiert, die laut weinend in der Wohnzimmertür stand, während Hilde ihren Mantel anzog und samt Gepäck die Wohnung verließ. Sie hatte, erfuhr Lene, der Mutter vorgeworfen, Claus sei durch ihre Affenliebe zu einem verantwortungslosen

Traumtänzer geworden, der nun die ganze Familie gefährde, auch ihre eigene Beförderung zur Oberstudienrätin, und ein Staatsfeind wäre nicht mehr ihr Bruder, Anlaß für Paul Blanckenburg, sie aus dem Haus zu weisen, endgültig, ohne Widerruf.

»Jetzt haben wir auch keine Tochter mehr«, schluchzte Wilhelmine, obwohl sie unter Hildes Abwesenheit bisher nie gelitten hatte. Aber vielleicht gab es ihr Trost, sich an diesem kleineren Kummer festhalten zu können.

Claus wurde am nächsten Abend zurückgebracht, kurz nach zehn, das schien die Zeit zu sein. Klingeln, Stiefel auf der Treppe, Lene war als erste an der Tür, dort lag er. Sie versuchte, Wilhelmine wegzuschieben, doch wie konnte sie ihr den Anblick ersparen.

Dr. Brandes stellte Blutergüsse und Platzwunden am ganzen Körper fest, auch im Gesicht, außerdem schwere Prellungen, Verstauchungen, einige Rippenbrüche und eine Hodenquetschung. Jedoch keine inneren Verletzungen offenbar, versuchte er Paul und Wilhelmine zu beruhigen, auch kein schweres Hirntrauma glücklicherweise, höchstens eine leichte Gehirnerschütterung.

Claus lag auf dem Rücken. »Ich muß weg«, sagte er, mühsame Worte, die sich kaum durch die verkrusteten Lippen bringen ließen, »weg aus Braunschweig. Ein paar von den Schlimmsten waren nicht dabei, die sind scharf auf mich, sie kommen wieder, und noch mal halte ich es nicht aus im Volksfreundehaus.«

»Im Volksfreundehaus befindet sich momentan ihre Folterkammer«, erklärte Dr. Brandes. »Ich hatte bereits zwei Patienten von dort, der eine war noch schlimmer zugerichtet.«

»Ein Versteck«, sagte Claus. »Ich brauche ein Versteck, bis ich gesund bin, helft mir doch.« Er fing an zu weinen, die Nerven, sagte Dr. Brandes, und gleich würde er schlafen.

Sie setzten sich ins Wohnzimmer, eine Stunde erst, seitdem die Welt sich verändert hatte, aber wieso verändert, mein Rücken war auch blau, dachte Lene, und Willi hat mich nur aus Angst nicht totgeschlagen, es ist kein Spuk, es ist die Welt.

»Claus hat recht«, sagte Dr. Brandes, »er muß fort, möglichst bald. Gibt es irgendwo eine Art Versteck, Freunde, Verwandte?«

Paul Blanckenburg schüttelte den Kopf, daran habe er nicht gedacht in seinem Leben, für ein Versteck zu sorgen, und wenn es soweit gekommen sei, sollten sie doch gleich die ganze Familie umbringen. Dann lief er aus dem Zimmer, und Wilhelmine bekam keine Luft mehr, so daß Dr. Brandes sich nun auch noch um sie kümmern mußte.

Lene holte ein nasses Tuch und legte es ihr auf die Brust.

»Lassen Sie nur, Großmutter«, sagte sie. »Ich weiß schon was.«

Seit dem Blick auf das zerschundene Gesicht vor der Tür schien sie vollkommen ruhig zu sein. Kein Aufruhr wie am Abend zuvor, kein sinnloses Trampeln, sie hatte getan, was nötig war, Claus zu seinem Bett gebracht, das blutige Hemd aufgeschnitten, Dr. Brandes geholt und ihm geholfen, Claus zu versorgen, umsichtig, präzise, schnell.

»Ich muß bei Ihnen telefonieren«, sagte sie jetzt. »Mit Minna Reephenning, das ist die Hebamme bei uns im Dorf, die versteht sich auch auf Kranke. Wenn sie Claus nimmt, können wir ihn gleich hinbringen, Süderwinnersen, ein Stück hinter Lüneburg.«

»Wer wir?« fragte Dr. Brandes irritiert. »Es ist gleich zwölf, wertes Fräulein, ich kann nicht die ganze Nacht Auto fahren.«

Lene sah ihn erstaunt an. »Wie soll er denn sonst hinkommen? Geht doch um Leben und Tod, und Sie sind der Doktor.«

Wilhelmine richtete sich auf. »Lenchen, so etwas kann man wirklich nicht verlangen.«

»Warum nicht?« fragte Lene, und Dr. Brandes sagte, sie habe recht, und selbstverständlich stehe er zur Verfügung.

Nummer 27, Amt Mörwinnersen. Es dauerte zwanzig Minuten, dann kam das Gespräch.

»Hier ist Minna Reephenning.«

»Hier bin ich, Minna.«

»Wer?«

»Ich. Lene Cohrs.«

»Kannst du dat nich glieks seggen?« fragte die vertraute Stimme an ihrem Ohr. »Wat wullt du denn in de Nacht?«

»Ach, Minna.« Lene konnte kaum sprechen.

»Bist du krank?«

»Nein«, sagte Lene, »aber ein anderer, und du hast doch die Kammer hinter der Stube.« Drei Sätze noch, das genügte.

»Bring ihn her«, sagte Minna Reephenning. »Schlafen jetzt alle, und vor fünf steht im März keiner auf, das weißt du ja wohl noch.«

Es schlug halb eins vom Turm der Johanniskirche, als sie Claus zum Auto trugen, die Treppe hinunter, auf die Straße, niemand sah, wie er aus der Stadt verschwand.

Er hatte Morphium bekommen gegen die Schmerzen und schien zu schlafen, stöhnte manchmal, war wieder still. Lene saß neben ihm, seinen Kopf an ihrer Schulter und den Arm um ihn gelegt, hab keine Angst, ich bin ja bei dir, wird wieder gut.

So fuhren sie beide durch die Dunkelheit, Häuserschatten am Weg, Dörfer, eine Stadt, das Draußen verschwamm, die Wirklichkeit aus Angst und Schmerzen, er war bei ihr und sie spürte seinen Atem, kein Tagtraum mehr, komm, sagt er, wir füttern die Schwäne, und die große Buche am See schließt ihre Zweige über ihnen.

»Wir sind in Lüneburg«, sagte Dr. Brandes. »Jetzt müssen Sie mir weiterhelfen.«

»Richtung Salzhausen.« Lene starrte aus dem Fenster, versuchte Reppenstedt zu erkennen, die Abzweigung nach Mörwinnersen und dort, hinter der Kirche, den Sandweg in die Heide, der Weg ihrer Kindheit, jeden Tag vier Kilometer zur Schule und zurück.

Schwarz die Häuser von Süderwinnersen, Ketten klirrten in den Ställen, eine Katze schrie, das Dorf bei Nacht. Der Wagen hielt an der Rückseite des Hauses, und Minna Reephenning brachte sie zur Kammer hinter der Stube.

»Kommt öfter vor«, sagte sie, »daß jemand Medizin holt bei Nacht, nichts Besonderes, ein Auto.«

Claus stöhnte, Minna Reephenning beugte sich über ihn, kriegst gleich was von mir.

»Er bekommt eine Spritze, gute Frau«, sagte Dr. Brandes.

Sie hob den Kopf. »Das ist jetzt meine Sache«, sagte sie, mit der Stimme, die keinen Widerspruch duldete.

»So?« Er schien nach einer Antwort zu suchen, schwieg dann aber und trank den Kaffee, der bereitstand in der Stube.

Lene ging ans Fenster. Gegenüber lag der Cohrshof, unsichtbar in der Dunkelheit, halb vier vorbei und der Mond hinter Wolken.

»Heinrichs Braut ist schon wieder weg«, sagte Minna Reephenning neben ihr. »Nichts Neues dort.« Sie zog Lene zur Lampe und sah ihr in die Augen. »Gesund und auch sonst wie immer.«

»Sie ist eine außerordentlich zupackende junge Frau«, sagte Dr. Brandes. »Meine Hochachtung.«

»War schon immer stark, Lene Cohrs«, sagte Minna Reephenning, und mehr Zeit blieb nicht. Claus schlief, kein Wort zum Abschied. Aber es war ohnehin nicht der letzte.

Das Dorf verschwand wieder, der Kirchturm von Mörwinnersen schob sich in das Grau des ersten Dämmerlichts.

»Eine seltsame Person, diese Hebamme«, sagte Dr. Brandes. »Hoffentlich macht sie keinen Fehler. Aber ich bin jetzt ja machtlos.«

»Minna Reephenning weiß mehr als andere Leute«, sagte Lene. »Auf die kann man bauen.«

Der Sandweg, Reppenstedt, Lüneburg, Uelzen, Gifhorn, Braunschweig. Die Stadt lebte schon, Lene kaufte bei Bollwage acht frische Brötchen, so daß es aussah, als sei sie auf einem frühen Einkaufsweg.

»Da werden sich die alten Herrschaften aber freuen«, sagte Frau Bollwage, die wußte, daß man Claus geholt hatte, und Lene nickte. »Sollen sie ja auch.«

Lisa schlief noch, die Haut rosig, Haarfäden über dem Gesicht, dieses kleine, unfertige Gesicht, das erst ein richtiges werden wollte. Lene legte ihr die Hand auf die Stirn, Gott, laß sie nicht in die Hände der Menschen fallen.

Sie hatte das erste Opfer gesehen, für immer im Gedächtnis, sind das die Schläger, fragte sie sich beim Anblick der Männer, die ihr auf der Straße begegneten. Braunschweig, du Schöne. Gerüchte liefen um über das, was im Volksfreundehaus, im Keller der AOK und anderswo geschah. Frau Bollwage erfuhr in ihrem Laden manches, und am 1. April, als SA und SS aufzogen, um den offiziell befohlenen Boykott aller jüdischen Geschäfte zu überwachen, fiel wieder eine Maske.

Deutsche Männer und Frauen, kauft nicht bei Juden, geht nicht zu jüdischen Rechtsanwälten und Ärzten, wer gegen diese Aufforderung handelt, beweist, daß er auf der Seite der Feinde Deutschlands steht. Lene las das Plakat auf dem Weg zur Fabrik und lief sofort in die Weberstraße. Es war ein sonniger Frühlingsmorgen, der Blick auf die Andreaskirche so schön wie an jenem ersten Braunschweiger Tag, *Licht ist dein Kleid,* aber an Ruth Elsters Wohnungstür stand mit roter Ölfarbe JUDE, und die Frau vom Parterre fragte drohend, was Lene denn schon wieder bei der Jüdschen wolle.

»Siehst du«, sagte Ruth, »jetzt ist es soweit.«

Sie saß in der Küche zwischen dem schmutzigen Geschirr, im Morgenrock, ungekämmt, und schüttelte den Kopf, als Lene sie mitnehmen wollte in die Gerstäckerstraße.

»Nur, bis alles vorüber ist.«

»Es geht nicht vorüber. Es fängt erst an.«

»Dann fahre zu deinen Verwandten mit Michael.«

»Ich habe keine Verwandten, ich bin tot«, sagte Ruth, und Lene in ihrer Hilflosigkeit schrie sie an: »Du hast einen Sohn, wer nichts tun will, der darf sich nicht wundern, wenn...«

»Ich wundere mich auch nicht«, fiel Ruth ihr ins Wort, »und was verstehst du davon, dein Kind wird nicht verprügelt, weil es eine krumme Nase hat, laß mich in Ruhe.«

Am Abend versuchte Lene noch einmal, mit ihr zu sprechen, aber die Tür blieb verschlossen, laß mich in Ruhe, sagte Ruth auch am nächsten Tag. Bei Lene stapelten sich die zugeschnittenen Hosen, Wilhelmines Herz revoltierte, sie mußte nähen, den Haushalt versorgen, Ruth weiß, wo ich wohne, dachte sie.

Und dann kam der endgültige Abschied von Claus, in der zweiten Aprilhälfte, als die Verletzungen geheilt waren und seine Eltern sich Gedanken darüber machten, was mit dem Sohn nach seinem ersten mißlungenen Aufbruch in die Welt nun wohl geschehen sollte.

Sie riefen mehrmals in der Woche bei Minna Reephenning an, von Dr. Brandes aus, wo Wilhelmine gleichzeitig ihre Herzspritzen erhielt. Der kleine Weg durch die frische Luft täte ihr gut, erklärte Paul Blanckenburg den besorgten Nachbarn, und in der Tat schien es auch mit ihr aufwärts zu gehen.

»Ach, Lenchen«, sagte sie, wenn sie schnaufend und erleichtert wieder auf dem Sofa lag, »er klingt immer zuversichtlicher. Die gute Frau Reephenning.«

Wie notwendig es gewesen war, ihn fortzuschaffen, hatte sich schon wenige Tage nach dem ersten Überfall gezeigt, als wieder ein SA-Trupp vor der Tür stand, fünf Männer, die in ihrer Enttäuschung – sein Sohn sei nach Göttingen zurückgefahren, sagte Paul Blanckenburg – die Wohnung durchwühlten, sogar den Wäscheschrank, in dem Claus wahrhaftig nicht sitzen konnte.

»Wir holen es uns, das Schwein«, schrie der Anführer, und Wilhelmine bekam einen ihrer Herzanfälle.

»Die geben nicht auf«, sagte Claus am Telefon, »jetzt nicht und später nicht«, und zwei Wochen danach eröffnete er seinen Eltern, daß er aus Deutschland weggehen wolle. Er wisse inzwischen, was hier mit politischen Gegnern geschähe, und habe keine Lust, sich in einem Konzentrationslager einsperren oder totschlagen zu lassen.

»Wann?« fragte Paul Blanckenburg.

»Übermorgen gibt es eine Gelegenheit. Was meinst du?«

Es müsse wohl so sein, sagte der Vater, und sie würden kommen und ihm Geld bringen.

»Schickt Lene«, sagte er. »Euch überwachen sie wahrscheinlich.«

»Und gar keinen Abschied, Cläuschen?« fragte Wilhelmine.

»Nicht weinen, Mutter«, sagte er. »Ich bin nicht in Amerika, und ich komme wieder, und uns kann sowieso keiner trennen, dich und mich«, Tröstungen, wie sie hin und her gingen in dieser schrecklichen Zeit der Heilrufe für die einen und Tränen für die anderen. »Heilig Vaterland«, sangen sie im Braunschweiger Dom, in dem bald darauf anstelle des Kreuzes Hitlers Hakenkreuz hing, und ein Pastor namens Schlott sprach vom heiligen Volk der Deutschen. Aber Wilhelmine Blanckenburg, die gute Köchin aus Halle an der Saale, starb daran.

Am nächsten Morgen fuhr Lene nach Süderwinnersen, ab Lüneburg mit dem Postauto, das immer noch vor Sasses Laden hielt. In ihrem Koffer lagen Wäsche für Claus, einige Fotografien, seine Dissertationsschrift über das Tragische bei Gerhart Hauptmann und in der Handtasche ein Brief seiner Eltern und zehn Hundertmarkscheine, deren Hälfte, weil Paul Blanckenburg keinen Verdacht erwecken wollte bei der Bank, von Lenes Sparbuch stammte. Im übrigen konnte sie dem alten Gerbers, der in Salzhausen zustieg, einen plausiblen Grund für den Besuch nennen, ihr Erbteil nämlich, das sie Willi Cohrs endlich abfordern wollte.

Das Postauto kam mittags an, hellichter Tag, die Dorfstraße, der Teich, die Höfe mit den alten Bäumen unverändert. An Minna Reephennings Tür hing ein Zettel: Bin bei Entbindung, nachmittags zurück.

Lene stellte den Koffer in den Schuppen, legte Säcke darüber und ging zum Cohrshof, Schritte wie im Schlaf. Vor dem Haus roch es nach Kartoffeln und gebratenem Speck, sie wischte ein paar Fusseln von Eva Teichs blauem Kostüm, dann griff sie nach der Türklinke.

Willi, Greta und Heinrich saßen beim Essen, auch noch ein älterer Mann, der Knecht vielleicht oder Tagelöhner. Sie hoben die Köpfe, und Lene spürte wieder die alte Angst unter Willis Blick, aber was konnte einer wie er ihr noch tun.

»Tag«, sagte sie.

»Dat's Lene!« rief Greta. Es klang erfreut, und sie machte Anstalten aufzustehen.

»Hool dien Muul«, sagte Willi. »Wer ohne Gruß geht, braucht keinen Gruß, wenn er kommt«, doch Heinrich gab ihr trotzdem die Hand.

»Setz dich hin«, sagte er. »Willst du essen?«

»Hier ist kein Platz für fremde Leute«, sagte Willi. »Essen schon gar nicht.«

»Danke für den Gruß, Heinrich«, sagte Lene und holte einen Zettel aus der Tasche. »Aber ich bin nicht zum Essen gekommen, ich bin gekommen, weil ich mit Willi reden will über das, was mir zusteht, das kann ich auch im Stehen, achthundert Mark und zwei Äcker, und ich will die Äcker haben oder Pacht dafür, und von den achthundert Mark zweihundert jetzt und den Rest in den nächsten drei Jahren, immer im Januar. Hier ist alles aufgeschrieben, auch die Bank, und morgen früh komme ich und hole mir Bescheid.«

Willi nahm den Zettel und riß ihn mittendurch. Dann stieß er seinen Stuhl beiseite und ging auf Lene zu, langsam und drohend. Sie zwang sich, stehenzubleiben und ihm ins Gesicht zu sehen.

»Wenn du mich anfaßt«, sagte sie, »klage ich vor Gericht mein Erbteil ein, auch noch den Arbeitslohn für die vergangenen Jahre und das Leinen.« Jeder Satz überlegt, jedes Wort, in der Nacht, im Zug, im Postauto, und nun sagte sie es ohne Stocken.

Willi ließ die Hand herunterfallen. Lene sah, wie mager er war und krumm, das Haar schütter, warum habe ich mich so lange von ihm schlagen lassen, dachte sie.

»Jagt sie raus, bevor ich ihr was antu«, sagte er. Die Tür schlug hinter ihm zu, und Greta begann, den Tisch abzuräumen, mit ihren schwerfälligen Bewegungen, immer noch Wickel unter den Wollstrümpfen.

»Wie geht es dir, Greta?« fragte Lene.

Greta versetzte dem Schweineeimer einen Stoß. Sie drehte sich um und musterte Lene, die Schuhe, die Strümpfe, das Kostüm, die weiße Bluse.

»Bist ja jetzt 'ne Dame geworden und willst uns ruinieren?«

»Ich werde dreißig im Herbst«, sagte Lene, »und ich habe eine Tochter zu versorgen, und was euch gehört, ist nicht meins, aber meins gehört mir und nicht euch.«

»Sie hat recht«, sagte Heinrich, »und nun muß ich wohl wieder zum Pflügen.«

Er gab ihr nicht die Hand diesmal, auch Greta drehte ihr wieder den Rücken zu, und so ging sie in die Heide, dorthin, wo sie die Gänse gehütet hatte, die braune Frühjahrsheide mit dem dunklen Wacholder, den Hügeln am Horizont, den Brachvögeln und Kiebitzen und der Eule, schuhu schuhul, wat seggt de Uhl.

»Da ruft sie wieder«, sagte Lene abends in Minna Reephennings Stube, der Tag vorbei, das Fenster verhängt, auf dem Ofen summte der Wasserkessel.

»Wer ruft?« fragte Claus.

Er saß ihr gegenüber, und sie versuchte, ihn nicht anzusehen, tat es aber immer wieder, während sie mit Minna Reephenning sprach, fast nur mit ihr, weil sie keine Worte wußte für ihn, morgen war er fort, was gab es sonst noch zu reden.

»Die Eule. So lange her, daß ich es gehört habe.«

»Hat nichts zu bedeuten«, sagte Minna Reephenning, »Gutes und Schlechtes kommt von allein.« Sie stand auf. »Morgen früh um vier ist die Nacht vorbei. Alte Weiber müssen schlafen, junge können tanzen. Du hast viel zu wenig getanzt in deinem Leben, Lene Cohrs.«

Ihre raschen Schritte verklangen auf dem Flur, die Tür der Schlafkammer schlug zu, sie waren allein.

»Eine weise Frau«, sagte Claus. »Wie aus dem Märchenbuch. Habe ich dir eigentlich schon gedankt, Lene, daß du mich hergebracht hast?«

»Brauchen Sie nicht.«

»Laß das mit dem Sie«, sagte er. »Im Auto hast du auch du gesagt.«

»Können Sie ja gar nicht wissen«, sagte Lene. »Sie haben geschlafen.«

»Geschwebt«, sagte er und nahm ihre Hand. »Irgendwo im Morphiumhimmel, und du warst auch da.«

Er sah aus wie früher, nur ein paar Narben unter den Augen, und plötzlich, was immer sie dazu brachte, machte sie die Hand los und fuhr mit dem Mittelfinger über sein Gesicht.

»Das sind jetzt meine Markenzeichen«, sagte er. »Es war schrecklich, ich habe geweint und geschrien und gebettelt, daß sie aufhören sollen, und nun laufe ich weg, vielleicht ist es feige, aber man kann nicht mit Dreschflegeln gegen Kanonen anrennen und warten, bis sie einen kaputtmachen.«

»Nein«, sagte sie, »und deine Mutter will es auch nicht.«

Es fiel ihr plötzlich leicht, das Du, frühere Gebote galten nicht mehr, ein Niemandsland, Minna Reephennings Haus, zwischen der Gerstäckerstraße und seiner Zukunft, mit der sie nichts zu tun haben würde.

»Ich habe einen falschen Paß bekommen«, sagte er. »Ganz tot ist die Partei noch nicht, und morgen bin ich vielleicht schon in Schweden.«

»Und dann?« Warum die Frage. Wartete sie, daß er sagen würde, dann kommst du, dann sind wir wieder zusammen, dann tun wir endlich, was wir nicht getan haben bis jetzt, wartete sie wirklich darauf?

»Dann muß ich weiter vorsichtig sein«, sagte er. »Ich arbeite natürlich für die Partei, und euch darf ich auch nicht in Gefahr bringen. Aber auf jeden Fall kommt jemand mit einer Nachricht.«

Sie saß sehr gerade, die Hände flach auf dem Tisch. Es war still, nur die Eule rief immer noch.

»Wir müssen ein Wort ausmachen«, sagte er. »Als Erkennungszeichen, damit ihr sicher seid, daß es keine Falle ist.«

»Eulenruf«, sagte sie.

»Nein«, sagte er. »Etwas Schöneres. Wie wäre es mit Schwänefüttern?«

Er nahm ihre Hände, so saßen sie da, dann stand Lene auf und ging zu ihm.

In dieser Nacht schliefen sie zusammen.

»Ist kein Spielkram, Lene«, sagte er, als sie nebeneinanderlagen, dieser Abschied, Anfang und Ende zugleich.

»Nein«, sagte sie, »nur viel zu spät. Ich hatte keinen Mut«, und der Gedanke meldet sich, der Wunsch, die Versuchung, Lene noch mehr Mut haben zu lassen, viel mehr, so viel, daß ihre Geschichte sich ändert. Nimm mich mit, soll sie sagen, keine Scham mehr, kein Anstand, keine Geduld, nimm uns mit, und dann verläßt sie das Land, in dem Alfred Wittkopp wartet und der Krieg und der arme Horst Reinicke und der Namenlose, sie geht fort, in eine andere Geschichte hinein, ohne Blut und Gewalt. Ein einziger Satz. Aber er wird nicht gesprochen, Lene bleibt, ihre Geschichte ist festgeschrieben, sie kann nicht entkommen. Warum nicht? Kein Engel mit dem Flammenschwert verbietet es ihr, kein Gott, kein Schicksal, auch nicht die Verhältnisse oder wie immer der Name lauten mag für mögliche Instanzen. Es gibt nur einen Grund: Weil sie es nicht tut.

Früh am Morgen brachte Minna Reephenning Claus auf den Heideweg, der zur Straße nach Salzhausen führte, von da an, sagte er, sei alles vorbereitet. Lene dachte, daß sie hinter ihm herlaufen müßte, aber auch das tat sie nicht. Sie blieb vor der Tür stehen, bis die Kleider feucht wurden vom Nebel. Dann ging sie ins Haus zurück.

Später auf dem Cohrshof traf sie nur Greta, die ihr, das Gesicht abgewandt, mitteilte, Willi sei einverstanden, zweihundert Mark sofort, den Rest innerhalb von drei Jahren, nur mit dem Acker solle sie noch warten, das trüge der Hof nicht.

»Ist gut«, sagte Lene, »aber auf die achthundert verlasse ich mich«, mit dem gleichen Gefühl wie an jenem Tag, als sie, statt zu weinen, das Geld aus Hubertus Teichs Zigarrenkiste zum Zählen auf den Teppich geschüttet hatte. Das Erbteil. Gestern war es noch ein Vorwand gewesen, und nun bekam sie es.

»Du hast mir früher mal eine Geschichte erzählt, Minna«, sagte sie, »da wurden Tränen zu Perlen. So ähnlich ist es bei mir auch.«

»Besser als nur Tränen und sonst nichts«, sagte Minna Reephenning. »Kommt manchmal Gutes aus Schlechtem, muß nicht immer Geld sein. Ich habe Angst, allein zu sterben, Lene. Wenn es soweit ist, willst du dann bei mir sitzen?«

»Du sollst nicht sterben.«

»Rede keinen Unsinn. Ob du bei mir sitzen willst, habe ich gefragt.«

»Ja, Minna, das tue ich«, sagte Lene.

Auf dem Weg zum Postauto sah sie noch einmal die Kate. Vor sieben Jahren, nach Hubertus Teichs Flucht, hatte ihr niemand etwas angemerkt. Auch jetzt behielt sie die Trauer für sich.

Im Oktober, kurz vor ihrem dreißigsten Geburtstag und fast genau drei Jahre, nachdem sie mit Lisa in Braunschweig aus dem Zug gestiegen war, heiratete Lene Alfred Wittkopp. Alle, die an ihrem Leben Anteil nahmen, nannten es einen vernünftigen Entschluß.

Die Hochzeitsfeier, ein stilles, den vorausgegangenen Ereignissen angemessenes Fest, fand in der Gerstäckerstraße statt, wo der ovale Ausziehtisch genug Platz bot für die Erwachsenen, neben den Brautleuten und Paul Blanckenburg noch die Wittkoppsche Verwandtschaft sowie das Ehepaar Reinicke, während die Kinder an einem Extratisch saßen, zwei Nichten des Bräutigams und Lisa mit dem kleinen Horst, ihrem Freund, der sie unten auf der Straße seit eh und je beschützte und verteidigte. »Ich freue mich, wenn Sie kommen, Frau Reinicke«, hatte Lene bei der Einladung gesagt, »sonst bin ich ja ganz allein, ohne Großmutter Blanckenburg und Ruth Elster.«

Wilhelmine war Ende Juni gestorben, an einem blauen Tag mit Vogelgezwitscher drüben in den Friedhofsbäumen, der Sommer warm und voller Blumen. Aber Wilhelmine lag, als sei nach dem Abschied von Claus nun endgültig der Winter gekommen, im verdunkelten Zimmer, die Vorhänge dicht geschlossen, und auch die guten Dinge, deren Zubereitung einen so wichtigen Teil ihres Lebens ausgemacht hatte, schmeckten ihr nicht mehr, keine Plinsen und Quarkkeulchen, kein Hammelbraten oder Schinken, auch nicht die frischen Brötchen von Bollwage, so daß sie magerer wurde von Tag zu Tag und die Haut wie ein leergewordener Sack an ihr herunterhing.

»Ist er fort?« hatte sie nach Lenes Rückkehr aus Süderwinnersen gefragt.

»Ja, Großmutter.«

»Und nun kann ihm nichts Böses mehr geschehen?«

»Ich glaube nicht«, hatte Lene geantwortet und von ihr eine goldene Brosche bekommen, in Form eines Ankers, mit Granaten besetzt. »Die sollen Sie behalten, Lenchen, zum Andenken an ihn und an mich, weil Sie das alles getan haben für uns. Und lassen Sie den armen Paul nicht allein.«

Danach war sie nur noch selten und bald gar nicht mehr aufgestanden. Apathisch starrte sie an die Zimmerdecke, bis zum Tag ihres Todes, als sie plötzlich in der Küche erschien.

Lene, die gerade Zwiebeln anbriet für Gulasch, versuchte, die gebückte, zitternde Gestalt im weißen Nachthemd wieder ins Bett zu bringen. Aber Wilhelmine wehrte sich, »ich muß jetzt... wo ist Mehl... sonst kommt er, und ich habe...«, schaffte es noch bis zur Speisekammertür, dann fiel sie zusammen, so klein und leicht, daß Lene sie ohne Hilfe tragen konnte, und am Abend starb sie.

»Ein guter Tod, ohne Schmerzen, ganz sanft, mein lieber Rektor«, sagte Dr. Brandes zum Trost für Paul Blanckenburg, doch wie konnte man diesen Kummertod gut nennen.

Nein, fand Lene, kein guter Tod, zu früh und durch fremde Schuld, die SA hatte die Mutter anstelle des Sohnes bekommen. Aber zumindest war er voraussehbar gewesen, gegenwärtig schon seit Wochen, und nicht ein Überfall wie der Tod von Ruth Elster, die den Gashahn aufgedreht hatte und, als Lene sie nach der Süderwinnersen-Reise besuchen wollte, bereits auf dem Friedhof lag, zusammen mit dem Bengel, wie die Frau vom Parterre zu melden wußte, kein Unglück, zwei Juden weniger – ein Nachruf bei dem Lene sich ans Geländer hatte klammern müssen, etwas in den Augen, das die Frau zu erschrecken schien, denn sie war mit den Worten »da kann einem ja angst und bange werden« hinter ihrer Tür verschwunden.

Ruth Elster und Michael, zwei Erdhügel nun, nackt und schmucklos, und Lene legte so viele Blumen darauf, als ließe sich ihre Schuld abdecken. Sie hatte Lisa mit zum Friedhof genommen, und während sie neben ihrer Tochter am Grab stand, sah sie die Küche in der Weberstraße vor sich, die erste Begegnung mit Ruth, Malzkaffee, den kriegen Sie umsonst, und dann das Bild der beiden Toten, vielleicht, daß Ruth ihren Sohn in den Armen gehalten hatte, wie war es, wenn man so etwas tat.

»Ich bin schuld, Ruth, ich habe nicht gewacht mit dir in Gethsemane«, sagte sie laut.

Lisa wollte wissen, was das sei, Gethsemane, und Lene las ihr die Stelle vor aus Minna Reephennings Bibel, *meine Seele ist betrübt bis an den Tod, bleibet hier und wachet!* »Aber Tante Ruth ist doch nicht der Herr Jesus«, sagte Lisa, stellvertretend, könnte man meinen, für ein ganzes Land voll guter Christen.

Ein stilles Fest also, und obgleich Ruth in diesem Kreis nicht zu Buche schlug, Wilhelmines Tod gab genügend Anlaß für die Feier im kleinen Rahmen, ohne Schützenverein und Tamtam, was der sparsamen Wesensart Alfred Wittkopps durchaus entsprach, dessen Verwandte im übrigen beinahe auch nicht gekommen wären. Besonders die Gandersheimer Inspektorenwitwe hatte sich pikiert gezeigt angesichts der Braut mit Kind, ausgerechnet sie, deren Tochter mit dem verheirateten, freilich schon fast geschiedenen Taxichauffeur inzwischen nicht nur zusammenlebte, sondern sogar die Stirn gehabt hatte, ihn uneingeladen mitzubringen. Dies wiederum zur Empörung der Braunschweiger Wittkopps, Onkel Ludwig, Mittelschulleiter, nebst Frau, Sohn und einer allerdings auch nicht ganz standesgemäßen Schwiegertochter aus Berlin, von der Lene als einzige bei der Begrüßung umarmt worden war: »wat sind wa nu eijentlich, Cousinen? Is ja ooch ejal, Hauptsache, wir kriejen keene kalten Beene zusammen.«

Die Trauung in der Magnikirche war nur kurz gewesen, Lene im weißen Kleid, ohne Kranz und Schleier, aber Frau Reinicke hatte ihr Teerosen aus dem Brautstrauß ins Haar gesteckt. Sie war schon früh am Morgen herübergekommen, um die Tafel festlich zu decken, mit Wilhelmines Meißner Porzellan und grünen Asparagusstengeln. Für das Essen, klare Hühnersuppe, Hecht, Rinderfilet, Zitronencreme, sorgte eine Kochfrau, das ließ Paul Blanckenburg, als Ersatzbrautvater an Lenes Seite, sich nicht nehmen.

»Wir bleiben bei Ihnen, Großvater«, hatte Lene am Bett der toten Wilhelmine versprochen und Alfred Wittkopp ihr Jawort nur unter der Bedingung gegeben, daß sie in der Gerstäckerstraße wohnen würden, denn so ein alter Baum ließe sich nicht mehr verpflanzen, und außerdem könnten sie Ölschlägern dann vermieten. Lauter gute Gründe, nichts dagegen zu sagen, obwohl es noch andere gab, uneingestandene, in denen Claus eine Rolle spielte, die Erinnerung an ihn in diesen Räumen, und vielleicht wollte sie auch einen Ort sichern, an den er zurückkehren konnte, zu ihr. Gefährliche Gedanken vor einer Hochzeit, doch Alfred Wittkopp kannte bloß die guten Gründe und gab nach. Alles war bereits eingerichtet mit Möbeln aus dem Ölschlägern-Haus, nur das Schlafzimmer neu. Gerstäckerstraße, vom heutigen Tag an die Adresse der Familie Wittkopp. Daß auch Lisa bald so heißen sollte, dafür war gesorgt.

Endlich also ein Vater für Lisa, ein respektabler noch dazu, mit anständigem Beruf und geregelter Arbeit bei Büssing, wo es wieder aufwärts ging unter der neuen Regierung. Ist richtig, was ich mache, dachte Lene, so wie es auch in ihrem Brief an Minna Reephenning stand. »Liebe Minna, möchte dir mitteilen, daß ich heirate, den Buchhalter Alfred Wittkopp, ein Jahr älter als ich, Lehrerssohn mit Hausbesitz, Lisa kriegt seinen Namen, dann hat alles seine Ordnung. Ich glaube, daß ich es richtig mache, und komm doch zur Hochzeit.«

Minna Reephenning war der Einladung nicht gefolgt, hatte aber ein Dutzend Handtücher geschickt und viermal Bettwäsche komplett. »Liebe Lene«, schrieb sie dazu, »ist gut so, stimmt auch, daß alles seine Ordnung haben muß, und du weißt schon, was richtig ist und was falsch.«

Wußte sie es?

Suppe und Fleisch waren gegessen, der Braunschweiger Onkel klopfte an sein Glas, liebes Brautpaar, wir, die wir hier versammelt sind und diesen Freudentag mit euch feiern...

Was es richtig?

Ordnung, ein Wort von Geltung in Süderwinnersen. Es bedeutete Sicherheit für Mensch, Tier, Saat, Ernte, und auch das hatte Lene zu der Heirat gebracht nach allem, was seit Januar geschehen war, diese Unordnung in der Welt. Sie wollte Ordnung haben für Lisa und für sich, einen Platz, auf den sie gehörten, nicht nur vier Wände und ihre Nähmaschine und zehn Hosen täglich als Gewähr, daß man nicht unterging.

»Und so laßt uns anstoßen auf unser junges Paar«, beendete der Onkel seine Rede. Stühlerücken, Gläserklirren, und der Gandersheimer Chauffeur, offensichtlich schon angeheitert, rief seiner Liebsten ein fröhliches »Prost, Goldi!« zu.

Stille legte sich über den Tisch, in die hinein das Flüstern der Berliner Cousine stieß: »Wo die wohl ihr Jold sitzen hat, höchstens inne Hose.«

Jeder hörte es, und Lisa, die gerade neben Lene stand, überbrachte den Satz jubelnd ihrem Freund Horst, ein Geschrei, in das er und die beiden Wittkoppmädchen begeistert einstimmten. Frau Wittkopp eilte an den Kindertisch, doch bevor sie Ruhe schaffen konnte, hatten die drei Gandersheimer die Tafel bereits verlassen.

»Reisende soll man nicht aufhalten«, sagte der Onkel, worauf die Gesellschaft, durch gutes Essen, Likör und Wein beflügelt, geradezu lebhaft wurde, bis in den Abend hinein.

Lene allerdings beteiligte sich nicht an dem immer lauter werdenden Gelächter. Still saß sie zwischen den fremden Leuten, auch Alfred Wittkopp gehörte dazu, und wünschte sich, daß sie gingen und alles wieder wie früher wäre, nur Paul Blanckenburg, Lisa und sie, und nicht mehr dieser bohrende Druck zwischen Magen und Herz, wo der Zweifel nistete, oder kaum noch Zweifel, fast schon Gewißheit, daß es die falsche Ordnung war, auf die man hier anstieß, nicht ihre, sondern die von Süderwinnersen. Die falsche Ordnung, der falsche Mann. »Er ist nicht stark«, hatte sie zu Wilhelmine Blanckenburg gesagt. Jetzt, an dem geschmückten Tisch, im weißen Kleid und mit Rosen im Haar, fiel es ihr wieder ein, und sie wußte, es war nicht richtig, was sie getan hatte.

Nach Platten mit belegten Broten und Heringssalat verließen die Gäste das Haus, »wir wollen unser Brautpaar nicht länger stören«, sagte der Onkel, und Lene dachte mit Angst an den Moment, da sich die Schlafzimmertür hinter ihr und Alfred Wittkopp schließen würde, denn das, was ihr die Berliner Cousine beim Abschied zuflüsterte – »is ja keene janz jroße Überraschung, wat?« –, stimmte nicht, weder im Hinblick auf ihre Erfahrung noch auf den Mann, der zwar nicht der erste war, aber doch der erste, der sich sozusagen im Zeitlupentempo heranschob. Bei Hubertus Teich und Claus Blanckenburg war es geschehen, bevor sie wußte, was geschah, und schon vorbei, als sie es begriff, keine Zeit zum Nachdenken, und beide Male ihr eigener Wille. Jetzt dagegen mußte sie tun, was sie nicht wollte, das Ja zu der Ehe hieß auch ja zu dem Mann, ein Gedanke, vor dem ihr schauderte, so wie damals in Westerwinnersen bei der Hochzeit des Sohnes vom Schmied, fast zwanzig Jahre her, Julihitze, fetter Braten, Bier und Schnaps, das Lachen wird schriller, und irgendjemand sagt zu dem Schmied: »Nu maakt dien Söhn, wat du nich mehr maaken kannst«, und der Schmied steht auf, ein Hüne von Mann mit mächtigen Händen, »wat seggst du dor, ik kann nich mehr«, öffnet die Hose und legt etwas auf den Tisch, fürchterlich, dieses Ding, fürchterlicher in der Erinnerung vermutlich als in der Wirklichkeit. Weder an dem Pilztag im Herbst noch beim Abschied von Claus hatte sie daran gedacht, aber nun war es da, das Bild, und sie fühlte sich schuldig vor Alfred Wittkopp, den sie belogen hatte am Altar der Magnikirche, und obwohl es üblich war seit alters her, Ehen auf diese Art zu schließen, es konnte nichts Gutes davon kommen.

Sie brachte Lisa zu Bett, fing dann an, die Wohnung aufzuräumen.

»Doch nicht jetzt, Lene«, sagte er und nahm ihre Hand.

Was läßt sich über die Ehe mit Alfred Wittkopp sagen? Nicht viel, nichts Besonderes. Wichtig ist eigentlich nur, daß sie schießen lernte.

Auch Lene, wenn sie auf diese Jahre zu sprechen kam, zwölf immerhin, von 1933 bis 1945, fiel kaum etwas ein, teils, weil ihre Erinnerung sich von Anfang an dagegen gesträubt hatte, diese Zeit zu konservieren, teils aus Mangel an Berichtenswertem. Immer das gleiche, Aufstehen, Frühstück für den Mann, Lisa, Paul Blanckenburg, Essen kochen, Einkaufswege, als Frau Wittkopp jetzt, nett und proper gekleidet, nicht umsonst hatte sie bei Ruth Elster Nähen gelernt. Zwischen den Wochen die Sonntage, in der Buchhorst bei schönem Wetter, Ausflüge in den Harz sogar oder den Elm, und der Ablauf des Jahres mit Ostern, Pfingsten, Weihnachten, was gab es zu erzählen, nichts Gutes, nichts Schlechtes, die Nächte gingen vorüber wie die Tage. Es ist, als ob ich immer auf der Stelle trete, sagte sie zu Minna Reephenning, bei der sie jeden Sommer einen kurzen Besuch machte, während der Ernte, wenn die Bewohner des Cohrshofes draußen im Kamp arbeiteten.

Bewegung in diese Zeit brachte nur Lisa, Lisa Wittkopp, wie sie längst hieß, als sie zur Schule kam, ein kleines, zierliches Mädchen, das sich auffallend gerade hielt, mit hellen, aus den Zöpfen springenden Locken und anmutigem Gang, seht mal wie niedlich, sagten die Leute. Lisa hatte sich auf die Schule gefreut, vor allem, weil auch Horst Reinicke in das rote Backsteingebäude an der Leonhardstraße ging, allerdings in einen anderen Flügel, Knaben und Mädchen streng getrennt. Außerdem konnte sie bereits lesen, das Verdienst Paul Blanckenburgs, der mit Hingabe an ihrer geistigen Entwicklung arbeitete. »Ein hochintelligentes Kind, Lenchen. Wenn es so weitergeht, können wir sie in vier Jahren aufs Lyzeum schicken.«

Vier Jahre, was waren vier Jahre. Morgens holte Horst Reinicke sie ab, mittags kamen sie zusammen zurück, Schularbeiten, Klavier üben, und in den Zeugnissen immer die besten Noten, mach weiter alles gut, Lisadeern, lerne was, dann wirst du was. Und in der Tat kam sie aufs Lyzeum Kleine Burg oder Oberschule, wie es neuerdings hieß, und wenn es so weitergeht, sagte Paul Blanckenburg, wird das Kindchen vielleicht noch studieren.

Man solle ihr keinen Floh ins Ohr setzen, warnte Alfred Wittkopp, hin und wieder darauf bedacht, seine Vaterrolle wahrzunehmen, ohne großen Eifer jedoch und mit geringem Erfolg. Mittelschule, meinte er, genüge für ein Mädchen. Aber in diesem Punkt blieb Lene fest, wies auf das monatliche Geld aus Hamburg hin, auf die Pacht für das Land, die Willi Cohrs seit einem Jahr zahlen mußte, und notfalls würde sie wieder Hosen nähen bis in die Nacht. Lisa jedenfalls sollte etwas lernen.

Alfred Wittkopp ließ sie gewähren, es gab keinen Streit zwischen ihnen, wir einigen uns immer, pflegte er mit Befriedigung zu sagen, stolz auf seine hübsche Frau, die die Wohnung tipptopp in Ordnung hielt, gutes Essen kochte und sich abends willig zeigte, wenn es ihn danach verlangte, nicht häufig zu Lenes Erleichterung und schnell vorüber. Sie wußte, daß keine Einigkeit zwischen ihnen war, trotz aller Einigungen, und flüchtete aus der Leere wieder häufiger zu Psalmen, Propheten, Gleichnissen, zu Fügung und Führung, auch um der eigenen Rechtfertigung willen. Es ist mir geschickt worden, der Herr hat mich hierher geführt, fragwürdige Reden, wenn man bedenkt, daß sie Alfred Wittkopp damit meinte und dieses bißchen Behäbigkeit vom Ölschlägern, Mahagonimöbel, silberne Bestecke und Kristallvasen, an denen sie herumpolierte, als kenne sie nicht die Bergpredigt mit ihrer Warnung vor den irdischen Schätzen, die von Motten und Rost gefressen werden. Und dann noch die Pistolen.

Daß Lene lernte, mit ihnen umzugehen, geschah widerwillig, aber immerhin, sie verweigerte es nicht, vielleicht, weil sie wenigstens in diesem Punkt ihrem Mann folgen wollte.

»Nein, Herr Wittkopp, mit Schießen habe ich nichts im Sinn«, hatte sie gesagt, damals bei dem großen Abwasch in der Küche. Nach der Heirat jedoch ließ er Ausflüchte nicht mehr gelten, und so folgte sie ihm in den Keller mit dem Schießstand, wo man die Patronen knallen lassen konnte, Sportwaffen, keine Mordwaffen, versicherte Alfred Wittkopp, als er und seine drei Kameraden darauf drangen, daß auch Lene es einmal versuchen sollte. Nun mal los, Frau Wittkopp, nur zum Spaß, ist sowieso nichts für Damen.

Da stand sie also, den Arm mit der Waffe vorgestreckt, den Blick auf Kimme und Korn, ganz ruhig bleiben, sagte ihr Mann, langsam den Arm senken, bis zum unteren Rand des schwarzen Feldes, die Kugel hebt sich durch den Drall, ganz ruhig, Lene, eine ruhige Hand...

Überflüssig, das Gerede, ausgerechnet bei ihr, deren Ruhe und Konzentration schon Hubertus Teich aufgefallen war, zwar nur beim Kartoffelschälen, aber Ruhe ist nicht teilbar, man hat sie oder hat sie nicht, und Lene, gesammelt wie stets, wenn etwas zu tun war, zielte, drückte ab und traf. Nicht gleich mitten ins Schwarze, aber immerhin dicht daneben, unbegreiflich für die Männer. Sie schoben den guten Schuß dem Gluck zu und verlangten einen nachsten. Er saß fast an derselben Stelle, und der dritte ging dann endgültig ins Schwarze.

Es war eine Sensation, auch für Lene, der erste bejubelte Erfolg in ihrem Leben. Alfred Wittkopp, geradezu außer sich, konnte kaum genug bekommen von ihren goldenen Schüssen, spendierte den Zeugen des Triumphes mehrere Runden Bier und geriet anschließend in eine für ihn ungewöhnliche Erregung, nicht zu Lenes Freude.

Zwei Tage darauf nahm er sie wieder mit in den Schießkeller und holte, als sie allein waren, eine echte Pistole aus der Jackentasche, eine Walther 7,65mm, keine Sportwaffe mehr und verbotener Besitz ohne Waffenschein.

»Ist sie nicht herrlich?« fragte er. Seine Augen glänzten, mit der Pistole in der Hand schien er gewachsen zu sein, strafferer und herrischer als sonst.

»Wozu denn bloß?« fragte Lene, »warum?«

»Warum?« Er warf die Pistole in die Luft und fing sie wieder auf. »Ein Mann muß sich wehren können, bei dem Gesindel heutzutage. Aber die sollen nur kommen, dann...« Er trat vor die Wand, hob den Arm, schoß und verharrte noch einen Moment in dieser Positur. »Dann werden sie sehen, mit wem sie es zu tun haben. Wir sind nicht schutzlos, du, Lisa und ich.«

»Unsinn«, sagte sie. »Uns tut keiner was, und Gott...«

Er ließ sie nicht zu Ende sprechen.

»Hilf dir selbst, so hilft dir Gott! Soll ich etwa beten, wenn ein Mörder vor mir steht«, was sie vollends entsetzte, und fast mußte er sie zwingen, diese Waffe auszuprobieren. Doch dann traf sie auch damit ins Schwarze, mehrmals hintereinander, und als sie den Keller verließen, wußte Lene, wie man eine Walther lädt, entsichert und gebraucht.

Er brachte ihr das Schießen bei, Alfred Wittkopp, und das vergaß sie nie. Aber da sie diese Erinnerung mit Schweigen zudeckte, blieb nichts, worin er hätte weiterleben können, beinahe so, als sei er nie dagewesen. Eigentlich war er nur ein Stichwortgeber in Lenes Geschichte, am letzten Tag ihres Zusammenseins, kurz vor Ende des Kriegs.

Der Krieg – ist es schon so weit? Warum nicht noch eine Weile warten, es Frieden sein lassen im Land, Blütenfrühling, Erntesommer, Schneewinter und Lene in ihren behäbigen Verhältnissen. Aber selbst wenn die Geschichte es hergäbe, eine Idylle auszubreiten, die Zeit stünde dagegen. Sie gestattet keine Idyllen, zu viele Totenhäuser, wer die Nase in den Wind hielt, konnte es riechen, Claus Blanckenburg wußte, warum er floh bei Nacht und Nebel. Ein Abzählvers ging um, nicht für Kinder:

> Lieber Gott, mach mich blind,
> daß ich alles richtig find.
> Lieber Gott, mach mich taub,
> daß ich nicht die Lügen glaub,
> Lieber Gott, mach mich stumm,
> daß ich nicht nach Dachau kumm.

Als der Krieg begann, war Lisa zwölf Jahre alt, hochgewachsen schon nach Art der Cohrs, aber immer noch mit der Anmut ihrer Kleinmädchenzeit, eine gute Schülerin, die beste der Klasse in fast allen Fächern, zur besonderen Freude Paul Blanckenburgs. Mittags nach der Schule lief sie als erstes zum Sofa, wo er jetzt häufig lag, um ihn teilhaben zu lassen an Geschichte, Mathematik, Erdkunde, während Lene wieder abseits stand, nicht ohne bittere Gedanken. Er hatte Zeit gehabt für das Kind und Kenntnisse zum Weitergeben.

»Ach, Modder«, sagte Lisa, wenn auch Lene fragte, was es denn gäbe in Französisch, »das verstehst du nicht«, diese Tochter, die anderes wußte und anderes wollte, keine Psalmen mehr und Gleichnisse, hör doch auf mit deinem lieben Gott. Momentan bezog sie ihre Ekstasen aus nationalsozialistischen Feierstunden, und bei dem Anschluß Österreichs an Deutschland hatte sie so laut Heil geschrien, daß ihr danach einige Tage lang die Stimme weggeblieben war.

»Ist doch schön, die Begeisterung der Jugend«, sagte Alfred Wittkopp. »Man sieht ja auch, wie es vorwärts geht, keine Arbeitslosen mehr, dafür müssen wir alle dem Führer dankbar sein«, und Lene, die es schwer ertrug, daß ihre Tochter nicht nur gezwungenermaßen mit den Nazis lief, griff noch einmal zu Jesaja: *Und das Recht ist zurückgewichen, und die Wahrheit fällt auf die Gasse. Solches sieht der Herr, und es gefällt ihm übel.*

Aber was bewirkte es schon. Ebensowenig wie ihre anderen Argumente, Claus Blanckenburg etwa und Ruth Elster oder die zerschlagenen jüdischen Geschäfte, die sie nach der Kristallnacht gesehen hatte. Notwendige Maßnahmen zum Schutz des deutschen Volkes, nannte Alfred Wittkopp dergleichen, genauso, wie es auch in der Zeitung stand, und alles sonstige seien üble Gerüchte. Stimmt nicht, dachte Lene, ist nicht richtig, aber sie schwieg, weil sie sich nicht mehr betreffen lassen wollte, die alten Bilder beiseite drängte und sich blind, taub und stumm zu stellen versuchte in ihrer engumschlossenen Welt. Im übrigen ging Alfred Wittkopps politischer Elan über Schlagworte kaum hinaus, und auch die Begeisterung von Lisa verlor sich, als sie in den Krieg hineinwuchs, intelligent, wie sie war und mehr dem Denken zugeneigt als dem Glauben.

Die Nachricht, daß in Polen geschossen würde, brachte Frau Reinicke, deren Mann noch in der Nacht seinen Stellungsbefehl erhalten hatte. Früh um sieben, Lene strich gerade die Schulbrote für Lisa, klingelte sie Sturm und fiel ihr weinend um den Hals, »der zweite, jetzt kommt der zweite dran«, was sich darauf bezog, daß ihr erster Mann, Horsts Vater, an einer Verletzung aus dem vorigen Krieg gestorben war, bald nach der Geburt des Kindes.

»Und der Junge«, schrie sie außer sich, »den holen sie womöglich auch noch, diese verfluchten Verbrecher«, woraufhin Alfred Wittkopp sich zum Eingreifen genötigt sah.

»So weit dürfen Sie sich nicht vergessen, Frau Reinicke, der Führer weiß, was er tut, und in einem Jahr ist bestimmt alles längst vorbei.«

»Das habe ich schon mal gehört«, sagte Lene und sah Gretas staubverkrustetes Gesicht, Greta, lütt Margret und der Tisch im Flett, und da sitzt Hubertus Teich, der Doktor aus Hamburg, höchstens ein Jahr, sagt er, länger wird es nicht dauern.

»Damals ist nicht heute«, sagte Alfred Wittkopp.

Frau Reinicke sah ihn feindselig an. »Sie sind doch auch gemustert. Warten Sie man ab, bis Sie drankommen, dann reden Sie anders.«

»Wenn man mich braucht, erfülle ich natürlich meine Pflicht«, sagte er im Vertrauen auf seinen kriegswichtigen Schreibtisch bei Büssing. Ein Irrtum. Im Februar holten sie ihn.

»Das geht doch nicht«, sagte er und starrte auf den Einberufungsbefehl. »In meinem Alter.«

Es war Vormittag. Er hatte noch vierundzwanzig Stunden Zeit, und Lene kochte ihm sein Leibgericht, Eisbein mit Sauerkohl und Erbsenpüree, hinterher Vanillepudding, das nannte er lieb, »du bist so lieb zu mir, Lene.«

In der Nacht bedauerte er, daß sie keine Kinder hatten zusammen.

»Gott hat es nicht gewollt«, sagte Lene, die es ebensowenig gewollt hatte, kein Kind, lieber Gott, bloß kein Kind.

»Es wäre doch der Name geblieben«, sagte er, und in plötzlichem Erbarmen schlang sie die Arme um ihn, »kommt doch nicht auf den Namen an, und passiert dir auch nichts, ich werde beten.«

Am nächsten Morgen begann für Alfred Wittkopp der Krieg, der ihn zuerst siegreich nach Paris führte – ein erhebendes Gefühl, schrieb er an seine Frau, Paris gehört uns – und dann in die Hitze, den Morast und das Eis von Rußland. Lene stand am Bahnhof und winkte hinter dem Zug her, winkte noch, als nichts mehr zu sehen war, voller Scham, daß sie keine Tränen hatte, aber was ließ sich tun gegen das Gefühl von Erleichterung, mit dem sie zurückkehrte in die Gerstäckerstraße, wo es nun fast wieder wie früher war.

Die ersten Kriegsjahre gingen verhältnismäßig ruhig vorüber, mit Großvater Blanckenburg auf dem Sofa, der kleiner und kleiner wurde, deutlich der Erde entgegenschrumpfend, und, da es keine Zukunft mehr gab für ihn, sich immer stärker der Vergangenheit zuwandte, wobei es vorkam, daß er Lisa die Gestalt wechseln ließ und zu Claus machte.

»Jetzt werde ich ihn in diesem Leben wohl nicht wiedersehen«, hatte er beim Kriegsbeginn im September gesagt. Bis dahin waren hin und wieder Nachrichten aus Schweden eingetroffen, durch einen Hausierer, der Bohnerwachs, Möbelpolitur und andere Putzmittel in seinem Bauchladen feilbot und, als er das erste Mal auftauchte, Lene gefragt hatte, ob sie etwas altes Brot hätte zum Schwänefüttern. Ein Genosse, wie sich zeigte, mit mündlichen Grüßen von Claus, manchmal auch Briefen, in Maschinenschrift und kunstvoll verschlüsselt, aus denen hervorging, daß er bereits schwedisch spreche und es ihm gut ginge, an eine Rückkehr vorerst jedoch nicht zu denken sei und Besuche aus Deutschland besser unterblieben. Er arbeite für die Partei, hatte der Bote zu verstehen gegeben, was erstaunlicherweise Paul Blanckenburgs Beifall fand. Claus wäre ein Idealist, sagte er, und seine Sache eine gute, darauf könne man vertrauen. An dieser um hundertachtzig Grad gedrehten Meinung hielt er sich fest, auch an der Hoffnung, daß sein Sohn doch noch eines Tages vor der Tür stehen würde.

»Bestimmt, Großvater«, sagte Lene. »Eines Tages ganz bestimmt, das weiß ich.«

Doch nun, im Krieg, blieben sogar die Nachrichten aus. Eine Zeitlang fürchtete Lene, der Hausierer könne in Haft sein und Namen preisgegeben haben. Sie horchte abends auf Schritte, fuhr zusammen, wenn es unvermutet klingelte, doch allmählich wurde sie wieder ruhiger. Überhaupt eine ruhige Zeit in der Wohnung, trotz der Unruhe draußen, vielleicht lag es an Paul Blanckenburgs friedlichem Sterben, das still vor sich ging und fast heiter. Er hatte Lisa vollends zu Claus werden lassen, lange Gespräche, die sie miteinander führten, bis zu dem Tag im Dezember 1943, an dem er morgens nicht mehr aufwachte.

Da dauerte der Krieg schon vier Jahre. Aber Lene spürte immer noch nicht viel davon hinter ihren Schutzwänden, ein paar Unbequemlichkeiten allenfalls, Schlangen vor den Geschäften, Essen und Feuerung knapp, kein Leder für Schuhsohlen, kein Stopfgarn für Strümpfe, doch man konnte sich behelfen, und Minna Reephenning schickte Mehl, Schmalz und Grütze. Auch Bomben waren bisher nur in den Randbezirken Braunschweigs gefallen, so daß nachts, wenn englische und amerikanische Maschinen auf dem Weg nach Berlin die Stadt überflogen und Frau Reinicke, das zerstörte Hannover vor Augen, in den Schutzraum des Marienstifts lief, Lene zwar wach wurde, Lisa jedoch schlafen ließ.

Nicht einmal Alfred Wittkopps Abwesenheit machte ihr zu schaffen, obwohl sie ein schlechtes Gewissen hatte deswegen, wenn er auf Urlaub kam von Rußland und, wie dreißig Jahre zuvor Willi Cohrs, von der Hölle sprach, nachts im Bett weinte, nicht zurück wollte und dann doch wieder gehen mußte. »Bete weiter für mich, Lene«, flehte er, als sei es nur ihr zu verdanken, daß er noch lebte, und sie tat es, aber mit lauem Herzen, es ließ sich nicht zwingen.

Mehr Angst hatte sie um Horst Reinicke, der im Januar 1944 eingezogen wurde, knapp achtzehn und noch mit seinem Kindergesicht. Sie gaben ihm das Notabitur, und im Mai war er schon an der Westfront, gerade rechtzeitig zur Invasion.

»Dann man alles Gute, Tante Wittkopp, und kümmere dich ein bißchen um Mutti, bis wir wieder da sind«, sagte er beim Abschied, in seiner zu eng gewordenen Joppe, die alte Mütze über den Ohren, kaum vorstellbar, so ein Kind und der Krieg. Lene schnitt eine Weihnachtsmettwurst von Minna Reephenning durch und gab ihm die Hälfte, »komm bald wieder, Horst, wir brauchen dich doch.« Dann nahm sie ihn, ganz gegen ihre Gewohnheit, in die Arme, der kleine Horst, sie waren zusammen nach Amerika gefahren auf dem Sofa, damals zu Weihnachten, er hatte ihre Tochter beschützt, und später, als die Kinderfreundschaft aufhörte, weil Lisa ihm über den Kopf wuchs und eigene Wege ging, immer bereitgestanden, wenn es galt, Kohlen aus dem Keller zu holen oder ein Bügeleisen zu reparieren, der einzige Mann im Haus.

»Duck dich, wenn's knallt«, sagte Lisa, »sei bloß kein Held.«

Sie gingen beide mit zum Bahnhof, winkten, bis der Zug verschwunden war, und Lene, während ihr Taschentuch im Wind flatterte, spürte zum ersten Mal Gefahr, so als hätte der Krieg erst jetzt für sie angefangen.

Im Februar, hellichter Tag, sie stand vor der Fleischerei Witte am Ziegenmarkt, wo es Wurstbrühe ohne Marken geben sollte, heulten plötzlich die Alarmsirenen. Gleichzeitig krachte es, Lene stürzte mit dem Menschenstrom zum Bunker am Sack, spürte, wie die Erde bebte und lief, als Entwarnung gegeben wurde, voller Angst an den Trümmern und Bränden des Bohlwegs vorbei zur Gerstäckerstraße. Lisa war nichts passiert, das Haus stand noch, und auch bei dem Angriff im April, der die Magnikirche zerstörte, die Burg und einen Teil der umliegenden Straßen, blieb es verschont. Dennoch, der Krieg hatte Lene erreicht, und obwohl sie längst jede Nacht zwischen Bunkerwänden verbrachte, war sie schutzloser als zuvor.

»Gott straft uns für den Frevel«, sagte sie zu Frau Bollwage, als sie ihre Wochenration Brot abholte, glücklicherweise die einzige Kundin im Laden. »Wir haben es zugelassen, und nun kommt es auf uns zurück. *Ich will Feuer in seine Städte schicken, welches soll seine Häuser verzehren.*«

»Um Himmels willen«, flüsterte Frau Bollwage, »wenn so etwas an die falschen Ohren kommt! Dafür wird man glatt einen Kopf kürzer gemacht, das wissen Sie doch.« Und weil gerade eine andere Kundin hereinkam, gab sie Lene zwei Roggenbrötchen extra und drängte sie aus dem Laden.

Im Mai traf es dann auch Alfred Wittkopp.

»Ihr Mann liegt hier in Stendal im Lazarett«, schrieb jemand, der sich als Kamerad bezeichnete, »er hat mehrere Granatsteckplitter in der Lunge, geht ihm schlecht. Herzliche Grüße und Sie möchten ihn bald mal besuchen«, was Lene tat, unverzüglich, wie es einer guten Ehefrau anstand. Schon am nächsten Tag saß sie bei ihm, diesem elenden, zerschossenen Bündel, bleich, der Atem mühsam und rasselnd. Sie flößte ihm Tee ein, wischte den Schweiß von seiner Stirn, und er klammerte sich an ihre Hand, nun muß ich doch noch sterben, Lene.

Aber keine Rede davon. Er überstand die Krise, die Splitter verkapselten sich, man könne, sagten die Ärzte, damit leben, wenn auch nicht mehr aus dem vollen. Drei Monate Lazarett, acht Wochen Genesungsaufenthalt im Soldatenkurheim Bad Reichenhall, dann kehrte er nach Braunschweig zurück, Unteroffizier Wittkopp, nur auf der halben Lunge pfeifend, aber auch so noch verwendungsfähig in der Heimat und abkommandiert zur Braunschweiger Bahnhofswache, mit der Sondergenehmigung, zu Hause zu schlafen.

»Was für ein Glück habe ich gehabt, Lene«, keuchte er, wenn er abends oder morgens in der Gerstäckerstraße eintraf, nach Luft ringend und die Lippen blau vom Treppensteigen, des Führers letztes Aufgebot, »so ein Glück«, immer wieder diese prekären Worte, viel zu oft, denn schon ein halbes Jahr später sollte er die Beute eines englischen Tiefffliegers werden, der noch am 9. April, zwei Tage bevor die britische Armee einrückte, in Braunschweig auf Menschenjagd ging, »so ein Glück.«

»Ja, Alfred«, sagte Lene, und nun war er da und konnte sein Stichwort geben.

April 1945, der Monat, von dem noch zu erzählen ist, brachte die letzten Tage des Krieges für Braunschweig, einst eine Stadt des Führers und nun, nach dem Bombenregen und Feuersturm am 15. Oktober, nur noch Schutt und Asche.

Lene, Lisa und Frau Reinicke hatten gemeinsam im Bunker gesessen, Stunden der Angst zwischen Alarm und Entwarnung. Als sie, nasse Tücher vor den Mund gepreßt, durch Rauch und Staub, durch Flammen und eingestürzte Mauern, an schreienden Menschen vorbei, über Tote hinweg ihren Weg in die Gerstäckerstraße suchten, blieb Lene vor den Trümmern der Magnikirche stehen. »Gott wird es nicht dulden«, sagte sie mit einer Stimme, die immer

235

schriller wurde, »er hat unseren Frevel nicht geduldet, und wer das hier gemacht hat, der wird ins Schwert fallen genauso wie wir, und es ist richtig, sie sollen verflucht sein, alle sollen verflucht sein, Gott, mach ein Ende.«

Lisa legte den Arm um ihre Mutter, und sie gingen nach Hause, ein Haus, das noch stand, zerbrochene Fensterscheiben, der Dachstuhl halb verbrannt, aber sie hatten Betten zum Schlafen, einen Herd und Wände gegen die Kälte, das war viel.

»Hauptsache, wir sind durchgekommen«, sagte Alfred Wittkopp, der die Schreckensnacht ebenfalls unbeschadet überstanden hatte auf dem brennenden Bahnhofsgelände und nun unter Ächzen und Keuchen die Fenster mit Dachpappe vernagelte. »Lange dauert der Krieg jetzt bestimmt nicht mehr. Zuversicht, Lene, befiehl dem Herrn deine Wege, das sagst du doch immer, und noch hast du deine eigene Tür zum Zumachen.« Aber die Zeiten, in denen Lene die Tür hinter sich schließen konnte, im Vertrauen auf ganz speziellen Schutz, lagen hinter ihr.

Am 4. April kam ein Telegramm von Minna Reephenning, in dem sie Lene zu sich rief. Es war drei Tage unterwegs gewesen, nicht verwunderlich bei dem gegenwärtigen Durcheinander, der Feind schon tief im Land, die Städte zerstört, Straßen voller Flüchtlingstrecks, und niemand konnte sagen, mit wem nun zu rechnen sei und wann, die Amerikaner, die Engländer oder die Russen, keine gute Zeit, um auf Reisen zu gehen.

Lene hatte eine solche Nachricht von Minna noch nicht erwartet. Vor zwei Jahren, bei ihrem letzten Besuch in Süderwinnersen, war nicht die Rede gewesen von Krankheit oder Beschwernissen des Alters, auch in keinem der späteren Briefe, die Lene über alles, was im Dorf geschah, auf dem laufenden hielten. Nur durch sie wußte Lene etwas von Willi Cohrs Tod im vorigen Sommer und daß Heinrich, der an der Ostfront ein Bein verloren hatte, jetzt zusammen mit Greta und zwei französischen Kriegsgefangenen den Hof bewirtschaftete. Ein schweres Leben, stand Heinrich aber von Anfang an auf der Stirn, hatte Minna Reephenning geschrieben, mit ihren großen, kräftigen Buchstaben, die sich nicht verändert hatten. Kaum zu glauben, daß sie Lene jetzt brauchte.

»Komm sofort, ist so weit«, stand in dem Telegramm, und Lene beauftragte Alfred Wittkopp zu erkunden, ob überhaupt noch fahrplanmäßige Züge nach Lüneburg fuhren.

»Dauert wohl nicht lange in Süderwinnersen«, sagte sie, »und dein Essen kriegst du ja ohnehin auf dem Bahnhof.«

Bis dahin hatte sie sich geweigert, ihren Mann allein zu lassen, trotz der ständigen neuen Luftangriffe, vor denen wenigstens Lisa seit Februar in Sicherheit war, als Helferin bei der Kinderlandverschickung im Harzer Lager Hohegeiß. Alfred Wittkopp hatte einmal kurz verlauten lassen, daß auch Lene aufs Land gehen sollte, so wie Frau Reinicke, die bei ihrer Schwester in Schöningen Zuflucht gesucht hatte, aber es war ein eher pflichtgemäßer Vorschlag gewesen, und ebenso pflichtgemäß bestand Lene darauf, dazubleiben und ihn zu versorgen, mit Brühe aus Rinderknochen, die sie gegen Magdalenas leinene Handtücher eintauschen konnte, mit heißem Pfefferminztee und feuchtwarmen Tüchern für die Brust, wenn er versuchte, wieder zu Atem zu kommen nach dem Bahnhofsdienst. Ohnehin fand er kaum noch Ruhe in der Wohnung, seitdem drei Zimmer von Ausgebombten belegt worden waren, einer alleinstehenden Frau, der Lisa, weil sie tagtäglich Sauerkohl kochte, aus unerschöpflichen Vorräten offenbar, den Namen Witwe Bolte gegeben hatte, und einer Mutter mit drei Kindern, allesamt Ärgernisse für Alfred Wittkopp.

»Wenn du weg bist, buttern mich die Weiber ganz und gar unter«, sagte er zu Lene. »Warte doch noch eine Weile ab.«

Aber sie suchte schon ihre Sachen zusammen. »Ich habe es Minna versprochen, und den Tod kann man nicht aufschieben.«

»Woher weiß sie denn überhaupt so genau, daß sie stirbt?« fragte er mit Unbehagen, denn Gespräche über den Tod machten ihm zu schaffen.

»Minna weiß das«, sagte Lene, und Alfred Wittkopp, nach wie vor auf Einigung bedacht, kümmerte sich um den Zug. Er holte sogar einen Koffer vom Boden, und am Abend, als das Gepäck fertig in der Küche stand, gab er Lene seine Walther-Pistole. »Sind noch vier Schuß drin.«

»Was soll ich denn damit?« fragte sie.

»Die Straßen sind voller Gesindel«, sagte er. »In solchen Zeiten muß man sich wehren können.«

»Ich schieße nicht auf Menschen«, sagte Lene.

»Es reicht schon, wenn du sie nur in der Hand hältst. Das hat mehr Wirkung als ein Psalm.«

Er legte die Walther in ihre Handtasche, und sie ließ es geschehen, in der Eile oder aus Müdigkeit oder weil es so sein sollte, wer kann das wissen.

Der Dienst von Alfred Wittkopp begann am nächsten Morgen schon um sechs, und Lenes Zug sollte eine Stunde später abfahren. Kurz nach fünf stand sie auf. Es war kalt in der Wohnung, ein Mischmasch aus Regen und Schlappschnee vor dem Fenster, Aprilwetter.

Lene hatte Kaffee aufgegossen. Sie knöpfte gerade ihre Strickjacke zu, immer noch die alte schafwollene aus Süderwinnersen, das beste für die Kälte im Zug, da klingelte es.

»Wer will denn so früh was von uns?« fragte Alfred Wittkopp, der noch keine Hose anhatte, und Lene ging zur Tür. Draußen stand Horst Reinicke, in durchgeweichter Uniform, schmutzig, aufgelöst.

»Du liebe Zeit, Horst«, sagte Lene. »Wo kommst du denn her?«

Er zitterte so heftig, daß er kaum sprechen konnte.

»Meine Mutter hört das Klingeln nicht. Kann ich reinkommen?«

»Sie ist bei der Tante in Schöningen.« Lene zog ihn in die Wohnung. »Ich habe einen Brief für dich und die Schlüssel.«

»Wer ist es denn?« rief Alfred Wittkopp, und die Witwe Bolte steckte den Kopf aus ihrer Tür, was das solle, so ein Lärm am frühen Morgen.

»Geh in die Küche, Horst«, sagte Lene. »Trink erst mal was Heißes und wärme dich, und wenn du dich ausgeschlafen hast, kriegst du mein Rad und fährst zu deiner Mutter, die wird sich freuen.«

Sie nahm ihm die nasse Jacke ab, holte eine Decke, stellte Malzkaffee hin, wollte auch noch ein Musbrot streichen, da erschien Alfred Wittkopp, fertig für den Bahnhof, mit Stiefeln, Koppel und Pistolentasche.

»Sieh an, Horst Reinicke«, sagte er und schüttelte ihm die Hand. »Gibt's denn jetzt noch Urlaub?«

Horst Reinicke machte eine Bewegung, als wolle er nach dem Kaffeebecher greifen, doch dann warf er plötzlich den Kopf auf den Tisch und fing an zu weinen, das laute, verzweifelte Weinen eines Kindes.

»Aber Junge!« Lene nahm seine Hand. »Was ist denn man bloß?«

Fragend blickte sie zu Alfred Wittkopp, der am Küchenschrank lehnte und wie immer, wenn er nachdachte, die Finger langzog, bis es knackte, ein Greuel für Lene.

»Bist du etwa abgehauen?« fragte er.

»Um Gottes willen«, sagte Lene, und Horst antwortete nicht.

Alfred Wittkopp zog ihn vom Stuhl. »Ob du abgehauen bist?«

Horst weinte immer noch. Er habe es nicht mehr ausgehalten, sagte er schließlich, sie seien gerade noch aus dem Ruhrkessel rausgekommen, und dann hätte man sie gleich nach Osten in Marsch gesetzt, schon wieder an die Front.

»Richtung Magdeburg – und da sind die Russen – und ich halte es nicht mehr aus...«

»Ist ja bald Schluß mit dem Krieg«, sagte Lene. »Hör auf zu weinen, Junge«, aber er weinte nur noch lauter. Seit fünf Tagen hätte er im Wald gelegen, und wenn sie ihn fänden...

»Dich findet hier keiner.«

»Dann werde ich erschossen«, schluchzte er, und Lene hielt ihm den Kaffee an die Lippen und sagte: »Unsinn. Du legst dich jetzt ins

Bett und verhältst dich still, und heute abend bringen wir dich in den Keller, da bleibst du, bis...«

»Er ist ein Deserteur«, fiel Alfred Wittkopp ihr ins Wort, mit einer Stimme, vor der sie erschrak.

»Er ist der Nachbarsjunge«, sagte Lene. »Und ich hole nachher seine Mutter und fahre erst morgen zu Minna Reephenning.«

Alfred Wittkopp griff an seine Pistolentasche und nahm die Waffe heraus. »Zieh deine Jacke an. Und komm.«

Horst Reinicke sah ihn verständnislos an.

»Herr Wittkopp...«

»Tut mir leid, Horst. Muß sein.«

»Was denn?« fragte Lene.

»Frag nicht so dumm«, herrschte er sie an, und seine Lippen färbten sich blau vor Aufregung. »Ich muß ihn zur Wache bringen. Weißt du, was sie mit einem machen, der Deserteure versteckt? Willst du, daß sie mich aufhängen? Und dich daneben?«

»Rede nicht so was«, sagte sie. »Keiner hat ihn gesehen.«

»Doch. Die alte Hexe.« Seine Dienstpistole war jetzt auf den Jungen gerichtet. »Und womöglich die halbe Straße. Komm, Horst, ich tu's nicht gern, aber es ist meine Pflicht.«

Lene sah, wie sie sich gegenüberstanden, der Junge und der Mann, war es ihr Mann, der da sprach, Pflicht, meine Pflicht, was für ein Wort angesichts des Todes.

»Mich hat auch keiner gefragt in Rußland, ob es mir gefällt«, sagte Alfred Wittkopp.

»Nein!« rief Lene. »So ein Kind!«

Sie klammerte sich an Horst, aber er machte sich los, ruhiger, beinahe gefaßt, seine Augen ohne Tränen, das war noch schrecklicher als vorher. »Laß man, Tante Wittkopp, soll wohl so sein.«

Dann ging er, Alfred Wittkopp mit der Pistole hinter ihm, und Lene wollte sich auf ihren Mann stürzen, aber er stieß sie weg, so heftig, daß sie fiel, Mörder, schrie sie, Mörder, besinnungslose Schreie wie damals bei den Sprüngen vom Tisch, raffte sich auf, rannte ins

Treppenhaus, da schlug unten die Tür zu.

Die beiden Untermieterinnen standen im Flur und starrten sie an. Sie ging an ihnen vorbei in die Küche, wo noch die Decke auf dem Stuhl lag, mit der sie Horst hatte wärmen wollen. Sie setzte sich, ihr Kopf war leer, nur ein einziger Gedanke ohne Ende: Ich hätte es nicht zulassen dürfen.

Als es halb sieben schlug, zog sie ihren Mantel an, nahm den Koffer und verließ die Wohnung.

An der Sperre wartete Alfred Wittkopp.

»Lene«, sagte er, »hör doch zu.«

Sie ging weiter, und er lief neben ihr her, wie an dem Sonntag, als er ihr seinen Heiratsantrag gemacht hatte auf dem Weg von der Magnikirche zur Gerstäckerstraße, daran mußte sie denken.

»Meinst du, mich hat er nicht erbarmt?« fragte er. »Aber was soll man denn tun, ich habe doch meine Familie.«

Sie beschleunigte ihre Schritte.

»Lauf nicht so schnell«, keuchte er. »Du weißt doch, ich kann das nicht.«

Lene blieb stehen. Sie sah ihn an und sagte: »Hat viel Schlimmes gegeben in meinem Leben, Alfred Wittkopp, aber das schlimmste war, daß ich dich getroffen habe.«

Dann ließ sie ihn stehen. Er sah hinter ihr her, nach Luft ringend, ein Haufen Elend, auf den schon der Tiefflieger wartete, keine Woche Frist mehr für ihn. Vielleicht, wenn er es gewußt hätte, wäre sein Erbarmen mit Horst Reinicke größer gewesen. Aber auch das ist nicht sicher.

Der Zug brauchte fast fünf Stunden, lange Aufenthalte an Bahnhöfen und auf freier Strecke, und von Lüneburg fuhr am Nachmittag kein Postauto mehr. Lene fand einen Lastwagen, der sie mitnahm bis Reppenstedt. Dort borgte sie sich bei Hans Prescher, dem Maurer, der einst die Kate von Hubertus Teich ausgebaut hatte, einen Handwagen für das Gepäck und ging zu Fuß weiter, quer durch die Heide nach Süderwinnersen.

Als sie vor Minna Reephennings Tür stand, kam Greta aus dem Haus, Greta nach zwölf Jahren, eine alte Frau, mit dünnen grauen Strähnen, durch die das Rosa der Kopfhaut schimmerte, der Mund eingefallen über den Zahnlücken und das Gesicht gezeichnet von Arbeit, Sorge und Willi Cohrs.

»Da bist du ja endlich«, sagte sie. »Minna wartet schon auf dich.«

Lene hielt ihr die Hand hin. »Viel Zeit vergangen, Greta. Veel Tied...«

Greta blickte auf die Hand, zögerte, nahm sie dann und ließ sie auch nicht gleich wieder los.

»Veel Tied, aver nix Goodes bröcht. Wat maakt de Mann un Lisa?«

»'ne große Deern geworden, will wohl mal studieren«, sagte Lene mit Stolz, trotz allem, was an diesem Tag geschehen war. »Und Minna?«

»Das Herz.« Greta zuckte mit den Schultern. »Schlägt nicht mehr richtig und hört bald ganz auf, sagt sie. Vor einer Woche hat sie sich hingelegt, nun schläft sie fast immer.« Greta sprach leise, wie es sich schickte, wenn der Tod nicht weit war. »Gut, daß du da bist, hat keiner Zeit sonst, die Männer im Krieg, und jetzt sind auch noch die Polen weggelaufen und die Franzosen. Aber ich komme morgens rüber und helf beim Betten.«

Lene ging ins Haus, zögernd wie jedesmal, wenn sie nach längerer Pause wieder hierher zurückkehrte. Sie stellte den Koffer ab und hängte den Mantel in den Schrank. Es roch nach getrockneten Kräutern, Kamille vor allem.

Minna Reephenning lag zwischen blauweiß gewürfelten Bezügen, die Augen geschlossen, das Gesicht fast von gleicher Farbe wie der weiße Zopf auf dem Kopfkissen. Als Lene sich über das Bett beugte, öffnete sie die Augen einen Spaltbreit.

»Hat lange gedauert«, sagte sie.

Ihre Stimme, die das Dorf mehr als ein halbes Jahrhundert im Zaum gehalten hatte, zitterte, und Lene sah, daß es an der Zeit war.

Ein Sessel stand bereit, sie setzte sich und nahm, nie hätte sie es früher gewagt, Minna Reephennings Hand.

»Das Telegramm ist erst gestern angekommen. Aber nun bin ich da.«

»Ist gut«, sagte Minna Reephenning. »Und du bleibst hier bis zum Schluß?«

»Das tu ich.«

»Ist gut«, sagte sie noch einmal, dann schlief sie wieder, und Lene meldete ein Telefongespräch an, um Lisa Bescheid zu geben.

Alle Lager würden aufgelöst, sagte Lisa, aber sie könne bei einer Familie in Hohegeiß bleiben, bis der Krieg vorbei sei. »Was soll ich tun?«

»Bleib dort«, sagte Lene. »Geht nicht mehr lange mit Minna, und dann hole ich dich ab. Zu zweit ist es sicherer heutzutage.«

Sie war froh, daß es sich so einrichten ließ, Lisas wegen und auch, weil sie nun bei Minna Reephenning sitzen konnte ohne Störung.

Es vergingen noch acht Tage, bis Minna Reephenning starb, stille Tage, draußen der Frühling, Sonne nach Regen und Schnee, grüne Schleier über den Eichen und im Haus das verrinnende Leben, immer weniger mit jedem Atemzug. Minna Reephenning schlief, war wieder wach, aß etwas dünnen Kartoffelbrei, nur Kartoffelbrei, ein oder zwei Teelöffel, sagte auch manchmal etwas mit ihrer zerbrochenen Stimme, aber so, als wolle sie gar nichts mehr, nicht mehr sprechen, nicht mehr essen, nicht mehr leben.

»Soll ich nicht lieber den Doktor holen?« fragte Lene am zweiten Tag, und die magere Hand auf der Bettdecke wischte das Ansinnen beiseite.

»Ich brauche keinen Doktor. Ich weiß, was gut ist für mich.«

»Was denn, Minna«, fragte Lene.

»Nichts. Jetzt ist nichts mehr gut.« Sie wartete eine Weile, dann sagte sie: »Zweiundachtzig Jahre sind genug«, und die Tage vergingen mit ihrem Atem, der das Zimmer erfüllte wie der Pendelschlag einer Uhr, auf den man horcht in der Stille der Nacht.

Lene hatte Wolle gefunden und strickte einen Schal, und als er lang genug war, trennte sie ihn auf und fing von vorn an. Auch nachts blieb sie in dem Sessel, die Beine hochgelegt, mit einer Decke zum Wärmen, und wenn sie sich schließlich auf dem Sofa nebenan ausstreckte, dann nur für zwei Stunden, mehr nicht. So wachte sie bei Minna Reephenning, und die Zeit schien ineinanderzulaufen, Minuten und Stunden, Tage und Nächte, und was außerhalb der Stube lag, galt nicht mehr, nicht die Frühjahrsbestellung, von der Greta erzählte, wenn sie zum Betten kam, nicht der Krieg und die nahenden Engländer, auch nicht Braunschweig und Alfred Wittkopp und was er getan hatte, sogar Horst Reinickes Augen verschwanden, es war wie eine Pause in ihrem Leben.

»Du kriegst das Haus, Lene«, sagte Minna Reephenning am sechsten Tag. »Ist alles aufgeschrieben und liegt in der Kommode. Geh damit zu Notar Weimann in Lüneburg, wenn ich tot bin.«

»Ich nehm's für Lisa«, sagte Lene.

»Nimm es für dich«, sagte Minna Reephenning. »Hast noch was vor dir. Du warst mir immer die liebste von allen, und ist gut, daß ich dich nicht in deiner Mutter gelassen habe.«

»Du warst mir auch immer lieb«, sagte Lene. »Aber ob ich noch was vor mir habe, weiß ich nicht, liegt zu viel hinter mir.«

Minna Reephenning hob die Lider von den Augen, zum ersten Mal, seit Lene bei ihr saß.

»Du hast noch was vor dir. Eine wie du wird immer was vor sich haben, alles andere ist dumme Rede. Zu wenig Zeit im Leben für dumme Rede, Lene Cohrs.«

Sie schloß die Augen. Dann sagte sie: »Lies mir was vor, von dem Leben, das siebzig Jahre währt, du weißt ja, wo es steht.«

Lene holte die Bibel von der Kommode, schlug den 90. Psalm auf und begann zu lesen. *Herrgott, du bist unsere Zuflucht für und für...*

»Von den siebzig Jahren«, unterbrach Minna Reephenning sie.

»Es kommt gleich«, sagte Lene, »und ich kürze sowieso ab, aber jetzt hör erst mal den Anfang, ist nicht von Schaden für dich. *Ehe denn die Berge wurden und die Erde und Welt geschaffen wurden, bist du, Gott, von Ewigkeit zu Ewigkeit. Denn tausend Jahre sind vor dir wie der Tag, der gestern vergangen ist, und ist wie eine Nachtwache. Unser Leben währet siebzig Jahre, und wenn's hoch kommt, so sind's achtzig Jahre, und wenn's köstlich gewesen ist, so ist es Mühe und Arbeit gewesen; denn es fähret schnell dahin, als flögen wir davon. Lehre uns bedenken, daß wir sterben müssen, auf daß wir klug werden.«*

»Auf daß wir klug werden«, wiederholte Minna Reephenning. »Keine Zeit für dumme Rede.«

Am nächsten Tag starb sie, früh in der Morgendämmerung. Sie hatte nicht mehr gesprochen, nichts mehr gegessen, auch nicht mehr trinken wollen. Erst kurz vor dem Ende flammte das Leben noch einmal auf. »Komm«, flüsterte sie, »komm«, und als Lene sich über sie beugte, schlang sie die Arme um ihren Hals und sagte: »Hab mich lieb«, ohne Zittern in der Stimme, und wen immer sie damit meinte, Lene war es nicht.

»Ja«, sagte Lene, und bald darauf war es vorbei. Lene blieb bei ihr sitzen, bis es hell wurde. Sie sah in das stille Gesicht, in die Augen, die zur Decke blickten und sich nicht schließen lassen wollten, auf die weißen, bewegungslosen Hände. Minna Reephenning. Es war alles gesagt worden zwischen ihnen, und trotzdem wußte sie nicht, wer dort lag.

Als ein Ackerwagen vorbeiholperte, stand sie auf, ging zu der Kommode und nahm das Testament aus dem obersten Fach. Daneben lag das Kräuterbuch mit den Rezepten der Salben und Mixturen, das anzusehen Minna ihr vor Jahren, zwanzig oder mehr, verwehrt hatte, ist nichts für dich, heirate Albert Augustin. Lene streckte die Hand aus, zuckte zurück, als sei sie im Begriff, etwas Unzulässiges zu tun, dann nahm sie das Buch und legte es in ihren Koffer. Das Verbot galt nicht mehr.

Danach ging sie zum Cohrshof hinüber. Greta hatte ein Anrecht darauf, als erste von dem Tod zu hören. Dann sagte sie der Leichenfrau Bescheid, den Nachbarn, dem Arzt in Salzhausen, und fuhr, als

Minna Reephenning fertig war für den Sarg, mit dem Rad nach Mörwinnersen, um die Beerdigung vorzubereiten.

»Hoffentlich kommt sie noch in ihr Grab, bevor die Engländer da sind«, meinte Bürgermeister Lüders, ein Mann von fast siebzig Jahren. »Sind ja fremde Menschen mit anderen Sitten. Hängt weiße Tücher raus, damit es gar nicht erst losgeht mit der Schießerei.«

Aber in Süderwinnersen lagen die Bettlaken längst bereit, als Zeichen für die Friedfertigkeit des Dorfes. »Wer hier wohl kämpfen will«, sagte Greta. »War lange genug Krieg, bloß noch alte Leute, Kinder und Krüppel, und alle anderen irgendwo im Dreck oder tot.«

Sie war am Abend herübergekommen, um mit Lene zu wachen, in der Stube, wo der Sarg stand. Minna Reephennings Stube. Im Halbschlaf meinte Lene ihre Schritte zu hören und ihre Stimme, eine hübsche Frau, Magdalena, deine Mutter, siehst ihr ähnlich – du kriegst ein Kind, Lene – du hast Kraft, du kommst durch. Lene hatte noch nicht geweint, jetzt tat sie es, um Minna Reephenning und um die Zeit, die vergangen war und dahin.

»Ist zur rechten Zeit gestorben, Minna Reephenning«, sagte Greta. »Wer weiß, was noch über uns kommt mit diesem verfluchten Krieg. Zwei Flieger gestern am Kamp, beinahe hätten sie den alten Sasse totgeschossen, Mörder allesamt, einer so schlimm wie der andere.«

Die Pause hatte aufgehört. Was draußen geblieben war während der Sterbewoche, drängte wieder herein, auch Horst Reinickes Augen und seine Mutter, die noch nichts wußte dort bei der Schwester in Schöningen. Ich hätte es nicht zulassen dürfen, dachte Lene, lieber wir als er, so ein Junge, du hast ein Kind auf dem Gewissen, Alfred Wittkopp, und Gott wird dich strafen, und nun muß ich zu der Mutter gehen, wer sonst soll es tun. Mühlsteine von Gedanken, dabei rechtete sie mit einem Toten.

Am nächsten Morgen fuhr Lene mit dem Testament zu dem Notar nach Lüneburg, mein Haus und Grund und alles, was mir gehört, vermache ich Helene Wittkopp, geb. Cohrs aus Süderwinnersen, jetzt wohnhaft in Braunschweig, wieder einmal Tränen, die zu Perlen wurden. »Manche Leute haben Glück«, sagte Greta, »hat sich gelohnt, der Weg.« Noch wußte niemand, daß Lene nicht nur gekommen war, um Minna Reephenning zu begraben, auch sie selbst nicht, kein Zeichen von irgendwoher, obwohl sie sonst doch ihre Hinweise erhalten hatte, es jedenfalls behauptete. Sie radelte von Lüneburg nach Süderwinnersen in Ahnungslosigkeit, und der Mann, dessen Namen sie nie erfahren sollte, war schon unterwegs.

Bei ihrer Rückkehr hingen die Bettlaken aus den Fenstern und über den Zäunen. Die Engländer seien nicht mehr weit, hieß es. Aber es ereignete sich nichts bis zum Abend, Lene konnte ungestört Zuckerkuchen backen und in den Krug bringen, für die Kaffeetafel zu Minnas Gedenken.

Die Sonne schien, als Minna Reephenning beerdigt wurde, nachmittags um zwei. Heinrich Cohrs hatte den Ackerwagen schwarz verhängt, ein Trauerzug aus Frauen und alten Leuten zum Friedhof von Mörwinnersen, wo der Pastor wartete, nicht mehr Overbeck, der inzwischen ebenfalls in seinem Grab lag und, wenn es stimmte, womit er ein Leben lang gedroht hatte, dem Jüngsten Gericht entgegenbangte, sondern ein noch junger Mann aus dem Hannoverschen, dessen rechter Arm irgendwo in Afrika vermoderte. Er wußte nicht viel von Minna Reephenning und hielt sich in seiner Predigt an Lenes Informationen, dies aber mit Wärme und Ausführlichkeit, wogegen er es am Grab offensichtlich eilig hatte. Kurz vorher waren Tiefflieger aufgetaucht, weshalb er es auch ablehnte, mit zur Kaffeetafel zu kommen, und nach dem letzten Segen davoneilte. Die Leute aus Mör- und Westerwinnersen taten das gleiche, drei Schaufeln Erde, dann gingen sie, es war ein Tag, den man lieber zu Hause abwartete, so daß die Süderwinnerser wieder unter sich waren auf dem Heimweg, die alten und gebrechlichen oben auf Heinrichs Wagen, die jüngeren zu Fuß.

Lene war noch allein am Grab zurückgeblieben, ist gut nun, Minna, die Erde soll dir leicht sein und Gott dir gnädig, hab deinen

247

Frieden, dann lief sie hinter den anderen her. Bei den ersten Häusern hatte sie den Trauerzug eingeholt, vier Uhr inzwischen, Straße und Höfe still in der Nachmittagssonne, nur ein paar Kinderrufe und die Stimmen der Tiere. Und dann, am Dorfteich, plötzlich Motorengeräusch. Es kam aus der entgegengesetzten Richtung, vom Krug her, die Engländer, rief jemand, und ein Kübelwagen bog in die Dorfstraße, kein englischer, ein deutscher, in dem drei Männer saßen mit Kampfanzügen und Maschinenpistolen, an den Mützen den Totenkopf der SS.

Der Wagen fuhr auf die Leute zu, fast in sie hinein.

Unter den Eichen kam er zum Stehen, und einer der Männer, der eine Offiziersmütze trug, fragte: »Was soll das da? Was sollen die weißen Fetzen?«

Alle schwiegen. Dann sagte Wilhelm Sasse, vorn auf dem Wagen neben Heinrich Cohrs und der Älteste im Trauerzug, daß es wegen der Engländer sei.

»Ihr feigen Hunde!« Der SS-Mann sprang aus dem Auto. »Deutsche Bauern ergeben sich nicht kampflos dem Feind. Holt die Schandlappen runter!«

Er sprach mit heller Stimme, kurz und scharf, ein junger Mann, sehr jung noch, auch die anderen beiden waren nicht älter, und Wilhelm Sasse, dessen drei Söhne, einer davon der Bäcker, nacheinander in Frankreich und Rußland gefallen waren, rief vom Wagen herunter: »Nun mal sachte, Junge, hier im Dorf sind nur Frauen und Kinder und Alte.«

Die Stimme des SS-Mannes wurde lauter.

»Ich sehe ungefähr fünfzig Leute. Fünfzig Leute mit Armen, die noch etwas tun können für Deutschland und den Führer. Holt Hakken und Schaufeln, dort in der Senke werden Panzergräben ausgehoben.«

»Mann«, sagte Heinrich Cohrs, »wofür?«

»Um die Engländer aufzuhalten.« Der SS-Mann begann zu schreien. »Sie stoßen durch den Raubkammerforst auf Lüneburg zu, und jede Minute, die sie nicht weiterkommen, ist wichtig. Los, anfangen.«

Wieder Stille. Dann sagte der alte Sasse: »Die schießen doch das Dorf in Klump. Und uns auch.«

»Und wenn? Bist du nicht bereit, für den Führer zu sterben?«

»Nee.« Der alte Sasse schüttelte den Kopf. »Ich nicht und keiner hier, wir haben die Nase voll. Aber vielleicht findet ihr woanders ein paar Dummbüdel.«

Zustimmende Rufe wurden laut, der Krieg ist vorbei, dachten sie, drei dumme Jungs, und Heinrich Cohrs schlug mit der Peitsche, »macht Platz, wir wollen nach Hause«, denn was wußte man in Süderwinnersen vom Terror dieser letzten Tage.

Der SS-Mann riß die Maschinenpistole hoch.

»Los!« befahl er den beiden anderen, »hängt sie auf, den mit der Peitsche und den Alten. Und keine Bewegung, ich knalle euch alle ab, ihr Verräter.«

Entsetzen, ein Bann aus Entsetzen, der die Glieder starr werden ließ, die Münder stumm, kein lautes Atmen mehr, während die beiden Männer auf den Ackerwagen zustürmten, Wilhelm Sasse und Heinrich Cohrs herunterholten, Heinrich mit seinem einen Bein, er fiel, wurde hochgerissen, vorn auf das Auto gestellt, schon lag ein Strick um seinen Hals.

»Nein!« schrie Greta, »das dürft ihr nicht«, aber der Offizier richtete die Maschinenpistole auf sie. Jemand hielt Greta zurück, einer der Männer befestigte den Strick am Eichenast über dem Auto, der andere setzte sich ans Steuer.

Lene hatte an der Seite gestanden, hinter dem Rücken von Emma Beenken, und gesehen, was geschah, und es war das, was immer geschehen war, es war Willi Cohrs, der sie quälte, es war die SA, die Claus Blanckenburg zusammenschlug, es war Stefan Elster, und die Bomben über der Stadt, und es war Alfred Wittkopp, der Horst Reinicke zum Sterben führte, dieses Bild vor allen anderen, neu und frisch und noch kein einziger Strich verblaßt, und alles zusammen war die Gewalt, und Lene ertrug sie nicht mehr.

Sie hatte ihre Tasche nicht berührt seit der Ankunft im Dorf und an die Waffe nicht mehr gedacht. Doch jetzt hing die Tasche an ihrem Arm, und die Waffe war da, ohne zu denken, wußte sie es, kaltes Metall in der Hand, und der Daumen drückte den Sicherungshebel herunter, und sie zielte und schoß auf den Mann, vier Schüsse, bis das Magazin leer war, und gleich nach dem zweiten fiel er um. Der an der Eiche versuchte noch, seine Pistole hochzureißen, aber da lag er schon unter den Leuten von Süderwinnersen, und nur der dritte, der die Hände gehoben hatte, kam davon.

Sie begruben die beiden Toten noch zur selben Stunde. Am Morgen fuhren die Panzerspähwagen der Engländer ins Dorf, alles vorbei, und das war die Tat.

Was für eine Tat?

Eine gute, nannte man sie in Süderwinnersen, Lene Cohrs hat das Dorf gerettet und uns auch. Wilhelm Sasse dankte ihr mit einem Schinken und einer Speckseite für sein Leben, Heinrich drückte ihr lange und stumm die Hand.

»Hat wohl alles sein müssen, wie es war«, sagte Greta, »Gutes und Schlechtes, ist so im Leben, kommt nur aufs Ende an.« Worte wie von Minna Reephenning. Aber das alles zählte nicht.

Lene hatte, als es vorüber war, die Pistole auf die Straße fallen lassen, immer noch Nachmittag und Sonne, und um sie herum Gesichter, Stimmen und Hände, und noch begriff sie nichts.

Dann war Zeit zum Melken, und sie blieb allein im Haus. Sie stand am Fenster, draußen die Straße, der dunkle Fleck auf dem Kopfsteinpflaster, wo der Mann gelegen hatte, noch lebendig in der einen Sekunde und tot in der nächsten, er und sie, Opfer und Täter, und nur das zählte.

Ich habe ihn getötet, sagte sie, Gott, du hast es zugelassen, du hast so vieles zugelassen, und nun dies, und während sie es sagte, wußte sie schon, daß es nicht stimmte, alles stimmte nicht mehr, Gott, ihr Gott, der sie aus der Dunkelheit des Rauchhauses herausgeholt hatte, ihr Gott der Zeichen, Weisungen und Gewißheiten, dieser Gott hätte es nicht geduldet. Er hätte sie einen anderen Weg geführt, nicht zurück nach Süderwinnersen und in diese Tat. Wer immer den Weg bestimmt haben mochte, Gott konnte es nicht gewesen sein.

Sie stand am Fenster und hörte noch einmal Lehrer Isselhoffs Stimme, die güldne Sonne voll Freud und Wonne, und der Himmel tut sich auf, Seele, so bedenke doch, Gott der Helfer lebet noch, jener Tag, an dem sie Gott bekommen hatte, und nun verlor sie ihn. *Ich kleide den Himmel mit Dunkel und mache seine Decke gleich einem Sack.*

Wann fängt eine Geschichte an, wann hört sie auf.

Diese schreckliche Nacht, in der sie nicht einmal schreien konnte, wohin sollten die Schreie gehen. Auch keine Psalmen mehr, wozu, und die Nacht, dachte sie, bliebe für immer. Doch dann kam die Dämmerung. Sie zog sich an und packte ihre Sachen. Noch schlief das Dorf, und als die ersten Holzpantinen klapperten und die Stalltüren zu schlagen begannen, lud sie ihren Koffer auf den Handwagen von Hans Prescher und ging. Sie mußte Lisa holen, sie mußte mit Horst Reinickes Mutter sprechen, es war nötig, und sie tat, was nötig war.

Ein letztes Bild, Lene geht, sie geht durch die Hintertür von Minna Reephennings Haus, sie geht quer durch die Heide, ihre Gestalt wird kleiner und verschwindet im Dunst.

Doris Lessing

Gespräche

Die vierundzwanzig Interviews mit Doris Lessing, viele hier zum ersten Mal veröffentlicht, umfassen die letzten dreißig Jahre einer der bedeutensten Autorinnen des 20. Jahrhunderts. Sie spricht über ihre frühen Jahre als Kommunistin und angehende Schriftstellerin in Südrhodesien, ihre Sicht von Ehe, Familie und Feminismus, ihre Einschätzung namhafter Schriftsteller und ihre Erfahrungen mit Psychotherapie und Mystik.

Eine Lektüre für alle, die nicht nur Doris Lessing, sondern auch ihren starken Einfluß auf unsere Zeit verstehen wollen.

352 Seiten, broschiert